巴尔扎克
中短篇小说选

[法]巴尔扎克 著 郑永慧 译

中国友谊出版公司

图书在版编目（CIP）数据

巴尔扎克中短篇小说选 /（法）巴尔扎克 (Balzac,H.) 著；郑永慧译. — 北京：中国友谊出版公司，2013.1（2022.1重印）
 ISBN 978-7-5057-3160-8

Ⅰ. ①巴… Ⅱ. ①巴… ②郑… Ⅲ. ①中篇小说－小说集－法国－近代②短篇小说－小说集－法国－近代 Ⅳ. ①I565.44

中国版本图书馆CIP数据核字(2012)第306713号

书名	巴尔扎克中短篇小说选
作者	[法]巴尔扎克
译者	郑永慧
出版	中国友谊出版公司
发行	中国友谊出版公司
经销	新华书店
印刷	唐山富达印务有限公司
规格	889×1194毫米 32开
	10.75印张 230千字
版次	2013年6月第1版
印次	2022年1月第4次印刷
书号	ISBN 978-7-5057-3160-8
定价	59.00元
地址	北京市朝阳区西坝河南里17号楼
邮编	100028
电话	(010) 64678009

版权所有，翻版必究
如发现印装质量问题，可联系调换
电话 (010) 59799930-601

奥诺雷·德·巴尔扎克
（Honoré de Balzac，1799—1850）

用笔征服全世界的文学大师，现代法国小说之父，欧洲批判现实主义文学的奠基人和杰出代表。

少年巴尔扎克

　　1799年5月20日巴尔扎克出生于法国中部图尔城里的一个中产家庭，由于他的父母婚后生活并不美满，所以在巴尔扎克还没有满月时便送给了乳母寄养，只有在礼拜天才能与家人团聚。他的童年既没有得到父母的爱抚，也没有得到多少欢乐。他曾在后来的回忆中说到："这是任何人命运中所不曾遭受到的最可怕的童年。"

　　17岁的巴尔扎克按照父母意愿进入法律学校学习，毕业后却不顾父母反对，在完全没有写作经验的情况下毅然走上文学创作道路。20岁开始从事文学创作，但是首部作品五幕诗体悲剧《克伦威尔》却完全失败。而后他与人合作从事滑稽小说和神怪小说

巴尔扎克的睡袍

的创作,还一度弃文从商,从事出版业,经营过印刷厂、铸字厂等,均告失败,债台高筑,但也为他日后的文学创作积累了丰富的生活素材。

　　这位文学苦工笔耕不辍,致力于使自己成为文学事业上的拿破仑——他每日身着僧袍式开司米睡衣高强度写作12至15个小时,一天要喝掉几十杯自己亲手煮的高浓度黑咖啡,有专家统计过,他一生大约喝了5万杯浓咖啡。30岁的巴尔扎克发表长篇小说《朱安党人》,迈出了现实主义创作的步伐。次年,《驴皮记》的问世使他声名大振。1834年完成的《高老头》是他最具代表性的作品之一。三四十年代,巴尔扎克以惊人的毅力在不到20年

巴尔扎克的墓碑

的时间里创作了卷帙浩繁的《人间喜剧》，共包含91部小说，塑造了2400多个栩栩如生的人物形象，被誉为法国社会的"百科全书"。

由于早期的债务和写作的艰辛，劳累过度的巴尔扎克带着没有完成《人间喜剧》的遗憾于1850年8月18日离开了人世，终年51岁。他的灵柩被安葬在拉雪兹公墓，挚友雨果为他宣读悼词。

巴尔扎克是他那个时代洞察入微的"社会史学家"，从塑造形象和深度来说，没有人能比得上他。同情美德，但并不美化美德的遭遇；颂扬宗教，但并不回避人性的污秽。巴尔扎克与莎士比亚、托尔斯泰并誉为"人类为自己建立的三座丰碑"。

罗丹雕刻的巴尔扎克雕像

目录

1	苏城舞会
61	猫打球商店
120	沙漠里的爱情
134	红色旅馆
170	玄妙的杰作
200	钱袋
233	无神论者做弥撒
252	纽沁根银行
325	译后记

苏城舞会

献给亨利·德·巴尔扎克
——他的兄弟奥诺雷

德·封丹纳伯爵是普瓦图^①地方阀阅世家之一的家长，在旺岱党人^②和共和政府开战期间，曾经很机智和很勇敢地为波旁王室服务过。在近代历史上这段动乱时期中，这些保王党的领袖人物遭遇过很多危险，在逃过这些危险以后，伯爵常用愉快的口吻说："我也是为王室而战死的人呀！"这句开玩笑的话倒也不过分夸大，在事变流血的日子，伯爵是曾经倒在死人堆里的。这个忠心耿耿的旺岱党人由于财产被共和政府没收而家道败落，然而他始终拒绝拿破仑皇帝给他的高官厚禄。对于贵族阶级的一切传统他是坚守不渝的，因此在他选择配偶的时候，也不加考虑地遵从这些家教。他拒绝了一个在革命时期中起家的暴发户的富有亲事，娶了一个穷困的德·盖嘉路爱小姐，这位小姐的家族是布列塔尼地方最悠久的阀阅门第之一。

德·封丹纳伯爵有一个子女众多、负担沉重的家庭，第一次复

---

① 普瓦图，法国的一个旧行省。
② 法国在1789年大革命爆发以后，教士和贵族的财产被没收，特权被取消，大部分教士和贵族逃亡。有许多贵族以国王路易十六的弟弟普罗旺斯伯爵为首，集结在法国西部旺岱一带，称为旺岱党人，据护法国波旁王朝复辟。1793年3月，在旺岱的流亡贵族举兵叛变，战事延续了两年，卒告失败。普罗旺斯伯爵逃往英国，拿破仑失败后返国袭王位，号称路易十八。

辟时代①的到来，对于他是很意外的一件事。虽然他并不想去谋求赏赐，却拗不过妻子的意思，终于离开他的收入微薄、只能勉强维持开支的采邑，到巴黎来了。他的旧日伙伴，一个个都在贪婪地钻营宪法上所赋予的地位和荣誉，这种情形很伤他的心，他正想回归家园的时候，突然收到了内阁的公文，一个相当出名的部长宣布将他晋级为少将，因为法令规定所有以前旺岱党军队里的军官，都可以将路易十八未即位以前的二十年，算入自己的服役年龄里。几天以后，不必他去请求，荣誉团十字勋章②和圣路易十字勋章③又自动地赏赐给他。这些接连而来的恩宠，动摇了他回乡的决心。他认为这些恩宠是王上还记得他的缘故，因此，本来他只是每礼拜天带领全家到杜伊勒里宫④御花园的将军室里，等亲王们到圣堂去的时候，恭恭敬敬地喊"我王万岁"，现在认为这样做不够了，他请求王上赐他特别进谒。他的请求很快被获准，但接见时没有什么特别。宫廷里济济一堂都是些多年的臣仆，头上都戴着扑粉的假发，从高处望下来，就像铺了一条雪白的地毯一样。他在那里遇见了好些旧日的同僚，他们对他相当冷淡，只有那些亲王们显得"可爱无比"——这句形容词是他受宠若惊时脱口而出的——因为有一位他以为仅仅知道他的名字而不相识的优雅的亲王跑过来和他握手，称赞他是最地道的旺岱党人。尽管他得着这个光荣，那些高贵的亲王们却谁也想不起问问他的损失有多少，也不提起他慷慨解囊捐助给旺岱党军队的大量金钱。直到这时他才发觉——稍为晚了一点——

---

① 第一次复辟时代，指1814年4月，拿破仑被各国联军打败，逃亡在英国的路易十六的弟弟普罗旺斯伯爵随外国军队回国，就位为路易十八。
② 荣誉勋章，1802年拿破仑所创立。
③ 圣路易十字勋章，军功勋章，戴者须信仰天主教。1693年根据卢森堡元帅的建议，由路易十四创立。
④ 杜伊勒里宫，在巴黎，革命时代中央政府所在地，帝国时代皇帝居所；1871年被焚。它的花园至今尚存。

战争的费用是要归他自己负担的。到谒见将近结束时，他用暗示的语气提了一提自己目前所处的窘境，许多贵族的境遇正和他相同。王上很高兴地笑了起来，一切耍弄聪明的谈话都使王上觉得有趣；王上用一句王室的玩笑话来回敬他，语气很婉转，然而这种温和的语气比愤怒的责骂更为可怕。一个心腹宠臣马上走近来，用微妙和有礼貌的语气向斤斤计较金钱的旺岱党人暗示：现在还不是和王室算账的时候，这里有些账单比伯爵的拖延得更久，而它们大概可以被当作革命史料了，伯爵很小心地从可敬的人群里退出来，离开那些很恭敬地在王族面前围成半圆形的朝臣们，费了一些气力理好缠在瘦长的双腿间的佩剑，穿过宫廷前院，走上他的停在皇宫外面的马车。伯爵也是一个脾气固执的老贵族，还忘不了同盟之战①和巷战的日子②，因此他一上马车就不顾一切地高声抱怨宫廷里的变化。

"以前，"他说，"谁都可以自由自在地和王上谈论他的鸡毛蒜皮的小事情，贵族们可以随意请求王上赏赐恩典和金钱，而今天向王上讨回自己在服役期垫出的金钱，就非出乖露丑不可！呸！圣路易十字勋章和少将的级位真抵不过我为了王室而花掉的三十万里弗尔③。我要到王上的办公室里去，当面再谈个清楚。"

这一场接见像一盆凉水向伯爵的满怀高兴浇下去，以后伯爵一再请求进谒，始终没有回音。更使伯爵心灰意冷的，是他眼看着以前拿破仑皇朝的新贵现在又爬上若干重要的职位，这些职位在过去是保留给阀阅门第的贵族的。

"一切都完了。"一天早晨他说，"王上肯定是一个新派人物。如

---

① 同盟之战，又名三个亨利之战，是16世纪时亨利·德·居兹，法王亨利三世和亨利·德·纳瓦尔三个人领头的战争，表面上是天主教徒反对新教徒，实际要推翻亨利三世。
② 巷战的日子，这里是指1588年5月12日同盟党徒反对亨利三世的巷战，巴黎街上筑起了街垒。
③ 里弗尔，法国古币，后为法郎所代替。三十万里弗尔在当时是一笔巨款。

果没有那位坚持先朝旧制和爱护忠心臣仆的御弟①,我不知道法兰西的王位会落到什么人手中去,假使这样的制度能够继续的话。他们的所谓立宪制度是所有政体中最坏的一种,永远不能适合法国国情。路易十八和伯尼奥首相②在流亡时期已经早就把一切都弄坏了。"

绝望了的伯爵很高贵地放弃了一切补偿损失的要求,准备回归家园。这时候,3月20日的事变③来了,新的风暴威胁着要吞没那位合法的王上和他的拥护者。宽宏大量的人是不在落雨天开除他的仆人的,德·封丹纳也像这些宽宏大量的人一样,放弃了回乡的计划,把他的采邑抵押出去,借了一笔款子,跟着王上逃亡,丝毫没有考虑到这一次逃亡的结果是不是会比上一次的效忠更为有利。不过,他是亲眼看到那些陪同王上逃亡的人,比那些在国内拿着武器反对共和政府的勇士,更得王上的宠爱,也许这一次他也希望到外国走一趟会比在国内进行冒着生命危险的活动更加实惠。这一次他的打算并不是写在纸上好看而结果一团糟的失败的投机,依照我们的外交家们所说的一句最聪敏的俏皮话,他成为追随王上逃亡到比利时的"五百个"患臣之一,也是追随王上回朝复位的"五万个"忠臣之一。在短短一段逃亡时期,德·封丹纳很幸运地得到路易十八交办的一些差使,因此他有不少机会向王上表白他的忠心耿耿的政治品质。一天晚上,王上闲着没事,想起了德·封丹纳在杜伊勒里宫中所说过的话。德·封丹纳立刻抓住这个机会,用相当巧妙的词句将自己的过去叙述了一遍,以便这位记忆力极强的王上,在适当的时机会回想起来。这位小心谨慎的老贵族,曾经用很高明的

---

① 御弟,指未来的查理十世,在法国宫廷中称他为"先生",是一个非常反动的人物。
② 伯尼奥(1761—1835),路易十八的首相,著有《回忆录》。
③ 1815年3月1日,拿破仑从厄尔巴岛逃回来,直向巴黎进军,3月20日路易十八被迫逃到比利时。拿破仑复位后做了一百天皇帝,在滑铁卢一役败北,再度逊位,路易十八重新返国,这是波旁王朝的第二次复辟。

手法润色了几件公文，使擅长文学的路易十八对他巧妙的文笔极为欣赏。这点小小的特长，使德·封丹纳也成为王上时常记忆着的最忠心的臣仆之一。路易十八第二次回朝复位以后，伯爵被封为特命全权钦差大臣，到各省去审问这次事变中的贰臣。他倒没有怎样滥用职权。任务完毕以后，这位大法官高踞在议院的交椅上，变成了下议员，说话的时候少，听人说话的时候多，自己以前反对宪政的政见有了显著的变动。后来不知道一些什么机缘，使他愈来愈受王上的恩宠，以致有一天狡猾的王上召见了他，见到他进来时就说："我的朋友封丹纳，我不想封你做什么大臣或者部长。如果我们真的是人民的'公仆'，由于我们的政见，我和你两人是不能安于位的。议会政府有这一点好处，它省掉了过去我们亲自罢免阁员的麻烦。我们的议会是一所旅馆，公共舆论时常会给我们送来一些意想不到的旅客。不过，我总知道应该怎样安置我的忠臣的。"

这一段非常含蓄而意味深长的话是序幕，跟着来的是一纸公文，授权德·封丹纳掌管王家的特别禁地。由于德·封丹纳心领神会地倾听王上那番含讥带讽的谈话，以后每逢遇到要设立什么委员会，如果委员会的官禄优厚，王上总要提到德·封丹纳的名字。德·封丹纳很乖巧地一点也不宣扬王上赐给他的恩典，还会用很高妙的手法来维持王上对他的宠爱：每逢在王宫里闲谈的时候，他总娓娓述说当时政界和外交界的秘事逸闻，路易十八爱听这些新闻，正如他酷爱那些写得很好的便条和短信一样。凡是政界里的一切琐碎新闻，都能讨他欢喜。

德·封丹纳的机智、乖巧和健全的判断力，使他全家老幼都能共沐王恩，就像他自己对王上所说的一样，家中每个人都像一条蚕虫在国家预算的桑叶上啃食，不管他的年纪多轻。因此，由于王上的恩典，他的长子在终身制的司法界得到很高的职位。次子在第一次复辟以前还是个队长,第二次复辟以后就立刻晋升为团长,趁着1815年的混乱机会①调到王家禁卫军里,往返调了几次,最后经过特洛卡德罗战役②之后,就成为禁卫军的中将指挥官。第三子起先是县长,不久就升为巴黎市的区长,还兼了议院的一个官职,地位稳固,不受内阁变动的影响。这些不耀眼的恩典,像伯爵身受的恩典一样,神不知鬼不觉地像雨点那样落到他们身上。虽则父子四人每个人都兼了相当多的挂名差使,领着干俸,以致他们的入息比得上任何部长,却丝毫没有引起人们的嫉妒。在宪政实行的初期,很少人捉摸得着国家预算里的那些太平的区域,只有狡黠的宠臣能够在这里攫取到等于已经取消的修道院管区③的肥缺。德·封丹纳以前是以从未读过《大宪章》④自傲的,而且对于那些贪婪地钻营的朝臣表示愤怒,现在他也赶紧表白他自己正和王上一样,完全了解代议制度的精神和策略。不过,即使他的三个儿子都有稳固的前程,即使有四个官职加起来的优厚入息,由于家庭人口众多,德·封丹纳一时还未能恢复他的全部家业。三个儿子固然有了充分的功名、王恩和才干,然而他还有三个女儿,他害怕过多的要求会引起王上的厌倦。因此他只向王上提起这三个急于待嫁的处女中的第一个。王上本着好事做到底的精神,开口作伐,把德·封丹纳的长女许配给税务局长普拉纳·德·博德里。王上说这句话虽然不花一文本钱,但是这句话的价值抵得上万贯家财。有一天晚上王上闲着无聊的时候,听说伯爵还有第二个女儿,便微笑着做主把她许配给一个

---

① 指拿破仑做百日皇帝的那次动乱。
② 特洛卡德罗是西班牙加蒂克斯海湾的一个要塞,1823年为法军占领。法西战争是路易十八朝代的最后一件大事。
③ 法国是天主教国家,教会富有地产。法国君主要赐恩给幸臣,就赏他一个修道院管区,他不必真的去管理,只是每期征抽该修道院的收入的几分之几而已。
④ 路易十八第二次复位以后废除了资产阶级民主的宪法,恢复了他在1814年自己钦定的宪法,称为《大宪章》,推行类似英国的君主立宪制度。

出身微贱然而新近被王上封为男爵的有钱而且有才干的官员。过了一年,德·封丹纳又向王上提起他的第三个女儿爱米莉·德·封丹纳,王上用他的低微而尖锐的声音说:

"我爱柏拉图,然而我更爱我的国家。①"

几天之后,王上写了一首他自称为"讽喻诗"的四行诗,赠给他的"朋友"封丹纳,嘲笑他把自己的女儿用"三位一体"的形式巧妙地介绍出来。

"但愿陛下能将这首'讽喻诗'改为'祝贺新婚诗'。"伯爵说,想把事情挽回到对自己有利的方面。

"就算我找到诗韵,我也找不到理由。"王上粗暴地回答,他不能容忍人家拿他的诗来开玩笑,即使是最轻的玩笑。

这一天以后,君臣间的关系就不像以前那么良好了。伯爵的第三个女儿爱米莉·德·封丹纳像所有排行最幼的孩子一样,被所有的人宠坏了。这位爱女的婚姻是最难缔结的,因此王上的冷淡态度,就更增加了德·封丹纳的烦恼。要明白这些困难,必须将伯爵的家庭内部情况说明。伯爵居住在富丽堂皇的公馆里,开销是向公家报销的。爱米莉在伯爵的采邑里度过了她的童年,吃得好,穿得好,享尽了童年的幸福;她的每一句话,她的姐姐、哥哥、母亲,甚至父亲,都当作圣旨奉行。所有的亲戚都溺爱她。她达到懂得人事的年龄,正是家庭最走运的时候,因此她继续享受人生的幸福。巴黎的富贵繁华,在她的眼中是当然的享受,就像童年时代父亲的采邑中有茂盛的花果和乡间一切设备供她享受一样。从小时候起,她的一切愉快的意愿从来没有得不到满足,到了十四岁年龄,她投身进入社会的漩涡的时

---

① 原文是拉丁文,"Amicus Plato, sedmagis amica Natio",出自阿莫纽斯的《亚里士多德传》,意思是,圣人所说的话很重要,然而也要这句话符合真理,就像我们很敬重柏拉图,然而国家的利益更超过我们对圣人的爱。路易十八引用这句话的意思是:你的事情很重要,然而也要这件事情符合国家的利益。

候，也同样得到人人的服从。在幸福里生长，她逐渐养成享受的习惯。讲究的服饰，金碧辉煌的客厅，前呼后拥的随从，正和那些真心的恭维，或者假意的奉承，以及宫廷的节日和荣华一样，成为她的不可缺少的东西。和大多数被宠坏的孩子相同，她用暴君的态度对待宠爱她的人，用娇媚的态度对待冷淡她的人。她的恶劣品质随着她的长大而日益加深，在不久的将来，她的父亲就要为着这种不幸的教育而得到自食其果的报应。她的父亲位居显要，每次举行宴会，总能招引许多青年男子到来，而爱米莉到了十九岁年龄，还没有从这些青年中择出一个夫婿。她的年纪虽然轻，而在社交界里，她却能毫无拘束地享受一个妇女所能享受的最大限度的思想自由。她像皇帝一样，没有一个朋友，但是到处都成为恭维的对象，对于这种恭维，即使一个品质比她好的人，也难以拒绝。她的眼波一转，就能熔化一颗最冷淡的心，因此，任何一个男人，即使是个老头子，也没有勇气来反对她的意见。和她的姐姐们比较，她的父母是花了更多的心力来培养她的，她的绘画相当优美，能说意大利语和英语，钢琴弹得无比的好，她的受过许多名师训练的歌喉，使她所唱的歌具有不可抗拒的吸引力。她既聪明又具有文学修养，好像是来证明马斯卡里尔[①]的话："高贵的人是生下来就懂得一切的。"她能够毫无困难地谈论意大利派、荷兰派、中世纪或文艺复兴时代的绘画。信口开河地批评古今文学作品，而且用尖酸刻薄的语句指出一部作品的缺点。对她倾倒的人群，信服她的每一句简单的话，就如土耳其人信服苏丹的圣旨一样。她在浅薄的人们中炫耀自己。对于学问高深的人们，她的狡黠本性使她认出他们，她就尽量施展她的无限娇媚，吸引他们的注意力，逃过了他们对她的深入观察。她的迷人的外表像一层漆一样遮掩着一颗

[①] 马斯卡里尔是17、18世纪喜剧中常见的恶仆。

无忧无虑的心，遮掩着一种少女们通有的以为任何人都没有资格了解她们的卓越心灵的成见，一种由于家庭出身和自身的美丽而产生的骄傲。她的心灵还未受到爱情的激烈情绪的侵袭，因此她将青春的热情全部发泄在对身份和门第的热爱上：她对平民阶级表示无限轻蔑，对新封的贵族非常不逊，她竭尽心力使她的父母和巴黎圣日耳曼贵族区那些著名的家族并驾齐驱。

爱米莉的思想意识并没有逃过德·封丹纳善于观察的眼睛，自从他的两个长女结婚之后，德·封丹纳受够了爱米莉的冷嘲热讽。这位老贵族把长女嫁给税务局长，次女嫁给新近才晋封为男爵的官员，税务局长虽然也享有一些继承下来的贵族领地，但是姓名前面没有作为贵族标志的头衔；新封的男爵也太新了，使人忘不了他的父亲曾经做过木柴买卖。从逻辑上讲，德·封丹纳的这种做法是使人感觉惊奇的。这个奇异的转变怎样来的呢？德·封丹纳已经有六十岁，通常达到这个年龄的人是不容易改变自己的信念的，老贵族之所以能够获得这种新的政治观念，一方面是由于居住在这个现代的巴比伦——巴黎的结果，在巴黎住久了，一切外省人都会丧失他们的粗野和生硬的性格；另一方面是得着王上宠爱，听从王上的忠告所致。带点哲学家气质的路易十八，曾经以改变老贵族的头脑自娱，他使德·封丹纳的思想适合19世纪和王政革新的时代要求。路易十八想消灭政党间的分歧①，将所有的政党结合成一个，就像拿

---

① 路易十八时代政党分为三派。一派是极右派，以路易十八的弟弟，即未来的查理十世为领袖，包括过去的流亡贵族及反动教士等，主张恢复贵族和教会的特权，加强国王的专制权力。一派是立宪派和温和派，主要成员是上层资产阶级，包括一部分流亡贵族和拿破仑王朝的遗老，主张切实推行君主立宪制度。一派是独立派，以拉斐德将军为首，包括一切反对波旁王朝，拥护共和政体的革命党人，及拿破仑的拥护者等等。极右派人数不多，但是有钱有势，路易十八第二次回朝复位时即由极右派执掌，施行白色恐怖。温和派的人数最多，极右派下台后即由温和派执政，推行比较温和的政策。独立派的人数最少，但得到绝大多数人民的拥护，经常组织推翻帝制的地下活动。

破仑融合了许多事物和人一样。路易十八的聪明也许不亚于拿破仑，他采取了和拿破仑相同而意义相反的措施；拿破仑拼命拉拢波旁王朝的贵族和教会，这位波旁王朝的末代皇帝却想同时满足平民阶级和包括教士在内的拿破仑王朝的拥护者的要求。德·封丹纳在获悉路易十八的思想以后，就不知不觉地变成温和派的一个最有势力和最明智的领袖，一心一意希望各个政党以国家利益为前提而结合起来。他宣扬立宪政府的各种代价很高的原则，而且以全力来支持那个政治跷跷板。使他的主人能够在动荡的政局中统治法兰西。当时政局纷扰，即使资格最老的政治家也猜测不出议会选举的结果，也许德·封丹纳私底下希望能够趁着内阁变动的机会进入贵族院为议员。目前他的最坚固的信念之一就是除了贵族院的议员之外，再也不承认其他贵族，因为贵族院的议员是唯一享有特权的贵族。

"一个没有特权的贵族，"他说，"就像一个没有工具的把柄。"

他疏远拉斐德的独立派，就像他疏远拉布尔多内耶的极右派一样，他热心地进行拉拢各个党派的工作，这项工作的成功，可使法国出现新的时代和光明的前途。他对那些时常和他来往的贵族世家进行说服工作，告诉他们，以后向军界和政界发展的机会很少了。他劝说母亲们让子女选择独立的职业或者投入工业，言辞之间使他们意会到：依照宪法的规定，军职和高级行政官的职位迟早要归贵族院议员的子弟所享有。照他的意思，人民已经掌握了很大部分的国家行政权，他们有选举权，可以担任普通官职，尤其是财政部门，将要像过去一样，永远是平民出身的贵族的地盘。德·封丹纳的这些新思想，和长次两女所缔结的明智的婚姻，在家庭中引起了激烈的反抗。贵族世家出身的伯爵夫人，始终保持着传统的观念。对于长次两女的幸福而富有的亲事，她曾经一度加以反对，然而当晚上两夫妻睡在一个枕头上的时候，他们就秘密地谈起心事。

德·封丹纳很冷静地向她指出：他们在巴黎居住，过着奢侈豪华的生活，固然是对过去在旺岱逃亡的苦难时期的一种补偿，然而根据精确的计算，家庭的开支和三个儿子的用费占去了他们收入的绝大部分。因此长次两女能够缔结这样富有的亲事，真是天赐的幸运，不能坐失良机。她们早晚会有六万、八万或十万里弗尔的岁入的。没有嫁妆的女孩子能够这么顺利地嫁出去是少有的事情。而且现在也该是节省的时候了，省下了钱才能够重振家业，扩大自己的采邑。听了这些动听的理由，伯爵夫人像一切母亲一样让步了。然而她加上一项声明：爱米莉是心眼儿很高的，必须称心如意地嫁出去。

因此，本来是值得喜庆的事情，却在家庭中撒下了些不和的种子，伯爵夫人和爱米莉用很冷淡的礼貌接待两个新女婿。在这个家庭中，她们蔑视的对象正在日益增加：次子中将指挥官娶了一个有钱的银行家的女儿蒙野诺小姐；长子很聪明地娶了一个拥有亿万财富的盐商的女儿；第三子的思想更加平民化，娶了布尔热地方一个税务局长的独生女儿哥罗斯达特小姐。这些新嫂子和新女婿进入了政界豪门，周旋于巴黎圣日耳曼贵族区的客厅之间，觉得这种生活既迷人又对他们本身很有益处，因此他们一致同意以高傲的爱米莉为中心结成一个小朝廷。然而这个以利益和自尊心为基础的结合是很不牢固的，年轻的皇后免不了在她的王国内时常惹起革命。在礼貌所容许的范围内，经常发生的一些争执，使家庭中每个人都养成了冷嘲热讽的脾气，对外还保持一团和气，在家中感情有时就变得不很和善。中将指挥官夫人自从丈夫被封为男爵以后，就以为自己的贵族身份和她的婆婆的老贵族门第相等；自己有十万里弗尔的岁入，就以为可以有权利学她的小姑爱米莉一样傲慢无礼。她时常讥讽地祝福爱米莉嫁个好夫婿，但同时又简短地加上一句：某某贵族的女儿嫁给平民某先生了呢！爱米莉的长嫂伯爵夫人则喜欢以财富和情趣来压倒爱米莉，时常卖弄她的化妆品、用具和马车。爱米莉有时说出自己的心愿，新嫂子和新女婿们总表露出轻蔑和冷笑的态度，使爱米莉怒不可遏，即使用一大堆讽刺的话来回敬他们，也还平息不了她的怒气。一家之主的伯爵，感觉到他和王上之间的不可靠的友谊又有几分冷淡，尤其是眼见他的爱女由于姐姐们的挑拨嘲弄，把眼界抬得更高，就不由得浑身哆嗦起来。

在这种情景之中，正当家庭的争执发展得极端严重的时候，伯爵正希望王上对自己的恩宠能够逐渐恢复，谁知这位能够在暴风雨中把着舵稳步前进的英明君王却倒了下来，患病逝世。[①] 伯爵对于自己的前途没有一定把握，就加紧努力，将所有具备入选资格的青年人拉到爱女身边。有谁如果尝过出嫁一个骄傲而狂妄的女儿的艰难滋味，也许就能了解可怜的老伯爵的许多痛苦。伯爵努力的结果如果能够满足爱女的心愿的话，那将是他在巴黎十年生涯中最后完成的一件光辉事业。他的家庭成员侵入政府各部会里面，使他这一家比得上奥地利王室：这个王室到处联姻，大有蔓延全欧之势。为着女儿的幸福，伯爵不厌其烦地、拉来一个个的求婚者；无奈这位傲慢少女总是用各种有趣的方法宣布她的裁判，批评她的爱慕者的短长。爱米莉仿佛是《一千零一夜》中一个又有钱又美丽的公主，有权在世界各国的王子中挑选爱人。她拒绝每个求婚者的理由都很滑稽：一个双腿太肥，或者膝盖向内弯；那一个是近视眼，这一个叫作杜朗[②]，那一个又有点跛；而差不多所有的人在她的眼中都显得太胖。在拒绝了两三个求婚者之后，她变得更活泼、更动人、更快活了，她投入冬季的节会，周旋于舞会之间，用尖利的眼睛端详当

---

① 路易十八死于1824年，其弟查理十世继位。
② 杜朗是法国最普通的姓，她嫌它太滥、太俗。

代的名人,经常引诱人家向她求爱,却又经常拒绝人家。她充分具备着天赋的条件,可以充当塞莉梅娜①的角色。爱米莉身材瘦长,体态轻盈,走起路来有时端庄稳重,有时活泼跳蹦,随她的心意。脖子稍长,使她能够很可爱地装出轻蔑和傲慢的样子。她有各式各样的头部表情和女性的姿势,可以使她的微笑或暗语具有不同的意义,或者使人感觉愉快,或者使人感觉冷酷。黑色的美发和浓密而极度弯曲的眉毛使她的脸有一种高傲的神态,加上化妆和娇媚的表情,更使她可以一会儿令人畏惧,一会儿令人宽心,要看她是牢牢地盯着你,或者温柔地注视你,是合拢着嘴唇,还是嘴角微微向下弯,是冷冷地对待你,还是温和地向你微笑而定。当爱米莉想抓住一颗心的时候,她的清澈的声音非常悦耳;如果她想使一个轻狂放肆的青年闭住嘴的时候,她的口音就干脆而简短。她的白净面皮和晶莹如玉的前额宛如一池清澈的湖水,时而微风吹来,水面起着皱纹,时而风止波平,恢复愉快和晴朗。许多被她蔑视的青年责备她在演戏,她为自己辩护的方法是施展技巧,使恶意攻击的人们不得不爱慕她,不得不甘心忍受她的娇媚的轻蔑。在时髦的年轻女郎中,没有一个人能够像她那样:接受一个有才能的男子的敬礼,采取高傲的神态;接待同等身份的人,采取一种侮辱性的礼貌,使同等身份的人觉得自己好像低了一级;对于那些低一级而妄想和她平行的人,她表露出无限的轻蔑。在她所到之处,她好像不是和人家招呼应答,而是在接受人家的敬礼。即使在一个公主的家中,她的态度和神气也使她坐着的那张交椅变成了皇后的宝座。

德·封丹纳终于发觉了他最疼爱的女儿在整个家庭的温情中被宠坏到什么地步,但可惜发觉得太迟了些。外界人们对爱米莉的崇

---

① 塞莉梅娜是莫里哀所著名剧《愤世者》中的女主角,年轻、貌美、聪明而尖刻。

拜——可是不久也就要对她施行报复——使她更加骄傲,更加自信。众口一词的恭维和赞美,使她自私的天性更加发展;宠坏的孩子像皇帝一样,总是喜欢捉弄所有接近他的人们。在目前,青春的魅力和过人的聪明使许多人看不到她的缺点,这些缺点生长在女子身上尤为丑恶,然而什么也逃不过慈父的眼睛:德·封丹纳时常将一些谜一样的人生真谛告诉女儿,可惜一点效用也没有!要改正这样一个不可救药的性格是一桩非常困难的工作,德·封丹纳对这一项工作简直丧失了继续下去的勇气,因为他已受够了女儿的任性不驯和讥讽的脾气。他只好时常给她一些充满着慈祥和善意的忠告。然而他痛苦地发觉:他的最温柔的语句在女儿的心上滑过去,仿佛她的心是大理石造的。父亲的眼睛张开得太迟了,以致他过了好久才发觉女儿很少爱抚他,每次爱抚带着勉强让步的神气,就像一些儿童在脸色上表露出对母亲说:"赶快亲亲我,好让我快点去玩。"爱米莉对待双亲的柔情,就是这样带点让步和讨好的性质。有时她突然莫名其妙地发脾气,她躲藏起来,离群独居,很少露面;她埋怨太多的人和她分享了父母的爱;她忌妒一切东西,包括她的哥嫂和姐姐们在内。她费了很大的劲为自己制造孤独、荒凉的环境,接着又憎恨这种自找的烦恼和静寂凄凉。根据她二十岁少女的经验,她把一切归罪于命运,因为她不知道幸福的首要真谛是在自己身上,她却向外界的物质追求幸福。她情愿逃到天涯海角,不情愿缔结像她两个姐姐一样的婚姻;然而在内心深处,她却狠命地妒忌她们能够这样富有和幸福地结了婚。她的双亲吃尽了她的苦头,以致有时她的母亲竟以为她有些疯狂。这个错觉是有理由的:一般出身阀阅世家的青年女子,家庭在社会上的地位很高,本身又长得很美,暗中就产生了自傲自怜的情绪。她们总以为母亲上了四五十岁年纪,再也不能同情她们年轻的心,再也不能了解她们的丰富的幻想。她们凭着想象，以为大部分的母亲都妒忌女儿，都和女儿争艳斗胜，她们强迫女儿穿着老式服装，使女儿在社交场中不能压倒她们。女儿们因此就时常流泪，默默地反抗想象中的母亲的专横。在这种由幻想中产生而弄假成真的哀怨中，女儿为自己制造了人生的憧憬，预卜自己有无限美好的将来；她们把梦幻当作现实，在长期的幽思默想中，暗中决定将来她们的爱情只能够献给具备这种或那种长处的男子；她们在想象中描画了一个意中人，她们未来的夫婿一定要和意中人相似。只有在体验了人生以后，经过了与年俱增的严肃的思考，看惯了社会和它的平凡生活，看惯了许多不幸的例子，她们的理想就消失掉美丽的颜色，然后，在人生中，有朝一日她们突然惊奇地发现：没有梦幻中充满着诗意的婚姻，她们也能得到幸福。依照这样一个过程，爱米莉·德·封丹纳小姐凭着她的脆弱的理智，定出了理想爱人的条件，由此也产生了她的看不起人和讥讽人的作风。

"我要他年轻，而且出身于旧贵族，"爱米莉想，"还要是贵族院议员，或者一个贵族院议员的长子。如果在隆尚①赛马的节日里我不能够像许多亲王一样，在天蓝色外套迎风飘拂中，乘坐刻着贵族家徽的马车在香榭丽舍大道②的宽广的道路上奔驰，那是我绝对不能忍受的。而且父亲还说过，贵族院的议员将来是法国最高的荣誉。我要他是个军人，可是我保留随时叫他辞职的权利，我要他受过武功勋章，使得那些兵士见了我们举枪致敬。"

但是如果这位理想的爱人不是非常温柔体贴，不是仪表堂堂，不是聪明过人，而且不是身材瘦削的话，即使具备了前面所说的稀

---

① 隆尚原是一个著名的修道院。修道院早毁，原址改作跑马场。每逢赛马，巴黎的统治阶级群聚于此。
② 香榭丽舍大道是巴黎的著名公园；有爱丽舍宫，有林荫大道，是散步驰马的所在。

有的优点，也是不符合标准的。身材瘦削是一种风韵，它是主要的条件，不管这种风韵如何不能持久，尤其在宴会过多的代议制的政府里。爱米莉有一种理想的标准尺寸。一个青年男子如果一眼望去不符合这个尺寸的话，他便休想使爱米莉望他第二眼。

"喔！我的天！您看这位先生多胖呀！"这就是爱米莉表示极端蔑视的一句话。

依照她的见解，身体肥胖的人是没有情感的，是个坏丈夫，是不配进入文明社会的人。在东方，"丰腴"也是一种美的标准，然而爱米莉却认为女人肥胖是一种不幸，男子肥胖则简直是一种罪恶。这些荒唐的意见由于表达方式轻松愉快还颇能逗人开心。但是伯爵却感觉他的女儿定出的条件将来必然要成为嘲笑的话柄，有些乖觉而且刻薄的妇女们早已看出来了。他害怕女儿的古怪见解会使她得罪人。他发抖，他觉得这个无情的社会早已开始嘲笑他那位一直在舞台上作滑稽表演而下不了台的女儿。许多被她拒绝的男主角，怀着满肚子不高兴，正在等待一有风吹草动就来施行报复。那些无所谓的闲人却开始厌倦起来：英雄崇拜到底是人类的一种不能持久的情绪。老伯爵比谁都更清楚，他知道进入世界舞台，进入宫廷、客厅或其他地方，要很艺术地选择最适当的时机；而更难的是：要能够在适当的时机退出来。因此在查理十世登位以后的头一个冬天里，他和三个儿子和女儿们加紧努力，把巴黎和各省议员家中最优秀的未婚青年集合到他公馆的客厅中来。豪华的集会，富丽的餐室，充满着香菇香味的晚餐，和当时内阁大臣们为拉选票而宴请议员们的著名宴会正可匹敌。

这位可敬的下议院议员因此就被当代人士指为败坏议院官箴的为首者之一，当时的下议院似乎正因为宴会过多而患着消化不良症。奇怪的是：伯爵以出嫁女儿为目的而举办的宴会却使他愈加得宠,一部分自由派的人士就讥讽地说:也许他所得到的秘密利益,比他用去的香菇的代价还多一倍。这一派人在下议院里的人数不多,因此只好多说些话来补足人少的弱点,他们的攻击丝毫没有达到目的。一般而论,这个老贵族的操守是非常高尚可敬的,因此当时狡猾的报章用讽喻诗来攻击三百个中间派的议员,攻击内阁官员,攻击替他们奔走划策的人们,攻击喜欢吃喝的人们,攻击卫莱勒①内阁的当然拥护者,但是却没有一首是攻击德·封丹纳的。德·封丹纳仿佛在打一场仗,在这一场"大战"中,他曾经几次出动了全部兵力,在"战争"结束之后,他想,这许多未婚青年的集会,对于他的女儿再也不是一场幻梦了吧!他的内心深处,有一种尽了父亲责任的满足。他既然用尽了一切方法,他就希望任性的爱米莉在这许多向她求爱的青年中,至少碰到一个她看得上眼的。他已经竭尽心力,没有能力再继续下去,而且他对于自己女儿的所作所为也感到了厌倦,因此在临近复活节的一天早上,能认为那天下议院不十分需要他出席,就决心留在家里,亲自和女儿开诚布公地谈一谈。正当他的贴身男仆在他的黄色脑盖上扑着粉,再加上一些下垂的鸽毛就可以完成他的化妆的时候,他带着内心的激动,命令他的男仆去通知那位骄傲的小姐马上来会见她的家长。

"若瑟夫,"梳妆完毕以后他对男仆说,"把这块布拿掉,把窗帘拉起来,把沙发搬好,把火炉的毯子抖一抖,到处都揩干净。唔,把窗子打开,让我的房间透透空气。"

伯爵不停地下命令,使若瑟夫忙乎起来,他猜到了主人的心意,便着手整理房间,使这间在整个公馆里一向最被忽略的房间添上一丝生气。他使那些账单、纸张、书籍、家具在这间管理王家禁

---

① 卫莱勒(1773—1854),法国复辟时代的首相,非常反动。

地的"司令部"里有了一些整齐的气象。他将杂乱无章的东西整理得有了一些秩序，而且模仿百货商店的摆设方法，把耀眼和颜色悦目的东西放在显著的地方，他对于自己的工作感到满意。然后他对着乱纸堆停了下来，废纸到处都是，连地毯上也有，他摇了摇头走了出去。

可怜的老官僚并不满意男仆的工作。在未坐在他那张有靠手的大交椅之前，他很不放心地向周围张望了一眼，像侦察敌人似地检查穿在身上的便袍，掸去一些烟丝；很仔细地揩拭了鼻子；把铲子和火钳搬动了一下，拨旺了火；把鞋后跟提了提；他的小辫子横夹在他的衬衫衣领和便袍的衣领之间，他将它拉起来，放在颈后面直垂下去。然后他拿起扫帚，将火炉的灰烬扫了扫，最后又环顾四周一下，才坐了下来。对于他的忠告，他的女儿惯常是用又风趣又放肆的批评来打岔的，他希望他的书房收拾得齐齐整整，使他的女儿无法再来那一套。在这种场合里，他不愿意做父亲的尊严受到损害。他优雅地嗅了一撮鼻烟，咳了两三声，仿佛他要开始点名似的。他听见了女儿的轻快的脚步声。她一面哼着歌一面走了进来。

"爸爸，早。这么大清早您叫我干吗呀？"

这句话从她的嘴里冲出来好像她唱歌的尾声似的。她亲了亲伯爵，带着一个轻佻女人自信一举一动都可得人宠爱的神态，丝毫没有那种骨肉之间的真情。

"我的亲爱的孩子，"德·封丹纳很严肃地说，"我叫你来是和你正正经经地谈一谈关于你的将来。现在正是你必须选择一个丈夫以保证你的终身幸福的时候……"

"我的好爸爸，"爱米莉用最温柔可爱的声音打断她的父亲的话，"好像关于我的婚姻问题我们之间所订立的停战协定还没失效呀！"

"爱米莉，今天不要再拿这样重要的一个问题来开玩笑。好些日子以来,我亲爱的孩子,那些真正爱你的人都集中精力想帮你找到一个合适的对象,如果你用轻率的态度来对待不只是我一个人给予你的爱护和关怀,那你就是一个忘恩负义的人了。"

听了这几句话,爱米莉狡猾地瞥了一瞥父亲书房里的摆设,然后走过去拿了一张看来很少有客人坐过的椅子,放在火炉的另一边,面对着她的父亲,装出一副严肃的面孔,可惜装得过分严肃了,使人不能不看出隐藏在一本正经下面的嘲讽的痕迹。她抱着胳膊,把手臂压在雪白的短衫上,无情地压皱了蜂窝似的纱绉领。她笑着偷看了一眼愁容满面的父亲,打破了沉默:"我的亲爱的爸爸,我从来没有听您说过可以穿起便袍来传达政府的命令呀!"她微笑着说,"不过,没关系,老百姓不应该挑剔。请您把您的法律草案和您的推荐正式宣布出来吧。"

"和您谈这个对于我真不是一件容易的事,傻孩子!听着,爱米莉,我的人格是我的孩子们的财产的一部分,我不愿意损害我的人格再去招募一队队的舞伴来让你每到春天就把他们赶走。你自己虽然不知道,但是事实上你早已是我们和某些人家闹意见的原因。我希望你今天能够了解你自己和我们处境的困难。你已经二十二岁了,我的女儿,早在三年前你就应该结婚了。你的哥哥姐姐都富有而且幸福地结了婚。这些结婚费用,和你使母亲平日在家中所撑起的场面,花去了我们大部分的收入,以致我只能够勉强给你十万法郎做嫁妆。从今天起,我要开始照顾你母亲的将来,她是不应该为子女们牺牲自己的利益的。爱米莉,如果家庭中一旦缺少了我,我不愿意德·封丹纳夫人依靠别人,仰人鼻息。她应该继续过舒适的生活,这是我对她过去跟着我过苦难日子的报答,而且可惜报答得太迟了。因此,你必须知道,你的嫁妆微薄,和你的高心眼儿是不相称的。而且我只为你一个人作这样的牺牲,其他几个孩子是没有的，他们已经很慷慨地一致同意决不要求和你父母最疼爱的女儿享受同样待遇。"

"在他们的地位，他们还想！"爱米莉摇动着头，冷嘲地说。

"我的女儿，千万不要低估那些爱您[①]的人。须知只有穷人才会慷慨，有钱的人会经常找出一些理由来向亲戚讨回二万法郎的。好了，不要赌气了，我的孩子，我们正经地谈吧。在这许多未婚青年中，你没有注意到德·孟纳维先生吗？"

"啊！他把'赌'念成'肚'[②]，他以为自己的脚小，时常望着自己的脚，他还有些自鸣得意咧！而且他的头发是金栗色，我不喜欢金栗色头发的男子。"

"那么，德·波德诺先生呢？"

"他不是贵族，他长得又丑，又胖。虽然他的头发是淡棕色的，然而最好还是这两位先生将他们的特长加起来，头一个将他的身体和姓氏给第二个，而第二个仍然保持他的头发的颜色，那么……也许……"

"你对于德·拉斯蒂涅先生又有什么话来反对呢？"

"德·纽沁根太太要使他变成银行家呢！"她狡猾而含有深意地说。

"那么我们的亲戚德·波当迪爱尔子爵呢？"

"他跳舞跳得非常坏，而且没有钱。何况，爸爸，这些人都没有头衔，而我至少要像母亲一样，做个伯爵夫人。"

"那么整个冬季你一个人也没有看中吗？"

"一个也没有，爸爸。"

[①] 在法文中，vous（您）是客气的称呼，tu（你）是亲昵的称呼。父母对于子女用"你"，但在作严肃谈话，或表示不满的时候，则改用"您"。在我们的译文中，前面的"和'您'谈这个……"和此处的"千万不要低估那些爱'您'的人……"两个"您"字都含有不满之意。

[②] 原文："他把 jeu 念成 zeu……"

"你到底要什么样的人呢？"

"要法兰西贵族院议员的儿子。"

"我的女儿，你疯了！"德·封丹纳一面说，一面站起来。

突然，他抬起眼睛向天上望着，好像要从一种宗教思想中去吸取忍耐和自我牺牲的新的力量似的，然后用慈祥的眼光望了女儿一眼，女儿感动了。他拿起女儿的一只手，紧紧地握着，用温柔的口气对她说：

"上帝是我的证人，你这可怜的迷途的羔羊！对于你，我已经本着良心尽了为父的责任，你听见吗？我是本着良心而且为了爱你，我的爱米莉。是的，上帝知道的，这个冬天我把不少的青年带到你身边，这些人的身份，地位、品行和人格我都很清楚，他们都配得上你。我的孩子，我的责任已经完了。从今天起，我让你掌握自己的命运，我又喜又忧地总算把我的最沉重的为父的责任卸除了。我不知道你将来是否会回忆起我的不幸是太不严厉的声音；不过我希望你记着：婚姻的幸福并不完全建筑在显赫的身份和财产上，却建筑在互相崇敬上。这种幸福的本质是谦逊和朴实的。好吧，我的女儿，随便你挑什么人做我的女婿，我现在就预先表示同意；不过，如果你将来不幸福，你要记着不能埋怨你的父亲。你如果要我帮助你，为你奔走，我是不会拒绝的；不过你不能随随便便，你的选择要严肃而且带决定性，我不愿意损害我的满头白发的尊严，为你走了一趟又一趟。"

父亲对她的真挚的爱，和一番用庄严口吻所说的恳切动人的话，使爱米莉小姐大为感动。她藏起自己激动的心情，跳起来，坐到伯爵的膝盖上。伯爵刚刚坐下来，浑身还因为刚才的激动在哆嗦着。爱米莉异常温柔地爱抚他，哄他，使老头子紧皱的眉头不得不开展起来。直到爱米莉认为父亲已经从刚才痛苦的情感中恢复过来的时候,她才低声地对他说:"我很感谢您对于我的爱护和关怀,我的亲爱的爸爸。您把房间收拾得齐齐整整来接待您最疼爱的女儿,也许您想不到她会这么疯狂和这么不听话吧。不过,父亲,嫁给一个法兰西贵族院的议员难道真的这么困难吗?您不是说过他们是一打一打地产生出来的吗?您至少不会拒绝给我提意见吧?"

"我不会拒绝的,可怜的孩子,我不会。我常常要向你警告:你要当心!须知贵族院的制度在我们的政府里是一种太新的制度,因此这些贵族院议员不能一下子就有大笔的财产。那些有钱的希望更加富有。而我们贵族院议员中最有钱的那一位还比不上英国上议院最穷的贵族一半的富有。因此法兰西的议院贵族们就需要到处为他们的儿子找寻有钱的媳妇。他们这种缔结金钱婚姻的需要可能要延续到两个多世纪。也许在你等待奇遇的过程中,你长时间的寻觅——这种寻觅可能消耗你的青春,加上你的魅力,我说,加上你的魅力,是很可能有奇迹发生的,因为在我们这世纪里,已经有许许多多的人为着爱情而结婚。当经验在像你这样青春的相貌后面躲藏着,你就有希望将来获得最神妙的经验。你不是能够看一眼就可以从一个人身体的肥瘦来判断他的好坏吗?这倒不是一种微不足道的能耐。因此我不必再向像你这样聪明的人述说这件事情的一切困难。我确切相信:你不会看见一个陌生人的脸带着奉承的表情就认为他富于良知,也不会看见他长得漂亮就认为他富有道德。最后,我完全同意你的见解:所有议院贵族的儿子都应该有特殊的气质和高贵的举止,这是他们的义务。虽然现在上层阶级没有什么标志,但对于你,这些贵族青年也许有一种什么'特别的东西'使你能够看出他们的身份。小心挑选吧,你像一个良好的骑师,是不会错过骏马的。我的女儿,祝你好运!"

"你嘲笑我哩,爸爸!好吧,我向你宣布:如果我不成为一个法兰西贵族院议员的夫人,我宁可去做修女,死在德·孔黛小姐的修道院里。"

她从父亲的臂膀里挣脱出来,为自己能够自主而感到骄傲,嘴里哼着轻快的歌曲,走了出去。

凑巧那一天家中正为着家庭的某一纪念日而设宴庆祝。餐末吃点心的时候,爱米莉的大姐——税务局长普拉纳太太提高了声音说,一个年轻而富有的美国人疯狂地爱上了她的小妹爱米莉,想攀这门亲事,而且提出了非常动人的条件。

"他是个银行家吧,我相信。"爱米莉随随便便地说,"我不喜欢金融界人士。"

"可是,爱米莉,"德·魏兰纳男爵——爱米莉的二姐夫——接着说,"您既不喜欢司法界人士,又拒绝那些没有贵族头衔的财主,真使我弄不明白您到底要在哪一个阶级里挑选丈夫。"

"特别是,爱米莉,你还有那种以瘦为美的观念。"中将指挥官也加上一句。

"我知道我自己需要什么。"爱米莉回答。

"我的妹妹需要一个光辉的头衔,一个标致的青年,一个有希望的前途,"男爵夫人说,"和十万里弗尔年金的收入,打个比方说,就像德·麦尔赛先生那种人!"

"我的亲爱的姐姐,"爱米莉说,"我知道我不会像我所眼见的许多人一样非常愚蠢地结婚的。现在,为着避免对这些问题的争执,我宣布:有谁如果再提起我的婚姻问题,我就认为他是和我捣蛋的人。"

爱米莉有一个舅公,是个海军中将,最近因为赔偿法案[①]的颁

[①] 查理十世登基以后,以十亿经费赔偿贵族们在革命期的损失。

布而增加了二万多年金的收入，年纪上了七十岁，很溺爱他的外孙女儿，只有他敢对外孙女儿当面说老实话，为着打断这场尖酸的对话，他嚷了起来："不要挖苦我的可怜的爱米莉呀！你们不知道她在等待波尔多公爵①长大成年吗？"

老头子的打诨引起一阵哄堂大笑。

"当心我要嫁给您，老鬼！"爱米莉也回了一句，不过后一句话让笑声淹没了。

"我的孩子们，"伯爵夫人开口了，想减轻爱米莉说话的顶撞程度，"爱米莉也像你们几个一样，总要征求母亲的意见的。"

"呀，我的天！对于我个人的终身大事，我是只顺从我自己一个人的意见。"爱米莉清清楚楚地说。

所有的视线都立刻集中到一家之长的伯爵身上来。每个人都怀着好奇心，想看看伯爵用什么方法来应付才能保持他的尊严。老贵族不单在社会上享有极大的声誉，而且他较一般的父亲更为幸福，他爱整个家庭的崇敬，家里每一个人都认识他的坚定不移的品质，这些品质是伯爵为全家人创造幸福的基础。因此伯爵受到全家深切的尊敬，就像英国家庭和欧洲大陆某些贵族门第对于家长的尊敬一样。当时出现一阵异常的沉默。同桌吃饭的人，看看赌气而傲慢的女儿，看看面色严厉的伯爵夫妇，眼睛在他们身上转来转去。

"我已经让我的女儿爱米莉对自己的命运负责。"这就是伯爵用深沉的声音说出来的回答。

所有的亲戚和同桌吃饭的人这时都用好奇和怜悯的眼光望着爱米莉小姐。伯爵的回答好像正式宣布父亲的慈爱已经到了尽头：对于这个全家认为无法改变的性格，已经由于厌倦而放弃了感化它的

---

① 波尔多公爵（1820—1883）是查理十世的孙儿，当时只有七八岁。

工作。女婿们互相低语，三个哥哥和他们的妻子交换讥讽的微笑。从那一天起，每一个人对这位傲慢女儿的婚姻都不过问了。只有那位年老的舅公，秉着水手的脾气，是唯一伴着她到处走、忍受她的怪脾气，而且敢和她争吵的人。

议院表决预算以后，一年中最佳的季节来临了。伯爵的家庭是典型的英国式的贵族家庭，不但插足于一切行政部门，而且在下议院里还占了十个议席，每年这时候他们都像一窝飞鸟一般，飞向优美的风景区奥尔奈、安东尼、夏特内等地方去。有钱的税务局长最近为他的太太在这些风景区里买了一所乡下别墅，他的太太是只在议院开会期间才住在巴黎的。美丽的爱米莉虽然蔑视平民阶级，但是还没有做到对有钱平民所提供的享受也蔑视起来的程度。她跟着姐姐到她的富丽堂皇的别墅去，主要的原因倒不是她舍不得离开都已到那里去的家里人，实在是因为社会的风尚迫使每个有点身份的女人在夏天不得不离开巴黎。苏城①葱绿的原野是社会风尚和公共舆论所公认的最佳的避暑胜地。

苏城的郊区舞会，由于被人重视，俨然成为一种制度，在塞纳省一带享有盛名。然而塞纳省以外的人士是否得知却是很受怀疑的，因此我们有必要向读者作个详细的交代。苏城四郊号称风景优美，但也可能十分平常，只不过由于巴黎的小市民们整天窝在屋子里，一旦跑到郊外，就不分好歹地赞美起来。至于奥尔奈地方富有诗意的浓荫密林、安东尼地方的小丘和比埃佛尔地方的峡谷，由于住着几位游历过许多地方的艺术家和一些喜欢挑剔的外国人，而且还有许多不乏风韵的标致女人，使人不能不认为巴黎人挑选这些地方是很正确的。但是苏城地方对于巴黎人士却另有一种巨大的吸

---

① 苏城是一个小城，离巴黎十公里。

引力，这就是每逢星期日举行的苏城舞会。在一所风景优美的花园中，一个巨大的凉亭，四面敞开，上头是又薄又阔的尖圆形屋顶，架在很雅致的支柱上面，下边是一所跳舞厅。这就是乡间的音乐和舞蹈之宫。每年这个季节，附近最会摆架子的别墅主人也很少不来这里露一两次面，他们或者前呼后拥，大队人马而来；或者乘着漂亮的轻车，疾驰而过，给安步当车的行人扬去一脸灰尘。苏城舞会吸引了成群的律师帮办，医生和被巴黎商店内部潮湿的空气养成了白净面皮的青年们蜂拥地来参加，因为他们希望在这里看看上流社会的妇女，也希望上流社会的妇女看看他们，很少使他们失望的是总能看到一些像法官一样狡猾的年轻的乡下姑娘。舞厅乐队的位置是在这圆形大厅的中心，许多小市民的婚姻就在乐队的音乐声中孕育出来。如果屋盖能讲话，它会说出多少恋爱故事来呀！当时巴黎近郊也有两三处舞会，但总比不上苏城舞会来得吸引人，原因就是这里有各色人等的混杂，而且凉亭、美景和引人入胜的花园更是不可否认的优点。爱米莉头一个表示愿意化装为平民，参加这个快乐的乡下舞会，她认为这样做一定非常有趣。大家对她的意见都很惊奇，然而"微服出游"不正是大人先生们最有意趣的享受吗？爱米莉小姐很得意地想象那些小市民的一举一动，她预感到自己迷人的眼睛和动人的微笑将在许多小市民的心目中留下不可磨灭的印象；她预先讪笑那些自命不凡的跳舞女郎，而且削尖了几支铅笔，准备速写一些景象来充实她的讽刺画册。经过很不耐烦的等待，星期日终于来了。普拉纳家里提早吃了晚餐，全体步行去参加舞会，他们认为自己是降低了身份去为舞会增光的，因此不愿意暴露身份。五月里的黄昏在那天仿佛为了他们而特别美好。德·封丹纳小姐到了凉亭以后，很惊奇地发觉有些看上去是属于上流社会的人物在跳四人舞。她看见这边那边有许多青年人仿佛是将一个月节省下来的钱留在今天炫耀一下,她看出来有几对快乐忘形的男女显然没有夫妻关系。各种不同的景象俯首即是,不必她去细心找寻。她很惊奇地发觉穿着棉布衣服和穿着软缎衣服的两种人同样的欢欣愉快;而且小市民们轻快合拍地跳着舞,有时比贵族们跳得更好。大部分的女子都打扮得简朴得体。在舞会中代表当地土皇帝的农民们很有礼貌地围聚在一个角落里。因此爱米莉小姐要相当费劲地去研究舞会中的各种成分,才能找到讥笑的对象。然而她来不及发动她的冷嘲热讽,也没有余暇去倾听那些漫画家最喜欢搜集的卓绝的谈吐了,傲气凌人的她,猛地在这片广大的原野里发现了一朵色彩鲜艳的花朵(比喻笔法目前正在流行,让我们也来一个比喻吧),使她顿时产生耳目一新的感觉。有时我们心不在焉地注视一件袍子、一块彩布、一张白纸,竟不能立时看出上面有一粒斑点或者一小块特别光亮的地方;然后过了不久,这些地方突然跳进我们的眼帘,就像它们只在我们看见之后才存在一样。和这种情形相仿,德·封丹纳小姐突然在一个青年的身上发现了她梦想已久的最完美的身材和面貌。

她坐在那些环绕着舞厅的粗糙的椅子上,故意坐在她家里人的最外边,以便能够随心所欲地站起来跟着厅里的人潮走动。她肆无忌惮地拿着单眼镜对准一个在她前面两步远的男子细细端详,好像在批评或者赞美一尊半身人像,或一幅风俗画。整个大厅是一幅活动的图画,她的视线掠过了画面,被眼前的男子吸引住了,仿佛这个男子是故意安置在图画的角落里,色彩特别鲜明,占据图画的近景部分,和其余的画中人物比例极不相称似的。

这个陌生男子孤单一人带着梦幻的神情轻轻地倚在大厅的一根支柱上,抱着胳膊,斜侧着身子在那里待着,好像让画家为他画像似的。外表漂亮利落,神情高傲,然而一点也没有矫饰的地方。头部微微向右倾,显出四分之三的面部,像亚历山大、像拜伦,或者像其他伟大人物一样,可是丝毫看不出他做出这种姿势有招惹人家注意的意思。他凝视着一个在跳舞的女郎,视线追随着她的动作,表露出关切和爱护的神情。他的瘦长的身材和从容的气度使人想起阿波罗的标准体格。美丽的黑色头发在高阔的前额上天然地卷曲着。德·封丹纳小姐一眼就看出他穿的是质地优良的麻布,崭新的山羊皮手套显然是上等制品,细小的双脚很合适地套在爱尔兰皮的长靴里。他一点也不像时髦的浮华少年那样浑身挂满了不三不四的装饰品,只是在他的剪裁合适的背心上飘着一根黑带,上面系着他的单眼镜。眼界很高的爱米莉从未看见过男子的双眼像他的那样被那么长和那么弯曲的睫毛荫蔽着。男性的茶青色的面容,带着忧郁和困扰的神情。他的嘴似乎经常带着微笑,嘴角似乎随时要向上提起。但是这种表情与其说来自他内心的欢愉,不如说是一种哀愁的风韵。在这个脑袋里,有无限的对于将来的憧憬;在这个人身上,不平凡的地方太多了,使人不得不说:"这是一个俊俏青年或者一个美男子!"看见他的人都渴望认识他。最犀利的观察家也不得不承认:这是一个有才能的人物,只是被不知什么重大利益所支使,才跑来参加这乡下节日。

这一大堆观察的结果只花了爱米莉一两分钟的时间,在这短短的过程中,这位杰出的男子,经过严格的分析研究后,已成为爱米莉私底下崇拜的对象。爱米莉并没有这样想:"他必定是法兰西贵族院的议员!"她却想:"啊!只要他是贵族,他应该是贵族……"她没有继续想下去就猛地站起来,向着那根柱子走过去,她的哥哥中将指挥官跟着她。她表面上装出在看那些快乐的四人舞,实际上是运用女人们擅长的技巧,眼睛瞟着这边,把青年人的一举一动全部收入眼底。她向青年人走过去,陌生男子很有礼貌地让过他们兄妹俩,走开去靠在另外一根柱子上。这点礼貌很伤了爱米莉的自尊心,像当面被人侮辱那样难过。爱米莉就抬高了声音很放肆地和她的哥哥说笑起来,她的头部装出种种姿态,不停地运用手势,毫无必要地大笑起来,目的不是为了取悦她的哥哥,而是想吸引那位沉着的陌生男子的注意。这些玩意儿一点也没有用,陌生男子连头也没有回过来。爱米莉跟着他的视线望过去,才发觉了青年男子分心的原因。

在她面前跳着四人舞的人群中,有一个脸色苍白的小姑娘,有点像吉洛德①那幅《苏格兰行吟诗人奥赛安②迎接法国战士图》里面的苏格兰女神。爱米莉以为她就是最近住在邻村的一个著名的英国贵妇。小姑娘的跳舞对手是一个十五岁的青年,红红的双手,南京布裤子,蓝上装,白鞋,全副心神地跳着舞,从他身上足以证明:她对跳舞的嗜好使她不严格挑选她的舞伴。她的轻快步伐使人忘记了她孱弱的外表,不过一层淡淡的红晕已经在她苍白的两腮上显现出来,脸上渐渐有了血色。德·封丹纳小姐走近一点,想等对舞重复的时候,小姑娘跳回原来地位,可以让爱米莉细细地看看她。这时陌生男子忽然走上前来,弯下身子,用又温柔又带点命令的口气对那位标致的小姑娘说起话来,爱米莉在旁边听得清清楚楚:"克拉拉,好孩子,不要再跳了。"

克拉拉生气地稍微噘了一下嘴唇,低下头表示服从,然后微微地笑了。对舞跳过之后,青年男子像个恋人那么小心地把羊毛披肩披在年轻姑娘的肩上,找一处避风的地方让她坐了下来。过了一会儿,德·封丹纳小姐看见他们站起来,兜着圆形的大厅散步,好像要离去的样子,她就找了一点借口,说要看看花园的景致,跟着他们走过去。她的哥哥狡黠地装出一无所知的样子,陪着她漫无目的

---

① 吉洛德(1767—1824),法国画家,属大卫画派。
② 奥赛安,3世纪苏格兰的行吟诗人。

地到处溜达。爱米莉终于瞧见了这漂亮的一对踏上一部轻巧的双人马车,旁边有一个骑着马、穿着制服的男仆侍候着。青年人把马缰摆齐以后,从座位的高处漫无目的地向人群望了一眼,他瞧见了爱米莉,这是爱米莉头一次接触他的视线。接着他又回过头来望了她两次,使爱米莉的心里感到一点满足。年轻的姑娘也跟着他回过头来两次,是因为妒忌吗?

"我猜想你现在把花园看够了吧,"爱米莉的哥哥对她说,"我们可以回去跳舞了。"

"我很愿意,"她回答,"您看她是不是英国贵族达德利夫人的亲戚?"

"达德利夫人可能有一个男亲戚,"德·封丹纳男爵说,"但是一个年轻的女亲戚,不会的。"

第二天,爱米莉小姐表示要骑马出外兜圈子,她说,这对于她的健康是非常有益的。从此以后,她在不知不觉间使年老的舅公和哥哥们养成了每天早晨陪她出外骑一会儿马的习惯。

她特别欢喜在达德利夫人所住的乡村附近盘桓。然而她始终没有找到那个陌生男子,虽然她天天骑着马到处寻找,好像很有希望一下子就可以找到他似的。她参加了几次苏城舞会,但是在那里再也看不到那位天外飞来的英国青年,他的到来好像专门为了来支配和美化她的梦境。对于一个少女的初恋,障碍本来是一种很好的刺激,爱米莉个性坚强,越困难便越会固执地去寻找,然而到了后来,她也一度感到绝望,几乎想放弃了。事实上即使她在夏特内乡村附近再兜些日子也不会碰见那位不相识的男子的,因为那个她听见名字喊作"克拉拉"的年轻姑娘不是英国人,那个所谓外国人的青年男子也不住在充满了鸟语花香的夏特内附近。

一天黄昏,爱米莉和她的舅公骑马出游。在这些晴朗的日子里，舅公的痛风病好久不发作了。他们在路上遇见了达德利夫人，这位出名的外国贵妇坐着四轮敞篷马车，在她旁边的男子是德·王特奈斯先生。爱米莉认出了他们两个，于是以前她的一切设想和假定都在片刻之间毁灭了，像梦幻般毁灭了。像一个在期待中受了欺骗的女子那样愤怒，她迅速地掉转马头，让她的爱尔兰小马飞快地向前奔驰，她的舅公费了好大的气力才追得上她。

"我大概是太老了，所以不了解年轻人的心情，"老舅公一面放马奔驰一面想，"也许现在的年轻人和过去的一代不同。我的外孙女儿到底怎样了呀？她现在又慢了下来，让她的马一步一步走着，像骑着马的警察在巴黎街道上巡逻一样。也许她想捉弄这个老实的小市民吧？这个行人看来好像一个吟诗作赋的诗人，他的手上不是拿了一本小册子吗！呀！我的天！我真是一个大傻瓜，他不就是我们到处找寻的那个青年男子吗？"

想到这里，老舅公立刻控制住坐骑，使自己一声不响地走近外孙女儿。爱米莉的这位舅公德·盖嘉路爱伯爵经历过 1771 年以来的那些充满了风流事的岁月，是个风月场中的老手，因此他立时就猜出来：爱米莉在极端偶然的机会里遇见了苏城舞会的那个陌生男子。德·盖嘉路爱伯爵虽然因为年老而看不清楚，可是他的一双灰色眼珠仍然从外孙女儿的镇静外表中看出来她正因意外的奇遇而浑身哆嗦。爱米莉的犀利的双眼呆呆地凝视着在她前面平静地走着的那个陌生男子。

"一点儿也不错，正是他！"海军中将想，"她要像一条海盗船尾随着一只商船那样地跟着他。到后来她又要眼睁睁地看着他走开，又要绝望地猜想她所爱的人到底是谁，是个侯爵呢？还是个平民？这些年轻人到底少不了一个像我这样的老家伙……"

突然间他出其不意地将马儿一夹，迫使外孙女儿的马儿跑开了，他很快地从外孙女儿和青年男子中间窜过，来势猛烈，使那个青年不得不纵身跳到路旁草地斜坡上闪避。他立即勒紧了马，吆喝着："您难道不会躲开点吗？"

"呀！对不起，先生，"青年人回答，"我想不到您差点儿把我掀倒，我还要向您道歉。"

"怎么样？朋友，说下去呀！"海军中将尖厉地说，声音里带着冷笑，含有侮辱的意味。

同时，德·盖嘉路爱伯爵举起马鞭来，像要鞭打马儿似的，将马鞭在青年的肩膀上点了一下，又说："自由的小市民是讲道理的，讲道理的人应该是聪明人。"

青年人从斜坡上爬起来的时候，正好听见这句讥讽的话，他抱着胳膊，用很激动的声音说："先生，我真不能相信您有了这么花白的头发，还要找些决斗的事来寻开心。"

"花白头发？"海军中将打断了他的话，大声嚷道，"您说谎了，我的头发不过是灰色的罢了。"

这样开始的一场口角，几秒钟后，就越来越凶，竟使青年人按捺不住性子发作起来。德·盖嘉路爱伯爵看见他的外孙女儿从远处回过马儿，脸上带着不安的样子，正向他们走来，就赶紧将自己的姓名告诉青年，关照这位陌生人在回马过来的年轻姑娘面前不要声张，因为她是受他保护的。青年人听了这番说话之后，只好微微一笑，随即将自己的一张名片交给海军中将，告诉伯爵他住在舍佛娄斯乡的一所别墅里，用手指点那所别墅给伯爵看，就迅速走开了。

"我的外孙女儿，您差点儿把这小子弄伤了，"伯爵一边说，一边赶紧向爱米莉迎上去，"您简直不懂得怎样控制您的马儿。您害我留在这里降低身份去为您补救错误。如果您自己留在这儿呀，只要您瞟一眼,或者说一句您不生气时所说的动听话,那就一切都好办了,您差点儿折断他的胳膊呢。"

"我的亲爱的舅公,闯祸的是您的马儿,不是我的马儿呀!我相信您真的不能再骑马了,您已经不像去年骑得那么好。不过与其说废话……"

"废话?天晓得!难道得罪了您的舅公不算一回事吗?"

"难道我们不应该上前去看看这个青年是不是受了伤吗?他走起路来一跛一跛的,舅公,您看!"

"没有的事儿,他在奔跑咧。哼,我刚才狠狠地教训了他一顿。"

"呀!舅公,我认得您咧。"

"站住!我的外孙女儿,"伯爵抓住爱米莉坐骑的马络头,使马儿停了下来,"我看不出有什么必要去巴结这些店员,他能够被您这么漂亮的姑娘或者被我'美丽的母鸡号'战舰的司令官撞倒在地上的话,还算他有福气咧!"

"您怎么知道他是一个平民呢?我的亲爱的舅公。依我看来,他的举止是高贵的。"

"今天谁的举止不高贵呀!我的外孙女儿。"

"不,舅公,并不是每个人都有上流社会人士在交际场中所养成的仪容和举止的,我敢和您打赌,这个青年一定是个贵族。"

"您刚才没有充分的时间去仔细观察他。"

"不过,这不是我头一次看见他呀。"

"这也不是头一次您要找他。"海军中将笑着说。爱米莉脸红起来。伯爵让她发窘了几分钟之后才接着说:

"爱米莉,您知道我爱您像爱我的孩子一样,因为家庭中只有您一个人具有高贵出身应有的高傲气质。天晓得!我的外孙女儿,谁能相信高尚的原则会变得这么稀少呀?好吧,让我做您的心腹吧。我的亲爱的,我看出来您对这位青年贵族不是没有意思的。嘘!如果我们挂着错误的旗帜航行,家里人会讥笑我们的,您当然懂得这个意思。因此,让我来帮助您吧,外孙女儿。我们两人保守秘密,我答应您,我要将他带到我们的客厅里来。"

"什么时候呀,我的舅公?"

"明天。"

"我的亲爱的舅公,不要我承担什么义务吧?"

"一点也不要,而且您可以轰炸他,火烧他,或者当他是一只古式的大船,让他待在那里,睬也不睬他,假如您喜欢这样做的话。他不是头一个到这里来受这种待遇的人,是吗?"

"我的舅公,您讲这样的话,到底算不算善良的人呀?"

伯爵一回到家里,就戴上眼镜,暗中从口袋里抽出那张名片来,念着:"马克西米利安·龙格威·桑地爱路。"

"放心好了,我亲爱的外孙女儿,"他对爱米莉说,"您尽可以安心的把您的捕鱼叉向他投去:他属于我们这些古老门第之一。如果他现在不是法兰西贵族院的贵族,他迟早总要是的。"

"您从什么地方知道这许多事情的呀?"

"这是我的秘密。"

"那么您连他的姓名也知道了?"

伯爵一声不响地点了点灰白的头。他的头像橡树的树干,周围有几片枯叶被秋天的寒风卷着飞翔。瞧见伯爵点头,爱米莉就跑过来施展她的永远有新鲜魅力的娇媚。她学会了拍老海军的马屁,她像孩童似的撒娇,极力爱抚他,用温柔的话语向他哀求,甚至吻他,想使他说出这个重要的秘密来。平时老头子是惯于和他的外孙女儿耍弄这类小把戏来消磨时间的,结果总是老头子让步,买一些珠链之类的装饰品给她。这一次他却故意让她不断地爱抚,不断地哀求，偏偏装作无事人儿似的，毫不动容。开玩笑的时间拖得太长了，爱米莉一度生气，把爱抚变为咒骂，赌气噘着嘴不作声。最后终于被好奇心所征服，又过来重新哀求。老海军耍起外交手腕，要她庄严地答应下面几件事：从今以后不许她过分放肆，要更温柔些，不许任性；不许过分浪费金钱。最要紧的是，一切事情都要告诉他，不许对他保守秘密。讲好了条件，他在爱米莉雪白的前额上亲了一个吻，算是签订了条约，他才把爱米莉带到客厅的一个角落里，让她坐在自己的膝盖上，拿出那张名片，用两个拇指遮盖着，然后把"龙格威"一个字母一个字母地露出来，坚决拒绝让她多看一个字。这么一来，爱米莉内心的爱情更加炽热。几乎整个晚上她沉溺在美丽的梦境里，这些美丽的梦境曾经使她产生了许多希望。她一直在追求奇遇，现在奇遇来了，她认为自己理想中富有而幸福美满姻缘已经不是渺茫的幻景了。她像所有青年人一样，对于恋爱和婚姻的危险茫然无知，只为了恋爱和婚姻的骗人的外表而产生热爱。这种一时冲动而产生的爱情，可以说是一种又甜蜜又痛苦的错误，对于那些没有充分经验来掌管自己的未来幸福的年轻少女们，将使她们一生受到不幸的影响。第二天早上，爱米莉还没睡醒，她的舅公已经跑到舍佛娄斯去了。在一所漂亮别墅的庭院里，他认出那位昨天被他故意侮辱的青年，他带着那种经历过两个朝代的老头子的亲昵的礼貌，向那青年走过去。

"呀！我亲爱的先生，谁想到我到了七十三岁的年纪，还要和我的最要好的朋友的儿子或者孙子闹意见呀？我是海军中将，先生。这岂不是可以向您说明我把决斗看成像点燃一支雪茄烟一样吗？在我从前的时候，两个青年一定要相互看见了他们的血才能变成好朋友[1]。

---

[1] "见了血才成为好朋友"，有些像中国的"不打不相识"。"见血"指决斗。

我是个水手，昨天我离船的时候喝了太多的酒，所以才撞到您的身上来。请握我的手！我情愿受一个龙格威的一百次白眼，而不情愿使他的家庭遭受最轻微的痛苦①。"

青年人虽然极力用冷淡的态度对待德·盖嘉路爱伯爵，但是过了不久，也被伯爵的真诚友好的态度所感化了，就让伯爵握了握他的手。

"请您骑上马儿吧，"伯爵说，"如果您没有其他要紧的事，请不要客气，跟着我走，今天我来是特地请您到普拉纳别墅里吃晚餐，我的外甥德·封丹纳伯爵是一个值得结识的朋友。呀！我还想介绍您认识五个著名的巴黎美人，以补赎我昨天对您的无礼。哈，哈！青年人，您的眉头展开了。我喜欢青年人，我喜欢他们得到幸福。他们的幸福使我想起了我年轻时快乐的日子，在那些日子里浪漫和决斗都不缺少，那时候多么快活呀！而现在你们这班青年每样事情都要考虑，都有顾虑，好像我们没有经过15世纪和16世纪似的。"

"先生，难道我们没有理智吗？16世纪只给欧洲带来宗教自由，而19世纪才带来了政治自由……"

"呀！不要谈政治。我是一个大傻瓜，我不阻止青年人去当革命党，只要他们肯让王上保留随时解散他们集团示威的自由。"

他们到了树丛中。前面有一株树身很瘦细的小枫树，伯爵勒住了马，拿出手枪，在十五步外开枪击中了树身。

"亲爱的，您看，我是不怕决斗的。"伯爵半正经、半开玩笑地望着龙格威先生说。

"我也不怕！"青年回答，很快地在手枪里装上子弹，瞄准伯爵打过的枪洞，一枪打去，击中了伯爵枪洞的近旁。

---

① "使家庭遭受痛苦"，是指决斗的结果"不死必伤"而言。换言之，老人家不愿意决斗。可是"不愿决斗"将被视为"怯懦"，必致被人轻视，所以加以解释。

"呀！这真是所谓上流青年了！"伯爵很兴奋地叫着。

在散步的过程中，伯爵早已把青年视为自己的外孙女婿，便找出种种借口来查问他的生活细节，打听他的各方面的知识。这些知识在伯爵的心目中认为是一个贵族所应该具备的。

"您欠债吗？"伯爵在提出了许多问题之后又提出了这个问题。

"我不欠，先生。"

"什么！供给您消费的东西您都付清了账吗？"

"正是这样，先生，否则我们就丧失信用而且丧失了人家的尊敬。"

"那么最低限度您总有几个情妇吧？啊！您脸红了，我的朋友……习俗真是变得厉害。青年人被那些法律观念、康德哲学和自由思想害了。您没有吉玛尔①，没有杜黛②，没有债主，也不懂得徽章学③，这样，我的年轻的朋友，您就不够上流。要知道：有谁如果不在青春时代干下些荒唐事情，他就要在年老的时候干。如果我今天在七十岁时还保有八万里弗尔年金的入息，正是因为我在三十岁的时候把我的本钱都吃掉的缘故……哦！和我的太太一同花的，每分钟都用得很光荣。不过，您虽然有些缺点④，还是可以到普拉纳别墅里做客的。您已经答应来了，我等着您。"

"多么古怪的一个小老头儿呀！"年轻的龙格威想，"精力充沛，活泼快乐，虽然看起来像个好人的样子，但是我还是不相信他。"

第二天，近4点钟的样子，正当人们散在客厅里或在弹子房的时候，仆人进来通报："德·龙格威先生来了。"大家听说这是

---

① 吉玛尔（1743—1816），巴黎名女伶、舞蹈家。
② 杜黛（1752—1820），巴黎名妓。
③ 贵族阶级在盾牌上绘制图案或狮子之类的动物，作为家徽，代表自己的身份和职位。后来关于这类徽章的规则和考据等成为一种专门学识。
④ 龙格威并无"缺点"，老头儿偏说："您虽然有些缺点"，乃是一句俏皮话。

德·盖嘉路爱伯爵顶中意的青年，所有的人，连打弹子正在紧张关头的人，都奔过来了，一面想看看德·封丹纳小姐的态度，一面想观察一下这位"人中凤凰"到底为什么能够在许多情敌当中得到最高的评价。龙格威先生的衣着入时而简朴，态度潇洒自然，外表彬彬有礼，声音温和而动人心弦，使整个家庭对他产生了好感。他厕身于税务局长富丽堂皇的住宅中丝毫没有局促不安的样子。他的谈吐是一个上等人的谈吐，大家很容易看出来他曾经受过良好的教育，而且见多识广，学问很有根底。海军中将谈到船只建造问题的时候，曾经引起了一场轻微的争论，龙格威在争论中很内行地运用适当的术语，以致一位女太太说他好像是从多艺理工学院[1]毕业出来似的。

"太太，"他回答说，"我认为能够进入这所学校是很光荣的。"

虽然大家都很诚恳地挽留他吃晚餐，他还是很有礼貌然而也很坚决地拒绝了，他只用一句话来回答那些太太，他说他是他妹妹的希波克拉脱[2]，妹妹体弱多病，需人看顾。

"先生，您大概是个医生吧？"爱米莉的一个嫂嫂带着讥讽的口吻问。

"龙格威先生是多艺理工学院的毕业生。"爱米莉很善意地回答，她知悉舞会里的那位年轻姑娘是龙格威的妹妹时，满心喜悦，脸泛红光。

"可是，亲爱的妹妹，医生也可能先在多艺理工学院里读过书呀，是吗，龙格威先生？"

"太太，绝对可能。"青年人回答。

---

[1] 多艺理工学院，巴黎著名学校之一，创于1794年，属陆军部，培养炮兵、工兵、开矿、交通工程等技术人才。

[2] 希波克拉底（公元前460—前380），古希腊伟大的医学家。此处即指"医生"。

所有的眼睛立刻都望着爱米莉。爱米莉带着不安的好奇心注视着这位风流潇洒的青年。直到他微笑着说出下面这句话时,爱米莉才松了一口气:

"太太,我没有充当医生的光荣,而且我为着保持自己的独立,也没有进交通工程团服务。"

"您做得很对,"德·盖嘉路爱伯爵说,"可是为什么您认为做一个医生是很光荣的呢?我的年轻的朋友呀,像您这样的一个人……"

"伯爵先生,我对于一切有用的职业都无限地尊敬。"

"我同意。不过我以为您尊敬这些职业就像一个青年人尊敬一个老寡妇一样吧。"

龙格威先生的访问既不太长也不太短,当他看见自己获得了所有的人的好感,而且引起了他们对他的好奇心时,他就告退了。

"这是一个狡猾的家伙。"德·盖嘉路爱伯爵送了龙格威出去之后回到客厅里说。

德·封丹纳小姐是唯一事先知道这次访问的人,因此她着意地修饰,以期吸引龙格威的注意。可惜龙格威并没有像她意想中那样注意她,这使她有些伤心。家里人很惊奇地发觉她始终保持沉默,平时有新的客人到来的时候,她总是大献娇媚,总是滔滔不绝地讲话,而且尽量运用她的迷人眼波和姿态。这一次也许是青年人的悦耳的声音和翩翩风度使她着了迷,使她真正地产生了爱情,因此她才有了转变,她完全除去了假装和矫饰的态度,变为简朴和自然,使她出落得更加美丽。几个女眷认为这是更进一步的献媚的办法,她们认为爱米莉看中了这个青年,因此不肯一下子展露自己的长处,要等到他对她也有意思的时候,才将自己的长处显示出来。家里每一个人都渴望知道这个任性的姑娘对这位陌生客人的意见。晚餐的时候，每一个人都说出龙格威先生的一些长处，而且都认为是自己单独发现的，只有德·封丹纳小姐一言不发地沉默了好久。后来她的舅公说了一句稍带讥讽的话，才打破了她的沉默。她也用讥讽的口吻说："这种天下无双的完美一定掩藏着重大的缺点，对于这么狡猾的人单看一眼是不能下判断的。"又说："能够讨每个人喜欢的人是不能令人喜欢的——最大的缺点就是一点缺点也没有。"爱米莉像所有在恋爱中的少女一样想将自己的爱情隐藏在内心深处，因此才欺骗那些包围着她的阿尔居斯们①。然而过了半个月光景在这个人口众多的家庭里，已经人人知道这个小小的家庭秘密了。龙格威先生第三次来访，爱米莉相信大部分是为着她的缘故，这个发现使她惊喜欲狂。不过她的自尊心仍然受到伤害：她是惯于使自己成为众人的中心的，可是这一次她不得不承认有一种力量在吸引她，使她不由自主地失去主宰。她试图抵抗，但总无法将这个俊俏后生的面影驱逐出心坎。后来她又产生了新的顾虑。龙格威先生有两种长处，这两种长处是和大家的好奇心，尤其是爱米莉的好奇心抵触的，那就是他说话非常小心而且出乎意外的谦逊。爱米莉在谈话中很巧妙地用说话来套他，想使他说出自己的身世，他总能像外交家那么乖觉地躲避，保守着自己的秘密。她谈到绘画，龙格威先生讲起来很内行。她玩弄音乐，他又能用行动来证明他钢琴弹得很好。一天晚上，他将自己美妙的歌喉和爱米莉配合着唱了一首西玛洛沙②所作的最美的二部合唱，大家都被他迷惑住了。可是问问他是不是音乐家时，他又用美妙的说笑和打诨应付过去，使那些精于捉摸人家心意的太太们无法猜出他到底属于社会上哪一阶级。就连老舅

---

① 阿尔居斯是希腊神话中有一百只眼睛的巨人，经常有五十只眼睛日夜轮番张开注视着。这里阿尔居斯是指爱米莉的哥嫂和姐姐等。
② 西玛洛沙（1749—1801），意大利作曲家。

公鼓起勇气来质问他，龙格威也用软功夫躲避开去，使他的有魅力的秘密依然隐藏着。由于在普拉纳别墅里是讲究礼貌的，任何好奇心都不超出礼貌所允许的范围，因此他能很容易地始终成为别墅里的"标致的陌生客人"。爱米莉被这一点秘密弄得很苦恼，于是她想：从妹妹那边去打听这些秘密，效果一定会比从哥哥这边好吧？克拉拉·龙格威小姐一直隐藏在幕后，必须把她拉出场来。她的舅公头一个表示赞成她的计划，他熟谙这个行动犹如他熟谙指挥船只那样。过了不久，别墅里的全体仕女都表示极端欢迎这位可爱的姑娘，提议邀请她来散散心。普拉纳别墅筹备召开一个不拘客套的舞会，邀请克拉拉小姐，这个邀请被接受了。可太太们都认为从一个十六岁小姑娘的嘴里套出一些口风来并不是一桩有希望的事。

好奇心不能满足，爱米莉产生了一点怀疑，在她的心上添上一层薄薄的暗影。然而即使如此，她的整个心坎仍然充满了光明，她享受着生存的幸福，由于另外一个人生存着，生命对于她有了新的意义。她开始注意到社会关系。也许是幸福使人变好，也许是她没有工夫去讥笑他人。她不像从前那么尖酸刻薄了，她变得温柔宽厚了一些。

她性格的转变使家里人又惊奇又快乐。也许她的自私自利性格真的蜕变成为爱情了吧？等待她那位怕难为情而在私底下爱慕她的恋人的到来，对于她是无边的快乐。他们两人并没有说过一句关于爱情的话，然而她知道她被爱上了，她多么高兴地在恋人面前炫耀她的多种多样的才能呀！她发觉对方也在细细地观察自己，于是她就尽力克制自己身上的一切缺点。这岂不是她对于爱情的一种敬礼，然而对于她自己却是一个残酷的谴责吗？

她想讨对方欢喜，对方欢喜她；她爱，她也被爱。家里人知道她性格高傲，不肯让人家知道她内心的秘密，就索性让她自由，使她能够充分地享受那一点一滴的稚气的幸福，这些幸福使初恋变得迷人而热烈。不止一次,爱米莉和她的恋人单独两人在花园的小径上散步,花园被大自然装饰得像一个去参加舞会的姑娘。不止一次,他们无固定话题地随便闲谈,那些最没有意义的语句,正是蕴藏着最丰富的感情的语句。他们时常在一起欣赏落日的景色。他们一起采集小白菊,将花瓣一片一片地摘下来[1]。他们合唱热情的歌曲——贝尔各莱兹[2]和罗西尼[3]的名曲——作为传达他们内心秘密的忠实的媒介。

舞会的日子到了。通报的仆人固执地把贵族标志的介词[4]加在龙格威兄妹姓氏的前面。在舞会中克拉拉和她的哥哥成为那一天的英雄。德·封丹纳小姐生平第一次带着愉快的心情看着一个年轻的姑娘受人欢迎。她真诚地给克拉拉许多温柔爱抚,而且对她小心体贴,平常这些女子间的柔情只有在要激起男子的妒忌时才做的!爱米莉有一个目的:她想探出一些秘密。然而克拉拉小姐是个女子,有女性的特点,她比哥哥更细心、更聪明,她一点也不露出小心谨慎的神气而能将谈话从金钱地位这些话题上支开,她做得这么迷人,以致惹起了德·封丹纳小姐的妒忌,替她起了个绰号:"美人鱼"。爱米莉虽然有计划地引诱克拉拉讲话,事实上倒是克拉拉在查问她。爱米莉想品评克拉拉,结果反让她品评了自己,更使爱米莉愤恨的是,她时常让克拉拉狡猾地套出口风,使她在谈话中透露出自己的性格。克拉拉的谦逊诚恳的态度的确容易使人相信她,绝对不怀疑她含有任何恶意。有一次爱米莉因为被克拉拉所挑动,很

---

[1] 法国青年男女往往把小白菊的花瓣一片一片撕下来,撕一片,念一句下列的句子,周而复始,一直撕到最后一片,看停在哪一句上,以占卜自己的爱情前途。那些句子是:"她(或他)爱我""少许""很多""热烈地""如痴似狂""一些都不"。
[2] 贝尔各莱兹(1710—1736),意大利作曲家。
[3] 罗西尼(1792—1868),意大利著名作曲家。
[4] 在姓氏的前面加上介词de(德),是贵族的标志。

不谨慎地说出了一些反对平民阶级的话来，自己懊悔了，显出不安的样子。

"小姐，"美丽的克拉拉对她说，"我时常听见马克西米利安说起您，因为我爱他的缘故，我非常想认识您，而想认识您不正是爱您吗？"

"我的亲爱的克拉拉，我对那些非贵族阶级说了这样的话，我真怕得罪了您。"

"哦！放心吧。目前这一类讨论是没有目标的。至于我，这些牵涉不到我，我和这问题没关系。"

不论这句回答傲慢到什么程度，德·封丹纳小姐却因此而深感愉快。因为她像所有在热恋中的人们一样，以解释卜卦的方法去解释这句回答，专从符合自己愿望方面着想。因此她再回去跳舞的时候更加快活了，她凝视着龙格威，觉得他的风流潇洒的外表似乎更超过她理想中的情人。一想到他是个贵族，她就更加心满意足，黑色的眼珠发着光，以所爱的人儿在近边的全部愉快跳着舞。一对恋人从来未曾达到现在这样心心相印的程度，在他们搭配着跳对舞的时候，不止一次，他们觉得手指尖儿在发抖。

一对恋人在乡间的节日和欢乐声中到了初秋的日子。他们让自己在生命最温柔的爱情之流中浮沉着，而且用各种各样的小故事来加强爱情，这些小故事是人人想象得出的，因为恋爱在某些地方总是相似的。他们两人相互研究着，像恋人们尽情研究对方一样。

"根底浅薄的爱情这么快就变成自由恋爱的婚姻，这是从来没有的呀！"老舅公这么说。他注视着这对青年男女，如同一个生物学家在显微镜下观察一只昆虫一样。

这句话惊醒了德·封丹纳夫妇。德·封丹纳不像他过去所说过的那样——对于他女儿的婚姻不加过问。他到巴黎去打听，得不到什么结果，于是他委托巴黎市政府的一个官员去调查龙格威家庭的情况。在调查没有结果以前，这个神秘的谜使他感觉不安，他认为应该关照他的女儿，叫她谨慎行事。

对于父亲的这一个忠告，女儿是用勉强的、嘲弄的态度来接受的。

"我亲爱的爱米莉，如果您爱他，最低限度请您不要对他说出来！"

"爸爸，我的确爱他，不过我要等您准许我的时候才告诉他。"

"可是，爱米莉，想一想，您对他的家庭、他的职业还一点也不知道呀！"

"如果我不知道，那是我自己愿意这样。爸爸，您曾经希望我早点结婚，您曾准许我有选择的自由，现在我已经不可挽回地决定我的选择了，您还要什么呢？"

"我还要知道，我亲爱的孩子，您所选择的那一位，到底是不是法兰西贵族院议员的儿子。"可敬的老贵族讽刺地回答。

爱米莉沉默了一分钟。后来她抬起了头，望着她的父亲，很不安地对他说："难道龙格威家族……"

"已经绝了后代了。罗斯登·灵堡老公爵于1793年死在断头台上，他就是龙格威家族最后一支小宗的末一个后裔。"

"可是，爸爸，也有许多很好的家族是私生子的后代。法国历史上有无数的亲王在他们的贵族家徽上加上横线的。"

"你的观念大大地改变了。"老贵族微笑着说。

第二天是封丹纳全家在普拉纳别墅的最后一天。被父亲的忠告严重地扰乱了心情的爱米莉，很不耐烦地等待龙格威照着平时习惯到来，以便从他那里得到一个解释。晚餐以后，她独自一人走到花园里散步，向着他们惯常在那里倾吐心情的树丛走去，她知道龙格威会到那里找她。她一面走着，一面想着用什么方法可以不失身份地骗出这项重要的秘密来。这是一桩非常困难的工作。直到目前为止,她并没有直接承认过她对这位陌生客人的爱情。像马克西米利安一样,她也在暗中享受初恋的温柔滋味,他们两个都是非常矜持的人,大家都怕承认自己的爱。

克拉拉曾经将自己对爱米莉性格上的怀疑告诉马克西米利安·龙格威,这些怀疑是相当有根据的,使龙格威心里忐忑不安,时而被自己年轻而澎湃的热情所控制,时而想冷静地认识和考验一下那位他要信托自己的幸福的女人。他的爱情并没有迷惑住他的眼睛,他看出来爱米莉的被成见所腐蚀的性格。可是他想首先知道爱米莉是否爱他,然后才来想法子破除她的成见,他不愿意用自己的爱情和生命来冒险。因此他始终不说出自己的心情,但可惜他的目光,他的态度和他最细微的举动都将他的爱情暴露出来。在爱米莉这边,一般少女所具有的自尊心在她的身上尤其强烈,因为她有由于家庭出身和自身美貌所产生的那种愚蠢的虚荣,这种自尊心阻止她坦白说出自己的爱情,而这种爱情的日益滋长,却又时时使她想说出来。这样,一对恋人不必说出自己内心的秘密,而双方都本能地了解对方的心情。在生命中的某些时候,年轻的心是喜欢含糊不决的状态的。正由于他们两个都迟迟不谈,他们就好像将这个等待变成一场残酷的决斗:一个想知道另一个是不是爱他,而这一点非要他的高傲的情人肯承认才行;另一个却在等待他随时打破这个过分尊重的沉默。

坐在一条粗陋的长凳上,爱米莉回想三个月来欢乐的日子中所发生的种种事情。她父亲的疑心是她最后的恐惧;然而她做了两三次思考之后,就以一个缺乏经验的少女的心情,断定这些恐惧是毫无根据的。首先她认为自己是不会犯错误的。整个季节中,她在马克西米利安身上并没有发现任何动作,任何言语可以证明他的出身或职业是低下的；相反，他的谈吐却显示出他是个经管国家最高利益的人。"而且，"她想，"一个办公室职员，一个银行家或者一个商人绝不会有这么多的闲暇，能够整个季节逗留在乡下的田野和树林中追求我，自由自在地消遣日子，像一个一生无忧无虑的贵族一样。"正在想得入味的时候，一阵树叶的响声告诉她马克西米利安已经来了，大概正在带着仰慕的心情偷看她。

"您知道这样偷看人家是非常坏的吗？"她微微笑着对他说。

"特别是当年轻的姑娘在想心事的时候。"马克西米利安意味深长地回答。

"为什么我不能够有我的心事？您自己倒可以有您的！"

"那么您真的在想心事吗？"他笑着说。

"不，我在想您的心事，我的心事我自己很清楚。"

"可是，"马克西米利安抓住爱米莉的胳膊，夹在自己的胳膊下面，温柔地喊道，"也许我的心事就是您的心事，而您的心事也正是我的心事呀！"

他们走了几步，正好停在一堆树丛下面，树丛被落日的余晖照耀着，像一块红棕色的云朵。自然的美景使这一刻添上了紧张庄严的气氛，马克西米利安的突然亲密的动作，尤其是她的胳膊感觉到他的沸腾的心在剧烈跳动，都使爱米莉兴奋起来，这种被最简单和最无意识的偶然事件所引起的兴奋最能使人激动。上流社会的青年女子平时在拘束中生活，一旦感情爆发起来，过去的拘束就使爆发的力量更加猛烈，这是她们遇见一个热情的恋人时所能遭遇的最大危险。爱米莉和马克西米利安的眼睛从来不像今天那样道出这许多平时不敢说出口来的事情。陶醉在这种状态中，他们很容易就忘记了那些自尊心和矜持的信条，也忘记了那些互不信任的冷酷的警惕。

开头，他们只能紧紧地握着手来表达彼此间愉快的心情。

"先生，我有一个问题要问您。"经过一段长时间的沉默，又慢慢地向前走了几步之后，德·封丹纳小姐战栗着，用激动的声音开口说，"我希望您明白，这个问题是我在家庭中所处的尴尬地位使我不得不提出来的。"

爱米莉结结巴巴地说了这几句话之后，就停了下来。接着是一阵可怕的静寂。在沉默中，平素这么高傲的一个姑娘，竟不敢接触她的恋人的明亮的眼光，她暗中觉得她自己要说的下半截话非常卑鄙。

"您是贵族吗？"说完了这半截话，她恨不得立刻钻到一个湖的底下去。

"小姐，"龙格威面上变了色，严厉中带着威严，很郑重地说，"我可以直截了当地回答您的问题，可是我要求您首先用老实的态度回答我向您提出的问题。"

他放开爱米莉的胳膊，年轻的姑娘立刻感觉好像自己孤独一人在生存着。他对她说："您查问我的出身，到底是什么用意？"

她冷了半截，像木头似的呆在那里，半晌不说话。

"小姐，"马克西米利安继续说，"如果我们相互不了解，我们就不能继续下去。我爱您，"他的深沉的声音软了下来，说出了这句话，使爱米莉不由自主地发出了一声幸福的欢呼，"那么，"他的脸上也露出了欢愉的面色，"为什么还要问我是不是贵族呢？"

爱米莉的内心深处好像有一个声音在呼喊："如果他不是贵族，他会这么说话吗？"她温和地重新抬起头来，好像要从青年人的眼光中汲取新生命，伸出了胳膊给他，似乎表示和他言归于好。

"您以为我把官职爵位看得很重要吗？"她带着促狭的狡黠说。

"我没有什么头衔可以献给我的妻子，"他一半快活、一半严肃地回答，"可是我要娶的妻子既是贵族出身，而且她的有钱的父亲又使她过惯了富贵幸福的生活,我就知道为了这个选择我应该负担些什么义务。所谓爱情能够满足一切,"他快活地加上一句,"只是对于情侣而言,至于夫妇,除了以苍穹为屋顶和以绿茵为地毯之外,还需要更多的一些东西的。"

爱米莉心里想:"他很有钱。至于官衔,可能是他想试试我。一定是人家在搬弄是非,说我偏爱贵族,说我要嫁给一个法兰西贵族院的贵族,毫无疑问这是我的几个假装正经的姐姐和嫂子们在捉弄我。"

"先生,我向您保证,"她抬高了声音说,"我过去对于人生和社会有过一些很不正确的想法;可是到了今天,"她一面说,一面故意用一种可以使他发狂的眼光睇视着他,"我已经懂得什么是一个女人的真正的财富。"

"我必须相信您在讲真心话,"他温和而郑重地回答,"我亲爱的爱米莉,如果您重视物质享受,那么,在今年冬天,大概不到两个月的样子,就有值得我骄傲的东西献给您。这就是我藏在这里的唯一的心事,"他指着他的心坎,"因为这件事情的成功与否,牵涉到我的幸福,我不敢说'我们的幸福'……"

"喔,说呀!说呀!"

他们回到客厅去的时候,两人是放慢了脚步,一路上喁喁密语走回去的。德·封丹纳小姐觉得她的恋人从来没有像今天这么可爱,这么英俊。刚才的一段谈话,证实了她已经获得这位使一切女子羡慕的男子的心,因此他的瘦长身材,他的潇洒风度,在她看来更富于吸引力。他们两人合唱了一支意大利二部合唱曲,声音里充满着丰富的感情,以致满座都热烈地鼓掌赞美。他们分离时相互道别的口气好像在订立盟约,其中隐藏着他们的幸福。总之,对爱米莉来说,这一天是一条链条把她和陌生男子的命运更密切地联系起来。刚才他们表白心情的时候,龙格威所显示出的力量和威严,似乎使爱米莉对他产生了敬意，没有这点敬意，真正的爱情就不可能存在。当她独自和父亲留在客厅的时候，她的父亲向她走过来，很亲切地握着她的双手，询问她对于龙格威的家庭和财产状况是不是已经打听出一些眉目来。

"是的，我亲爱的父亲，"她回答，"我比我过去所希望的更加幸福。总之，龙格威先生是唯一我愿意嫁的人。"

"很好，爱米莉，"伯爵说，"我知道还剩下些什么手续让我去办。"

"难道您知道有什么阻碍吗？"爱米莉有点着急起来。

"亲爱的孩子，谁也不知道这个青年男子的底细，不过，除非他是个坏蛋，否则，既然你爱他，我就把他当作亲儿子看待。"

"坏蛋？"爱米莉说，"我绝对放心。我的舅公是我们的介绍人，可以为他作担保。亲爱的舅公，请您说一句，他是个水老鼠、海贼，还是个海盗？"

"我早知道要搞到这地步的。"老海军从瞌睡中苏醒过来喊道。

他朝客厅里张望，用他常讲的句子来形容，爱米莉已经像桅尖闪光①那样不见了。

"好吧，舅父，"德·封丹纳伯爵说，"关于这个青年的一切，您既然知道，怎么能够不告诉我们呢？您应该看出来我们的心事呀！龙格威先生是贵胄出身吗？"

"我对于他是既不认识夏娃，也不认识亚当②，"德·盖嘉路爱伯爵嚷着说，"这个傻女孩子把她的心思告诉我，我就用我自己特有的方法把她的圣·普乐③带来给她。我只晓得这个男孩子是个神

---

① 航海时，桅尖往往发出闪光。这里是"非常迅速"的意思。
② 根据《圣经》，亚当是人类之父，夏娃是人类之母。不认识他们就是完全不知道对方的底细。
③ 圣·普乐是让-雅克·卢梭的著名小说《新爱洛伊丝》(1761)中的男主角。

枪手，精于狩猎，打弹子打得出神入化，是下棋和掷骰子的能手，他的剑术和骑术和从前的圣佐治骑士①一样好。他对于我们葡萄产地的知识异常广博；他的数学像一本数学题解那么准确；他的绘画、唱歌和跳舞都是第一流。我的天，你们还要些什么？如果他不是一个十全十美的贵族，我倒要请你们找一个像他这样多才多艺的平民来！找出一个像他这样过着贵族化生活的人来！他在做事情吗？他毫无身份地上办公室吗？他在你们称做什么司长局长的那些暴发户前面打躬作揖吗？他挺起胸膛走路。他是一个男子汉。还有，我刚才在背心的口袋里又找到他给我的名片，他递给我的时候还以为我要割断他的喉咙哩，这个可怜的天真的孩子！现代的青年真是一点也不乖巧。喏，这就是他的名片。"

"桑地爱路五号，"德·封丹纳一面念着名片，一面竭力回忆他所得到的关于龙格威的情报，"真是见鬼！这是什么意思呀？这个地址是巴尔玛·卫勃吕斯特公司的所在地，他们主要的买卖是洋纱、棉布和印花布的批发生意。哦，对了，下议员龙格威在这家公司里是有股份的，一点不错。不过我知道龙格威只有一个三十二岁的儿子，他一点也不像我们这位陌生客人，而且龙格威给了他儿子五万里弗尔年金想使他讨一个部长的女儿做媳妇；他也像其余的人一样，抱着晋封为贵族院贵族的野心。我从来没有听他说起过这个马克西米利安呀！他有女儿吗？这个克拉拉又是谁？任何阴谋家都可以自称为龙格威呀！这家巴尔玛·卫勃吕斯特公司不是因为在墨西哥和美洲投机失败而几乎要倒闭吗？我一定要弄清楚这些问题。"

"你自言自语地好像在舞台上独白，你把我算作零吗？"老海军突然说，"你难道不知道，只要他是贵族，我的船舱里就有不少

---

① 圣佐治骑士（1745—1799），法国的军官、音乐家、著名击剑家。

的钱袋①可以补救他的没有财产的缺点吗?"

"至于这一层,只要他是龙格威的儿子,他一点也不需要什么。不过,"德·封丹纳把头向左右摇动,"他的父亲并没有用金钱来捐官买爵。在大革命以前他是个检察官,自从第一次复辟以后,他在自己的名字前面加上了贵族的介词,一直保持到现在,而且得回了一半财产。"

"好呀!那些父亲被吊死的人真是幸福②!"老海军很快活地说。

这个值得纪念的日子过了以后三四天,在11月里一个美丽的早晨,寒冷的早霜正在清洗巴黎的林荫道,德·封丹纳小姐穿了一件她自己首创的新式皮大衣,和她两个嫂嫂一同出游。这两个嫂嫂以前曾经被她肆意讽刺过。三个女人出游的目的,不单是为了试坐一部漂亮的新车和炫耀她们为冬季时装创造的新式样服装,主要的还是为了去看看一种女用围巾,那是她们听到她们的朋友说在和平街转角的一家大布店里出售的。三个女人走进了店堂以后,爱米莉的嫂嫂男爵夫人扯了扯爱米莉的衣袖,向她指点:柜台里面坐着马克西米利安·龙格威。龙格威正在用熟练的商人手势把一个金币交给一个织布女工,而且好像和那个女工争论着。这个"标致的陌生客人"手里拿着布样,使人无法再对他的可敬的职业还有任何怀疑。爱米莉立时浑身冰冷地战栗着,可是没有被人察觉。上流社会的礼节使她不动声色地藏过了内心的疯狂愤怒,她回答她嫂嫂的一句:"我早知道了!"音调无可比拟地抑扬得体,使当代最优秀的女伶也要为之羡煞。龙格威抬起头,以一种绝望的镇静把布样放进

---

① "我的船舱里就有不少的钱袋",意思是说:"我有财产可以给他"。老海军三句不离本行,所以提起"船舱"。
② "那些父亲被吊死的人",指保王党的后裔。法国大革命时,这些保王党逃的逃,被吊死的被吊死,财产被没收。查理十世登位,以十亿法郎赔偿他们的损失。上句:"而且得回了一半财产",就是指这次的赔偿。

衣袋,向德·封丹纳小姐致了敬礼,向她走过来,用一种穿透心坎的眼光注视着她。

"小姐,"龙格威回身跟着他走过来、惶惑不安的织布女工说,"我再派人去清算账款,这是本店的手续。不过,"他把一张一千法郎的钞票交给青年女工,凑到她的耳边说,"拿着,这是我个人给您的。"他转身又向爱米莉说,"小姐,我希望您原谅我。这些生意上的事情真压迫得人没有办法,您的好心肠不会怪我吧。"

"先生,我以为这跟我是丝毫不相干的。"德·封丹纳小姐回答,眼睛望着龙格威,神气安定,带着讥讽的、漠不关心的表情,好像她是第一次看见他。

"您的话当真吗?"马克西米利安哽咽着问。

爱米莉以无可比拟的无礼转过身来,把背向着他。这短短的一问一答是用低沉的声音说的,两个充满好奇心的嫂嫂并没有听见。三个女人买了围巾之后,都坐上了车子。爱米莉正坐在前面的椅子上,不由自主地向这间可恨的商店投射最后的一瞥。她看见马克西米利安在店堂里站着,交叉着胳膊,露出战胜了这种突如其来的不幸打击的神气。他们的视线接触了,两个人的眼光里都表示绝对不肯让步。两个人都想残酷无情地伤害对方的心,那颗自己所爱着的心。在转瞬之间两个人中间的距离变得那么远,好像一个在中国,另一个在格陵兰一样。虚荣心不是有一种气息可以使一切都干枯吗?目前爱米莉心里的剧烈斗争,是一个年轻的姑娘所从来未经历过的,她正在收获自己种下的苦果,而且是异常的丰收,从来傲慢与偏见未曾在人的心中撒下这么多痛苦的种子。她的面貌本来是鲜艳润滑的,现在显出了一条条黄色的纹痕,一粒粒红色的斑点,雪白的双颊有时突然间变成青绿色。为着在她的嫂子们面前隐藏她的痛苦,她笑着对她们品评一些行人或者一些可笑的装束,然而这是不自然的痉挛的笑。如果她的嫂子们趁机讥讽她，向她施行报复，倒也罢了，可是嫂子们却可怜她和同情她，保持着沉默这就更加伤了她的心。她运用了自己的全副精力来使她们和她闲谈，在谈话中她用一些不近人情的理论来发泄自己的愤怒，用下流的讥讽和刻毒的言语来咒骂一切商人。回到家里，她突然发起寒热来。起初病势很凶，一个月以后，经过亲属的看护和医师的悉心诊治，总算如全家所愿，她逐渐痊愈了。人人都希望这一次教训能够改变她的性格，然而爱米莉在痊愈以后又不知不觉地恢复了过去的习惯，重新回到社交界里来。她声称犯错误没有什么可耻。她说：如果她像父亲那样在下议院里有点势力的话，她要建议颁布一种法律，命令一切商人，尤其是棉布商人，要像贝里①的绵羊一样，在额角上打下烙印，一直到三代为止。她认为贵族们应该穿着路易十五时代宫廷里的侍臣穿起来非常好看的那些法国古式服装，而且只有贵族有权这样穿着。其他诸如此类的说话，每遇到什么偶然事件牵涉到这一问题时，她就滔滔不绝地说出来。那些真正爱她的人从这些冷嘲热讽中领会出凄凉的意味。不必解释就可明白，马克西米利安·龙格威仍然统治着这颗不可解释的心。有时她的性情突然柔顺起来，就像她在那段不长久的恋爱时期里的样子，有时她又暴躁得使人不能忍受。她的痛苦是一桩公开的秘密，家里人知道这就是使她发脾气的根源，都原谅她在性格上这种忽晴忽雨的变化。只有德·盖嘉路爱伯爵能够稍微控制她，因为他把金钱供她尽情挥霍，这是安慰巴黎少女的最有效的方法。德·封丹纳小姐第一次在驻那不勒斯②大使的公馆参加舞会。当她和舞会里的几个主要人物一起跳四人舞的时候，她瞥见龙格威在几步之外正在向她的舞伴点头招呼。

---

① 贝里，法国古省，省会布尔热在今法国中部（稍偏西）。
② 那不勒斯王国，首城那不勒斯，包括意大利南部和西西里岛。1860年并入意大利。

"这个青年是您的朋友吗?"她用轻蔑的态度问她的男伴。

"他是我的弟弟。"他回答。爱米莉不由得打了一个寒噤。

"啊!"他用热烈的口气接着说,"他真是世界上良心最好的人……"

"您知道我的名字吗?"爱米莉突然打断他。

"我不知道,小姐。对于人人挂在嘴上的名字——也许我应该说人人记在心上的名字,我居然没有记住,我承认这是一种罪过。不过我有值得原谅的理由:我刚从德国回来。我的大使从德国回到巴黎休假,今天晚上叫我陪伴他可爱的太太来参加舞会,您看,她就在那边角落里。"

"倒是地道的悲剧面孔。"爱米莉端详了大使夫人之后说。

"可是她正摆出要跳舞的姿势呢,"青年笑着说,"等会儿我必须要陪她跳舞,因此我现在要从您这里得到一些补偿。"

德·封丹纳小姐弯腰致谢。

"我真想不到,"健谈的大使馆秘书继续说,"会在这里遇见我的弟弟。我从维也纳到这里的时候,正得知他卧病在床的消息。我本来想先去探望他,再来参加舞会,可是在政界里服务,我们并不是时常都有空闲时间去享受家庭之乐的。我的'女主人'不容许我去探望马克西米利安。"

"令弟不像您这样在外交界服务吗?"爱米莉问。

"不,"大使馆秘书叹了一口气说,"可怜的弟弟是为我而牺牲的!他和我的妹妹克拉拉放弃我父亲的财产,使父亲能够集资给我一笔世袭财产。我父亲也像其他拥护内阁的下议员一样,渴望得到贵族院议员的爵位。他已经有了十分把握了呢!"说到这里他放低了声音,"我的弟弟凑了一些资金参加了一家银行的投资。我知道最近他在巴西成功了一笔买卖,可以使他变成百万富翁。我曾经利用我在外交界的关系助了他一臂之力,您看我该多么高兴!我急不可待地等待着巴西公使馆的一封电报,这封电报可以使他不再皱着双眉。您觉得他怎样?"

"依我看来,令弟的样子不像是专心在金钱上打算的人。"

"怎么!"他微笑着说,"你们这些小姐居然能够从一个人的额角上看出他在恋爱吗?"

"令弟在谈恋爱吗?"她问道,脸上露出渴望多知道一些事情的神情来。

"是的。他像母亲般带领着我的妹妹克拉拉,是克拉拉写信告诉我,说他在今年夏天疯狂地爱上了一个非常漂亮的女子,以后我就听不到关于他的恋爱的消息了。您相信吗?这个可怜的孩子每天早上5点钟起床,跑去很快地把公事办好,以便在下午4点钟以前赶到他的爱人所住的乡下去。就这样他把我送给他的一匹可爱的良种马给骑坏了。我说话太多了,小姐,请原谅我,因为我是从德国回来的。一年以来,我没有听见过地道的法国话,我渴望看看法国人的面貌,我看够了德国人,我的爱国狂热竟使我有时想对着一座巴黎来的烛台说话!可是今天我在一个外交家的公馆里很放肆地讲话,那倒是您的过错,小姐。不是您提起我的弟弟吗?讲到他,我的话就说不完了。我想告诉所有的人:他是多么好,多么慷慨。这不是一件小事情,这是关系龙格威采邑每年十万里弗尔年金收入的一件事呢!"

德·封丹纳小姐能够得到这些重要消息的另一个原因,是当她知道对方是她所鄙弃的恋人的哥哥时,她立刻很乖巧地查问她的舞伴,而她的舞伴对她丝毫不起疑心的缘故。

"您以前真的能够眼看着您的弟弟做洋纱棉布买卖而丝毫不感觉痛苦吗?"爱米莉在跳完了对舞的第三个步法以后这样问。

"您从哪里得来的消息?"外交官反问她,"谢天谢地!我虽然说话很多,可是我已经掌握了说话的艺术,只说我要说的话,像我所认识的许多见习外交官一样。"

"这是您告诉我的,我向您保证。"

大使馆秘书很惊奇地望着德·封丹纳小姐,心里起了疑云,他用探索的眼光望望他的弟弟,望望他的舞伴,他猜出了一切。他合拢着双手,眼睛朝天花板望着,笑着说:

"我真是一个傻瓜!您是舞会里最漂亮的小姐,我的弟弟不停地偷看您,他带着病来跳舞,而您假装没有看见他。请您完成他的幸福吧,"他一面说,一面陪伴她回到她舅公那边去,"我不吃醋,不过您成为我的弟妹我心里多少有点难过……"

然而一对恋人却坚持着不肯让步。近半夜2点钟的时候,大家在宽阔的阳台上吃夜宵,为着便利,大家挑熟人坐在一起,桌子好像在酒馆里那样摆法。恋人们是经常有巧遇的,德·封丹纳小姐凑巧坐在一张坐满了贵宾的桌子旁边,马克西米利安也是这些贵宾之一。爱米莉很留神地倾听邻桌的谈话,具有龙格威那种风度和面貌的男女青年坐在一起的时候,话题总是牵涉到男女爱情上面的。龙格威谈话的对手是一个那不勒斯籍的公爵夫人,眼睛明亮发光,洁白的皮肤像软缎般柔滑。马克西米利安装出和她很亲密的样子,尤其伤了德·封丹纳小姐的心,因为今天晚上她对这位恋人的爱,比过去增加了十倍。

"对呀,先生,在我们的国家里真正的爱情是肯牺牲一切的。"公爵夫人很娇媚地说。

"你们比法国女子更加懂得爱情,"马克西米利安一面说,一面将他火热的眼睛望着爱米莉,"法国女子都是爱慕虚荣的。"

"先生,"爱米莉很快地说,"诽谤祖国是最坏的行为,爱国心是世界各国人民都应该有的。"

"小姐，您难道相信一个巴黎女子肯跟着她的爱人到任何地方去吗？"公爵夫人微微冷笑地说。

"呀！让我们说得清楚一点，太太。一个巴黎女子可以跟着她的爱人跑到沙漠地带，搭上一个帐篷住在那里，可是不会跟他坐在商店的柜台里面。"

爱米莉说完以后还加上一个表示轻蔑的手势。因此，爱米莉自幼所受的可悲的教育，使她第二次断送了自己在生长中的幸福，而且影响到她的整个生命。马克西米利安外表上的冷淡态度，和另一个女人的微笑，使爱米莉不由自主地又说出这一类讥讽话来，这已经成为她屡戒不掉的恶习。

"小姐，"吃完了东西，女士们离桌起身时声音嘈杂，龙格威趁机对爱米莉低声说，"永远不会再有别的男子像我这样热诚地关心您的幸福，在我将要离开您以前，请您允许我向您提出这个保证。再过几天，我就要动身到意大利去了。"

"大概是带着一位公爵夫人动身吧？"

"不，小姐，我带着的是致命的重病。"

"也许是一场易醒的幻梦吧？"爱米莉不安地望了他一眼。

"不，"他说，"我所受的创伤是永远不能复原的。"

"您不会动身的。"爱米莉微笑着用命令的口气说。

"我一定走！"马克西米利安很严肃地说。

"我预先警告您，到您回来的时候，我也许已经结了婚。"她娇媚地说。

"我也这样希望。"

"无礼的东西！"她叫起来，"居然这么狠心地报复！"

过了半个月，马克西米利安·龙格威和他的妹妹克拉拉动身到温暖而充满着诗意的意大利风景区去了，剩下德·封丹纳小姐被剧烈的悔恨咬啮着心灵。年轻的大使馆秘书参与了他弟弟的爱情纠纷，用很厉害的方法对爱米莉施行报复，把一对恋人决裂的原因公布出来。爱米莉过去对马克西米利安肆意地讥讽，他也用同样方法加倍地奉还。他经常向达官要人们描绘爱米莉怎样憎恨商店的柜台，怎样以女将军的姿势组织十字军向银行家进攻，她的爱情怎样在洋纱买卖中烟消云散等等，使听的人都微笑起来。德·封丹纳伯爵迫不得已只好运用自己的势力给奥古斯特·龙格威弄了一个差使，派他到俄罗斯去，免得他的女儿被这个年轻而危险的敌手弄成人人的笑柄。过了不久内阁鉴于贵族院里贵族们的意见动摇不定，不得不增加一批议院贵族以加强实力，于是，纪洛丁·龙格威就被晋封为法兰西贵族院议员和子爵。德·封丹纳也被晋封为贵族院议员，这是对于他过去在艰难日子里忠心耿耿服务的报酬。同时，也因为他这样一个著名人物不能不在世袭的议院里占一席位的缘故。

　　在这一段时期中，爱米莉由于年岁增长，对于人生也有了严肃的看法，她的行为和态度都有了显著的改变：她不像过去那样对她的舅公说些凶狠的话，她经常用使人发笑的亲热态度替他拿着拐杖；让他挽着臂膀行走，坐上他的车子，陪伴着他到处散步；她甚至对舅公说，她喜欢嗅他的烟斗的气味，她每天坐在烟雾腾腾中念他爱读的《每日报》①给他听，狡猾的老海军经常故意把烟朝着她喷；她研究纸牌的打法，以便和她的舅公两人斗牌。最后，这位任性非凡的年轻姑娘竟能够很耐心地倾听她的舅公一次又一次唠叨述说他过去服役过的战舰"美丽的母鸡号"和"巴黎市号"的历史，

---

① 《每日报》，当时巴黎大报之一。

德·徐佛朗①的首次出征,以及阿布基尔之战②。老海军虽然经常夸口说他自己富于经验,过分熟悉经度和纬度,不致会被一只小小的战艇所俘虏③,然而一天早上,巴黎所有的客厅却得到了德·封丹纳小姐和德·盖嘉路爱伯爵结婚的消息④。年轻的伯爵夫人不停地召开豪华的宴会以麻醉自己。不过在这些旋涡的深处她所找到的只是无比的空虚:富贵荣华掩饰不了她内心的痛苦和不幸。大多数时候她虽然强作欢笑,但是美丽的脸颊上仍然透露出沉重的凄凉来。对于他的年老的丈夫,爱米莉却服侍得小心周到。时常,在乐队的愉快的乐声中,他回到自己的房间去,一面走一面说:

"我不认识我自己了。我在婚姻的苦工船上熬过了二十年的苦役,居然能够等到七十二岁的年纪登上'美丽的爱米莉号'船上充当舵手!"

伯爵夫人的一举一动都是规行矩步的,使最会批评的人也觉得无懈可击。有些人以为海军中将给自己保留着财产处分权,以便能够紧紧地抓住他的夫人:这是对于舅公和外孙女两大的毫无根据的侮辱。两夫妻在外表上都很小心谨慎,以致特别喜欢打听他们闺房秘密的青年人也无法猜出来到底老伯爵是以丈夫的身份还是以父亲的身份来对待他的夫人。只是大家时常听见老伯爵说:他收留外孙女像收留一个在海上遭难的人。又说:他以前从惊涛骇浪中救起他的敌人时,也从来未曾滥用过主人的权力。伯爵夫人虽然有红遍巴黎社交界的野心,虽然渴望着能够和当代最著名的贵妇人并驾齐驱,然而她始终拒绝德·波当迪埃尔子爵对她的热恋和追求。

---

① 德·徐佛朗(1726—1788),出征印度,打败了英军。
② 阿布基尔,埃及地名。1798年,英将纳尔逊败法军于此。1799年,拿破仑又在此打垮了土耳其军队。
③ "小小战艇"指德·封丹纳小姐。老海军自夸有主张,最后却爱上了外孙女。
④ 依照《拿破仑法典》,这样的亲属结婚是许可的。

他们结婚两年后,有一次爱米莉正在巴黎圣日耳曼贵族区的一家贵族门第家里做客,这家人家是把爱米莉视为遵守贵族传统的模范的。爱米莉听见仆人通报:德·龙格威子爵驾到。她当时坐在客厅的一个角落里,正和德·佩斯波里主教玩纸牌,因此没有人注意到她内心的激动。她回过头来,正好看见她从前的恋人充满着青春的光辉走进来。马克西米利安的父亲死了,他的哥哥受不了圣彼得堡的酷寒,也过世了,世袭的议院贵族的封号就落到马克西米利安的身上。他的财产比得上他的学问和才能。前一天,他正在议会里以他年轻锋利的口才左右议会的决议。这时他出现在凄凉的伯爵夫人面前,他还没有结婚,具备着她以前的理想爱人的一切条件。凡是有待嫁女儿的母亲,都千方百计地设法和他攀亲,大家从他的翩翩风度上断定他是具有优良品质的人。然而爱米莉认识他比谁都更清楚,她知道德·龙格威子爵有坚定不移的品格,明智的女子就会看出来这是妻子幸福的保证。她朝海军中将望了一眼,照他惯常的说法,他还能够在船上支持好久呢!她不由得咒骂起她儿时的错误来。

这时,德·佩斯波里主教很慈祥地对她说:

"太太,您把'心花的皇帝'调换出来①,我赢了。可是您不必后悔,赢来的钱我是留给我的修道院的。"

1829年12月,巴黎

---

① 纸牌有四种花样,心形是其中一种。在法文,"心花的皇帝"也可作"心上的皇帝"讲,这里一语双关,指爱米莉换错了牌,也讥讽她失去理想的爱人。

猫打球商店

献给玛莉·德·蒙托小姐

在圣丹尼街的中部,靠近小狮街角,不久前有着一所宝贵的店面房屋,资格之老,可以让历史学家作为描写过去巴黎的蓝本。在这所老宅的摇摇欲坠的墙壁上,好像涂满了象形文字。那些横木和斜木,在屋子正面的粉泥上,勾勒出许多并行的小裂痕,构成X形和V形,行人除了把它们叫作象形文字以外,还有什么名字可叫呢?即使是最轻的车辆驶过,这些橡木的每一根都在榫眼上震动。这所古老可敬的建筑物的顶是三角形的,这种式样在巴黎已经快要找不到了。被巴黎不正常的气候所侵蚀的屋盖,向街道上突出三尺,一方面保护了台阶不受雨淋,另一方面遮掩着顶楼的墙壁和没有栏杆的天窗。顶楼是一块块木板砌成的,这块木板的下端钉在那块木板的上端,好像盖屋顶的青石板那样,无疑是想减轻这座不牢固的房子的负担。

4月里一个下雨天的早晨,一个青年人紧紧地裹着大衣,站在这所老宅对面一家商店的屋檐下,像个热心的考古学家似的细细端详这所古屋。这所16世纪平民阶级的遗物,确有不少地方值得他研究。每一层楼都有它的特点:二层楼有四个又长又狭的窗户,彼此靠得很近,窗的下端装有方形木格,目的是使室内光线模糊,这样狡猾的店主就能利用这光线使布匹显出顾客所需要的颜色。青年人好像对房屋的这个主要部分非常蔑视,他的视线并不在那里停留。三层楼的百叶窗向上摺着,高大的窗门装着波希米亚玻璃①,窗后挂着黄色的罗纱小窗帘,仍然引不起青年人的兴趣,他的注意力特别集中在四层楼的平凡的十字窗上,窗框很粗糙,尽可以陈列在工艺馆里,作为法国细木工初期产品的标本。窗上装着小块玻璃,它们的绿颜色绿得那么深,如果不是那青年人有极好的眼力,他就看不出窗内挂着蓝色方格布窗帘,窗帘掩蔽着内室的神秘,挡住了爱偷看者的视线。有时候,这位观察者,因为瞧不出什么结果来,又因为这座房子和整个地区埋在静寂中,感到厌烦,就将视线移到房屋的底层。当他重新瞧见楼下店面时,一个不由自主的微笑就浮上他的嘴角;这里的确有些可笑的东西。一根巨大的木梁,横架在四根柱子上,柱子仿佛弯曲着,好像经不起这破房子的重压,木梁上厚厚地漆过一层又一层的颜色,层次之多,好像一个年老公爵夫人脸颊上的胭脂。在这根宽阔而颜色厚重得像浮雕的木梁正中,有幅古画,画着一只正在拍网球的猫。引起青年人发笑的就是这幅古画。但是应当说,就是当代最有才华的画家,也创作不出这么滑稽的画来:猫的一只前爪抓住一个和它自己一样大小的网球拍,用后脚站起来,正在瞄准一只由一个穿绣花衣服的绅士向它打过来的巨大的球。画的内容、颜色、陪衬,一切都安排得使人相信绘画者有意跟店主和行人开玩笑。年深月久使这幅天真的图画变了样,有些地方剥落模糊而更显得奇怪,使一些细心的过路人也为之迷惑不解。例如猫的有斑点的尾巴剥落得和猫身分离,而我们祖先的猫的尾巴又粗又长,翘得又高,足以使人把这尾巴误认为一个旁观者。图画的右边,一片碧青色的背景勉强掩饰住

---

① 波希米亚人最早跟威尼斯人学会烧玻璃。波希米亚玻璃表示玻璃古老及质地坚固。

木头的腐朽，在这片背景上有店主的名字："琪奥默"，左边是："舍维来先生的继承者"字样。字母是依照老式书法，把"u"写作"v"，把"v"写作"u"的。阳光和雨水把字母上薄薄的一层金粉吞蚀了大半。这幅图画和两旁的文字，构成了"猫打球商店"的招牌。这类招牌虽然会使许多巴黎商人认为可笑，但是图画里的景象，过去是实有其事的，这是用死的图画描绘活的景象。我们聪明的祖先曾经把一些珍禽异兽当作商店的招牌，吸引了许多顾客跑进他们的商店。例如"织布猪""绿毛猴"等等，都是些关在笼里的动物，它们的聪明灵巧，使过路人大为惊奇。而对它们的训练工作，证明了15世纪实业家的无比耐心。利用这些好奇心，比较目前圣丹尼街还有一些商店悬挂的《天神像》《诚实之神像》《降福图》和《圣约翰断头图》等等，更能招徕主顾，使幸运的店主更快地致富。足见有些人以为世界一天天变得更聪明，近代的滑头商人超过古代的想法是错误的。不过青年人站在那里不是在欣赏那只猫，这幅图画只要看上两眼就可以有很深的印象。他本身也有引人注意的地方：他披着一件仿照古式打褶的大衣，大衣下面露出一双时髦的鞋子，更引人注意的是，在巴黎的泥泞中他竟然穿着一双白丝袜，袜上的斑斑污泥证明他已经等得很不耐烦。看起来他好像是从婚礼或者跳舞会中回来的，因为这么大清早，他手上拿着白手套，而且他的黑色松散的头发作圆圈形垂在肩膀上，说明他的发式是时下流行的"嘉哈嘉拉式"[1]，这种发式是受了大卫派绘画[2]和本世纪初期人们对希腊、罗马式样的狂热崇拜的影响而流行的。除了几个早起的菜贩向市场奔去的声音以外，这条本来非常热闹的街道，这时候是异常静寂，只有那些在这种时间游荡过

---

[1] 嘉哈嘉拉（188—217），罗马暴君，杀死自己的兄弟和两万多人，自己也遇刺而死。其发式是发短，浓密而卷曲，像黑人的头发一样。
[2] 雅克-路易·大卫（1748—1825），拿破仑的首席画师，古典画派的首领。提倡仿古，好绘希腊、罗马时代的人物。

荒凉的巴黎的人才能领会得到。在这种静寂中,巴黎的喧闹声音慢慢复活起来,好像海洋的波涛声从远处传来。这个陌生的青年,若叫猫打球商店的商人看到,会觉得十分古怪,正如猫打球商店在这个青年人的心目中那样。他的白得耀眼的领带,使他的愁闷的脸显得比实际上更为苍白。他的黑眼睛所发出的光芒,有时晦暗,有时明亮,正和他面部的古怪轮廓,以及他在微笑中紧闭着的嘴唇,配合得非常调和。他的由于极度不快而紧皱的前额,有点不祥的征兆。前额岂不是人身上最能使人预见未来的吗?当青年人的前额表达激动的热情的时候,皱纹深深陷入,使人望而生畏,但当他的易于波动的感情恢复平静的时候,前额上却显出一种明朗的韵致,使容貌十分吸引人,而快乐、悲哀、爱恋、愤怒、轻蔑在面容上显现出来,具有这样大的感染力,能激起最冷酷者的共鸣。当青年人正等待得厌烦万分的时候,顶楼上的天窗突然打开,青年人竟没有注意到窗口上探出三个圆团团的、白中透红的快活面孔,也是最普通的面孔,好像某些纪念碑上所雕的神像那样。这三个面孔,装在天窗框里,令人想起云端里伴随上帝的那些胖天使的脑袋。这是店里的三个学徒。他们贪婪地呼吸街上的空气,说明顶楼里面是如何的闷热和发臭。学徒们看见了呆站在那里的青年人以后,显得最快活的一个学徒从窗口上消失了,他再度在窗口出现时,手里拿着一个喷水器,大家显出恶作剧的神气,把一阵淡白色的细雨向青年人头上洒下来,水的香味证明三个学徒的脸颊刚修剃过。随后三个学徒立刻缩进顶楼里,踮起脚尖来欣赏被捉弄的人的愤怒。然而青年人只是满不在乎地抖动他的大衣,他抬头仰望天窗,脸上露出极端不屑的神气,使三个学徒不得不收敛了笑容。这时候,四层楼的一个粗笨的十字窗被一只白净纤细的手沿着窗槽推了上去,这种吊窗的辘轳往往钩不住笨重的玻璃窗,而出人不意地让窗子落下来,于是经过长时间等待的青年人,终于获得了他的酬报。一个容貌清新如水中白花的年轻姑娘在窗口显现出来,头上披着一条打褶的纱头巾,使她显得非常纯洁。她的脖子和双肩,虽然裹在棕色的织物里,但由于睡眠中的翻动,一部分皮肤仍然透露出来。天真质朴的脸上没有丝毫不自然的表情,双眼宁静安详,正是天才画师拉斐尔早就在其杰作中传诸不朽的眼睛,同时也具有典型的处女的优雅和娴静。从睡眠中苏醒过来的面颊,洋溢着青春和生命,正和古旧而粗陋的、有着黑色栏杆的窗户构成鲜明的对照。像日间的花朵在清晨还未舒展因夜寒而蜷缩的花瓣那样,年轻姑娘还没有十分睡醒,她的蓝眼睛起先漫无目地眺望邻近的屋顶和天穹,然后按照习惯低下来俯瞰阴暗的街道,她的视线马上和她的崇拜者的视线接触,爱美的心使她觉得不该在衣衫不整时被人瞧见,她赶紧向后退缩,窗上破旧的辘轳旋转了,十字窗迅速掉下,落得那么快,使得我们今天为我们祖先的这种天真的发明,取了一个可恶的绰号[①]。于是幻象消失了,对于青年人来说,那是一片乌云突然遮住了最明亮的晨星。

这些小事情发生的时候,猫打球商店的玻璃窗的护窗板,像变戏法一样突然被卸除下来,一个和招牌有同样高龄的老仆人把有敲门槌的古旧的门向商店的内墙拉折进去,又以颤抖的手将一块方形的、黄色丝线绣着"琪奥默——舍维来的继承者"字样的绒布系在门上。对于许多过路人来说,猜出琪奥默先生经营什么生意是相当困难的。因为从保护商店外部的粗铁条中望进去,很难看清楚那些像渡海时的鲨鱼一样多的、用棕色布包着的大包裹。猫打球商店的旧式店堂表面上看来很简朴,然而琪奥默先生是巴黎所有呢绒商人中货色最多、关系最广、商誉最佳的人。如果同业中有些商号和政府订了买卖契约而呢绒数量不足时,无论订货数量多大,他总有

---

① 吊窗绰号"断头台窗",因为窗子由嵌槽中落下,像断头台的刀。

办法向同业供应。这个精明的商人懂得运用各种各样的方法来获得最高利润，却不必像他们那样去钻门路或行使贿赂。如果有些同业付给他的是一些很有信用但期限较远的票据的话，他就叫他们到他的公证人那里去贴现，这对于他仍然是一举两得的事，因此在圣丹尼街的商人间流传着一句话："老天爷保佑你不要遇见琪奥默先生的公证人！"由此可见那种贴现是不上算的。老仆人的开门工作刚做完走开，琪奥默先生就像奇迹一般出现，站在猫打球商店的台阶上。他看看圣丹尼街，看看四邻的商店，看看今天的天气，好像远道旅行回来的一个人，在哈佛港登陆时重新看见法兰西一样。等到他看清楚在他睡眠时，一切都没有变动之后，他才看见了站在那里的陌生青年。这青年也在那里聚精会神地观察他，宛如生物学家韩堡在美洲仔细观察他所看见的第一条电鳗[①]。琪奥默先生穿着宽大的黑天鹅绒短裤，杂色袜子和方头银扣的鞋子。他的暗绿色的绒上装，下摆和垂尾都成方形，裹着他微驼的身躯，纽扣是白色的金属制品，使用得久了变成了红色。他的灰色头发梳得那么平贴和整齐，使他的黄色脑盖看起来好像犁过的田。两只仿佛用钻子钻得凹进去的绿色小眼睛，在没有眉毛而略呈红色的眼眶下面闪闪发光。忧患在他的前额留下无数皱纹，像他衣服上的皱褶一样多。他的苍白的脸表现出他有耐心，有商业智慧和生意人所特有的狡猾的贪婪。在那时候，还有许多老家族虽然生活在新的时代中，却还保存着过去的习俗和那些具有行业特征的衣饰，就像生物学家居维埃[②]在石矿中发掘出来太古时代的遗物一样。琪奥默家族的家长就是著名的守旧者之一：琪奥默先生还时常怀念着过去以商人领袖兼任的巴黎市长，而且总是用几十年前的旧名称来称呼商事法庭的判决书。早起

[①] 韩堡（1769—1859），普鲁士著名生物学家。电鳗是南美洲的河鱼。
[②] 居维埃（1769—1832），法国著名生物学家。

也是他的守旧传统之一,他是全家中第一个早起的人,他经常毫不含糊地站在那里等待着他的三个学徒,如果他们迟到,他就责骂他们。三个年轻的学徒最害怕的是星期一早晨,老商人一声不响地盯着他们,要从他们的面孔和一举一动中找出他们偷懒的证据和痕迹来。今天早上老呢绒商人却丝毫不注意他的学徒,他正在猜想那个穿着丝袜和披着大衣的青年人,为什么要很关心地时而注视他的招牌,时而注视他的商店内部。日光已较明亮,可以看见店里用铁丝网围着的柜台,柜台四周挂有古旧的绿色丝质帷幕,台上放着巨大的账册,那是本店前途的不开口的预言书。那个非常好奇的陌生青年似乎对这个地方非常爱慕,好像要描下侧边饭厅的图样似的。饭厅由开在天花板上的一个玻璃窗照亮着,一家人集合在饭厅吃饭的时候,可以很容易望见店门口所发生的最小的事情。一个曾经在"限价时代"[①]生活过的商人,认为一个陌生人这么爱慕他的住宅是很可疑的。琪奥默先生因此很自然地想到这个愁容满面的青年人必然在转猫打球商店的银柜的念头。最年长的那个学徒,暗中欣赏了一阵店主人和陌生青年用眼睛进行的格斗以后,大着胆子站到琪奥默先生站立的石阶上去,只见那个青年正在偷看四楼的窗户。他向街心走前两步,恍惚瞥见奥吉斯婷。琪奥默小姐慌忙从窗口上缩了进去。老呢绒商人对他的大学徒的自作聪明很不高兴,愤怒地瞪了他一眼。然而,陌生青年在老商人和钟情的学徒心中所引起的恐惧突然平息了。因为这时候青年人招呼了一部向邻近地区驶去的出租马车,装出若无其事的样子,匆匆忙忙地踏了上去。他这一走使另两个学徒心上也落下一块石头,本来他们瞧见他们恶作剧的对象还

[①] 法国大革命初期,国民议会政府执政期间,曾因共和政府所发行的纸币价值日渐低落,于1793年5月4日下令限定小麦、面粉及其他粮食的最高价格。所有粮食商人都应将存货登记,并依照限价在市场出售。抬高物价或储粮超过一个月用量以上者处罚。这就是"限价时代"。

站在那里，心里是有些不安的。

"好了，诸位先生，你们抄着手在那里干什么？"琪奥默先生向他的三个学徒吆喝，"他妈的！从前我在舍维来先生那里，这时候我已经检查了好几匹布了。"

"大概是从前天亮得特别早？"第二个学徒嘀咕着，他是负责这一部分工作的。

老商人忍不住微笑起来。他的三个学徒中，除了最年长的一个外，虽则其他两个的父亲是卢维尔和当地的工业资本家，他们把儿子交给琪奥默先生当学徒，一直到儿子们能够自立时为止，只要求十万法郎的代价，可是琪奥默先生认为他的责任是用老式的专制办法将他们严格管教，他驱使他们像黑奴一样工作，这种专制办法在我们时代的新式大商店是想象不出的，近代商店的职员到三十岁便想发财了。三个学徒所完成的工作，足够使十个现代那些爱享乐、乱花钱的伙计忙得要死。没有丝毫声音来扰乱这所庄严屋子里的和平，似乎所有的门窗关节都经常用油润滑，而所有的家具都非常干净，表明了屋主人治家很严和极端节省。他们午餐时，把整整一大块奶酪留给学徒们，并不将奶酪切开，三个学徒装出很敬重这块奶酪的样子，最调皮的一个学徒开玩笑地把最初买进奶酪的日期写在原封未动的奶酪上。诸如此类的恶作剧有时会引起琪奥默两个女儿中年轻的一个发笑，她就是刚才在窗口上出现、使陌生青年着迷的那个美丽的少女。虽然三个学徒，连年资最老的一个在内，都要付很贵的食宿费，但在进餐时，他们中间没有一个人胆敢在吃完正餐以后，仍然坐在餐桌上，等候吃末一道点心。每当琪奥默太太说要调配沙拉①的时候，几个学徒就会想起她怎样吝啬地用手倾倒

---

① 沙拉是一种冷餐菜。

一点点冷餐油。除非他们老早就为这越轨行为预备好一些无可反驳的正当理由。每星期日，三个学徒轮流由两个陪伴琪奥默全家到圣路教堂去做弥撒和参加晚祷。琪奥默的两个女儿维意妮小姐和奥吉斯婷小姐很朴素地穿上花布衣裳，在母亲严厉的眼光监督下，各自挽着一个学徒的臂膀在前面走，后面跟着琪奥默夫妇。受琪奥默太太的影响，琪奥默先生已习惯了拿着两本黑羊皮包装的厚厚的弥撒经本。第二名学徒是没有薪水的。至于最年长的那个学徒，由于他始终如一而且小心谨慎地服务了十二年，已经初步掌握了店里的秘密，可以得到八百法郎作为他劳动的代价。有时在家庭的喜庆节日，他还可以得到一些礼物，这些礼物只由于琪奥默太太用她的干枯而皱瘪的手亲自制造才有价值：例如一些网眼钱袋，琪奥默太太小心地在里面塞满了棉花，使钱袋上的透明图画显现出来。又如一些式样很难看的背吊带，或者几双粗重的丝袜[①]等等。也有时，不过次数很少，这位"首相"能够参与家庭的娱乐，像一起到乡下避暑，或者等待新戏上演了几个月以后，才订下一个包厢，一起去看巴黎早已无人过问的剧目。除此以外，传统的师父和学徒之间的尊卑界限在其余学徒和老呢绒商人之间牢不可破地存在着，使学徒们觉得偷一匹布比破坏这些例规更容易些。这种陋习在今天看来似乎很可笑，然而这些老式商店正是良好习俗和道德的温床。老板把学徒当作养子，学徒们的衣服是老板娘替他们收拾、缀补和翻新的。老板不仅仅在学徒的德行和知识技能方面对他们的父母负责，如果一个学徒病了，老板要像慈母般看护他。病势危险的时候，老板还不惜花费大量金钱来请最著名的大夫为他医治。如果学徒中有品性高尚而遭遇不幸的，这些老商人为着爱惜他的才能，会毫不踌躇地

[①] 丝袜质地轻软，"粗重的丝袜"可见质地粗劣。

将他们的女儿的终身幸福托付给他,而他们在很久以前早已将自己的财产信托给他了。琪奥默就是这些古式人物之一,如果保存了可笑的一面,他也保存了古人的一切优点。因此他的大学徒若瑟夫·勒巴,一个贫苦的孤儿,在琪奥默的心目中就是他的长女维意妮的未来夫婿。然而若瑟夫一点也没有他师父的那种"长幼有序"的思想,他的师父哪怕是天塌下来也不会先嫁次女的,不幸的学徒却一心一意地爱上了次女奥吉斯婷小姐。要理解这份爱情为什么会秘密发展起来,必须进一步说明老呢绒商人的专制家庭的内部情况。

琪奥默有两个女儿。长女维意妮长得和她的母亲一模一样。琪奥默太太是本店的老主人舍维来先生的女儿,她经常笔直地坐在柜台旁的长凳上,以致不止一次她听见一些路人开玩笑地打赌说她是用木桩插在那里的。她那瘦长的脸上透露出一种笃信宗教的神气。她既无风韵,态度也毫不可亲,经常在她的近六十岁的头上戴着一顶式样永远不变的软帽,而且像寡妇一样帽上垂着花边。附近四邻都管她叫"看门的修女"。她说话带着命令的语气,举动有点像电报机那样不规则地跳动。她的明亮得像猫眼的眼睛似乎因为自己貌丑而仇恨所有的人。维意妮小姐和她的妹妹一起在母亲的专制管教下长大,维意妮已经有二十八岁。她的青春减轻了,因为和她母亲相像而有时在脸上露出来的那种讨厌神气,然而母亲的严厉管教使她具备两种抵得过她的缺点的美德:她温柔,很有耐心。奥吉斯婷小姐还未满十八岁,长得既不像父亲也不像母亲,好像和她的父母在生理上毫无联系似的,正如假正经的谚语所说的:"小孩是上帝给的。"她的身材矮小,描绘得正确点说,她长得娇小玲珑。她是一个文雅、天真、可爱的小东西,如果一个社交场中的老手批评她的缺点,最多不过说她有些小家气的动作,有些平庸的态度,有时举止不大自然而已。她的沉默而娴静的脸上流露出一种不易捉摸的忧郁,那是所有那些过分软弱不敢违抗母亲意志的年轻姑娘所共有的。姐妹俩老是穿得很朴素,她们只能以保持高度的洁净来满足女子的爱美天性。这种洁净对她们非常适合,而且和闪闪发亮的柜台、一粒灰沙都没有的木架(老仆人不准它们有灰),以及她们周围一切古朴的气氛非常调和。生活在这种环境中,她们不得不从辛勤工作中去找寻幸福的因素,因此直到现在为止,她们使母亲非常满意,琪奥默太太经常在暗中赞美两个女儿性格的完善。我们不难想象她们所受教育的结果。她们成长以后是预备投身商业的,惯常听到的只是些生意经,只读过语法、簿记、一点犹太史和勒·拉瓜① 所著的法国史,所看的书都经过她们母亲的挑选,因此她们的知识并不很广。她们很懂得怎样理家,熟悉物价,体会得到积累金钱的困难,她们很节省而且对于商人赚钱的本领有很大的敬意。虽然她们的父亲很有钱,她们仍然精于缝纫和刺绣。她们的母亲经常说要教会她们怎样烹饪,目的是使她们懂得怎样配备菜肴而且能够很内行地责备烧饭女佣。她们对于社会上的娱乐茫然无知,她们父母所过的生活就是她们的典范,她们很少张望一下这所老宅子以外的世界,在她们母亲的眼光中,这所老宅就是整个宇宙。家庭喜庆节日的宴会,对于她们就是未来的人间的全部快乐。遇到这种时候,三楼的大客厅就要招待戴着钻戒的罗甘太太,她是舍维来家的女眷,琪奥默太太的堂妹,比琪奥默太太年轻十五岁;还有年轻的赖布丁,财政部副科长;赛查·皮罗多,有钱的脂粉商,和他的太太赛查夫人;加缪索先生,布顿尼街最有钱的丝织品商,和他的岳父加陶先生;此外还有两三个老银行家,和一些德行高尚的太太们。节日的准备工作是琪奥默太太母女三人单调生活中的一种变

---

① 勒·拉瓜(死于1683年),很平庸的历史书作者。

化，她们把包扎着的银餐具、瓷器、蜡烛和水晶食具等解开来，走来走去地忙碌着，像修道女们要迎接主教一样尽显巴结。到了晚上，三个人把节目的装饰和用具揩拭、收拾和放回原来的地方之后，都感觉很疲乏，两个女儿服侍她们的母亲睡觉，琪奥默太太对她们说："孩子们，我们今天什么事都没干呀！"有时在这庄严的集会中，"看门的修女"准许她们跳舞，却把纸牌和骰子移到自己的卧房里去玩，这个恩典是最意想不到的幸福之一，使她们快活得好像在嘉年华节①时期，琪奥默先生带领她们去参加两三处盛大的舞会一样。还有值得一提的，就是老商人每年要举办一次豪华大宴，在这宴会里他是一文钱也不节省的。被邀请的人无论多么有钱和有身份，都不敢不来，因为即使是规模很大的商店也要求助于琪奥默先生的巨大信用、财产和丰富的经验。可惜这种和外界接触的机会，并不能像想象的那样，给两个女儿带来什么好处。她们在这些记载在家中"流水簿"内的宴会里，所佩戴的首饰的寒酸气足使她们脸红。她们跳舞的姿势毫不出色，而且在母亲的监视下，她们在谈话中只能用"是的"和"不是"来回答她们的舞伴。她们还要遵守猫打球商店的老规矩：必须在晚上 11 点钟的时候回到家里，那时正是宴会和舞会开始热闹的时候！因此她们的娱乐表面上似乎和她们父亲的资财颇为相称，但时常由于家训和习惯，使这些娱乐变得索然无味。至于她们的日常生活，一句话就可以描绘它：琪奥默太太要她们在大清早就把衣服穿得齐齐整整，要她们每天在同一钟点下楼，要她们每天在一定时间做同样的工作，就像在修道院里那么有规律。然而奥吉斯婷有天赋的高贵品质，能够体会到这种生活的空虚。有时她的眼睛仰望着，似乎在向这幽暗的楼梯和潮

---

① 嘉年华节，天主教的狂欢节，始自三王来朝节，结束于封斋节，在这期间有化装游行等种种狂欢。

湿的店堂提出询问。她在探索了这修道院式的静寂之后,似乎得到情感生活的模糊启示,这种生活认为情感高于一切。在沉思中,她脸泛红色,手停了下来,让手中的白纱罗跌落在光滑的橡木柜台上,停了一会儿,她的母亲就用即使在最和善的声调中也显得尖刻的嗓音问:"奥吉斯婷,我的宝贝!你在想些什么呀?"也许《杜格拉斯的伯爵希波利特》和《郭明热伯爵回忆录》①这两部小说对她的思想发展起了相当的作用,这两本小说是奥吉斯婷在一个新近被琪奥默太太辞退的烧饭女佣的衣柜里找到的,奥吉斯婷在去年冬天的长夜里暗中把它们贪婪地看完了。因此奥吉斯婷的具有模糊的生活欲望的表情,她的温柔的嗓音,茉莉花色的皮肤,以及蓝色的眼睛,在可怜的若瑟夫·勒巴的心中,燃烧起一种既猛烈又带着敬意的爱情。可是奥吉斯婷由于一种容易理解的任性,对这个孤儿一点意思也没有,也许是因为她不知道他爱着她的缘故。另一方面,若瑟夫·勒巴的瘦长的腿,褐色的头发,肥大的双手和强健有力的脖子,却成为维意妮小姐暗中爱慕的对象。维意妮虽则有五万银币的陪嫁,可是直到现在还没有人向她求婚。这两种互相排斥的爱情,在静寂幽暗的柜台旁边滋长起来,像紫罗兰在树林深处滋长一样,再没有比这更自然的事了。在辛勤的工作和宗教式的幽静中,这些青年男女迫切需要生活上的一切变化,因此经常用眼睛默默无言地相互注视,这种注视必然或迟或早诱发爱情。看惯一张脸,就会不知不觉地在那里找出品格上的优点,而抹杀了一切缺点。

"从我的大学徒的态度上看来,我的两个女儿不必等待多久就可以在一个合适的未婚夫前面跪下来!"琪奥默在读着拿破仑提早兵役年龄的命令时,勾起自己的心事,不由得这么想着。

---

① 《杜格拉斯的伯爵希波利特》和《郭明热伯爵的回忆录》是17世纪很流行的两部爱情小说。

自从这一天以后，老商人很担忧长女的青春日渐衰退，他想起自己从前娶舍维来小姐的时候，处境正和若瑟夫·勒巴与维意妮今天的情景相仿。他想，他受过舍维来先生的恩惠，欠下神圣的债务，如果能够把女儿嫁给勒巴，把自己在相同的处境中所受的恩惠在这个孤儿身上偿还的话，这将是多么美好的一件事呀！另一方面，若瑟夫·勒巴却在考虑自己和奥吉斯婷结合的障碍：他今年已经三十三岁，比奥吉斯婷大了十五岁！而且他太聪明了，不会猜不出琪奥默先生的计划，他深深知道琪奥默先生的严酷的原则：次女绝不会比长女早出嫁。可怜的学徒，他心地的高尚，正比得上他腿的修长和胸膛的深厚，因此只能在沉默中忍受痛苦。

　　这就是当时这个小小国度里的情形，这所处在圣丹尼街中部的老宅子，十足像拉特哈普修道院①的一所分院。然而为了把表面上所发生的事情和内心的情绪同样正确地说明，我们必须追溯到几个月以前。有一天黄昏时分，有一个青年人从阴暗的猫打球商店前面经过，店里的景象使他停下脚步，在那里欣赏了一阵这种能够吸引世界上任何画家停下脚步的景象。那时店堂里还没有点灯，周围很黑暗，好像是一幅图画的幽暗背景，店堂深处是饭厅，厅里面点着一盏光辉灿烂的灯，散放着那种使荷兰派绘画增加不少美感的黄色光线。白色的台布，银餐具和水晶用具在光和暗的鲜明对照下构成美丽的陪衬。家主的脸，他的妻子的脸，学徒的脸，奥吉斯婷的秀丽的外貌，以及立在她身边两步远的肥头胖耳的女佣，构成了奇特的一群！这些脑袋是这么特别，每个人的表情是这么坦率，很容易使人猜到这个家庭的和平、静寂和生活的朴素。这种偶然凑成的景象，即使写真能手也不容易画出来。这个过路人是一个年轻的画家，

---

① 拉特哈普修道院，设立于1140年，院中教规非常严厉。

七年前曾经得到"绘画大奖金"[①]留学罗马,新近归国。他的心灵充满诗歌,他的眼睛饱看过拉斐尔和米开朗琪罗[②]的杰作,在这个艺术有极高成就的伟大国度住了这么一长段时期以后,他现在所渴求的是真实的景物,无论真假,这却是他当时的心情。经过在意大利的长时期的浪漫生活,他现在心灵上所要求的是那些羞怯而沉默的处女,不幸在罗马时,他只能从绘画中找到她们。猫打球商店的真实景象在他的心灵中燃烧起热情,使他从欣赏整个景物转化为对景中主角的深深的崇拜:奥吉斯婷便是这位主角。当时她好像在沉思,没有吃东西。悬挂在头上的灯把光线投射到她的脸上,使她的头部轮廓特别清晰,她的上半身似乎在一个火环中移动,灯光近乎超自然地照耀着她。青年画家不由自主地把她当作是一个贬落人间的仙女,正在回忆着天堂。一种几乎不可形容的情感,一种清澈而热烈的爱情充满了他的心。他一动也不动地呆立在那里,似乎被他的思想的重压碾碎了自己。过了一会儿,他才从幸福中挣扎出来,回到自己家里,不吃饭,也不睡觉。第二天,他跑进自己的画室,把昨天那种即使回忆起来也足使他发狂的景象画在画布上,一直到完成以后才跑出来。但是他仍然不满足,当他还没有把他所崇拜的女子忠实地绘成画像时,他的幸福是不完全的。于是他一次又一次地在猫打球商店附近徘徊,有一两次他还大胆地装作顾客跑进店里,想从更近的距离来观察那个被琪奥默太太的翅膀保护着的迷人的小东西。整整八个月,他沉溺在恋爱和绘画中,即使他最亲密的朋友也见不到他。他也忘却了社交、诗歌、戏剧、音乐和他的一切生活习惯。一天早晨,吉洛德[③]冲破了那些艺术家们所常用的种种避客的借口见

[①] 指"罗马大奖金",分建筑、雕塑、绘画、刻板、音乐五种奖金,获奖者可以留学罗马三年,以资深造。
[②] 米开朗琪罗(1475—1564),意大利著名雕刻家。
[③] 吉洛德(1767—1824),法国画家,属大卫画派。

到了他,问了他下面一句话,把他从梦中惊醒:"这次沙龙你拿什么作品出来?"

青年画家捉住他的朋友的手,拉他进入画室,揭开一幅放在画架上的图画和一幅人像给他看。吉洛德慢慢地,热诚地欣赏了这两幅杰作以后,跳起来搂着他的朋友亲吻,一句话也说不出来。他的激动的情绪,不能用言语表达,只能让对方在内心里感觉出来。

"你在恋爱吗?"吉洛德问。

他们都知道提香、拉斐尔和达·芬奇①所绘的最优美的人像都是情绪激动时的作品,在不同的条件下,恋爱的确产生了一切杰作。青年画家点了点头,代替了一切回答。

"你真幸福,从意大利回来以后又能够在这里谈恋爱!不过我并不赞成你把这两幅作品拿到沙龙去展览,"大画家继续说,"你瞧,这两幅画在那里是不会引起赞赏的。这一类写实的颜色和天才的杰作还没能受人赏识,一般人还不习惯于欣赏这类高深的作品。我们所绘的画,朋友,不过是些壁炉前面的防热圈屏,不过是些屏风。还是作作诗,翻译翻译希腊罗马的作品更好!这些东西比我们可怜的创作更容易获得荣誉。"②

青年画家并没有接受这善意的忠告,两幅画终于拿出去展览了。那幅室景在绘画上引起了革命:它使那些风俗画③大量产生,数量之多,竟使人以为是用机器制造的。至于那幅人像几乎没有一

---

① 提香(1488/1490—1576)、拉斐尔(1483—1520)、达·芬奇(1452—1619),都是文艺复兴时代意大利的大画家。
② 19世纪初期,绘画分成古典和浪漫两派。古典派以大卫为首,热烈推崇希腊、罗马时代的艺术,提倡仿古,重视画面线条的简洁,轻视色彩。吉洛德就属于古典派。浪漫画派反对盲目迷信古代艺术,追求"真正的现实",认为客观现实的一切,不论美丑都可入画;重视色彩和明暗的效果,内容取材于近代的人物。浪漫画派的领袖是德拉克洛瓦(1799—1863)。直到1830年以后浪漫画派才逐渐得势,古典画派的势力逐渐衰落。
③ 风俗画,指反映日常生活的绘画。

个艺术家不把这幅栩栩如生的绘画深深印入脑际。观众们——作为一个整体时往往很能够分辨美丑——为人像留下了桂冠,吉洛德就亲手将桂冠挂在画上。无数的人包围着两幅画,简直像一些女太太所说的,把人也挤死了。一些投机家和贵族把这两幅画的价钱极力抬高,而且用双拿破仑金币来做计价单位①,青年画家固执地拒绝出售,也不肯让人家制造复本。有人肯出高价来把这两幅画制成雕版。然而商人也好,业余收藏家也好,都碰了钉子。这件事情虽则变成了轰动一时的新闻,然而从性质上来说,这种新闻不会传到圣丹尼街那个小小的"隐遁地"②去的。可巧有一次公证人的太太罗甘夫人来访问琪奥默太太的时候,和她所钟爱的奥吉斯婷谈起了画展,并且对奥吉斯婷解释画展的目的。罗甘太太的长舌自然引起奥吉斯婷对参观画展的兴趣,奥吉斯婷鼓起勇气暗中哀求罗甘太太陪她到罗浮宫去。罗甘太太和琪奥默太太谈判的结果,终于得到同意把奥吉斯婷从刻板的工作中解放两小时左右。于是奥吉斯婷穿过拥挤的人群,一直走到那幅挂着桂冠的图画前面。当她认出面中人就是她自己的时候,一个寒噤使她像一片枫叶那么浑身哆嗦起来。她害怕了,向周围张望,想找回那个被人群冲散的罗甘太太。突然间,她的充满恐怖的眼睛看见了青年画家的着迷的脸,她蓦地想起这就是时常在她家附近徘徊的一个散步者,由于好奇,她常常注意他,以为他是一个新搬来的邻居。

"您瞧,这就是爱情给我的灵感。"青年画家凑近羞怯的姑娘的耳边说,她听了这句话竟吓呆了。

---

① 拿破仑金币,雕有拿氏像的金币,每个值二十法郎;双拿破仑金币,每个值四十法郎。原文直译是:"用双拿破仑金币铺满了这两幅画",意思是高价收购,不用法郎而用金币做计算单位,以示价值昂贵。
② 原文是 Théaïde,指古埃及的上埃及部分,相传早期的基督徒隐遁于此,这里是指猫打球商店,仿佛与世隔绝。

她鼓起一阵超人的勇气，冲破拥挤的人群，一直找着还在人群中挣扎，想走到图画前面的罗甘太太。

"您要被挤得气也透不过来的，"奥吉斯婷喊道，"我们走吧！"

然而在沙龙里有时两个女子是不能够随心所欲地自由走动的，人群迫使她们身不由己地行走，奥吉斯婷和罗甘太太被推到离第二幅画几尺远的地方。命运竟使她们两人都很容易地走到那幅新派的天才杰作前面。公证人太太所发出的一声惊呼被人群的喧嚣嘈杂声音所淹没了。至于奥吉斯婷，她一见到这幅美妙的图画便不由自主地流下了眼泪。她看见那个如醉似痴的青年画家站在她的前面两步远近，一种几乎不可解释的情感使她把一只手指放在嘴唇上，暗示不可声张。青年画家点头作答，表示他已懂得奥吉斯婷的意思，罗甘太太是他们的障碍。这幕短短的哑剧像是一团炭火投到可怜的少女身上，使她觉得自己犯了罪，觉得自己和画家之间已经私订了盟约。沙龙里面使人窒息的热气，往来不断的盛装艳服的人群，以及使奥吉斯婷眩晕的绚烂色彩，无数活的或图画中的人脸，四面八方的金色画框，使奥吉斯婷在混乱中有种喝醉了酒的感觉，这种感觉增加了她的恐怖。如果不是在这些混乱的感觉中有一种前所未有的快感从她的内心深处突然产生，使她全身充满活力的话，也许她早已昏迷过去了。另一方面，她认为自己已经被这个魔鬼控制住，说教者们早就大声疾呼，把魔鬼设下的陷阱告诉过她。对于她，这片刻是疯狂的片刻。她发觉这个青年人脸上露出幸福和爱情的光辉，而且一直伴送着她到罗甘太太的马车旁边。受着一种全新的冲动，处在一种使她暴露本性的陶醉状态下，奥吉斯婷顺从了她的内心的强有力的呼唤，对那青年画家望了几眼，而且丝毫不掩饰她自己的心乱如麻的状态。她的粉红色的双颊，从来没有和她的雪白的皮肤构成更鲜明的对照，画家这时才看清楚了她在最美丽和最纯洁时的状态。奥吉斯婷感到又惊又喜，因为她想起了由于她来参观，才产生了他的幸福，而他却是人人谈论的英雄，他的天才使猫打球商店的平凡景象永垂不朽。她被人爱上了！这是无可置疑的。当她离开了画家的时候，这句简短的话还在她心里响着："您瞧，这就是爱情给我的灵感。"愈来愈剧烈的心跳使她感觉痛苦，而且奔腾的热血在她身上产生了一种前所未有的力量。她假装头痛得很厉害，借以避免回答罗甘太太所提出的关于那两幅画的问题。然而，回到家里，罗甘太太免不了把猫打球商店被人绘成一幅名画的事情，一五一十地向琪奥默太太说了。奥吉斯婷听见她母亲说也要到沙龙里去看看自己的商店时，直吓得四肢一个劲儿发抖。她只好再坚持说自己头痛，才得到允许回到房间睡觉。

"这就是赶热闹所得到的结果：头痛！"琪奥默先生高声说，"图画里画着我们每天在街道上看见的东西，这有什么意思？不要跟我提起这些画家，他们如同你们的作家一样，是些饿死鬼。他们到底闹些什么鬼把戏，要把我的铺子放在他们的图画里糟蹋？"

"这样一来，倒可以使我们多卖几尺布啦！"若瑟夫·勒巴说。

虽然有这么一点好处，可是艺术和精神文化依然在这个做买卖的场所里再度被人诅咒。因此我们可以想象得到，奥吉斯婷在这些谈论中是得不到什么希望的。到了晚间，她才开始第一次做恋爱的默想。这一天的经过，宛如一场梦，她爱把这场梦在思想上重温一遍。她开始觉得有恐惧，有希望，有愧疚，有一切情感上的波动，足使她的简单而羞怯的心灵从中得到慰藉。她发觉这所阴暗的屋子多么空虚，而在她的心中却有多么丰富的宝藏！做一个天才的妻子，分享他的荣誉！这样一个念头，对于一个在这种家庭的怀抱里长大的女孩子，还能不在她的心中起着重大的破坏作用吗？对于一个一直在庸俗的教养下成长、渴望过时髦生活的女子，这念头还能不引起她的一切希望吗？一线阳光射进了这所监狱。奥吉斯婷突然恋爱了。在她的心中，多少情感一起受到鼓舞，以致她不加考虑，即行屈服。在十八岁的年龄，爱情哪有不在一个少女的眼睛和外部世界之间放上它的七色三棱镜的！她没有能力预见到一个钟情的少女和一个富于幻想的男子的结合，会产生什么不幸的结果，她只以为自己是命定了要使他享受幸福的，一点也不觉得在她和他之间有些什么不调和。对于她，现在就是整个将来。第二天，她的父亲和母亲参观沙龙回来，哭丧着脸，说明他们有些不如意：首先，那两幅画被画家收回去了，他们扑了一个空；其次，琪奥默太太失落了她的羊毛披肩。奥吉斯婷去过沙龙之后两幅画就失踪的消息，在奥吉斯婷的心目中，正是青年画家温柔体贴的流露，这种温柔体贴是妇女们即使单靠本能也能体会得出的。

　　那天早上，站在猫打球商店对面，被学徒们喷水的青年，就是年轻画家泰奥多尔·衡·索马维尔。他响亮的名声早已使奥吉斯婷把他的名字记在心上。上次他刚从舞会归来，站在猫打球商店对面等待奥吉斯婷出现，而奥吉斯婷却完全不知道他等在那里。这是沙龙事件之后，他们仅有的第四次会面。青年画家的放浪的性格和琪奥默严格的家庭制度完全矛盾，由此而产生的障碍，使画家对奥吉斯婷的热爱更为强烈，这是很容易想象到的。怎样才能接近坐在柜台里夹在维意妮小姐和琪奥默太太这样的两个女人中间的少女呢？她的母亲从来不离开她，怎样才能和她通信呢？泰奥多尔像一切情人那样，善于在幻想中为自己增加一些不幸，他设想几个学徒中一定有一个是他的情敌，而其余两个是帮助他的情敌的。即使他逃过了这些阿尔居斯们的监视，他仍然无法逃过老商人或琪奥默太太的严厉的眼睛。到处都是障碍，到处都是失望！大凡囚徒争取自由，恋人要达到恋爱的目的，都会运用激动的理智作最后挣扎，想出一些巧妙的办法来，但当时青年画家的恋情过分猛烈，竟使他一时想不出什么好的主意。于是泰奥多尔就在附近地区像一个精神病患者那样来回徘徊，好像这样走动会使他想出办法来似的。在用尽了心机之后，他居然想出了用金钱收买那个肥头胖耳的女仆的办法。因此在琪奥默先生和泰奥多尔互相注视好一会儿的那个不幸的早晨以后的半个月中，青年画家已经时不时的和奥吉斯婷交换过几封信了。这时候，他们已经约好在白天的一定时间，以及星期日在圣路教堂做弥撒和做晚祷的时候会面。奥吉斯婷把家里所有亲友的名单送给她的亲爱的泰奥多尔，让他从这里找找门路，看看是否可能从这些一心一意想着金钱和商业，把真正的恋爱视为一种可怕的投机、视为闻所未闻的投机事业的人们中间，找到一个能够帮助他的人。然而猫打球商店里的一切习惯都没有变动。如果奥吉斯婷有时心不在焉，如果她有时违反家法，上楼回自己房间，把花瓶放在某个位置给青年画家作暗号。她有时叹气，有时沉思，谁都没有注意，连她的母亲也没有，这种现象会使熟悉这个家庭特点的人觉得惊奇，因为在这所房屋内，一种染有诗意的思想会和里面的人物产生显著的矛盾，这屋子里没有一个人的动作和视线不被大家观察和分析。然而，这只挂着猫打球商店旗帜的安静的船只，在巴黎这种惊涛骇浪的海面航行，必然要碰到那些号称"春分，秋分的暴风雨"的季节风的袭击，这些暴风雨就是所谓"年度总盘存"。半个月以来，店里五个"船员"和琪奥默太太与维意妮小姐一起埋头于这个巨大工程中：搬动一大包一大包的货物，稽查布匹丈数，以确定剩余布匹的实值；仔细地察看系在货包上的卡片，查明进货日期；调整现行价格等等。琪奥默先生始终站着，手里拿着一把尺，羽毛笔插在耳背后，宛如一个指挥航行的船长。楼板上开着一个小孔，琪奥默先生的尖锐的嗓音透过小孔，向着下面货栈深处送过去一大批谜语式的商业切口:"多少H—N—Z?""拿去了。""Q—X剩多少?""两码尺。""什么价钱?""五—五—三""把所有的J—J、所有的M—P和剩下的V—D—O,记上三个'A'。"其他许多同样莫名其妙的语言也在柜台间嗡嗡响着,活像近代诗的诗句,为浪漫主义者互相传诵,以培养对自己一派的某个诗人的欣赏热情。到了晚间,琪奥默关上大门,同他的大学徒及妻子,一起清算债务,重新上账,写催告信给拖欠的人,以及开出发票。三个人共同完成这项巨大的工程,工作的结果记在一张大版方形纸①上,证实琪奥默店里有多少现金、多少货物、多少有价证券和票据;证实猫打球商店不欠外债,反而拥有十万或二十万法郎的债权;证实资本增加了;证实田租要增加,房产要修理,或者年金要加倍。因此就产生用加倍的努力来重新积攒金钱的必要,而这些勇气百倍的蚂蚁从来不曾在脑子里自己问自己:"这有什么用呀?"幸运的奥吉斯婷就是趁这每年一度的扰扰攘攘的机会,才能躲过她的阿尔居斯们的尖利的眼睛。终于在一个星期六的晚上,年度总盘存的工作结束了。在资产总值项下,加上了足够的圈圈,以致兴高采烈的琪奥默暂时取消了全年中必须遵守的关于餐末甜食的禁令。他不动声色地搓着双手,准许他的学徒们一直留在餐桌旁边。每个"船员"刚喝完一杯家常酒,外边已经响起马车的车轮滚动声了。他们全家都到杂剧院去看歌舞《灰姑娘》②,至于两个较年轻的学徒,每人得到一块值六法郎的银币,并且准许他们随意到任何地方去,只要他们在半夜以前回来。

虽然这一天这么奢侈放浪,第二天星期日的早上,老呢绒商人仍然在6点钟就起来修刮胡子。他穿上他向来感到满意的栗色的有

---

① 这种纸张尺寸很大:0.44m×0.34m。
② 《灰姑娘》,作者贝洛(1628—1703),原是一篇著名童话,后经很多人改编成剧本或歌剧。这里是指于1810年12月首次上演的一出歌舞杂剧,改编得很庸俗,很合小市民的胃口。

华贵反光的上衣,把金环挂在他的肥大的丝短裤两侧。到将近 7 点钟的时候,全家还在睡觉,他就向和二楼货栈相连接的一个小房间走去。房间的光线从一个十字窗中透进来,窗外是一个小小的、方形的院子,四面被乌黑的墙垣围着,看上去很像一口井。老商人亲自把他非常熟悉、钉着铁皮的护窗板推开,把玻璃窗沿着窗槽向上推开了半截。院子里的冷空气涌进来,使闷热而发着办公室里特有气味的小房间变得凉爽。老商人仍然站着,一只手放在褪了色的羊皮交椅的肮脏的扶手上,似乎在踌躇着要不要坐下去。他很感动地凝视着那张有两个斜台面的写字台,他的对面安置着他的妻子的座位,就在弓形墙洞的下面。他静静观看那些编有号码的纸夹,那些细麻绳,那些工具,那些在呢绒上烙印的铁印,以及那只银箱,都是些年代久远记不清来历的东西,对着它们,仿佛自己面对着已故舍维来先生的幽灵。他把一张高脚凳向前移,已故的舍维来先生那时就叫他坐在这张凳上。这张凳以黑皮作垫,里面塞的鬃毛早已从四只角里钻出来,但是还没有掉落,他用一只哆嗦的手,把它放到以前舍维来先生放置的地方。然后,在一种很难描绘的激动心情之下,他拉了拉通到若瑟夫·勒巴床头的唤人铃。当他发出了这个有决定性的信号以后,过去的回忆使他神经紧张起来,他拿起三四张汇票,装出审阅的样子,实际上一点也没有看进去,这时候,若瑟夫·勒巴匆匆忙忙地走了进来。

"请坐在这儿。"琪奥默指着高脚凳对学徒说。老呢绒商人从来未曾让他的学徒当面坐下,这时候若瑟夫·勒巴禁不住战栗起来。

"你认为这些票据怎样?"

"这些票据是不会兑现的。"

"为什么?"

"因为我前天已经知道爱地因公司用金子来结账了。"

"噢！噢！"老商人嚷起来，"不是病得很重是不会让人家看见胆汁的。我们来谈些别的吧，若瑟夫，年终盘存已经完成了。"

"是的，先生，而且利润的优厚是从未有过的。"

"不要用这些新名词，什么'利润'哩，就说'收入'得了。若瑟夫，你知道吗，我的孩子，我们取得这些成绩，你也有一份功劳。因此，我不想光付给你工资了，琪奥默太太叫我送给你一份股份。嗯，若瑟夫！琪奥默和勒巴岂不是很响亮的合伙名字吗？我们要使签名更完整一点，还可以加上'公司'字样哩。"眼泪涌上若瑟夫·勒巴的眼睛，若瑟夫极力抑制着。

"呀！琪奥默先生！您待我这么好，我怎么配呢？我不过尽了我的责任罢了。您肯收容我这样一个穷苦的孤儿，已经是莫大的恩……"

若瑟夫用右手衣袖揩拭左手衣袖的袖口，低着头，不敢朝老商人望。琪奥默微笑着，心里想：这个谦逊的青年正像自己从前一样，必须加以鼓励才能够把事情说清楚。

"不过，"维意妮的父亲接着说，"你的确有点不配这恩典，若瑟夫！你信任我，不像我那么信任你。（若瑟夫猛然抬起头来）你知道银箱的秘密。两年以来我把全盘生意都告诉你。我让你为我们的货物跑外埠。总之，我一点事情也不瞒你。而你呢？……你在打主意结婚，可是从来没有对我漏过一句口风。（若瑟夫·勒巴脸红起来）哎呀！"琪奥默高声说，"你居然想骗过我这个老狐狸吗？我！你亲眼看见我才准了老郭克的破产的！"

"先生，您怎么能够，"若瑟夫·勒巴一面回答，一面仔细观察他的店东，正如店东观察他一样仔细，"您怎么能够知道我在恋爱？"

"我什么都知道，饭桶！"可敬而又狡猾的老商人一面扭着若瑟夫的耳朵，一面说，"我饶恕你，因为我自己也这样做过。"

"您答应了我吗？"

"不止答应了，而且还有五万银币的陪嫁，我还要在遗嘱上留给你同样的数目，你算是我的合伙人，我们在新的合伙基础上前进。我们还要努力做大批生意，孩子！"老商人叫喊着，站了起来，挥动着臂膀。"你懂么，我的女婿？这世界上只有做生意！那些怀疑做买卖有什么乐趣的人都是傻瓜。到处找生意做，在商场中称雄，像在赌台上一样苦苦地等待爱地因公司破产，看着皇家禁卫军穿着我们出产的呢绒走过，伸出一只脚把邻人绊翻，当然是冠冕堂皇的，而不是阴损人；出品比别人便宜；努力于自己所创办的事业，使它由开创到壮大，由不稳定到成功；像保安部部长一样熟悉每家商店的内情以免上当；在倒风中毫不动摇；在一切实业城市里都有书信来往的朋友；若瑟夫，这岂不是一场永恒的赌博吗？可这就是生活，生活！我将在这扰扰攘攘中死去，像舍维来老头一样，而且乐于这样做。"

琪奥默老头兴奋地说着，好像在做即兴演讲，在热情洋溢中他竟没有注意到他未来的女婿正在泪流满面地痛哭。

"嗯，若瑟夫，可怜的孩子，你怎么啦？"

"啊！我非常非常的爱她，琪奥默先生，以致我缺乏了勇气，我相信……"

"嘿，孩子，"受到感动的老商人说，"你想不到你自己多么有福气，他妈的！她也爱你呢。我知道的，我！"

于是他望着他的大学徒眨巴着他的两只绿色的小眼睛。

"奥吉斯婷小姐！奥吉斯婷小姐！"若瑟夫·勒巴在狂热中喊了出来。他正要飞奔出房门的时候，突然间觉得被一只钢铁般的臂膀抓住，他惊愕的店东猛力把他拉了回来。

猫打球商店 _ 85

"奥吉斯婷到底跟这件事有什么关系?"琪奥默问,声音冷酷严峻,顿时使可怜的若瑟夫·勒巴冷了半截。

"我爱的不……是……她吗?"学徒嗫嚅着说。

琪奥默对于自己的自作聪明而产生的错误感到非常狼狈,重新坐了下来,把尖小的脑袋捧在双手中,默想自己所处的尴尬地位。若瑟夫·勒巴羞惭而失望,仍然站着。

"若瑟夫,"老商人用冷酷而威严的口气重新开口,"我对你说的是维意妮。爱情是不能定做的,我知道。我知道你向来不乱说话,让我们忘记刚才的一切吧。我绝对不会让奥吉斯婷比维意妮早出嫁的。你的股息将是百分之十。"

然而,若瑟夫·勒巴受了爱情的鼓动,突然有了勇气和口才,合拢着双手,用热烈而充满情感的声调向琪奥默诉说了十五分钟,竟使当时的情势有了变动。如果谈的是生意经,老商人有他自己的主意,会马上做出一个决定来。然而这一次离生意经十万八千里,正如老商人自己所说的:是情感的海上,没有指南针,只好在奇异的事件前面束手无策地随意漂流。由于他天性善良,他竟有些让步了。

"哦,活见鬼!若瑟夫,你不是不知道我的两个孩子年龄相差十岁的!从前舍维来小姐并不漂亮,可是她现在并没有要埋怨我的地方。学我的样子吧。不要哭,你是笨蛋吗?你要什么?也许结果会完满的,我们等着瞧吧。什么事情都有办法好想的。我们这些男子并不是每个人都是塞拉东式[①]的丈夫,你听见我说什么吗?琪奥默太太是虔诚的,而且……好了好了,他妈的!我的孩子,今天早上去做弥撒的时候,你挽着奥吉斯婷的臂膀吧。"

[①] 塞拉东是法国作家杜尔菲(1568—1625)所著小说《阿丝特莱》中的男主角,是一个懦怯、平庸而用情专一的丈夫。

这就是琪奥默轻率地信口说出的一段话。这段话的结尾一句使在恋爱中的若瑟夫·勒巴极为兴奋。他紧握他未来岳父的手,用一种含糊的、心照不宣的神气对他说:一切事情都有办法搞好的,然后离开那烟气腾腾的房间,这时他早已打好主意要把维意妮介绍给他的一个朋友。

"琪奥默太太要怎样想呢?"这个顾虑使老商人剩下一个人在房间里时感觉极端烦恼。

早餐的时候,老呢绒商人还没来得及将自己的烦恼告诉琪奥默太太和维意妮,因此她们都用调皮的眼色看着坐立不安的若瑟夫·勒巴。勒巴的规规矩矩的模样获得了他未来的岳母的欢心。这位老太太这样高兴,以致她微笑着注视琪奥默先生,而且还开几个在这个天真的家庭里从有记忆的时候起就准许的小玩笑:她故意不相信维意妮和若瑟夫一样高矮,要求他们比一比高度,这种准备性①的稚气行动,使琪奥默先生额上平添了几朵愁云,而他又表现出过分重视礼仪,竟命令奥吉斯婷在去教堂时主动挽着若瑟夫·勒巴的臂膀。琪奥默太太很惊奇她的丈夫能够考虑这么周到,向她的丈夫点头表示赞许。于是全家就依照这样的排列从店里向教堂出发,这一行列的排列方法是丝毫不会引起邻人作任何恶意猜测的。

"您不觉得吗,奥吉斯婷小姐,"勒巴战栗着说,"像琪奥默先生那样信用卓著的商人,他的太太是应该比令堂享受得更好一些的,像戴着钻戒啦,出门坐自备车子啦,您认为怎样?首先,我自己,如果我结了婚,我情愿多辛苦一点,使我的妻子幸福。我决不让她坐柜台。您看在呢绒业中,妇女已经不像从前那么必需了。不过琪奥默先生这样做当然有他的理由,何况这很配他太太的胃口。

---

① 从比较身材起,很容易移到婚姻问题上去,例如可以说:"你们真是一对"等等,所以是"准备性"的。

一个女人只要能够帮忙记记账,写写信,在门市零售,接受订货,管管家,使自己不至闲得无聊,那就够了。到了晚上7点钟,那时商店已经关门,我就要享受享受,我要去看戏或者到其他交际场所去。可是您并没有听我说呀!"

"我在听啊,若瑟夫先生,您认为绘画怎样呀?这真是一种很好的职业。"

"是的,我认识一个粉饰的头等画家卢多亚先生,他是很有钱的。"

这样闲谈着,全家就到达了圣路教堂。一到了那里,琪奥默太太就恢复行使职权,第一次叫奥吉斯婷坐近自己;叫维意妮坐在第四张椅子上,在勒巴的旁边。一直到讲经的时候,奥吉斯婷和泰奥多尔之间一切都进行得很顺利,泰奥多尔站在一根柱子后面,正在热切地向他的"圣母"祈求。但到了举扬圣体的时候,琪奥默太太瞥见——可惜太迟了点——她的女儿奥吉斯婷颠倒地拿着弥撒经本。她本想狠狠地责骂她一顿,然而琪奥默太太乖巧地将面网① 重新放下来,中止朗读经文,照着她的女儿脉脉含情的眼睛所注视的方向望过去。靠着她的老实眼镜,她望见了那个青年画家,身上打扮得十分时髦,活像一个在休假中的骑兵队长,丝毫不像是附近地区的一个商人。要想象当时琪奥默太太的愤激心情是很困难的,琪奥默太太是以她的女儿有完善的教养而自傲的,而她竟发觉奥吉斯婷的心中有着私情,由于她自己过分严谨和无知,她夸大了这个私情的危险性。琪奥默太太相信她的女儿受了坏人的影响,连心肝都变坏了。

"请您把您的弥撒经本拿好,小姐。"琪奥默太太说,声音虽

---

① 参加弥撒时有些妇女是披着头纱或面网的。

低,却愤怒得发抖。

她猛地把那本泄露秘密的经本从奥吉斯婷手中抢过来,顺着文字的上下放正了。"请您除了经文以外,不要瞧别的地方,"她补充说,"不然的话,我就要找您。弥撒以后,您的父亲和我要跟您谈话。"

对于可怜的奥吉斯婷,这些话宛如一声霹雳。她觉得自己要昏过去了,她一边忍受痛苦,一边害怕在教堂里出乖露丑。在这双重打击之下,她还有勇气隐藏着自己的苦恼。然而她手中的弥撒经本在颤动,她翻过的每页经文上,都洒落着她的眼泪,足见她的情绪激动之烈。至于青年画家,看见琪奥默太太向他投射冒出火来的眼光,就明白自己的爱情已经陷入险境,马上走出教堂,心头充满着愤恨,决定不顾一切地干一下。

"请您回到您自己的房间里,小姐!"回到家里以后琪奥默太太对她的女儿说,"我们会叫您的,您自己千万不要跑出房间。"

起先,夫妻两人的会谈是秘密得一点消息也不透露出来的,然而在奥吉斯婷的房间里的维意妮,除了用各种温柔的话劝解她的妹妹以外,甚至还殷勤地偷偷溜到她母亲卧室的外面偷听里面的争吵。她头一回从四楼下到三楼的时候,正好听见她的父亲高声说:

"太太,你难道想杀死你的女儿吗?"

"可怜的孩子,"维意妮回去对泪痕满脸的妹妹说,"爸爸帮着你说话呢!"

"他们要怎样对付泰奥多尔呢?"天真的奥吉斯婷问。

充满着好奇心的维意妮于是又走下楼来,这一次她逗留的时间比较长,她知道了勒巴爱上了奥吉斯婷。好像命中注定一样,在这个值得纪念的日子里,一个平素非常安静的家庭竟变成了地狱。琪奥默先生把奥吉斯婷爱上了一个陌生人的事实告诉了若瑟夫·勒巴,使他异常失望。勒巴本来已经通知了他的朋友向维意妮小姐求婚的,现在觉得自己的计划破灭了。维意妮小姐觉得若瑟夫好像间接拒绝了她,突然间头痛起来。由于琪奥默夫妇在商量中意见不一致——这是他们生平第三次——因此而引起的不和,很可怕地表现出来。最后,到了下午4点钟,奥吉斯婷面色苍白,颤抖着,红着眼睛,像被告一样出现在她的父亲和母亲跟前。可怜的孩子把她的太短的恋爱史很天真地讲述出来。她父亲先说了一番话,答应静静地听她讲,使她放心不少,因此她就鼓起相当的勇气在她的父母面前把她的亲爱的泰奥多尔·德·索马维尔的名字讲了出来,而且狡猾地把作为贵族标志的介词"德"字说得特别响。在讲述自己的爱情的时候,她感觉有一种说不出的乐趣,因此就大着胆子用一种天真的坚决气概宣布她爱上了德·索马维尔先生,而且曾经写过信给他,又噙着眼泪加上一句:"如果要我嫁给第二个人,那就是要我一生受苦。"

"可是,奥吉斯婷,您难道一点也不懂得什么是个画家吗?"她的母亲惊骇地喊道。

"琪奥默太太!"老商人喝住了他的妻子。"奥吉斯婷,"他说,"这些画家通常都是些饿死鬼。他们只因为浪费得太厉害了,才没有钱来经常做坏事。我卖过衣料给已故的若瑟夫·梵纳先生、已故的勒甘先生和已故的诺凡尔先生。啊!这个诺凡尔先生和圣乔治骑士先生,尤其是菲利多先生,他们曾经怎样捉弄过可怜的舍维来老爹呀!这都是些坏蛋,我清清楚楚地知道。他们嘴里都说得天花乱坠,而且都有一套礼貌。哼!我永远也不让你的那个索马……索马……"

"德·索马维尔,爸爸!"

"好吧,就算是德·索马维尔。他绝对不会对你客气到像从前圣乔治骑士先生对我一样,当我拿到一份对他不利的判决书的时候。这些人过去也是些高等人士。"

"爸爸,泰奥多尔先生是个贵族,而且他写信告诉过我说他很有钱。他的父亲在大革命前是德·索马维尔男爵。"

听了这几句话,琪奥默先生就望着他的凶神恶煞般的太太:她正闷着一肚子的气,用脚尖敲击地板,阴沉沉地一句话也不说,而且她的愤怒的眼光也避免朝奥吉斯婷身上射去,似乎想将这件严重事件的全部责任都推给琪奥默先生,因为他并没有听从她的意见。不过她虽然装出很冷静的样子,当她看见琪奥默先生对这一件毫无商业气味的祸事采取这么温和态度的时候,她便忍不住叫了起来:"老实说,先生,您的弱点就是放纵您的女儿们……不过……"

一辆马车在门口停下来的声音突然打断了琪奥默太太的谴责,使老商人宽下心来。不到一分钟,罗甘太太已经走了进来,望着这场家庭纠纷的三个主角。

"我什么都知道了,我的堂姐。"她带着袒护奥吉斯婷的神气说。

罗甘太太有一个缺点,她以为巴黎一个公证人的老婆可以扮演时髦女人的角色。"我什么都知道了,"她又重复一句,"我是乘着诺亚方舟来的,像那只嘴里含着橄榄枝的鸽子[①]。这段比喻是我从《基督教的精华》[②]里看来的,"她转过身来向着琪奥默太太,"我这样比方也讨您的欢喜吧,我的堂姐。您知道,"她向奥吉斯婷微笑,

---

[①] 《圣经·旧约》里说:当洪水泛滥时,希伯来的族长诺亚率领全家人连同家中的牲口登上方舟逃难。方舟在水上漂流了几昼夜之后,水势似乎低落了些,就放出一只鸽子出去试探。鸽子含着一枝橄榄枝飞回来了,证明已有陆地浮出水面。这里罗甘太太自命为"鸽子"是以和事佬自居。

[②] 《基督教的精华》是法国浪漫主义文学先驱夏多布里昂(1768—1848)的名著。马克思非常不喜欢夏多布里昂,说:"这是一位永远叫我感到厌恶的作家。"(马克思1873年11月30日致恩格斯书)

"这位德·索马维尔先生是个可爱的人吗？今天早上他用大艺术家的手笔替我画了一幅人像送给我呢，这起码要值六千法郎。"

说到最后两句话时，她轻轻地拍拍琪奥默先生的臂膀。老商人不由得高高地翘起了嘴唇，这是他特有的动作。

"我同德·索马维尔先生很熟悉，"鸽子继续说，"最近半个月以来，他每晚到我家里做客，大家都欢喜他。他把一切痛苦都告诉了我，而且请我为他做说客。今天早上我知道他爱上了奥吉斯婷，他一定能够达到目的。呀！堂姐，不要把头乱摇，做出拒绝的样子，要晓得他就要被封为男爵了，皇上刚在沙龙里亲自封他为荣誉团骑士。罗甘被聘做他的公证人，知道他的财产状况。德·索马维尔先生有地产，享有一万二千里弗尔的年金。你们知道吗？做他那种人的岳父是可以得到相当地位的，比方做一个区长之类，你们不是亲眼看到杜邦先生被封为伯爵和上议员，只因为他以区长资格恭贺皇上进入维也纳吗？啊！这件亲事一定成功。我崇拜他，我崇拜这样一个好青年。他对奥吉斯婷的所作所为，简直像小说里所描写的一样。奥吉斯婷，我的小宝贝，你会幸福的，谁都要羡慕你呢！我家里晚会的客人中，有一个嘉丽基莉雅诺公爵夫人，她是疯狂地崇拜德·索马维尔先生的。有些嚼舌头的人就说她是为了他才到我家里来的，好像一个过去的公爵夫人不应该到一个有百年历史的上等市民舍维来家里来似的。奥吉斯婷，"罗甘太太略为停顿之后接着说，"我看见过那画像了。天啊！多么美！你知道皇上也要看它吗？皇上笑着对副帅说，如果各国的国王到他的宫廷里来的时候，宫廷里的贵妇都像这样美的话，欧洲的和平就可以维持下去了。这岂不是最美妙的赞美词吗？"

这一天开始时的暴风雨，结果就像大自然的风暴一样，最后带来了平静和晴朗的天气。罗甘太太运用了各种各样的说服方法，琪奥默夫妇的心肠虽硬，却经不起罗甘太太不断的和全面的进攻，终于让罗甘太太在某一点上获得了成功。在那个时代商界和金融界流行着一种前所未有的疯狂习气，喜欢和一些大官僚攀亲，这种风气使拿破仑的许多将军们大得其利。琪奥默先生当时坚决反对这种可卑的风气，他经常引用的格言是：一个女子如果要幸福，必须和她同阶级的男人结婚；一个向上爬的人迟早都要受到应有的惩罚；爱情是抵抗不住繁琐的家务的，必须一方有极坚强的品质，夫妻才能幸福，夫妻首先要能彼此了解，因此夫妻的一方不能比他方懂得更多的东西；一个懂得希腊文的丈夫配上一个懂得拉丁文的妻子就有饿死的危险。他自己创作了这类格言。他把这一类婚姻比作从前丝和羊毛混合起来的一种织物，结果羊毛总是被丝割断。可是，任何一个人都有虚荣心，琪奥默先生虽然是猫打球商店的精明强干的舵手，终于也在罗甘太太的花言巧语进攻之下屈服了。严厉的琪奥默太太更头一个表示她认为她女儿的恋爱从某些方面看来，确有正当理由可以不受前述格言的限制，而且她还认为可以在家里接待德·索马维尔先生，以便严格地观察他一下。

老商人跑去找若瑟夫·勒巴，把一切情形告诉了他。下午6点钟，饭厅的玻璃屋顶下面聚集了几对男女：一对是罗甘先生和夫人，一对是青年画家和标致的奥吉斯婷，一对是很服从地接受自己的命运的若瑟夫·勒巴和已经不再头痛的维意妮小姐。整个饭厅由于画家的在场面显得更加光辉。琪奥默夫妇从中看出来两个女儿的终身都有了着落，而且猫打球商店的事业也将由有才干的人继承下去。晚餐将近终了，上末一道点心的时候，他们的快乐更达到了顶点，因为泰奥多尔把那一幅著名的室景送给他们，那幅画绘出了老店的内景，在这里他们曾经度过多少幸福的日子，而这幅图画就是他们上次到沙龙里去所未看到的。

"这真是太客气了！"琪奥默高声说，"人家为着这东西肯出三万法郎哩！"

"看哩，我帽子上的花边也画出来了！"琪奥默太太说。

"还有这些摊开的呢绒，简直像真的一样，"勒巴也插上一句，"好像可以用手去拿起来。"

"服饰和衣料画起来总是很好看的，"画家回答，"如果我们这些近代画家在描绘衣饰方面能够达到古典画家的成就，那就是天大的幸事。"

"您对服饰和衣料感兴趣吗？"琪奥默先生嚷起来，"好呀！来握握手，我的年轻的朋友！既然您看得起做买卖的，我们就能够谈得拢了。何况做买卖的有什么地方该受人轻视呢？我们这个世界还是从做买卖开始的啦！亚当不是以一个苹果的代价把伊甸乐园出卖了吗？说起来这还不是一桩上算的买卖哩！"

老商人乘着酒兴，一边说，一边哈哈大笑起来。他很慷慨地开了香槟酒，让大家喝，他自己也灌了好几杯。青年画家被爱情迷糊了眼睛，竟觉得他未来的岳父母非常可爱。因此他也说些趣味高尚的笑话来讨他们欢喜，结果大家对画家的印象都很好。到了深夜，客人都走散以后，照琪奥默先生的话来说，"摆满了富丽堂皇的家具"的客厅里，琪奥默太太忙着从桌子走到壁炉，从烛台走到灯架，匆匆忙忙地到处把蜡烛吹灭。琪奥默先生把奥吉斯婷拉到一边，让她坐在自己的膝盖上，向她说了下面一番话，因为凡是牵扯到金钱或者生意经，老商人总是能够立刻判断出利害关系来的：

"我亲爱的孩子，既然你愿意，你就嫁给你的索马维尔吧，我让你把你的幸福的资本来做一次冒险。至于我，三万法郎是不能骗倒我的，在好好的一块布上东涂西抹就能赚三万法郎，这么容易得来的金钱，也会很容易地花出去。今天晚上我不是听见这个不知好歹的青年后生说：如果金钱是圆形的，为的是让人滚动吗？对于浪费的人，金钱固然是圆的。可是，对于节俭的人，金钱是扁平的，是可以一块块地堆积起来的。我的孩子，这漂亮的后生不是说要送马车和钻戒给你吗？他有钱，他把钱花在你身上，bene sit[①]！我一句话也没得说的。可是我给你的钱是辛辛苦苦地积攒下来的，我不能让他浪费在那些漂亮的大马车和那些不三不四的装饰品上。凡是乱花钱的人，永远不会富有。你的嫁妆只有一万银币，那是不够把整个巴黎买下来的。你如果想等待我以后再给你几十万法郎，他妈的，那是白等，我要使你等待的时间愈长愈好！所以我刚才把你的未婚夫拉到一边，我说服了他在结婚以后采取夫妻分别财产制，像我这种曾经使老郭克破产的人办这一点事情还不容易吗！我要监视他写下契约，而且要他把答应进给你的东西都写在契约上。好了，就这样吧，我的孩子，我在等着做祖父呢！我要在目前就照顾我的孙儿孙女哩！你必须向我发誓，以后凡是牵扯到金钱的事情，如果未征求过我的意见，你绝不可以签名。如果我太早了点跟着舍维来老爹到天上去，你必须发誓先来征求你的姐夫若瑟夫的意见，孩子，答应我！"

"爸爸，我向您发誓，一定照您的话做。"

听见他的女儿用温柔的嗓音说出这几句话，老商人在她的双颊上各亲了一个吻。这天晚上，两对恋人睡得几乎和琪奥默夫妇一样甜蜜。这个值得纪念的星期日过了以后的几个月，有一天圣路教堂里有两对迥然不同的婚礼在同时举行。一对是奥吉斯婷和泰奥多尔，他们浑身放射着幸福的光辉，眼中充满爱情，打扮得漂亮时髦，一辆声势显赫的马车在等待他们。另一对是维意妮和勒巴，他

[①] bene sit，拉丁文，意思是"但愿如此""很好"。

们和家里人坐着一辆漂亮的出租马车来,维意妮挽着她父亲的胳膊,打扮得很朴素,谦逊地跟在她妹妹的后面,好像是配合这场面的不可缺少的影子。琪奥默先生费尽了气力才得到教堂的同意,使维意妮的婚礼比奥吉斯婷的提前举行,可是他看见教堂里的上级和下级僧侣总是向最时髦漂亮的新娘说话时,又感到非常气愤。他听见几个邻人特别赞美维意妮的婚姻,说她有见识,说她的婚姻基础牢固,而且完全适合这一地区的要求。由于嫉妒,他们讥讽奥吉斯婷,因为她嫁给一个画家,而且这画家又是贵族,他们带着恐惧的口吻说,如果琪奥默这一家族有向上爬的野心,那么呢绒业的前途就不堪设想了。一个做扇子买卖的老商人还说:奥吉斯婷过不了多少日子就要被这个"败家子"的丈夫弄穷了。琪奥默老头不由得暗中① 称赞自己的小心谨慎,老早就在夫妻财产契约里准备好一切。晚间,举行了一场豪华的舞会,随后又吃了一顿非常丰盛的晚宴,这种丰盛的晚宴在我们这一代已经逐渐罕见了。舞会和晚宴都在哥伦比路琪奥默夫妇的新厦里举行。宴会完毕以后,琪奥默夫妇就住在新厦里,勒巴先生和夫人乘着他们的出租马车仍旧回到圣丹尼街的老宅子里,继续主持猫打球商店的店务。至于陶醉在幸福中的画家,一直把他的亲爱的奥吉斯婷用臂膀拥抱着,他们的双人马车刚在三兄弟街停下来,他就急匆匆地将她抱起来,一直把她抱进他的被艺术所美化了的房间。

泰奥多尔的强烈的爱情使一对新婚夫妇在整整一年中过着兴奋愉快的生活,他们头上蔚蓝色的天空,从来没有出现过乌云。对于这对恋人,世界上再也没有比生活更轻松愉快的事情了。每天,泰奥多尔总找出一些新的令人快活的玩意儿,他喜欢换一种方式来

---

① 暗中,原文是意大利文。

享受爱情:他利用那种懒洋洋的休息,使他们的心灵升华到陶醉的境界,仿佛忘却了肉体的结合。在幸福中的奥吉斯婷没有思索的能力,只顺着幸福漂流:她自纵于婚姻所带来的、被准许的、神圣的爱情行为中,她还以为做得不够,她的天真质朴,使她不懂得半推半就的艺术,也不会像一个上流社会的小姐那样撒娇,故意做些任性行为来驾驭丈夫。她爱得太厉害了,以致她从不计算将来,她以为这样甜蜜的生活永远不会终止。她认为自己就代表丈夫的一切快乐,她觉得很幸福,她相信这种永不磨灭的爱情就是她的最美丽的珠宝,就像她对丈夫的忠心和服从是一种永恒的魅力一样。爱情的幸福使她出落得更加美丽,于是就使她产生一种骄傲的思想,以为自己永远可以控制一个像德·索马维尔那样容易燃起热情的男子。因此她除了爱情的知识以外,并没有得到什么其他的知识。生活在这幸福之中,她依然是那个在圣丹尼街阴暗的角落里生长的少女,从来不考虑在她现在生活的环境里她应该学习些什么礼貌,什么知识和怎样的谈吐。当时她的言语只是用来表达爱情的,尽管她在言语中表现出一种机智和细腻,可是她的谈吐只是一般妇女深深钟情时的谈吐。有时奥吉斯婷偶然露出一些和泰奥多尔趣味不同的意见时,泰奥多尔就取笑她,就像我们取笑一个初学我国语言的外国人说错了话一般。

可是,如果这种错误坚持不改的话,就使人厌倦了。因此,无论爱情如何炽热,在这个可爱的年头很快就过去以后,一天早上,索马维尔突然觉得他需要回到过去的工作和生活习惯上去。而且他的太太也怀孕了。于是他就重新和他的朋友们来往。当年轻的母亲辛辛苦苦地抚养第一个孩子的第一年,他果真努力工作;然而,有时他也回到社交界里散散心。他最常去的一家是嘉丽基莉雅诺公爵夫人家里,这位公爵夫人终于能够把这位出名的美术家招引到她的家里了。当奥吉斯婷身体恢复,已经不受乳儿的羁绊而能够出外走动的时候,泰奥多尔受了虚荣心的驱使,想将他的美丽的太太带到交际场中,使人羡慕,使人嫉妒。于是在各家客厅里走动,依靠丈夫的声名来抬高自己的身价,惹起妇女们的嫉妒,又成为奥吉斯婷的新的愉快生活。不过,这已经是她的婚姻幸福的回光返照。她已经开始伤害她丈夫的虚荣心了。不管如何努力,她时常透露出她的无知,她的言语的粗鄙和她的观念的狭隘。在大约两年半的时间中,索马维尔的性格屈服在恋爱的热情下面,一度改变了他的生活习惯,现在又慢慢地回到老路上去了。诗歌,绘画和令人陶醉的幻想在高尚的心灵中享有不可磨灭的权威。在这两年中,这些需要在泰奥多尔的雄心中并没有忍受饥饿,只不过这些需要找到了新的养料而已。等到画家走遍了爱的原野,等到画家像儿童一样贪婪地采摘了无数的玫瑰花和矢车菊,以致她的双手都拿不下下的时候,情形就不同了。有时画家把他的最佳的作品的速写稿给她的太太欣赏,他的太太只喊了一声:"这真美!"活像琪奥默老头所能讲的。这种毫无热诚的赞美并不是出自内心的感受,却出于她对爱人的信心。奥吉斯婷认为爱人的注视比一幅最优良的绘画更好。她认为最崇高的东西,是崇高的爱情。最后,泰奥多尔不得不承认这样的一个明显而残酷的现实,就是他的妻子是丝毫没有诗情画意的,她生活在不同的世界里,她不了解他的性格,她和他的趣味不同,她不能和他一起快活,一起悲哀。她平凡地在现实世界里行走,而他却昂首于青天之外。普通的人是不能体会到泰奥多尔这种持续不断的痛苦的:由于他和奥吉斯婷被最亲密的感情结合着,他不得不时常抑制住他所最珍惜的思想的发展,他不得不将他受强大的创造力所刺激而产生出来的东西化为乌有。对于他,这种痛苦更加残酷,因为夫妻爱情的基本法则命令他们永远彼此不相瞒,永远使他们所想的和所爱的混合一致像水乳交融，大自然的意志是不能违抗的，正如生存的需要是一种社会的自然，也无法改变一样。索马维尔只好时常躲在他的和平幽静的画室中。他希望他的妻子多和一般艺术家接触，他认为这样也许可以改变她的心灵，使潜伏在她心灵中的、高贵思想的萌芽能够发展起来，一般高贵的心灵认为这种萌芽是先天地存在于所有人的心中的。可是奥吉斯婷是一个非常虔诚的宗教徒，一般画家们的谈吐都引起她的反感。泰奥多尔第一次宴请许多画家时，她就听见一个年轻的画家用非常轻薄的口吻说了一句俏皮话，这句俏皮话是她所不能理解，而且因为带有孩子气而抵消掉它的反宗教含义的：

"可是，太太，您的天堂也许比不上拉斐尔的那副耶稣变容图那么美好吧？而我已经把这幅画看得厌了！"

因此奥吉斯婷对这班人就采取了非常不信任的态度，这种态度画家们都感觉出来了，他们觉得她妨碍他们。受了妨碍的艺术家们，是无情的，他们或者躲开，或者肆意嘲弄。琪奥默太太除了有其他各种可笑行动外，还有一种是过分强调她自己认为是已婚妇应有的那种庄严。奥吉斯婷虽然时常嘲笑她的母亲过于矫饰，然而奥吉斯婷自己免不了受她母亲的影响，有些地方显得过分古板。这些正经女人所免不了的过度的贞洁感，便被画家们用作铅笔画讽刺画的资料；这是些谑而不虐的嘲讽，泰奥多尔不能因此而发怒。即使这些玩笑更凶狠一点，也不过是他的朋友们对他的报复行为。可是他是个极容易受到外界影响的人，不能没有反应。因此在不知不觉间他对他的妻子冷淡起来，而且冷淡的程度逐渐加深。要达到婚姻的幸福，必须攀登一座有着狭隘的山路和峭岩的高山。目前，泰奥多尔的爱情正从峭岩上滑跌下来。他认为自己对妻子所采取的古怪态度是对的，因为这是她不能领会他的心情的结果。他认为她不能了解他的某些思想和行为，他就可以问心无愧地对她隐瞒。于是奥吉斯婷只好默默地忍受凄凉的痛苦。这些秘密的心情使他们夫妇之间垂下了一道日益加厚的帷幕。虽然泰奥多尔对他的妻子并不缺少关切和殷勤，可是以前他是将自己身心上的一切长处和最优美的言语举动全都献给奥吉斯婷的，现在却拿去给外人了，奥吉斯婷每发现这种景象就禁不住发起抖来。不久，她不得不相信外界那种认为男子的爱情不能持久的论调。她并不埋怨，只是她的态度等于谴责。

　　结婚三年以后，这个年轻而漂亮的少妇，过去在婚礼中多么显赫辉煌，在生活中多么光荣和富有，曾经引起过多少无知的人的妒忌，现在落在绝顶的凄凉和痛苦中，她的脸色变得苍白，她呆呆地沉思，她把过去和现在作比较，她第一次尝到了不幸的滋味。她决定勇敢地坚持妻子的本分，希望自己宽大的行为迟早可以使丈夫回心转意，可惜结果并不如此。有时索马维尔工作疲乏，从画室中走出来休息，奥吉斯婷来不及藏起手中的活计，就让索马维尔看见她很小家子气地在缀补夫家和她自己的衣服。她很慷慨地把自己的金钱供给她浪费的丈夫花用，从来不发怨言，可是她却竭力为亲爱的丈夫保存财产，她自己总是非常省俭，在治理家务中也尽量节约。可惜这种作风同艺术家们大大咧咧的性格丝毫不能相容：艺术家们在他们的生涯终了的时候，就已经充分地享受了人生，以致他们从来不去追查使得他们倾家荡产的原因。因此他们之间的分歧使他们的蜜月的灿烂光辉由逐步黯淡而到了完全黑暗的地步。在哀愁中的奥吉斯婷很久以前就听见她的丈夫用热烈的口吻说起嘉丽基莉雅诺公爵夫人，有天晚上，一位女友给了她一些既似好心又像恶意的忠告，告诉她索马维尔和这位名闻宫廷的美妇人间的关系很不正常。奥吉斯婷只有二十一岁，充满着青春和艳丽的光辉，竟敌不过一个年已三十六岁的妇人！在这充满欢乐的世界中，她觉得只有自己不幸到了极点，所有的宴会在她的心目中只是一片荒凉；她真不懂得以前她怎样能够使人崇拜她和忌妒她。她脸上的表情变了：忧郁使她有了一种忍耐的温柔和哀怨的苍白。不久她就被最俊俏的男子们所追求，她并没有因此而动摇。倒是她的丈夫有时露出几句轻蔑她的话，使她失望到了极点。她慢慢地觉悟到：她所受的庸俗的教育，使她和丈夫疏远起来，阻碍了他们两个心灵间的完全结合。她爱泰奥多尔，她不怪他，她只怪她自己。她流下无数眼泪，她后悔莫及地承认世间上有质地不同的心灵的错误结合，正如有不同阶级和不同生活习惯的人的错误结合一样。想起新婚初期的幸福生活，她就懂得了过去的幸福的重大意义，在这段时期中能够收获这许多欢愉，这就等于整个的一生，以后的日子就必须要用不幸来抵偿了。然而她真诚的爱使她仍然抱着希望。她勇敢地在二十一岁的年龄重新开始学习，希望提高自己的心灵，至少要配得上她所敬爱的心灵。

"如果我不是诗人，"她想，"我至少要懂得诗歌。"就像所有恋爱中的妇女都具有极大的决心和毅力一样，德·索马维尔太太也抱定决心，运用全部精力来改变自己的性格、举动和生活习惯。她贪婪地念了无数书籍，她鼓起勇气来学习，然而种种努力的结果，不过减轻了她的无知的程度。潇洒的风度和幽雅的谈吐是与生俱来的，或者是从摇篮时期起就开始教育培养得来的。她能够理解和欣赏音乐，可是不能够很有韵味地唱一支歌。她看得懂文学，也理解诗歌的美，可是要能融会贯通化为自己的修养则为时已经太晚，她的不听指挥的记忆力不许她这样做。她在交际场中能够欣赏别人的谈话，可是她自己说不出一句出色的话来。她的宗教观念和童年所沾染的偏见，妨碍她的智慧的彻底解放。最后，泰奥多尔的心中还对她有极深的成见，这是她所不能战胜的。每逢有人赞美他的太太时，泰奥多尔总是反唇讥笑那些赞美的人，他这样做是有一定根据的：他在太太的面前有极大的威力，以致奥吉斯婷看见他或者单独和他在一起时，就浑身哆嗦起来。她愈想讨好她的丈夫，就愈发手忙脚乱，她的聪明、她学来的本领，都在这种心理状态中化为乌有。甚至奥吉斯婷对丈夫的忠实，也使她的不忠实的丈夫讨厌，他硬说她的贞洁是缺乏感情的表现，仿佛要引导她去犯错误似的。奥吉斯婷为了讨他欢喜，不得不勉强地理智些，学习她丈夫那些放浪而疯狂的举动，尽量设法满足丈夫由虚荣心而产生的自私；然而她的牺牲得不到报酬。也许他们两人错过了心灵能够相互了解的时期。有一天，奥吉斯婷脆弱的心灵受到极严重的打击，使他们双方的感情似乎也要因此而决裂。她就单独一个人躲起来。然后她很自然地想道：回娘家去找寻安慰和征求他们的意见。

　　于是一天清晨，她回到那所消磨了她的童年、平凡寂寞而且外表滑稽可笑的老宅子里去。看见那些十字窗，她不由得叹了一口气，那一天不就是从这个窗口里她送给他第一个飞吻吗？而今他在她的生命里所给她的光荣正和痛苦一样多。在老宅子里一切都没有改变，呢绒生意正在欣欣向荣。奥吉斯婷的姐姐继承了柜台上她母亲的老位置。忧愁的少妇碰到了她的姐夫，他耳朵后面夹着羽毛笔，忙得连奥吉斯婷的话也没有好好地听，周围正进行着伟大的总盘存工作，因此他对奥吉斯婷道了一个歉就走开去了。维意妮用相当冷淡的态度接待她的妹妹，因为声势显赫而坐着华贵马车的奥吉斯婷从来没有专诚来拜访过她，每次总是顺道下来坐坐，维意妮有点恨她。这一次看见奥吉斯婷大清早就到来，谨慎的勒巴夫人认为一定是为了钱的缘故，说话就特别小心起来，奥吉斯婷猜到她的用意，不由得微笑。画家觉得除了帽子上的花边以外，她的姐姐完全和她的母亲一模一样，确实是能保持猫打球商店的传统光荣的继承人。在午餐的时候,奥吉斯婷发觉有些老规矩变了:学徒们不必在吃餐末甜食的时候就离开餐桌,他们可以留下,而且参加饭后的闲谈。菜肴非常丰富,证明这家人家享用很富足,可是并不奢华。这些改变都应该归功于若瑟夫·勒巴的通达人情事理。奥吉斯婷又看见一些法兰西戏院的包厢戏票,她想起来的确每隔些日子就在这所戏院里遇见她的姐姐。勒巴太太的肩上披着一条华贵的开司米披肩,这条披肩质地的精美说明她的丈夫是怎样慷慨地照顾她。总之,这一对夫妇是跟着社会前进了。奥吉斯婷在店里消磨了大半天光阴,她觉得这对配合得非常适当的夫妇正在享受平等的幸福,这种幸福虽然没有高度的欢愉,可是也不受暴风雨的袭击,她深深地感动了。维意妮夫妇把生活当作经营企业,首要的任务是把买卖做好。她的丈夫对她并没有很热烈的爱情,她就用尽方法使他产生热爱。因此在不知不觉间若瑟夫·勒巴就对维意妮产生了尊敬和挚爱的感情,这种爱情由于孕育时间很长,所以也最能持久。在奥吉斯婷向他们诉说自己的苦情的时候,她的姐姐根据圣丹尼街的道德观念唠唠叨叨地说了一大堆,奥吉斯婷不得不耐心听着。

"事情已经到了这个地步,"若瑟夫·勒巴说,"最要紧的是给妹妹提一些有用的意见。"

于是精明的若瑟夫就冗长地对奥吉斯婷分析法律上和道德上有些什么根据可以帮助她脱离苦境,他简直把一项项的理由编了号,依照效用的大小把它们分类,就像为不同的商品品质分类一样,然后他把各种方法放在天平上称一称,权衡它们的利害轻重,最后强调只有采取最激烈的办法,才对奥吉斯婷有好处。然而奥吉斯婷的心中,还潜藏着她对丈夫的爱情,她一听到若瑟夫·勒巴说起用法律途径来解决的时候,潜伏着的爱情就以全部力量抬起头来,使她无法接受若瑟夫的意见。她向他们道过谢,就告辞回家,她的忐忑不安的心比未去请教他们时更加犹疑不决。于是她又决定到哥伦比街她父母所住的古旧的大厦里去，想将自己的痛苦告诉他们，她好像是一个身患绝症的病人，乱投医求药，连老太婆的草方也想尝试一下。两个老人用非常真挚的热爱接待奥吉斯婷，使她深为感动。奥吉斯婷的访问是两个老人单调生活中一种极可宝贵的变化，使他们极端欢迎。四年以来，他们在生活中打发日子，好像一个没有目的地——也没有指南针的航海者。他们总是坐在火炉旁边，相互叙述限价时代的艰难，以及他们从前怎样购进呢绒，他们怎样避免破产，而老郭克又是怎样破产的。尤其是最末一件事更为他们所津津乐道，因为这是琪奥默老爹的马朗戈战役①。等到他们讲完了这些古老的诉讼案以后，他们又重温旧梦，谈到最赚钱的那几次总盘存，以及圣丹尼街的掌故等等。下午2点钟，琪奥默老爹跑到猫打球商店去视察一下，在归途中，他在每一家商店前面停下来，这些商店以前都是他的竞争者，现在都换了一些年轻的店主，他们都想拉拢老商人给他们一些带投机性的贴现，琪奥默依照自己的习惯，总是不会绝对加以拒绝。两匹诺曼底的良马在马厩里几乎要胖死，因为琪奥默太太只是在星期日才使它们拉她到教堂里去参加大礼弥撒。这对可敬的夫妇每星期宴请宾客三次。由于他的女婿索马维尔的力量，琪奥默老爹当上了军队服装咨询委员会的委员，琪奥默太太自从看见丈夫做了这么大的官以后，就决心要炫耀一下。他们的每一个房间里都堆满了金的和银的装饰品，到处摆设着的都是些很俗气而很值钱的家具，使一个即使是很简单的房间看起来也像一所圣堂。在整个大厦里，每一件细微的东西都体现出节俭和浪费的斗争，好像琪奥默老头连购买一只烛台也要投资一笔金钱进去似的。

---

① 马朗戈是意大利的一个小村，1800年6月14日拿破仑率领法军大败奥地利军队于此。这是拿破仑的著名战役之一。这里等于说：老郭克的破产是琪奥默的大胜仗。

屋子里陈列的东西这么多，可以比得上一个百货商场，同时也说明了琪奥默夫妇生活的悠闲。在这些多种多样的东西中，索马维尔的那幅著名的图画占据了最高贵的地位，琪奥默夫妇每天要戴上眼镜把它瞧个十遍二十遍，这幅图画保存着他们过去忙碌而有趣的生活景象，是他们精神上的安慰。在这所大厦和所有的房间里，笼罩着衰老和庸俗的气氛，琪奥默夫妇好像远离了人群和人生所不可少的那些思想活动，搁浅在黄金的礁石上，这些景象使奥吉斯婷极为惊异；她现在所看到的是一个人生的后半生，前半生就是她在若瑟夫·勒巴那里所看到的，这是扰扰攘攘然而毫无作为的人生，机械地和本能地生活着，像海狸①一样。于是奥吉斯婷对自己的痛苦感到莫大的骄傲，因为这些痛苦的来源是十八个月无比的幸福，这些幸福抵得上一千个空虚的人生，她最怕这种空虚的人生。然而，她在父母面前并没有把这种刻薄的思想流露出来，她将自己所获得的新的风韵和娇媚尽量在双亲面前施展出来，使他们很愿意倾听她诉说家庭的苦情。老人家总是欢喜人家把心事告诉他们的，琪奥默太太觉得奥吉斯婷所过的是一种神话式的生活，她就盘根问底地把一切生活细节都查问清楚。她曾经一再开始读拉翁唐男爵的《北美游历记》②，可是一直没有看完，现在她觉得女儿所说出来的比那本书里所说的加拿大野人的生活更加稀奇。

"怎么，我的孩子，你的丈夫和一些裸体女人关起房门躲在房间里，而你竟然这么天真地相信他在绘画吗？"

老祖母喊出这句话之后，就把眼镜放在活计上，抖动了一下她的短裙，合拢着双手，把手搁在被她的心爱的脚炉垫得高起来的膝

---

① 海狸产于欧洲和北美洲，精于筑巢，能够用泥土和木头建造成一间间小屋模样的巢穴。
② 拉翁唐男爵（1666—1715），法国军人，于1683年至1691年游历加拿大，写了一本《北美游历记》，1703年出版于海牙，一再重版。

盖上。

"妈,所有的画家都需要有模特儿的。"

"他向你求婚的时候倒把这些事情都向我们瞒得紧紧的。如果我早知道,我绝对不让我的女儿嫁给一个干这种职业的人。宗教是反对这些卑鄙的行为的,这是非常不道德的。你说他在晚上几点钟回家呀?"

"大概在凌晨一两点钟……"

一对老夫妇异常惊愕地我看着你,你看着我。"难道他赌钱吗?"琪奥默先生问,"在我从前的时代,只有赌徒才这么晚回家的。"奥吉斯婷噘了噘嘴唇,否定了她父亲的恶意猜测。

"你每天晚上一定等得很苦吧,"琪奥默太太说,"不,你一定先睡了,是吗?等他赌输了钱回来,这个恶魔一定会把你吵醒的。"

"不,妈,有时他回来的时候非常快活。在天气好的时候,他时常向我提议,叫我从床上爬起来,和他一起到树林里去。"

"到树林里去,在这种时候?难道你住的地方这么狭小,他的卧房,他的大小客厅,他还嫌不够,非要跑到……这个坏蛋向你提出这些建议一定是想你受寒。他想把你扔掉咧!有谁看见过一个规规矩矩的生意人晚上像狼精[①]那样到处乱跑吗?"

"妈,你难道不懂得吗?他需要刺激来发展他的天才,他最爱那些景色……"

"景色?我倒要给他一些颜色[②]看看呢!"琪奥默太太打断了她女儿的话头嚷起来,"对这样一个人,你怎么能够敷衍他?首先,我就不喜欢他光喝白开水,这是不卫生的。为什么他看见女人吃东

---

① 依照迷信,中国有狐狸精,法国有狼精,不过狐狸精是狐狸变人,狼精却是人变狼。
② 原文是 acene,本义是"出"(剧本)、"场景",亦有"景色""吵架"等意义。奥吉斯婷用的是"景色"意义,琪奥默太太一语双关,用作"吵架"解。上海话:"给他颜色看!"是威胁语,这里我们也借用"景色""颜色"表达这个双关语。

西就觉得讨厌呢?多怪的脾气!简直是一个疯子。你告诉我们的一切都是不可能的事。一个汉子不可能一声不吭就离开家,一直过了十天才回来。他对你说是到迪埃普①海边去画海吗?海有什么好画呢?他是对你白天说梦话。"奥吉斯婷正想开口为她的丈夫辩护,琪奥默太太做了一个禁止她开口的手势,旧的习惯的残余使奥吉斯婷不得不服从,琪奥默太太用冷酷的口吻高声说:

"够了,够了,不要再对我提起这家伙了。他除了到教堂偷看你和同你结婚之外,从来也不踏进教堂一步。不信宗教的人是什么事情都做得出来的。你看琪奥默有什么事情瞒过我吗?他有接连三天不对我说一句话,而后来却像一只独眼喜鹊那样叽叽喳喳地废话连篇吗?"

"我亲爱的妈妈,请你不要过分严格地批评那些上等人。如果他们的思想观念都和其他的人一样,那么他们就不能够称为天才了。"

"好呀,让这些天才躲在家里不要结婚吧。怎么!难道一个天才使他的妻子受到痛苦,只因为他有天赋,就应该认为这也是件好事吗?天才,天才!像他那样整天说黑道白,专门打断人家的话头,在家吆五喝六,永远不让你知道拿什么主意好,强迫妻子跟着他,他喜则喜,他悲则悲,这些都算有天赋吗?"

"可是,妈,这些想象力的真正意义是……"

"什么是这些想象力?"琪奥默太太再一次打断她女儿的话头,"他倒真会胡思乱想哩!一个人没问过医生就突然间像个疯子般只吃蔬菜,这是什么意思?如果这是为了宗教,他的素食才对他有点好处,可是他像一个新教徒,一点宗教信仰也没有。有谁看见过像

---

① 迪埃普,法国塞纳滨海省的城市,面对英吉利海峡,是避暑胜地。

他那样爱马甚于爱自己的邻人的吗？有谁像他那样把头发烫得卷曲的像异教徒那样？有谁把塑像藏在纱罗下面？有谁像他那样白天关上窗门，点着灯来工作？哼！让我说，如果他不是出奇的不道德，他真配得上关在疯人院里。去请教陆罗先生吧，他是圣舒比斯教堂的神甫，把这一切都征求他的意见，他一定会告诉你，说你丈夫的行为不像一个基督徒……"

"呀！妈！你难道相信……"

"是的，我相信！你曾经爱过他，你看不见这一切，可是我，在他结婚的初期，我记得曾经在香榭丽舍大道遇见他，他骑着马，你猜怎么着？他一会儿飞快地放马奔驰，一会儿勒紧了马儿慢慢地一步一步走，我那时就想：'这是一个没有主意的人！'"

"呀！"琪奥默先生搓着两只手高声说，"你和这古怪的家伙结婚时，我教你采用夫妻分别财产制，我做得可真对呀！"

当奥吉斯婷很不小心地把丈夫使她受的真正委屈说出来时，两个老人家都气愤得说不出话来。过了一会儿，琪奥默太太就提到离婚两个字。听到离婚，一直不大开口的琪奥默像突然间觉醒起来。一来他很爱他的女儿，二来打官司可以使他的无聊生活增加刺激，因此他就滔滔不绝地说起话来。他带头提出离婚要求，布置行动步骤，几乎展开辩论。他建议为他的女儿负担一切诉讼费用，他自告奋勇要去找法官，请律师，他简直要撼天动地。德·索马维尔夫人害怕死了，她连忙拒绝了父亲的建议，说她自己情愿忍受十倍的不幸，也不想离开她的丈夫，随后她就绝口不谈自己的烦恼了。两个老人家尽量安慰她，想用各种爱抚来抵偿她所受的委屈，然而丝毫没有用处，奥吉斯婷辞别她的双亲，她觉得要使智慧平庸的人正确地判断那些高超的人是不可能的事。她现在懂得了一个女人应该隐藏住自己的不幸，连父母也不要告诉，因为这些不幸是很难得到同情的。上层社会的风暴和痛苦只有那些生活在这圈子里的高贵心灵才能体会得到。在一切事情上，只有和我们同等的人才能判断我们。

可怜的奥吉斯婷回到冷冷清清的家里，痛苦地思前想后。学习对于她没有什么意义了，因为学习也不能挽回丈夫的心。她找到了这些如火的心灵的秘密，可是她却缺少体现这些秘密的主要条件。她费尽了气力分担他们的痛苦，可是却不能分享他们的快乐。她厌恶了整个世界，因为在她的爱情面前，整个世界显得过分卑下和渺小。最后，她觉得她的一生是白过了。

一天晚上，一个突如其来的思想袭击了她，宛如一道自天而降的光芒照耀着她的阴沉的痛苦。这种思想只有在像她那样纯洁而善良的心灵里才会产生。她决定要去会见嘉丽基莉雅诺公爵夫人，目的不是要向她讨回丈夫的心，而是想向她学勾引她的丈夫的技巧；同时也想使这位骄傲的时髦女人对一个母亲产生同情心——想感化她，使她帮助自己获得未来的幸福，正如她造成自己现在的不幸一样。于是有一天，羞怯的奥吉斯婷居然鼓起一阵超人的勇气，乘上马车，在下午2点钟的时候出发，想直入这位时髦女人的闺房，在下午2点钟以前，公爵夫人是不见客的。德·索马维尔夫人还未见过圣日耳曼郊区的那些古老而豪华的巨邸。当她走过富丽堂皇的接待室，登上宽宏阔大的楼梯，进入在严冬中仍然摆设着鲜花，布置得气象万千的客厅时，奥吉斯婷的心很痛苦地抽紧着。客厅的装饰表现女主人是从小在富贵丛中生长，或者过惯贵族生活的人，奥吉斯婷妒忌这种她自己从来梦想不到的风雅和华丽的布置，她感到气魄雄伟的气氛，她明白了为什么这所房屋对她的丈夫有这么大的吸引力。当她走进公爵夫人的私室时，她不单妒忌，而且感到绝望，里面的家具和所陈设的毡绒和布帛的奢华，使她敬佩不已。在这里，凌乱也成为一种美，豪华的气象好像对于金钱表示轻蔑。一种好闻而不刺鼻的香气散布在这所温馨的房间中。窗外望出去是一片绿油油的草地，花园里绿树成荫，窗外的景致和房间里其余的陈设配合得非常和谐。这里一切非常诱人，丝毫没有市侩的气味。奥吉斯婷坐在那里等待的那所房间，更是女主人的全部天才的代表作。奥吉斯婷想从房间里散乱的物品中猜出她的情敌的性格，然而无论凌乱或者整齐，其中总有些无法看透的东西，使天真的奥吉斯婷觉得是她所不懂的。她所能够肯定看出来的，就是以女人而论，公爵夫人是一位高超的女人。于是奥古斯汀就产生了一种悲痛的思想。"唉！难道对于一个艺术家，"她想，"一颗单纯而充满爱情的心真的不能让他满足吗？难道为了使这些强大的心灵在比重上保持平衡，真的需要把它们和同样强大的女性心灵结合起来吗！如果我成长得和这个迷人美人鱼①一样，最低限度在我们斗争的时候，我们的武器可以相等呀！"

"我不懂这是怎么回事！"这句冷酷而简短的话，是隔壁闺房里公爵夫人低说的，被奥吉斯婷听见了，她的心猛烈地跳动起来。

"可是这位太太就在外面。"奥吉斯婷听见侍女回答。

"你真是疯了，请她进来吧。"公爵夫人的噪音变得柔和，她改用亲切而有礼貌的口吻回答。显然，她希望人家能够听见她。

奥吉斯婷很羞怯地向前走。她瞧见这间清新的闺房深处，公爵夫人矫情地躺在一张绿天鹅绒的无背长沙发上，一大幅黄色里子的白沙罗打着柔软的褶皱，在长沙发周围环绕成半圆形，而她就躺在圆形的中心。顶上用镀金铜饰很艺术化地撑挂起来，成为一个华盖，公爵夫人就在下面休息，看起来好像一尊古代雕像。深色的天

---

① 希腊神话中，海妖塞壬人首鱼身，美貌善歌，舟子循声前往，即触礁而亡。

鹅绒使她的诱人程度有增无减。一道朦胧的光线不像是光,而像是她的容光的反映,烘托着她的美。一些罕见的鲜花在最名贵的赛佛瓷花瓶①里昂起脸儿,发散着清香,惊异的奥吉斯婷望着这些景象,轻轻前进,她走得那么轻,以致公爵夫人不留意她已到来,使她能够窥见公爵夫人的一个眼色,这个眼色是使给旁边一个奥吉斯婷还未看见的人的,意思好像是说:"留在那,你可以看见一个标致的姑娘,也可以使我在接见她时不至于过分沉闷。"

看见了奥吉斯婷,公爵夫人就站起来让她坐在自己身边。"太太,我怎么能够有福气使您光临舍下?"很娇媚地微笑着说。

"何必这么虚伪?"奥吉斯婷心里想,嘴里没说什么,只是把头低了下来。

奥吉斯婷不作声是迫不得已的,她看见房间里有一个多余的第三者,这个第三者是军队中一个最年轻、打扮最入时、身体最健美的上校。他的半平民式的服装使他的优美的体格显现出来。他的脸上充满了青春活力,而且极富于表情,上唇上像黑玉那样黑的小胡子尖尖地向两旁翘起,下颌长满了浓密的短须,两颊的颊髯很小心地梳理过,加上一头蓬蓬松松而浓密的黑发,使他显得更加神采焕发。他在玩弄着一条马鞭,露出轻松随便和自由自在的神气,同他脸上满足的表情以及着意的修饰配合得很调和,穿在纽洞上的缎带②漫不经意地打着结,他仿佛对于自己的漂亮,比对于自己的军人气概,更觉得自傲。奥吉斯婷望着公爵夫人向那军官瞟了一眼,公爵夫人懂得了她的全部恳求。

"那么,再见吧,戴格蒙,我们在布洛涅森林③里再见。"

---

① 赛佛,地名,近凡尔赛,所产瓷器甚为有名。
② 凡是获得荣誉团勋章的人,都在左襟纽洞上结一段红色小缎带,以做标记。
③ 布洛涅森林,巴黎著名的森林公园,是良好的散步场所。

这几句话从美人鱼嘴里说出来，好像他们在奥吉斯婷未来以前早已约好似的。她一面还用威胁的眼光朝青年军官望着，因为青年军官正在用钦羡的眼光注视着那朵谦逊的花儿，她和骄傲的公爵夫人正好构成鲜明的对照。年轻的军官于是一言不发地鞠了一个躬，用长靴的后跟转了一个身，风度潇洒地走出了闺房。这时候，奥吉斯婷窥见她的情敌用一种含情脉脉的眼光注视着走出去的漂亮军官，这种微妙的表情是逃不过女子的眼光的。奥吉斯婷非常悲痛地想：这一次一定是白来了，这个虚伪做作的公爵夫人过分喜欢恭维，她的心一定是缺少同情和怜悯的。

"夫人，"奥吉斯婷哽咽着说，"我现在来向您所做的请求，您一定会觉得很特别，可是我受了失望的驱使，不得不这样做，您一定会原谅我。我现在已经知道得太清楚为什么泰奥多尔特别欢喜您这里，而不是任何别的地方；我也知道得太清楚为什么您能够使他这么崇拜您。唉！我只要用脑子想一想，我就能够把一切都用过于充分的理由解释清楚。可是我热爱我的丈夫，太太。两年的眼泪并没有从我心坎上洗去他的面影，虽然我已经失去了他的心。绝望使我疯狂，我竟起了和您较量一下的大胆的念头。现在我到您这儿来，就是要向您请教：我用什么方法才可以战胜您呀，夫人！"奥吉斯婷热切地捉住她的情敌的手，公爵夫人并不阻止她。"如果您能够帮助我赢回德·索马维尔的——我不敢说是爱情，就说是他的友情吧，我将用千百倍的热诚为您向上天祈求幸福，像我所从来为我自己所做过的那样。我现在唯一的希望就在您身上。啊！请告诉我，您到底怎样能够获得他的欢心，使他忘记了我们结婚初期的那些……日子……"说到这里，一阵控制不住的呜咽使奥吉斯婷停了下来。她对自己的软弱感到又羞又恨，赶快用手帕掩住脸儿，眼泪一下子就把手帕湿透了。

"您难道是一个小孩子吗？我的亲爱的小美人儿！"公爵夫人说。眼前这种从来没有过的景象把她迷惑住了，这个也许是全巴黎最纯洁的人儿对她的恭维感动了她，她把奥吉斯婷的手帕拿过来，亲手为她揩拭眼泪，同时带着优雅的怜悯的表情，嘴里喃喃地发出一些含糊的单音节的话来抚慰她。沉寂了一分钟以后，那个时髦女人把自己的显得特别高贵和富有权威的双手，握住了可怜的奥青斯汀的两只标致的手，用温柔而亲切的口气对奥吉斯婷说：

"如果我给您忠告，第一个忠告就是劝您不要这样哭泣：因为眼泪使人变丑。对于这些能够损害我们的各种忧虑，我们必须下定决心加以消灭，因为爱情不会长远停留在痛苦的床上的。最初，轻愁确能增加一种妩媚，可是，它终于加深了脸上的皱纹，毁灭了一切面貌中最可爱的面貌。而且我们的专制魔王为了满足自尊心，也希望他们的奴隶经常露出快活的模样。"

"啊！夫人，关键不在于我感觉不出这一点。眼见一个以前充满爱情和欢乐的光辉的脸儿，一旦变作憔悴、苍白、冷淡，怎能无动于衷呢？可是我不知道怎样控制我自己的心。"

"那就更糟了，亲爱的美人儿。但是，我相信我已经知道了您的全部心事。首先，您必须弄清楚一点，如果您的丈夫对您不忠实，我并不是他的同谋者。我要他到我的客厅里来是为了自尊心的缘故，因为他是个著名的艺术家，而且不到任何人家里去。我已经太爱您了，我不愿将他为我所做的种种傻事全部告诉您。我只告诉您一件，因为这一件也许能够帮助您使他回心转意，也可以帮助我惩罚他对我的狂妄态度。他迟早会连累我的。亲爱的，我太认识这个社会了，我可不愿无条件地跟随一个那样有才能的人。您该明白：让这些人来追求我们是好的，可是如果和他们结婚，那就犯了严重的错误！我们这批女人，应该崇拜天才，应该把他们当作一出戏那样欣赏，可是千万不要和他们共同生活！呸！和天才一起生活，就等于不坐在包厢里欣赏那动人的歌剧，却跑到后台去看那布条的机关。可是对您来讲，不幸已经成为事实，我的可怜的孩子。那么，您目前唯一的办法就是把自己武装起来，反抗他的专横。"

"啊，夫人！在没进这房间，没见到您以前，我就发现了一些我所意想不到的技巧。"

"那么，您有空就来看我吧，过不了多少日子，您就能掌握这门玩意儿虽小却相当重要的科学了。对于愚笨的人，外表就是生命的一半；而许多有天赋的人，从这一方面而言，不论他们有多大的天才，都是些笨蛋，我敢打赌，您对于泰奥多尔，一定是从来不拒绝他任何要求的，对吗？"

"夫人，难道对于自己所爱的人，还能有办法拒绝他的要求吗？"

"可怜的傻瓜，我简直要佩服您的天真和不懂事了。要知道如果我们爱上一个男子，特别是这个男子是我们的丈夫的时候，我们越爱得厉害，就越发不应该让他知道我们热爱的程度。因为，凡是爱得厉害的人，总是受制于对方的，总是或迟或早要被对方所遗弃的。谁要占上风，谁就应该……"

"怎么，夫人！难道一个人还要隐瞒欺骗，用心机、使巧计、虚伪做作，装出一副假面具，而且还要永远这样做吗！啊！一个人怎么能够这样活下去呀！难道您能够……"她啜嚅着，说不下去了，公爵夫人微微笑着。

"亲爱的，"公爵夫人很严肃地说："婚姻的幸福从来就是一种投机事业，一种必须特别小心的买卖。如果我和您谈的是'婚姻'，而您对我说的是'爱情'，那我们不久就谈不下去了。我告诉您吧，"她用一种推心置腹的口吻继续说，"我曾经和当代的几个大人物接近，这些人除了极少数的例外，凡是结了婚的，所娶的妻子都是毫不足道的女人。呃！就是这些女人统治着他们，像皇上统治着我们一样，而且即使这些女人的丈夫不爱她们，至少也尊敬她们。我相当喜欢打听秘密，特别喜欢打听那些和我们有关的秘密，为的是想从这里找出一些道理来。这些平凡的女人有一种才干，她们善于分析丈夫的性格，她们不像您那样被丈夫的天才所吓倒，她们很乖巧地找出丈夫所欠缺的品质，也许她们本身具有这种品质，也许她们假装具有，她们把这些品质尽量在丈夫眼前显示出来，结果慑服了她们的丈夫。您必须懂得：这些似乎很高超的心灵，总有一线空隙可以供我们利用。只要下定将他们收服的决心，始终不离开这个目标，将我们的一切行动、思想和魅力都放在这个目标上，我们就能够收服这些狂放的心灵，而正因为这些天才的心思是变幻不定的，我们就在这点上，有法子可以影响他们。"

"噢，天呀！"奥吉斯婷很惊骇地叫起来，"这才是人生——这是一场战斗……"

"在这场战斗中我们还要经常占上风，采取攻势，"公爵夫人笑着接下去说，"我们的能力是虚假的，因此永远不要让一个男人看不起您。如果我们跌倒了，那就要用很卑鄙的手段才能爬得起来。到这里来，"她加上一句，"我给您两个可以牵着您丈夫鼻子的方法。"

她微笑着站起来，带领这个学习驭夫术的天真的小学生穿过她的小小的迷宫，到了一个可以通向客厅的暗梯旁边。公爵夫人一面打开门上的暗锁，一面站定下来，用一种无可比拟的细腻和优美的眼光朝奥吉斯婷望着。

"瞧！我的丈夫德·嘉丽基莉雅诺公爵很爱我，可是除非得到我的允许,他不敢从这道门里跑进来。而他是惯于指挥千军万马的一个人,能够勇敢地冲锋陷阵,但在我的面前……他害怕。"

奥吉斯婷叹了口气。她们到了一间布置华丽的画廊里,公爵夫人把画家太太带到泰奥多尔以前画的琪奥默小姐的画像面前。看见了自己的画像,奥吉斯婷不由得发出一声惊叫。

"我早知道它不在家里了,"她说,"可是……在这里!"

"亲爱的,我逼他把这幅画送来,无非是想试试看一个有天赋的人到底能够愚笨到什么地步。或迟或早我会把这幅画还给您的,因为我从未料到我能庆幸地既有临本,又有真迹。我们继续谈我们的,我会叫人把画送到您的马车里去。如果得着这件法宝,您还不能天长地久地控制住您的丈夫,那么您受的委屈也是活该的了。"

奥吉斯婷拿起公爵夫人的手亲吻,公爵夫人很亲热地把她紧紧抱住,吻她,态度愈是亲热,愈是很快第二天就会忘记得干干净净。这一次会见对于一个不像奥吉斯婷那样有坚强道德的女人,可能从此就断送了她的天真和纯洁。可是对于奥吉斯婷,公爵夫人所教导的秘密可能很有用,同时也很有害,因为这些上流社会的虚伪哲学,和奥吉斯婷的道德、若瑟夫·勒巴的狭隘的理智,以及琪奥默太太的庸俗见解,都是根本上不能相容的。这就是在人生中犯了最轻微的错误而陷入尴尬情形时所产生的奇特结果!奥吉斯婷这时候好像阿尔卑斯山上遇着雪崩的牧人,如果他稍微迟疑,或者倾听同伴的呼喊声,他就免不了要死亡。在这种严重关头,心灵或者粉碎,或者硬化起来。

德·索马维尔夫人回到自己家里,情绪的激动是无法描写的。她同德·嘉丽基莉雅诺公爵夫人谈话的结果,使她的心里浮现了许多互相矛盾的思想。她像寓言里的羊,当狼不在时,就充满了勇气。她决定冒险,定下非常完善的行动计划。她想出了千百种撒娇献媚的策略。她要雄辩滔滔地对她的丈夫说话,可是只有在远离丈夫的时候,她才能恢复女子固有的口才,一想到她丈夫的坚定而明朗的眼睛,她就哆嗦起来了。她向仆人询问先生在不在家的时候,几乎声音也发不出来。知道他不回家吃晚饭,她就觉得说不出地快活。她好像一个被判死刑的犯人在上诉,只要能够拖长一些时间,不管这时间多短,对于她就好像是整个的一生。她把画像放在房间里,然后提心吊胆地等待她的丈夫。她觉得这一次努力将决定她的整个将来,因此她的心坎里充满希望的恐怖,以致她听见任何声音都会战栗起来,连室内座钟走动的声音似乎也因为向她报告时刻而增加她的恐怖。为了消磨时间,她想出种种花招。她刻意修饰,将自己打扮成和画像里的模样一式一样。她懂得丈夫的不安定的性格,她将房间用灯光照耀得格外明亮,她知道丈夫回家时一定会被好奇心驱使到她的房间里来。

午夜的钟声响了,突然间听到马车夫的吆喝声,大门打开了。画家的马车在静寂的院子里的石板路上滚动。

"房间里这么亮是什么意思?"泰奥多尔走进他太太的房间时用快活的声调问。奥吉斯婷很乖巧地抓住这个有利时机,跳上去搂住丈夫的脖子,把画像指给他看。画家顿时像一块石头似的呆住了,他的眼睛一会儿望着奥吉斯婷,一会而望着足以说明一切的画像。吓得半死的奥吉斯婷偷偷地窥视她丈夫的前额,这个前额正在逐渐转变,已经变得非常可怕,一条条的皱纹多起来了,像云层般凑拢来了。当她的丈夫用冒出火来的眼光和非常阴沉的声音质问她时,她觉得自己的血液已经在血管里凝固了。

"你从哪里得来这幅图画?"

"德·嘉丽基莉雅诺公爵夫人还给我的。"

"是你问她讨的吗?"

"我根本不知道这幅画在她那里。"

这个天使的温柔的声音,或者说她的富有魔力的幽怨的声音,也许可以感动一些杀人的生灵,却不能感动一个虚荣心受到损害而苦恼万分的艺术家。

"她干的好事!"画家大发雷霆地吼嚷,"我要报复,"他一边说一边大踏步地走来走去,"我要使她丢尽脸皮!我要画她,我要把她画成梅莎莲①晚上从克劳特的宫殿跑出来的样子。"

"泰奥多尔……"奥吉斯婷用半死不活的声音说。

"我要杀死她。"

"我的天!"

"她爱上了骑兵上校这小子,因为他骑马骑得好……"

"泰奥多尔!"

"呸!不要管我!"画家用一种近乎怒吼的声音对他的妻子说。

这个丑恶的场面没有详细叙述的必要,因为到了后来,画家在盛怒中的言语行动,在一个不像奥吉斯婷那样年轻的妇女看来,一定会以为他疯了。

第二天早上8点钟,琪奥默太太突然来找她的女儿,发觉她的女儿脸色苍白白,双眼红肿,头发散乱,手里拿着一条浸透了泪水的手帕,呆呆地望着散落在地板上的撕得稀烂的画布碎片和被敲成一片片的一个巨大的金色画框的残骸。悲痛得几乎失去感觉的奥古斯汀只用那一个绝望的手势指了指地板上那堆凌乱的东西。

"这可能是一个重大的损失,"猫打球商店的皇太后高声说,"画是画得真像,这是事实,可是我知道马路边有一个专门替人家

---

① 梅莎莲是罗马皇帝克劳特一世的第一任妻子,以奢侈放浪著名,公元48年被杀。

画像的人，每画一幅只要五十个银币。"

"噢！妈！"

"可怜的孩子，你舍不得花钱吗？你做得对！"琪奥默太太根本误解了奥吉斯婷望她一眼的意思，"算了，孩子，世界上只有母亲最爱你。我的宝贝，我一切都猜出来了，把你的委屈告诉我吧，让我来安慰你。我不是早就对你说过这个男人是个疯子吗？你的贴身侍女把许多事情都告诉我了……他真是一个恶魔！"

奥吉斯婷把一个手指按在苍白的嘴唇上，好像哀求她的母亲不要再说下去。经过这可怕的一夜，她的不幸遭遇已经使她生出一种耐心忍受的力量，这种力量从其效果而言，是超出于人类精力之外的，这是妇女独有的一种天赋，只有母亲们和在恋爱中的女子能够产生这种力量。

在蒙马特尔[①]公墓存一个圆柱形的墓碑，上面记载着德·索马维尔夫人在27岁时死亡。这个尤物生前的一个朋友从这几行简单的碑铭中看到了她一生的最后一幕。每年，在11月2日这个庄严的日子，这个朋友从这座新坟前面经过，心里总要疑问：是不是只有那些比奥吉斯婷更加坚强的女子，才能受得住天才的强有力的拥抱。

"生长在幽谷里的微贱而谦逊的花朵，"他想，"如果被移植到和天空比较接近的地方，也许就要死亡，因为这些地方经常有暴风雨和炎热的阳光。"

1929年10月，马伏里耶

[①] 蒙马特尔，巴黎的一个区。

沙漠里的爱情

"这样的表演太可怕了!"她一边喊,一边走出马丹先生的巡回动物园。

她刚看过这位大胆的投机商所做的,用海报上的话来说——"驯鬣狗表演"。

"他用什么方法,"她继续说,"把他的动物驯到这种程度,乃至相当能把握住它们的感情呢……"

"这件事对你是一个疑问,"我打断她说,"其实是相当自然的事。"

"噢!"她惊喊了一声,嘴角上露出微笑,表示不相信。

"你以为野兽就完全没有感情吗?"我问她,"要知道我们能够把我们文明社会所产生的恶习,全部传授给它们呢。"

她用惊异的眼光望着我。

"我第一次看见马丹先生表演的时候,"我继续说,"我也像你那样,不由自主地发出一声惊讶的喊声。那时我坐在一个锯断了右腿的老兵旁边,他是同我一起进场的。他的面貌给了我很深的印象。他长着一个勇士的脑袋,上面留着无数战争的烙印和许多拿破仑的战役的记录。此外,这个老兵有一种直爽和快活的神气,使我一见就喜欢。他一定是那种对什么也不震惊的军人,他面对着濒死同伴的愁眉苦脸也能够笑起来,能够愉快地埋葬同伴,或者拿掉死者身上的东西,他在战场上炮弹如雨时也能够泰然自若,他很少费时间去深思熟虑,他会毫不犹豫地跟魔鬼交朋友。动物园的老板走出兽房以后,我的同伴把他仔细端详了一下,然后带着轻蔑和嘲弄的神气抿了抿嘴唇,像上流人士那样含有深意地努着嘴,表示自己并没有受骗上当。因此,当我称赞马丹先生的勇敢时,他微笑起来,摇了摇头对我说:'不稀奇!'"

"'怎么,不稀奇?'我问他,'你如果肯把这秘密告诉我的话,我一定非常感谢你。'"

"在几分钟之内我们便互相结识,交上了朋友,我们一同走进我们遇见的第一家饭店里吃饭。吃到餐末甜食的时候,一瓶香槟酒便引出了这个古怪士兵的十分清晰的回忆。听了他的故事,我才明白他的确有理由喊一声:'不稀奇!'"

她回到家里以后,同我纠缠不清,说了多少好话,使我不得不同意把士兵的秘密写下来。第二天她便收到这篇史诗的插曲,这插曲可以题名为《法国健儿在埃及》。

德塞将军远征上埃及之役中,一个普罗旺斯籍的士兵被莫格拉班人俘虏,阿拉伯人把他带到远离尼罗河瀑布的沙漠里去。为了同法国部队之间有一段安全的距离,莫格拉班人使用急行军,直到夜幕落下来才休息。他们在一个被棕榈树遮掩住的水井周围扎营,在这附近他们事先曾埋藏过一些粮食。由于没有想到俘虏会逃走,他们只缚住他的两只手,然后吃了一些椰枣,给马儿喂了一些大麦,就睡觉去了。这位大胆的普罗旺斯人看见敌人不再监视他,便用牙齿衔起一把弯刀,用膝盖帮助将刀锋固定住,切断了缚住他双手的绳子,恢复了自由。他马上拿了一支步枪和一把匕首,为了小心,又拿了一些干椰枣，一小袋大麦，一些火药和子弹，腰里系了一把弯刀，骑上一匹马，拼命赶着马儿向他认为是法国军队所在的方向奔去。由于他急不可耐地想找到法军营地，他便用力驱赶那匹早已疲乏不堪的马儿，终于使那匹可怜的牲口两肋裂伤，断了气，把那个法国人遗留在沙漠里。

他像一个越狱的苦役犯那样勇敢地在沙漠里步行了一些时候，最后不得不停止下来，因为天快亮了。尽管东方的夜晚天空特别美，他也感到没有力气再继续走下去。幸喜他已到达一个丘陵，丘陵顶上挺拔地伸出几株棕榈树，从远处望见这些棕榈树的绿叶，使他的心里产生了无限甜蜜的希望。他太疲劳了，倒头就躺在一块花岗岩石上，这块花岗岩石被大自然随意修整成一张行军床的形状，他在上面呼呼睡着，没有采取任何戒备。他已准备断送他的性命。他最后的想法甚至是后悔。他已后悔不该离开那些莫格拉班人，自从他远离他们孤身无援以后，他就感觉莫格拉班人的流浪生活开始向他微笑了。他被阳光晒醒，毫不留情的光线直射到花岗岩石上，使石头烫得难以容忍。普罗旺斯人不够聪明，没有睡在碧绿、庄严的棕榈树的浓荫覆盖的地方……他望了望这几棵孤零零的树，不由得战栗起来。这些树木使他想起了阿尔勒大教堂的圆柱，这些优美的圆柱顶上都覆盖着长长的树叶，这是萨拉森式[①]圆柱的特色。可是，他数完棕榈树以后，极目四望，最可怕的绝望就侵袭了他的心灵。他看见的是无边无际的一片海洋。四面八方眼睛望得到的地方，都布满沙漠的深灰色沙子，它们像钢板被强烈的光线照射，发出耀眼的光芒。他竟弄不清楚面前到底是一片镜子的海洋，还是无数湖沼结合而成的一

---

① 中古时欧洲人把欧洲和非洲的回教徒称为萨拉森。

面镜子。一股火热的蒸气,被一阵阵的浪潮推动,在这块不停地晃动着的大地上旋转。天空具有东方式的明亮,洁净得叫人失望,因为它不留下任何可以产生幻想的余地。天上和地下都是一团火。一片静寂具有野蛮和恐怖的威严,叫人不得不感到害怕。无边无际的大地,无穷无尽的宇宙,从四面八方聚拢来压迫人的心灵。天上没有一片云,空中没有一丝风,沙漠里没有任何崎岖不平,只有沙子不断地被细小的浪头挪动。地平线的尽头,像晴天的海洋一样,有一条细薄得像刀锋一样的光亮的界线。普罗旺斯人抱住一珠棕榈树的树干,仿佛抱住一个朋友的躯体,然后,躲在这棵树投在岩石上的笔直而纤细的阴影里,他流起泪来,待在那里十分凄凉地凝视着呈现在他眼前的无情的景色。他高声叫喊,仿佛要试探一下这个荒漠似的。他的声音消失在丘陵的坑洼里,只听见远处有一下微弱的音响,不能引起任何回声,回声是在他的心里,普罗旺斯人今年二十二岁,他拿起步枪装上子弹,准备自杀。

"再等一些时候也不算迟!"他对自己说,又把那件能够帮助他解脱痛苦的武器放下来。

他一会儿望望深灰色的大沙漠,一会儿望望蔚蓝色的天空,他想念起法国来。他愉快地闻到了巴黎沟渠的气味,他回忆起他经过的城市,他的同伴的容貌,和他一生中最细微的事情。最后,南方人的幻想力不久就使他仿佛看见了他亲爱的普罗旺斯的沙砾,在广阔的沙漠上空漂浮着的热气中出现。这个残酷的海市蜃楼使他害怕起来,他就向丘陵的另一面斜坡走下去,方向同他昨天走上丘陵的方向正相反。他十分快乐地发现构成这个丘陵的基石的巨大花岗岩中间,有一个天然形成的山洞。遗留下来的一张残破的席子说明这山洞以前住过人。在离洞口不远的地方他又发现了几株满载枣子的棕榈树①。于是求生的本能在他的心里觉醒起来。他希望活下去,活着等到莫格拉班人经过,或者,他不久就能听见大炮声!因为这时候拿破仑正在横越埃及。受到这种思想的鼓舞,法国人就打下一些成熟了的椰枣,这些枣子沉重得使枣树似乎弯下腰来。他尝了尝这些天赐的意料不到的食物,确信这些棕榈树是以前居住在这山洞里的人种植的。枣子的鲜甜果肉说明经过种植者的精心培植。普罗旺斯人突然从阴郁的绝望变成近似疯狂般快乐。他再登上山顶,将这一天的其余时间用来砍伐一棵不结果实的棕榈树,这棵棕榈树前一天夜里曾经荫蔽过他。一种模糊的记忆使他想起了沙漠的野兽。岩石下面有一道泉水,流远一点就消失在沙里,他预料野兽们会到这道泉水边来喝水,就决定在他的隐居所的门口设置一道栏栅,以防止它们进来。尽管他十分卖力,尽管害怕在睡眠中被野兽吞食的想法给了他力量,但他仍然不能在一天中将棕榈树砍成几段,而只能将树砍倒。傍晚时分,这棵沙漠之王倒下来的时候,声震遐迩,仿佛荒漠发出了一声呻吟,士兵打了一个寒噤,似乎听见了一个声音向他预报灾祸。可是,正如一个继承人不会长久哀悼一个死去的亲属一样,他把这棵美丽的树的富有诗意的装饰品——又长又阔的翠绿叶子——剥下来,用来修补他的席子,以便今晚睡觉。炎热和干活使他疲劳极了,他便在潮湿山洞的红色石壁下面睡着了。

半夜时分,他被一种奇怪的声音惊醒。他坐起来,周围深沉的静寂使他能够辨别出一下重一下轻的呼吸声,这呼吸声饱含凶猛的精力,绝非人类所有。无限的恐惧,加上黑暗、静寂和乍醒过来的幻觉,使他的心冰凉了。他睁大着眼珠,在黑暗中看见两道微弱的

---

① 棕榈树又称椰枣树。

黄色光线，他几乎连毛发直竖的痛苦也感觉不到了。起初，他以为这些光线是他自己瞳孔的反光，可是过了不久，黑夜的亮光帮助他逐步看清了山洞里的事物，他看见一头巨大的野兽躺在离他两步远的地方。这是一头狮子，一只老虎，还是一条鳄鱼呢？普罗旺斯人没有受过充分的教育，不知道应该把他的仇敌列入哪一门类，他愈是无知就愈是想到种种不幸，这样就使他的恐惧愈发猛烈。他像受苦刑似的耐心倾听和注意这呼吸的各种变化，绝不忽略任何动静，自己却动也不敢动。一阵强烈的臭味，像狐狸的气味一样，可是更刺鼻，更浓重，充满了山洞，普罗旺斯人用鼻子闻到这臭味的时候，他的恐怖达到了极点，因为他已无可怀疑地有了一个可怕的伙伴，他正是在这个伙伴的宫殿里宿营。过了不久，投射到地平线上的月光照亮了山洞，慢慢地使一只金钱豹的带斑点的毛皮闪闪发亮地显现出来。这只埃及狮子睡在那里，像安闲地在旅馆门前的华丽狗舍里蜷伏着的一匹大狗。它的眼睛，睁开了一阵，又闭上了。它的脸对着法国人。千百种混乱的思想涌上这位花豹的囚徒的心头。起初，他想一枪打死它，可是他发觉他同野兽之间没有足够的距离可供瞄准，枪身可能碰到野兽的身体还有余。而且万一把它惊醒了呢？想到这里他就不敢动弹了。在万籁无声中听见自己心跳的声音，他不由得诅咒自己血流得太快，脉搏跳得太急，只怕会吵醒这头睡眠的野兽，这个睡眠可以使他有时间想出一条活命的办法。他两次把手按在弯刀上，想用这武器砍断他的仇敌的脑袋，可是切断僵硬的短毛的困难迫使他放弃了这个大胆的计划。"失误了呢？必死无疑，"他想。他宁愿找个机会同它拼个你死我活，于是他决定等到天亮。他用不着等多久天就亮了。法国人于是仔细端详那头金钱豹，它的嘴上沾满血迹。"她吃饱了！"他想，却毫不费心去想一想它吃的是不是人肉，"她醒过来时不会饿的。"

这是一只雌豹。肚子和大腿的毛都闪耀着白色的亮光。天鹅绒般的小斑点，散布在她的脚周围，就像套着漂亮的镯子一样。她的筋力坚强的尾巴也是白色的，可是末端有些黑环。全身的毛皮黄得像没有光泽的金子，可是十分平滑而柔软，散布着富有特征的斑点，形状像玫瑰花，这就是花豹同别种猫科动物不同的地方。这位泰然自若而可怕的女主人在那里打呼噜，姿态就像一头雌猫睡在躺椅的垫枕上一样优美。她的染着血迹的爪子，强劲有力而且全副武装，向前伸出，她的脑袋就枕在上面。几根笔直而稀疏的胡子，像银丝一样，从脑袋里伸出来。如果她是这样子睡在兽笼里，那么普罗旺斯人一定会欣赏这只野兽的优雅风度和她身上鲜明色彩的强烈对照，这些颜色使她的袍子具有帝皇的光泽。可是在这时候，眼前这凶险的景象却使得他手足无措。据说毒蛇注视着黄莺时会产生一股魔力，现在他面对着花豹，即使是睡着了的花豹，也产生同样的效果。这个士兵在这个危险面前暂时丧失了勇气，而他在枪林弹雨中却能够勇气百倍。这时候，一个大胆的念头在他的心里渐渐成熟，使得他额头上流下来的冷汗也干涸了。就像穷途末路的人不得不铤而走险，把自己献身给死亡一样，他不知不觉地把这场遭遇看作一出悲剧，下定决心光荣地把自己担任的角色演到底。

"前天，阿拉伯人也许早已把我杀死……"他对自己说。因此，他当作自己已经死亡，就勇敢地带着激动的好奇心等待他的仇敌醒过来。太阳晒进来以后，花豹突然张开了眼睛，然后她猛力伸出爪子，似乎要使血脉舒展、消除麻木的感觉。最后，她打了一个呵欠，露出那副可怕的牙齿和像锉刀般粗硬的分叉的舌头。"真像一个时髦女郎！"法国人看见她打了一个滚，又做出许多温柔而娇媚的动作，心里就这么想。她把爪子上、嘴上的血迹舔干净，然后用十分可爱的姿势一再搔她的头。"好！……梳妆打扮一下吧！……"

法国人心里想。他开始恢复勇气,逐渐愉快起来。"我们来互相道个早安吧。"于是他抓住了那把从莫格拉班人那里偷来的短匕首。

这时候,花豹回过头来对着法国人,牢牢地盯住他,可是没有向前走。她的两只金属似的眼睛十分严峻,眼睛射出来的光芒使人无法忍受,迫得普罗旺斯人战栗起来,尤其是当野兽向他走过来的时候。普罗旺斯人用爱抚的神情注视着她,盯着她的眼睛仿佛要对她行使催眠术,让她一直走到自己身边,然后,用一种十分温柔、充满爱情、仿佛在抚摸一个绝色美人似的动作,用手轻轻拂过她的整个身躯,从头到尾巴,而且用指甲搔了搔平分她的黄色背脊的柔软的脊骨。花豹十分舒适地摆了摆尾巴,眼光也变得温和了,等到法国人第三次进行这个怀着自私目的的谄媚动作时,花豹发出咕噜咕噜声,像猫表示快感时所做的那样,可是这个咕噜声是从强有力而且十分深沉的喉咙里发出来的,因此这声音在整个山洞里荡漾着,就像教堂里风琴的最后几下隆隆声。普罗旺斯人明白这种爱抚的重要性,就加紧重复着去做,想做到能够迷惑和麻痹这位威严万分的"交际花"。等到他相信自己已经平息了这位变化莫测的伴侣的兽性以后,他就站起来,想走出山洞,幸喜花豹昨夜已经吃饱了肚子,就让他走了出去,可是等到他爬上山冈时,花豹像麻雀跳过树枝那么轻捷地跳到他的前面,走近来在士兵的大腿上摩擦,并且像猫一样隆起背脊。然后,用已经变得稍为柔和的眼光望着她的客人,她发出了一下野性的喊声,这种喊声被生物学家比拟为锯子的声音。

"她在勒索我呢!"法国人微笑着喊道。他设法逗弄她的耳朵,抚摸她的肚子,用指甲使劲地搔她的脑袋。发觉这种做法获得成功,他就用匕首的尖端去搔她的脑壳,一边窥伺着杀她的时机,可是坚固的骨头使他觉得没有成功的希望,他不由得发起抖来。这沙漠的女王对她的奴隶的才能表示嘉许，她抬起头，伸长脖子，用安静的态度来表达她的喜悦。法国人突然想到，要一刀就能杀死这凶暴的女王，必须刺到脖子上。他举起匕首，那只花豹大概已经感到满足，正在温柔地躺在他的脚下，不时向他望上一眼，眼光里虽然天生带着凶猛的神气，却混杂着善意的表情。可怜的普罗旺斯人靠在一棵棕榈树上，吃着枣子，时而向沙漠投射一下探索的眼光，找寻能解救他的人，时而向他的可怕的伴侣望上一眼，察看她的仁慈是否可靠。花豹望着他把枣核扔下来，每落下一颗，她的眼睛里总流露出一种异常猜疑的表情。她用生意人那种谨慎小心来观察法国人，可是观察的结果对法国人有利，因为他吃完他的那顿简陋的早餐以后，她舔他的鞋子，虽然她的舌头又粗糙又坚硬，她却能够奇迹般地把鞋缝里的灰泥都舔干净。

"可是，等到她肚子饿了呢？"普罗旺斯人心里想。这个想法使他不寒而栗，然而士兵仍然好奇地衡量着花豹的大小，他发觉她肯定是她的同类中最美丽的一只，因为她有三尺[①]高四尺长，尾巴不算在内。尾巴是强有力的武器，像根棍子那么圆，近三尺长。脑袋像一只母狮的脑袋那么粗大，但有一种罕见的优雅细致表情而显得与众不同。在这脑袋上老虎的冷酷与残暴占主导地位，但是模样儿也依稀有点像一个老奸巨猾的女人。在这时候，这位孤寂的王后脸上露出一种喜悦的神情，有点像喝醉了酒的尼禄王[②]的模样。她已喝够了血，现在想娱乐了。兵士试着走过来走过去，花豹让他自由行动，只用眼睛追随着他，看来花豹不像一条忠心耿耿的狗，却更像一头巨大的安哥拉猫，观察着一切，密切注意主人的一切行动。当他回过头来的时候，他在泉水旁边看见了他的马的残骸，花

[①] 这里所说的尺，每尺等于0.324米。
[②] 尼禄，古罗马王，以残暴疯狂著名。

豹把尸体一直拖到这里来。大约三分之二的肉已被吞吃了。这个景象使法国人宽了心。这时候他就能够解释花豹为什么不在洞里,她为什么让他安安稳稳地睡觉而没有动他。这第一个好运使他胆大起来,敢于去试探一下将来,他怀着疯狂的希望想同花豹好好地度过这一天,绝不忽略任何可以驯服她的方法,设法一直获得她的恩宠。他回到她的身边,看见她用几乎觉察不出的动作摇了摇尾巴,心里便说不出的高兴。他便毫无畏惧地坐在她的身边,他们俩一起玩起来,他拿起她的脚爪,嘴巴,拧她的耳朵,把她翻倒在地,使劲地搔她的温暖而毛茸茸的腰部。她随他摆弄,士兵抚摸她脚上的毛时,她还小心地把钢刀一样的利爪缩进去。法国人的一只手里还拿着匕首,他还想把匕首插进这只过分相信他的花豹的肚子里,可是他害怕在她的最后挣扎中,会把他立即绞死。而且他听见内心深处发出来一种喊声,责备他不该杀害一只没有伤害过他的野兽。他感觉到自己在这无边无际的沙漠里已经找到一个女友。他不由自主地想起他的第一个情妇,他管她叫"美娘",这是反话,因为她嫉妒到凶暴的程度,在他同她相好的整段期间,他整天提心吊胆地害怕吃她的刀子。这个年轻时代的回忆使他想起了用这个绰号来叫那只花豹,现在他已经不那么害怕她了,反而十分欣赏她的敏捷、优雅和温柔。

　　天快黑的时候,他已经习惯了他的危险处境,而且几乎爱上了这种处境的痛苦。最后,他的伙伴每次听见他用尖声喊"美娘"时,也习惯了抬起眼睛来望着他。太阳落山的时候,美娘发出了几下深沉而忧郁的叫声。

　　"她很有教养……"快乐的兵士心里想,"她在做晚祷呢!"这种精神上的玩笑,只在他看见他的同伴保持和平态度时,才在他的心里产生,"去吧,我的金发美人儿,我让你先睡。"他一边对她说，一边打算依靠两条腿等她睡熟以后就飞奔逃走，去找另外一处夜间住宿的地方，士兵十分不耐烦地等待逃走时刻的到来，等到真的到来以后，他便快步向着尼罗河的方向走去，可是他在沙漠里走了不到一公里地，便听见花豹在他后面跳过来，不时发出一下锯子似的喊声，这喊声比她的沉重的跳跃声更叫人害怕。

"啊！"他对自己说，"她算同我有了交情了！……这只年轻的豹子也许还没有遇见过任何人，得到她的初恋是值得骄傲的！"这时候法国人陷入旅客所最害怕的流沙里，陷进去是没法子自拔的。他发觉自己陷了进去，就发出求救的喊声。

花豹用牙齿咬住他衣领，用力向后一跃，就像变戏法一样把他从深渊里拉了出来。"啊，美娘！"士兵喊道，一边热烈地抚摸她，"现在我们是生死与共的朋友了。不开玩笑！"于是他走回原处。从此以后沙漠里仿佛有人居住了。法国人有了一个谈话的对象，这个对象的野性被他驯服了！他自己也不能解释这个难以叫人相信的友谊的来由。尽管他非常想站着警戒，他还是睡了。他醒过来时，不见了美娘，他走上山顶，远远地看见她在跳跃着过来，这类动物的习惯是不能奔跑，因为它们的脊骨十分容易弯曲。美娘回来时满嘴是血，她接受同伴的照常的爱抚，还几次发出咕噜声以表示她感到多么幸福。她的充满柔情的眼睛比昨晚更加温柔地望着普罗旺斯人，普罗旺斯人像对家畜一样对她说话。

"啊，小姐，你是一位好姑娘，是吗？你看见吗？……我们喜欢被人爱抚。你难道不感到害羞吗？你大概又吃了一个莫拉班人？唔，他们跟你一样也是动物啊！……可千万别吃法国人……要不，我就不爱你了！"

她像一条小狗那样跟它的主人玩耍，听任他轮流地叫她打滚、拍打她、爱抚她，有时她向他伸出爪子，做出恳求的姿势来挑逗他。

　　几天就这样过去了。有了这个伴侣使普罗旺斯人得以欣赏沙漠的庄严壮丽的美。现在他有了一个想念的对象，有了食物，有了恐惧和平静的时刻，他的心就受相反的事物所激动……他的生活里充满了矛盾。孤寂向他暴露了它的全部秘密，并且用它的美包围着他。他在日出和日落中发现了世人所不知的景象。飞鸟是稀有的过客，云霞是多变而身穿彩衣的旅人，他每听到飞鸟的微弱振翅声和看到云层的交错时，就战栗起来！夜晚他研究月光在沙漠的海洋上所产生的效果，沙漠的热风经常在这海洋上翻起波浪和造成迅速的变化。他同东方的黎明一同起来，他仰慕这黎明的灿烂光华，时常在这原野上刮起飓风，飞沙走石，景象可怖，造成红色、干燥的迷雾和能置人于死地的云彩，他享受了这一切之后非常愉快地看到夜晚来临，因为夜晚能带来星星的仁慈的清凉。他倾听天空中幻想的音乐。孤寂也教会他怎样去梦想。他花了许多时间去回忆零星的琐事，拿过去的生活同现在的生活作比较。他终于爱上了他的花豹。因为他需要发泄他的感情。也许是他坚强地显示出来的意志改变了他的伙伴的性格，也许是沙漠里正在进行的战斗给她提供了丰富的食物，她居然不去伤害法国人。法国人看见她这么驯服，也开始不怕她了。他把大部分时间花在睡觉上，可是他也不得不像蜘蛛待在网中一样，密切注意着，以防有人在地平线以内经过，会错过被解救的时机。他已经牺牲了他的衬衫，拿来制成一面旗子，挂在一株没有叶子的棕榈树上。由于需要，他懂得用小木棍把旗子永远撑开，因为他所等待的旅客朝这边望的时候，风可能没有把旗子吹动。

　　就在他感到绝望的长时间中，他同花豹玩乐。他终于认清了她的各种不同的喊声，各种不同的眼光，他也研究了装饰着她的金色袍子的各种花样的斑点。她的可怕的尾巴的末梢有一撮毛，形成黑色和白色的环，这是十分优雅的装饰品，跟珠宝一样远远地在阳光底下闪耀，当他抓住这撮毛来数有几只环时，美娘连吼叫也不吼叫。他喜欢欣赏她的躯体的柔和、优美的线条，雪白的肚子，雅致的脑袋。但是他最喜欢的，是她游戏的时候，她的敏捷，动作的轻快，总使他惊异；她跳跃、爬行、滑行、躲藏、起立、打滚、蜷缩以及准备前冲的时候，身腰轻捷，使他赞赏不已。可是无论她的冲刺多么迅猛，无论岩石多么光滑，只要听见一声"美娘"，她便立刻就地停了下来。

有一天，阳光灿烂，有一只大鸟在空中飞翔。普罗旺斯人扔下花豹，去观看这位新来的客人，只过了一会儿，被抛弃的沙漠女王就低声地咆哮起来。"我的天啊，我相信她吃醋了。"他看见她的眼光又严厉起来，就大声说："维吉妮的灵魂进入她的身体了，肯定的！"士兵还在赞赏花豹的浑圆的臀部时，那只鹰已经在空中消失。花豹的身躯真是充满了美感和青春！简直像个女人那么标致。金黄色的皮袍的精致色调配合着大腿上没有光泽的白色。大量阳光的照射，使这活跃的金色和赤褐色的斑点闪耀发光，产生难以形容的魅力。普罗旺斯人同花豹意味深长地互相望了一眼，娇媚的小姐感觉她的朋友用指甲搔她的脑壳时，竟打了一个冷战，她的眼睛像雷电似的发出一下闪光，然后紧紧闭上。

"她有一颗灵魂……"他一边说一边端详着安静的沙漠女王，她的金黄色像沙漠一样，白色像沙漠一样，孤独和滚烫也像沙漠一样。"好吧，"她对我说，"我看过了你的为野兽辩护的大作，可是他们俩达到这么互相了解的地步，怎么会散伙的呢？"

"噢！他们的结局同一切伟大爱情的结局一样，是由于误会。他们互相怀疑对方不忠实，由于自尊心作祟，谁也不肯去解释一番，结果是因固执而吵散了。"

"可是在最美好的时刻里，"她说，"只要望上一眼或者开一句口就能够解开疙瘩。好吧，把故事讲完吧。"

"很难讲完，不过你听完老丘八喝光一瓶香槟酒后对我说的话，你就会明白了。他大声说：'我不知道我触犯了她什么，她转过身来好像生气的样子，用她尖利的牙齿咬住我大腿，当然是轻轻地咬的啰，我以为她想吃我了，就把我的匕首插进她的脖子里。她滚倒在地，发出一声喊声，使我心都凉了，我看着她挣扎，丝毫没有发怒地望着我。我多么愿意牺牲一切，甚至我还没有到手的十字勋章，去把她救活啊。这简直像我谋害了一个真正的人似的。那些望见我的旗子奔过来救我的士兵们，发觉我泪流满面……噢！先生，'他沉默了一阵继续说，'后来我在德国、西班牙、俄国、法国打过仗，我像一具尸首般走过不少地方，我从未见过任何东西能够和沙漠相比……啊！因为沙漠太美了。''你在那里的感觉如何？'我问他。'年轻人，这可说不上来啦。其实我也不是经常惋惜我的棕榈树和花豹……我应该为它们而悲伤。你知道，在沙漠里是一切都有，也是一切都没有的……''请你再解释一下。''好吧，'他做了一个不耐烦的手势说，'这是只有上帝没有人类的世界。'"

1832 年，巴黎

红色旅馆

献给德·居斯蒂纳侯爵先生

记不清是在哪一年,有一位在德国有十分广泛的生意来往的巴黎银行家,宴请一位和他通讯已久但从未见过面的朋友。这位朋友是纽伦堡一家规模相当大的商行的首脑,是一个和善、肥胖的德国人,高雅博学,喜欢吸烟,有一张纽伦堡人的宽阔而漂亮的脸,方额角,秃顶上只有几根稀疏的金发。他看起来是一个典型的日耳曼子孙,属于那个纯洁而高贵的日耳曼,在那里有许多性格高贵的人,它的和平的习俗即使经过七次侵略,也丝毫没有改变。客人质朴地笑着,用心倾听别人说话,他酒量极大,似乎爱好香槟酒的程度不亚于爱好约翰内斯贝格①的麦秆色葡萄酒。和几乎所有被作家安置在舞台上的德国人一样,他也姓赫尔曼。他不是一个举止轻浮的人,很稳重地坐在银行家的宴会席上,用闻名于全欧洲的条顿族胃口吃喝着,很认真地打扫伟大的卡雷默②的名菜佳肴。为了向客人表示敬意,屋主人请来几位熟朋友作陪,都是资本家或者商人,还有几位漂亮可爱的女士,她们的优雅的空谈和坦率的态度同日耳曼式的诚恳正好十分协调。在这个快乐的集会中,人们收敛了商业

---
① 约翰内斯贝格是普鲁士黑森-纳绍省(即今德国黑森州)的一个村子,以产酒著名。
② 卡雷默(1784—1833),法国名厨师,曾写过几本关于烹调术的书。

上的敌意,只推敲人生的乐趣,如果你像我一样,有幸见到他们,的确,你也很难憎恨高利盘剥或者咒骂破产了。人们不能总是做坏事的,即使在海盗的巢穴里,你也能遇到几小时温和的时刻,使你忘却置身于凶险的海盗船上,还以为是躺在舒服的吊床上呢。

"在离开我们以前,我希望赫尔曼先生给我们讲一个德国的恐怖故事。"

这句话是一个脸色苍白,头发金黄的年轻姑娘在吃餐末甜食时说的,她一定是读过霍夫曼①的故事集和瓦尔特·司各特②的小说。她是主人银行家的独女,是一个天生尤物,她的教育是在体育剧院③完成的,她狂热地爱好在那里演出的戏剧。在这种时刻,两桌的客人,饱餐过美酒佳肴以后,由于有点过分相信自己的消化能力,正处在惬意的懒洋洋和沉默无言的状态。每个客人,背靠在椅子上,手腕轻轻放在桌子边沿,百无聊赖地玩弄着自己餐刀的金色刀锋。宴会到了这种尾声阶段,有的人玩弄梨核,另一些人用拇指和食指搓着面包心;谈情说爱的人拿着果子的残骸去描画难以辨认的字母;吝啬鬼数点自己吃过的果核,并且把他们排列在盆子里,就像剧作家把龙套角色安排在舞台深处一样。这些就是美食后的小小享受,这一点可惜布里雅·萨瓦兰④的书里也没有谈起过,虽然他是一个不折不扣的作家。仆役们都走开了,餐末甜食就像刚打过仗的舰队一样,完全丧失战斗力,被劫掠过,残败得不成样子。盆子在桌子上东搬西移,尽管宅子的女主人固执地想尽办法来将它们放在应放的地方。有几个人注视着对称地

---

① 霍夫曼(1776—1822),德国作家兼音乐家,写过一本《荒唐故事集》。
② 瓦尔特·司各特(1771—1832),英国作家,写过许多长篇小说,最著名的有《艾凡赫》《昆亭·杜华德》《清教徒》等。
③ 体育剧院是巴黎的一所剧院,建于1820年,专演杂剧和喜歌剧。
④ 布里雅·萨瓦兰(1755—1826),法国烹调学家,写过一本《味觉生理学》。

悬挂在餐厅的灰色板壁上的瑞士风景画。没有一个客人感觉厌倦。我们还不知道在消化一顿美好的晚餐的时候，会有人感觉愁闷的。在这种时候，我们喜欢逗留在一种静止状态中，这种静止状态恰好是介乎思想家的梦想和反刍动物的满足之间的状态，可以称为美食艺术的具体哀愁。因此所有的客人全都自动转向那个善良的德国人，大家都高兴有故事可听，即使是乏味的玩意儿也不在乎。在这种甜蜜的停顿时刻，一个讲故事者的声音，在我们麻木不仁的感官听来，总是甜滋滋的，它能给我们的感官带来消遣的享受。由于我喜欢找寻动人的场面，我无限欣赏这些带着微笑的愉快的脸，它们被烛光照亮，被美酒佳肴染上红色，它们各种不同的表情，在多支烛台、瓷器花盆、水果和水晶缸子的衬托下，产生强烈的效果。

　　突然间，我的想象力被一个客人的外表吸引住，这个客人正好坐在我的对面。他是中等身材，相当肥胖，笑容可掬，举止态度完全像一个股票商人，外表看来天赋很平庸，所以我一直没有注意到他。这时候，也许是被昏暗的光线遮掩住，我觉得他的容貌的特征改变了：他的脸变成泥土色，出现了一条条紫色的纹路，简直像一个濒死者死尸般的脸。他一动也不动，活像灯光画[①]里面画的人物：他的呆滞的眼睛凝视着一个闪耀发光的多面体的水晶瓶塞，可是他肯定没有去计算那个多面体一共有几个面，却似乎沉溺在某种对于将来或有关过去的荒唐的默想里。

　　我对这个可疑的面孔观察了许久以后，我自己问自己：他痛苦吗？他喝了过量的酒吗？公债跌价使他破产了吗？他在想着怎样欺骗他的债主吧？

---

① 灯光画，大幅画在画布上的画，配以灯光，使其产生特殊效果，流行于19世纪。

"您瞧！"我指着这个陌生人的脸对我旁边的女伴说，"这不是一个破产的人吗？"

"哦！"她回答我说，"他应该更愉快一点。"然后她优雅地摇了摇头，又说，"像他那样的人如果破产，那么世界上就没有不破产的人了！他拥有一百万的地产！他是从前帝国部队的供应商，一个相当古怪的老好人。他为了金钱而再婚，但却使他的老婆十分幸福。他有一个漂亮的女儿，在很长的一段时期里，他不想认领她，可是他的儿子在决斗中不幸死亡，逼使他无法不认领女儿，因为他再也不能生孩子了。那个可怜的女孩子突然间变成巴黎有数的百万富翁的继承人。他的独子的死亡使他无限悲伤，这种悲伤不时地显露出来。"

这时候，那个供应商抬起头来望着我。他的眼光使我战栗，那是多么阴郁而沉思的眼光呀！毫无疑问，这样一瞥就概括了整个一生。可是突然间他的容貌变得愉快起来：他拿起那个水晶瓶塞，用机械的动作，把瓶塞放进一个安置在他的餐盆前面装满水的钢颈瓶子里，然后转过头来微笑着面向赫尔曼先生。看来这个享受美食幸福的人，脑子里大概没有别的想法，并没有在想什么。因此，我在一个百万富翁的"卑劣的灵魂"[①]上滥用我的占卜科学，未免有点感到羞愧。正当我浪费时间在做我的骨相学观察的时候，那个善良的德国人撮取了一撮鼻烟，开始讲述他的故事。要我将他的原话复述一遍是相当困难的，因为他在讲述途中经常停顿而且有冗长的题外插话。因此我只按照自己的意思把它写下来，错误的原话没有照录，我只抓住其中富有诗意和饶有兴趣的情节，但是我也同某些作家一样天真，这些作家忘记在他们著作的标题上记载：译自德文。

[①] "卑劣的灵魂"，原文是拉丁文 in anima vili，指供科学实验用的兽类。因为兽类的生命被视为无关紧要，所以专供科学实验用，这里是指实验对象。

主题和事实

"共和国七年葡萄月①月底,用目前流行的话来说,就是1799年10月20日,有两个年轻人,早上从波恩动身,日落时分才到达安德纳赫附近。安德纳赫是莱茵河左岸的一座小城,离科布伦茨②约有十几里。当时由奥热罗将军指挥的法国军队,正在同占领莱茵河右岸的奥国军队对垒③。共和国军的总部设在科布伦茨,一支属奥热罗将军指挥的联队驻扎在安德纳赫。两个旅客是法国人。只要看见他们的蓝中夹白、红色天鹅绒镶边的制服,他们的军刀,尤其是他们的蒙着绿色漆布的帽子,上面装饰着蓝白红三色羽毛,就连德国农民也认得出他们是部队的外科医生,是科学家和有德行的人,大多数人都爱他们,不仅在部队,连被我们部队侵占的地方,人们也爱他们。在那个时期,由于儒尔当将军④而新近得以公布施行的征兵法,把好些个大户人家的子弟从实习医院里拉出来。这些青年当然愿意在战场上继续研究医学,而不愿意被迫去服兵役,因为服兵役同他们原来所受的教育以及他们的和平使命太不协调了。这些研究科学的年轻人,爱好和平而且愿意为人服务,在战争所带来的许多不幸中间,干了一些好事。他们也对共和国残酷的文明占领过的各种地区的学者们,深表同情。这两个年轻人,各自带了一张路条,和由科斯特以及贝纳多特⑤签署的委

---

① 共和国的历法,葡萄月是从9月22日至10月21日,是一年中的第一个月。
② 科布伦茨,位于莱茵河和摩泽尔河汇合处的德国城市。
③ 当时英国纠合奥地利、俄国、土耳其、那不勒斯等国建立第二次反法联盟,攻打法国在国外的占领地。
④ 儒尔当,法国元帅。按拿破仑颁布的征兵法,把未到壮丁年龄的青年提早招募入伍。
⑤ 科斯特(1741—1819),拿破仑军队的首席医师;贝纳多特(1764—1844),法国元帅,当时是国防部长。

派他们当助理医生的命令，向着那个联队走去，他们是属于那个联队的。他们两人都出身于博韦①的中等富有的资产阶级家庭，可是在这些家庭里，外省的温和的习俗和忠诚老实的品性却像遗产的一部分代代相传。他们尚未到达执行职务的时期，就进入了战争的舞台；青年人天生的好奇心，使他们乘载客马车一直到达斯特拉斯堡②。由于他们的母亲不放心，只让他们带了一小笔钱，但是他们手上有了几个金路易，便自认为非常富有，因为在共和国纸币跌价跌到最低时期，金子非常值钱。几个金路易就是一笔财产。两个助理医生，年龄最在只有二十岁，以年轻人的全部热情按照他们富有诗意的环境的要求来行动。从斯特拉斯堡到波恩，他们以艺术家、哲学家、观察家的身份访问了选侯领地③和莱茵河两岸。当我们负有科学使命时，在这种年龄我们的确是具有多种身份的人。即使在谈恋爱中，或者在旅行中，一个助理医生都应该把他的在萌芽状态的财富或者他的未来光荣的起点储备起来。两个年轻人因此像有教养的人们一样，深深地沉醉在莱茵河两岸位于美因兹与科隆之间的施瓦本④的景色中。这片土地肥沃富饶，十分崎岖不平，充满了封建遗物，郁郁葱葱，可是到处保留着战火的痕迹。路易十四和都兰纳⑤曾经灼伤过这片可爱的土地。这里那里都有废墟来证明这位凡尔赛国王的傲慢，或者说是他的先见之明，他把过去装饰着德国的这部分地区的美妙城堡全都摧毁了。

---

① 博韦，法国北部的一个城市。
② 斯特拉斯堡，德法边界的一座法国城市。
③ 17世纪时，有权选举皇帝的德国诸侯称为选侯，其领地即选侯领地。这里是指帕拉丁（法耳次）选侯领地。
④ 巴尔扎克对地理不甚熟悉；美因兹和科隆，在德国西部，靠近比利时，施瓦本在德国南部，并不在美因兹和科隆之间。
⑤ 都兰纳（1611—1675），法国元帅，于1675年率领路易十四的法国军队占领阿尔萨斯以及帕拉丁等地。

看见这片美妙的土地,上面满布森林,到处都有中世纪充满诗情画意可是已经毁坏了的建筑物,你就能够领悟德国人的天才——他们的梦想和他们的神秘观念了。那两个青年在波恩的逗留有双重目的:既为了医学,也为了娱乐。高卢·巴达维联军和奥热罗的师团所建立的大医院就设在选侯的宫殿里。两个新助理医生就到那里去会见同僚,把介绍信交给他们的上司,对他们的职业进行初步的熟悉。我们很久以来就忠于这样的偏见:总是赞美家乡的建筑物和美景。两个年轻人到了这里,也和到了别处一样,才摆脱了这种偏见。他们对装饰着选侯宫殿的大理石柱子赞叹不已,他们继续一路走一路欣赏德国建筑的宏伟,每走一步都能发现新的古代或者现代建筑的宝库。他们在通往安德纳赫的道路上漫步游逛,经常沿着道路走上岩石山岭的高出群峰的尖顶。在那上面,他们透过森林的凹处、岩石的间隙,可以眺望莱茵河的景色,这些景色或者镶嵌在沙石中,或者装饰着郁郁葱葱的花边。山谷、小道、树木都散发着使人神往的秋天气息。树顶开始染上金黄色,开始变成热色调和棕色,这是衰老的标志,树叶落下来了,可是天空还是美好的蔚蓝色,干燥的道路像黄色的线条在景色中显现出来,这时候,正被夕阳的余晖照亮。两个朋友在离开安德纳赫约两法里远的道路上走着,周围是一片深沉的静寂,仿佛战争并没有蹂躏这个美丽的国家。他们沿着山羊开辟出来的一条道路走着,从暗蓝色花岗岩的峭壁间穿过,峭壁之间莱茵河在奔腾咆哮。不久他们就从峡谷的一道斜坡上走下来,峡谷的另一端就是安德纳赫小城;这座小城娇媚地坐落在莱茵河边上,给内河水手们提供了一个美丽的港口。'德国真是一个美丽的国家,'两个朋友中的一个叫喊,这个人叫普罗斯佩·马尼昂,这时他恰好望见了安德纳赫的漆过的房子,这些房子像放在篮子里的鸡蛋一样挤在一起,中间只被树木、花园和鲜花隔开。接着他欣赏了一阵那些有突出桁梁的尖形屋顶,那些木楼梯,千家万户和平居民的阳台和在港口里被波涛晃荡着的小船……"

当赫尔曼先生说出普罗斯佩·马尼昂这个名字的时候,那个供应商抓住细颈瓶子,往自己的杯子里倒了水,然后一口气把水喝光。这个动作吸引了我的注意,我看出来他的手微微颤抖,额角上也渗出汗来。

"这位过去的供应商叫什么名字?"我问我旁边那位满含善意的女伴。

"他姓泰伊番。"她回答我。

"您觉得不舒服吗?"我看见这个怪诞的人物脸色转白,就大声对他说。

"没什么,"他一边说一边向我还礼表示道谢,"我在听着呢,"他又补充了一句,同时向在座的客人点了点头,因为大家都望着他。

"另外一个青年叫什么名字,"赫尔曼先生说,"我已经忘记了。只不过普罗斯佩·马尼昂向我倾诉心事时告诉过我,他的伙伴有棕色头发,相当瘦,是一个快活的人。如果你们不反对,我就管他叫威廉,以便讲述这个故事时更清楚一点。"

那个好心的德国人就这样毫不理会浪漫主义的信条和地方色彩的需要,替那个法国助理医生取了一个德国名字,然后继续讲述下去。

"两个年轻人到达安德纳赫的时候,天已黑了。由于他们没想到需要很多时间才能找到他们的上司,找到以后还要作自我介绍,还要等上司从这座住满军人的城里分配给他们一个军人住所,因此他们决定在离安德纳赫约有百步远近的一个旅馆里,度过他们的最后一个自由之夜。这家旅馆的华丽色彩,在落日的火红光辉照耀下尤其显得灿烂夺目,他们在岩石顶上,早已赞叹不已。原来这家旅馆全部漆成红色,在风景中产生强烈的效果,或者使人感觉它在全城的总体中特别突出,或者它的宽阔的红色帷幕同绿色的各种枝叶构成鲜明的对照,它的鲜艳色调同河水的暗灰色调成为明显的对比。这家旅馆按照它的外部装饰而取名'红色旅馆',它的外部装饰大概是从记不清的时候起,由它的创办人一时兴起加给它的。莱茵河的海员都知道有这么个食宿的地方,旅馆虽然几度易手,但由于一种相当自然的商业迷信,每个店主都小心保持旅馆的外表。这时候'红色旅馆'的店主听见了马蹄声,便走到门槛上。'我的天!'他嚷道,'两位先生,再迟一点儿你们就得睡在露天了,就像你们的大多数同胞在安德纳赫的对岸露营一样。敝店都住满了!如果你们一定要睡在一张好床上,我只有把我自己的卧房让给你们了。至于你们的马匹,我要在院子的角落里为它们铺一个卧槽。今天,我的马厩里住满了基督教徒。'他稍为停顿一下又问。'两位先生是从法国来的吧?''从波恩来,'普罗斯佩大声回答,'而且我们从早上起就没有吃过东西。'"

"'啊!说到食物,'店主人点着头说,'这里方圆十里地的人们都到红色旅馆来大摆酒席,你们可以吃到一顿王子的宴会:莱茵河的鱼!这就足够说明一切了。'店主人使劲地叫唤仆役,没人应声,两个助理医生将他们的疲乏的坐骑交给店主人照管之后,就走进了旅馆的大厅。一大群吸烟者喷出来的淡白色浓烟使他们开头没法看清他们遇见的是些什么人。可是等到他们像那些有哲学头脑的旅行家那样本着实际的耐心,承认声音没有用处,在一张桌子旁边坐下来以后,他们就透过腾腾的烟雾,看清楚一间德国旅馆必须有的摆设:火炉、时钟、桌子、啤酒壶、长烟斗。这边和那边有几个稀奇古怪的面孔,犹太人的,德国人的,然后是若干船夫的粗暴的脸。几个法国军官的肩章在烟雾中闪耀发光，刺马距和军刀的铿锵声不停地在石板上响着。有些人在玩纸牌，有的人默不作声，有的人在争论，在吃、喝或者散步。一个矮胖女人，头戴黑天鹅绒的无边帽，身穿银蓝色衬衣，身边带着针线筒、钥匙束、银扣子，头发梳成辫子，所有这些都是德国旅馆女主人的明白无误的标志。她的衣服颜色庸俗不堪，不值一提。这个旅馆女主人运用十分灵活的技巧，使两个朋友一会儿十分耐心、一会儿又失去耐心地等了又等。渐渐地声音低下去了，旅客们一个个走了，腾腾的烟雾也驱散了。等到两个助理医生的餐具摆好，传统的莱茵河鲤鱼放到桌上来的时候，已经敲过 11 点了，大厅已经空了。夜间的静寂使人可以模糊地听到马儿吃粮秣或者顿足的声音，听到莱茵河水的呜咽声，还有在住满了人的旅馆里每个人都上了床以后仍旧使旅馆保持苏醒的那种难以形容的喧噪声。门和窗或者打开，或者关闭，有喃喃的听不清楚的说话声，某些房间里响起了质问声。在这既静寂又喧嚣的时刻，店主人正在对两个法国人吹嘘安德纳赫、他的菜饭、莱茵河的酒、共和国的军队以及他的老婆，两个法国人却颇感兴趣地谛听几个船夫的沙哑的叫喊声和一条船靠码头的嘈杂声。毫无疑问旅馆主人对于船夫们的这张喉音的询问十分熟悉，他急急忙忙地走了出去，不久又回来了。他带回来一个矮胖男子，背后跟着两个船夫，拎着一个沉重的小皮箱和几个包裹。行李一放在大厅里，矮胖子就亲自取过小皮箱，留在自己身边，然后毫不客气地在两个助理医生的桌子旁边坐下来。'到你们的船上睡去，'他对两个船夫说，'旅馆已经住满了。算来算去还是这样做最好。''先生，'店主人对新来的客人说，'我只剩下这点食物了。'他指了指给两个法国人吃的晚饭，'我连一块面包，一根骨头也拿不出来了。''腌菜呢？''连放在我女人的顶针里也不够！我已经对您说过了，除了您现在坐着的这张椅子，您不可能有别的床，除了这间大厅，您不可能有别的房间。'听见了这些话，矮胖子向店主人、大厅和两个法国人望了一眼，眼光里同时包含着谨慎和胆怯。"

"说到这里我得提醒你们一句，"赫尔曼先生中断他的叙述说，"就是我们一直不知道这个陌生人的真实姓名和经历，只从他的证件上知道他是从亚琛①来的，取了一个名字叫瓦亨费尔，在诺伊维特②附近拥有一家规模相当大的别针厂。像这个国家的所有厂商一样，他穿着一件厚呢礼服，短裤，深绿丝绒背心，长筒皮靴，腰里系着一条很阔的皮带。他的脸儿是滚圆滚圆的，他的举止直爽而热情，可是那天晚上他心里隐藏着恐惧，或者说是残酷的忧虑，他很难完全掩饰住。旅馆主人始终认为这个德国商人是想逃出他的国家。后来我知道他的工厂由于战争中经常不幸发生的偶然事件被烧掉了。虽然他经常带着忧虑的神情，他的整个外貌却表明他是一个老好人。他的五官非常端正，特别是有一个肥大的脖子，雪白的肤色在一条黑领带的衬托下显得非常突出，威廉曾经开玩笑地指点给普罗斯佩看……"

听到这里，泰伊番先生喝了一杯水。

"普罗斯佩很有礼貌地邀请商人和他们共进晚餐，瓦亨费尔毫不客气地接受了，就像一个自认为有能力报答这个礼貌行为的人那样。他把小皮箱放在地上，把脚放到小皮箱上面，在桌子旁边坐下来，脱下手套，把腰间的两支手枪解下来。店主人很快就摆了一副刀叉，三个人就相当沉默地吃起来。大厅里太热，苍蝇太多。于是普罗斯佩请求店主人打开面对大门的窗户，好换换空气。这个窗户用一根铁条闩住，铁条的两端插进窗台两角的洞眼里。为了更安全

---

① 亚琛，法国人管它叫 Aix-la-Chapelle，德国西部的一座城市，接近比利时。
② 诺伊维特，莱茵河畔的一座德国城市。

一点，两扇护窗板上还装了两只螺丝帽，可以旋进去两管螺丝。完全出于偶然，普罗斯佩仔细端详店主人怎样打开窗户。"

"既然我谈到地点，"赫尔曼先生对我们说，"我应该把旅馆的内部结构告诉你们，因为这个故事的关键，就在对出事地点有正确的认识。我所说的那三个人所在的大厅有两扇门。其中一扇开出去就是沿着莱茵河通向安德纳赫的大路。这里，面对着旅馆，有一个小码头，商人租用的那条船就停泊在这里。另外，一扇门开出去是旅馆的院子，院子周围有很高的围墙，这时候院子里挤满了马和别的牲口，因为马厩里住满了人。旅馆的大门是不久前才重重叠叠地关上的，为了快一点，旅馆主人就带着商人和船夫从通向大路的那扇门走进来。按照普罗斯佩·马尼昂的意愿打开窗户以后，店主人就将这扇门关了，把铁门闩插进洞眼里，而且旋紧了螺丝。两个助理医生要在那里睡觉的店主人的卧房，同公共大厅邻接，和厨房只隔着一道相当薄的墙，女主人和她的丈夫大概就要在厨房里过夜。女仆已经走出旅馆，到牲口棚，谷仓或者别的地方找睡觉的地方去了。不难理解，公共大厅，店主人的卧房和厨房，同旅馆其余部分有点隔绝。院子里有两条大狗，它们的低沉的吠声表明它们是机警而且很容易发作的守卫者。'多么静寂！多么美丽的夜晚！'威廉仰望着天空说；店主人正好关紧了门。这时候唯一的声音只有波浪的拍击声。'先生们，'商人对两个法国人说，'请允许我请你们喝几瓶酒来配你们的下酒菜——鲤鱼。喝酒可以使我们从白天的疲劳中恢复过来。从你们的外貌和衣服的情况看来，我想你们也同我一样，今天赶了不少的路程。'两个朋友接受了。店主人从厨房的门出去，走到他的酒窖里去，他的酒窖大概在房子的这一部分。等到店主人拿来五瓶陈酒放在桌子上时，他的老婆已经上齐了菜。她以主妇身份向大厅和菜肴望了一眼，确信旅客们所有的需求都能得到满足以后,就回到厨房里去。四个同桌的人——因为店主人也被邀请饮酒——并没有听见她睡觉。可是,过不多久,在酒客们谈话的间歇静寂中,传来了十分强烈的鼻鼾声,这鼻鼾声由于她所睡阁楼的空心楼板而更加响亮。几个朋友都笑了,尤其是店主人。将近午夜的时候,桌子上只剩下饼干、奶酪、干果和好酒,几个酒客的谈话都多起来了,尤其是那两个年轻的法国人。他们谈起故乡,谈起读书,谈起战争。最后,谈话越来越热烈。普罗斯佩·马尼昂以毕加弟人①的直爽、善良而多情善感的天性所具有的天真,谈起他自己现在在莱茵河畔,他的母亲可能在干什么。这些话使逃亡的商人涌出了眼泪。'我看见她,'年轻人说,'在上床以前在背诵她的晚祷经文!她一定不会忘记我,她一定在问:我的可怜的普罗斯佩,他在哪里呀?如果她赌钱赢了几个苏②,赢了女邻居的,也许是你母亲的,'他碰了碰威廉的手肘继续说,'她就把这几个苏投进那个大红瓦罐里去,那个瓦罐是她储蓄的地方,她要攒一笔款子来买进坐落在勒舍维尔的一小块土地,那块地的面积是三十阿尔邦③,约值六万法郎,真是一块好牧场!啊!假如有一天我能得到这块土地,我便在勒舍维尔度过我的一生,再也没有别的野心了!我的父亲曾经多少次想得到这三十阿尔邦的土地,和那条蜿蜒流过牧场的美丽的小溪啊!最后,他死了,没有能够把这块土地买下来。我经常到那里玩耍!''瓦亨费尔先生,你也有你的 hoc erat in votis④ 吗?'威廉问道。'有的,先生,有的,不过都实现了,而现在……'那个老好人没有说完这句话就沉默下来了。'至于我,'店主人说,他的脸微

---

① 马尼昂的出生地博韦,旧属毕加弟省。
② 法国旧币单位,值五生丁或二十分之一法郎。
③ 一阿尔邦约等于一英亩(约中国六亩)至一英亩半。
④ 拉丁文,意思是:"这就是我的意愿",是拉丁诗人荷拉斯的话,现在用来指达到这个愿望意味一切欲望都得到了满足。

微泛着红光,'去年我买下了一个果树园,那是我想了十年的一块地。'他们就像舌头被酒解放了的人们那样谈着话,而且互相有了感情,这种一时的友情是我们在旅途中不会十分吝惜的,以致临到睡觉的时候,威廉建议把自己的床让给商人。'您最好还是接受了吧,'他对商人说,'我可以和普罗斯佩同睡。这当然不是第一次,也不是最后一次。您是我们中最年长的,我们应该尊敬年长的人!''好吧,'店主人说,'我老婆的床上有好几床垫被,你们可以铺一床在地上。'说完他就去关窗,弄出这个谨慎的动作所应有的响声。'我接受,'商人说,接着他又压低嗓音望着两个朋友补充说:'我承认这是我盼望的事。我觉得我的船夫很可疑。今天晚上,我毫不惋惜我能够同两个诚实而善良的年轻人做伴,何况是两个法国军人!我有十万法郎的金银珠宝放在我的小皮箱里!'两个年轻人听了这番不小心溢出来的机密话以后,表现出亲切的沉默,这使善良的德国人放宽了心。店主人帮助旅客们拆装了一张床。等到一切安排就绪以后,他向旅客们道声晚安,就自去睡觉去了。商人和两个助理医生在对他们的枕头的性质开玩笑。普罗斯佩把他自己的医用器械包和威廉的一起放在垫被下面,使垫被高起一些,用来代替他所没有的长枕头,这时候瓦亨费尔出于过分小心,也把他的小皮箱放在床头底下。'我们俩都睡在我们的财产上面:您睡在您的金子上,我睡在我的谋生工具上!还不知道的,是我的谋生工具能不能为我赚来像您赚到的那么多的金子。''您当然有希望,'商人说,'勤奋工作和正直诚实能够达到一切目的,您耐心等待好了。'不久瓦亨费尔和威廉都睡着了。也许由于他的床太硬,也许由于他过分疲劳引起失眠,也许由于一种命定的心绪不宁,普罗斯佩·马尼昂睡不着。他的思想在不知不觉间走上了邪道。他一味想着商人枕头下面的十万法郎。对于他,十万法郎是从天上落下来的一大笔财产。他开始想入非非,想象用千万种方法去花这笔财产。我们每个人都一样，在入睡前的时刻总要津津有味地去建造那室中楼阁，这种时刻在我们的悟性中产生了模糊的影像，而且往往由于夜晚的静寂，思想获得了奔放的能力。他要满足他母亲的愿望，把那三十阿尔邦的牧场买下来，他要娶一位博韦的小姐，而在目前时刻，由于双方的家财相差悬殊，他是不敢梦想的。有了这笔财产，他可以过舒适的生活，充满幸福，当上一家之长，富有，在他的省里受到尊敬，也许能当博韦的市长。他的毕加弟的头脑燃烧起来了，他找寻将他的幻想变成事实的方法。他以异乎寻常的热情在理论上组织一次犯罪。他一边梦想商人已经死亡，一边清楚地看见那些金银珠宝。他被金银珠宝弄得眼花缭乱，心跳得厉害。毫无疑问，深思熟虑本身就构成犯罪。他被这堆金银迷住了，完全陶醉于杀人犯的推理中。他自己问自己，这个可怜的德国人有没有必要活下来，而且还可以假定他从来没有存在过。总之，他设想可以保证不受处罚的犯罪。莱茵河的对岸由奥地利人占领，在窗户下面有一条船和一位船夫，他可以割断商人的脖子，把尸首扔到莱茵河里，带着小皮箱从窗口逃出去，用金子收买船夫，摆渡到奥地利去。他甚至计算到他使用外科手术器械熟练到什么程度，以至于可以割下商人的脑袋而不让他发出声喊叫……"听到这里泰伊番先生抹了抹额角上的汗珠，又喝了一点水。

"普罗斯佩慢慢地起来，不发出任何声音。确定没有惊醒任何人以后，他穿好衣服，走到公共大厅里来。然后，仿佛一个人突然发现自己有不祥的聪明，又如同囚徒或犯人在完成自己的计划时从来不缺乏机智和意志力那样，他就本着这种聪明和机智去旋开铁门闩的螺丝，把铁门闩从洞眼里取出来，不发出任何轻微的声响，然后他将门闩靠近墙放着，将护窗板打开，打开时用力压着窗门的铰链，以减轻吱吱的声音。淡白的月光射进来，使他能略微看清威廉和瓦亨费尔睡觉的房间里的物件。他告诉我这时候他停顿了一会儿。他的心跳得那么厉害，那么深沉，那么响亮，使他自己惊吓起来。他害怕自己不能够冷静地动作，他的手颤抖着，他的脚跟仿佛插在炙热的火炭里。可是他的计划执行得那么顺利，使他不得不认为这种好运是一种天数。他打开了窗户，回到自己的房间里，拿起他的医用器械包，在里面找到了最适宜于完成他的犯罪的用具。'等我走到床边，'他对我说，'我下意识地把自己交给上帝。'他集中了全部气力举起臂膀的一刹那间，他似乎听见了内心有一个声音，而且相信瞥见了一线光明。他把杀人用具扔到自己的床上，逃到另外的房间里去，走过来站在窗户前面。这时，他对自己感到深深的嫌恶。可是他觉得自己的德行还不够坚强，害怕再度陷入目前他所经受的诱惑中去，他迅速地跳到大路上，沿着莱茵河走过来走过去，仿佛在旅馆门前放哨似的。在他的急促的散步中，他经常走到安德纳赫，他也不知不觉地走到山坡那边去，他就是从这山坡上走下来到达旅馆的。可是夜晚的静寂是那么深沉，他又过分相信那两条看家狗，以致有时他走到看不见那扇开着的窗户的地方。他的目的是使自己疲劳，以便招来睡眠。这样在无云的天空底下走着，一面走，一面欣赏美丽的星星，也许是受夜晚清新的空气和河水忧郁的呜咽声的影响，他陷入沉思默想中，这沉思默想给他逐步带回来健全的道德观念。理智终于完全驱散了他的一时的狂热。他所受的教育，宗教的戒条，他还对我说，尤其是到目前为止他在父母家所过的朴素生活的形象，战胜了他的坏思想。他在莱茵河畔长时间地默想，等到他走回来，把手肘靠在一块大石上休息的时候，他对我说，他不仅能够睡在十亿金子旁边，而且能够守卫着十亿金子而不动心。他的正直在这场斗争中战胜了，他能够自豪而坚强地抬起头来，这时候他带着陶醉和幸福的感觉跪了下来，感谢上帝，觉得自己快乐，轻松，满意，就像他初领圣体那天一样，他初领圣体那天他相信自己能够配得上天使，因为他整整一天没有在语言、行动或者思想上犯过罪。他回到旅馆里去，关上窗户，再也不怕闹出声音。然后马上上床。他的精神上和肉体上的疲劳，使他对睡眠毫无抵抗的能力。他把头枕在垫被上不久，就进入了初步的、奇妙的朦胧状态，这种状态往往是熟睡的前兆。这时候感官渐渐麻木不仁，知觉逐渐失去，思维变得不完整，官能的最后抽搐产生隐隐约约的梦幻。'空气多么沉闷呀，'普罗斯佩这样想，'我好像在呼吸潮湿的蒸气。他模糊地对自己解释：这是房间的温度同旷野里的新鲜空气两者差别所造成的效果。可是不久他就听到了一种滴答滴答声很像水龙头里有水滴下来的声音。被猛然的恐怖驱使，他想起来叫喊店主人，唤醒商人或者威廉。可是这时候对他最为不幸的是他想起了那个木时钟，他认为滴答声就是钟摆摇动的声音，他就在这种迷糊和朦胧的感觉中入睡了……"

"您要水吗，泰伊番先生？"屋主人看见供应商机械地拿着那个细颈瓶子，就这样问。细颈瓶子里已经没有水了。

由于银行家插了一句话而稍微停顿一会儿以后，赫尔曼先生又继续说下去。

"第二天早上，"他说，"普罗斯佩·马尼昂被一个巨大的声音惊醒。他似乎所见了尖叫声，他觉得神经猛烈地抽搐，这是我们在入睡时开始有痛苦的感觉，到醒过来时还有这种感觉所必然有的状态。这种状态在我们身上是一种生理学现象，用通俗的话来说，就是惊跳起来，虽然包含很多对科学来说是稀奇的现象，但是至今还没有做过充分的研究。我们身上的神性和人性在睡眠当中总是分开的，醒过来时也许结合得太突然了，以致产生了这种可怕的惊恐。这种惊恐通常是转瞬即逝的，可是它却固执地停留在可怜的助理医生身上,甚至突然间扩大起来。等到他发现在他的垫被和瓦亨费尔的床之间有一摊血的时候,这个惊恐就扩大到使他浑身战颤起来。可怜的德国人脑袋躺在地上,躯体留在床上。所有的血都是从脖子里流出来的。看见德国人的眼睛瞪得大大的而且凝视不动,又看见血迹污染了他的被单,甚至他的双手,又认出床上放着他的外科手术用具以后,普罗斯佩·马尼昂昏了过去,倒在瓦亨费尔的血泊里。'这已经是,'他对我说,'对我的坏思想的一种惩罚。'当他苏醒过来时,他发觉自己在公共大厅里,坐在一张椅子上,周围是一群法国兵士和好奇地张望的人群。他呆呆地望着一个共和国军官在那里听取证人的证词,还作了记录。他认出了店主人和他的老婆,两个船夫和旅馆的女仆。杀人犯所使用的外科手术用具……"

听到这里泰伊番先生咳了两声,抽出手帕擤了擤鼻涕,揩了揩额角。这些相当自然的举动只有我一个人注意到,别的客人全都盯着赫尔曼先生,贪婪地听他讲述。供应商把手肘靠在桌子上,用右手支着头,凝神注视着赫尔曼。从此以后他再也不流露出任何激动或感兴趣的情绪,只是他的容貌仍带沉思,面色仍然是泥土色,就像他玩弄细颈瓶子的瓶塞时一样。

杀人犯所使用的外科手术用具,连同普罗斯佩的医用器械包、皮包和证件,一起放在桌子上。人群的眼光一会儿注视这些证物,一会儿注视年轻人。普罗斯佩仿佛死了般,昏暗无光的眼睛似乎什么也瞧不见。屋子外面人声鼎沸,说明有一群人已经被凶杀案的新闻吸引到旅馆外面来,或许他们也想认识一下杀人犯。大厅窗户外面有岗哨的脚步声,他们的长枪弄出的声音超过人群叽叽咕咕的谈话声。可是旅馆仍然关闭着,院子里空洞洞的,静寂无声。普罗斯佩·马尼昂受不住录取口供的那个军官的注视,正低着头,突然觉得一只手被人按住,就抬起头来想看一看在这敌对的人群中有谁会充当他的保护人。他从制服上认出了那是驻扎在安德纳赫的联队的军医。军医的眼光那么锐利，那么严厉，使得可怜的年轻人不由得颤抖起来，脑袋颓然跌落到椅背上去。一个士兵拿着醋让他呼吸，不久他就恢复了知觉。可是他的茫然失措的眼睛里全无生气和智慧，以致军医在把了普罗斯佩的脉息以后，对军官说，'队长，现在这时刻不可能取得这个人的口供。''好吧，带他走，'队长没等军医说完就向站在助理医生后面的一个伍长说。'懦夫！'军人低声对助理医生说，'在这些德国畜生面前，起码得举步坚定一点，以挽回共和国的荣誉。'这样一吆喝，惊醒了普罗斯佩·马尼昂，他站起身，走了几步！可是等到门一打开，他感到外面的空气扑面而来，又看见人群一拥而进，他的力气就消失了，他的双膝发软，跟跄一下跌了下去。'这个该死的庸医值得枪毙两次！走呀！'两个士兵用臂膀把他扶起来说'瞧！懦夫！懦夫！就是他！就是他！你瞧他！你瞧他！'这些话在他听来似乎是从一个声音发出来的，就是人群嘈杂的声音，还夹杂着咒骂，而且每前进一步，声音就更响一点。从旅馆到监狱这段路程中，人群的骚动声，兵士的步伐声，各种谈话的低语声，天空的景色和空气的清新，安德纳赫的外貌和莱茵河水的颤动，这种种印象到达助理医一生的心灵上的时候，是模糊的、朦胧的、黯淡的，就像他醒过来以后所有的感觉一样。他对我说，有些时候他简直认为自己不再存在了。

"我那时候正在监狱里，"赫尔曼先生中断叙述说，"我们在二十岁的时候都那么狂热，我那时候想保卫祖国，我在安德纳赫附近组织和指挥一支游击队。几天以前我在夜间落到一支有八百人的法国分遣队的手上。我们充其量只有二百人。间谍把我出卖了。我被关进安德纳赫的监狱里。当时要把我枪毙来杀一儆百。法国人还说要采取报复措施，可是杀掉我作为报复却没有在选侯领地内实行。我的父亲求得了三天缓刑,以便到奥热罗将军那里去请求特赦,将军答应了他。因此普罗斯佩·马尼昂关进安德纳赫监狱的时候,我看见了他,他引起我极度的同情。虽然他脸色苍白,面容憔悴,满身血污,但是他的脸上一派天真和清白的神气使我十分震动:对我说来,德国就活在他的长长的金黄头发和他的蓝眼珠里,他是我那衰弱的祖国的真正形象,我觉得他是一个被害者,而不是一个杀人犯。他经过我的窗口时,像一个精神病人一时恢复理智一样,朝不知哪个方向露出了一丝凄凉的苦笑。这笑容肯定不是一个杀人犯的。我见到狱卒,就向他询问关于新犯人的情形。'他关进牢房以后就没有说过话。他坐下来,双手抱着头,打瞌睡或者考虑自己的事情。听法国人说,他的案子明天早上可以结束,他要在二十四小时内枪毙。'当天黄昏时分,我利用准许我在监狱的院子里散步的短短几分钟,逗留在他的窗口底下。我们谈了话,他天真地告诉我他的遭遇,而且相当正确地回答了我的各种问题。经过这第一次谈话以后,我再也不怀疑他的无罪了。我请求而且获得了优待,可以在他身边逗留几小时,因此我看见他好几次,可怜的孩子毫不转弯抹角,很直率地把他的一切思想都告诉我。他相信自己既无罪也有罪。回想起他有力量抵抗的那场可怕的诱惑,他害怕他自己在睡眠当中梦游病发作,会犯了他在醒着的时候所梦想的罪行。'可是你的伙伴呢?'我问他。'啊!'他激动地叫喊,'威廉不可能……'他连话也没有讲完。听了这句缺乏人生经验而充满道德的话,我和他紧紧握手。'威廉醒过来时,'他继续说,'一定是吓昏了头脑,他就逃走了。''难道他不把你叫醒吗?'我问他。'把你叫醒,瓦亨费尔的小皮箱就不会被偷了,你为自己辩护也就容易了。'突然间他泪如雨下。'是啊!我是没有罪的!'他大声说,'我没有杀过人!'我想起了我的梦,我在梦里和我的中学同学们玩竞走游戏。我既然在梦里奔跑，我就不会割掉这个商人的脑袋。随后，虽然希望的曙光经常使他得到一点宁静，可是他总感觉心头压着后悔。他确实是曾经举起臂膀要砍掉商人的脑袋。他自己审判自己，觉得自己曾经在思想上犯过罪，心里就不可能是洁白无瑕的。'可是，我是好人呀！'他大声说，'我的可怜的母亲呀！也许这时候她正在有挂毯的小客厅里同女邻居们愉快地玩纸牌。只要她知道我曾经仅仅举起手要谋杀一个人……啊！她宁愿死掉！而我却在监狱里，被控杀过人。即使我没有杀死这个人，我也确实会杀死我的母亲！'说这些话的时候他并不哭泣，可是却以毕加弟人常有的一时冲动，一头向墙上撞去，假如我不拖住他，他一定撞破了脑袋。'等待你的审判吧，'我对他说。'你会被宣判无罪的，因为你没有犯罪。至于你的母亲……''我的母亲！'他愤激地嚷道，'她头一件事就是知道我的被控。在小城市里往往是这样的。可怜的母亲将要忧郁而死。何况我也不是清白的，你不是知道全部事实真相吗？我觉得我已经丧失了我良心上的贞操了。'说完这句可怕的话以后，他坐了下来，把双臂抱在胸前，低垂着头，带着阴郁的神气凝视着地上。这时候，管钥匙的狱卒走过来请我回到自己的房间里去，可是，我觉得现在是我的伙伴极度灰心丧气的时刻，我不愿意扔掉他不管，我走过去友爱地拥抱他。'耐心点，'我对他说，'也许一切都会变好的。如果一个老实人的声音能够消除你的自我怀疑的话，要知道我是尊敬你的和爱你的。请接受我的友谊吧，如果你的心不能平静的话，那么就凭我的心安稳地睡觉吧。'第二天9点左右，一个伍长和四个枪手来找助理医生。听见兵士们的声音，我就走到我的窗口。年轻人穿过院子时，向我望了一眼。我永远不会忘记这道眼光，眼光里充满各种念头、各种预感、听天由命和说不出的悲哀与凄凉的滋味。这仿佛是一张无声而可以意会的遗嘱，凭着这张遗嘱一个朋友把他失掉的生命遗留给他的最后一位朋友。昨天夜里对他说来一定是非常艰苦，非常孤寂的一个夜晚。可是他脸上的苍白也许是他对自己重新评价而提炼出坚忍精神的象征。也许他用后悔来净化了自己，也许他认为痛苦和羞愧已经洗净了他的错误，他用坚定的步伐向前走着！他一大清早就洗净了他无意中沾染的血污。'我睡着的时候不幸犯了杀人罪，因为我的睡眠是很不安稳的。'他前一天用可怕的绝望语气对我说。我得知他要出席军事法庭受审。联队第二天要开拔，联队的首长不愿意没有在犯罪地点伸张正义以前就离开安德纳赫……军事法庭开庭期间，我焦虑得要命地等待着。最后，快到正午，普罗斯佩·马尼昂被带回监狱。我那时正在作例行的散步，他看见了我，跑过来投入我的怀抱。'完了，'他对我说。'我毫无希望地完了。在这儿，所有的人都会认为我是杀人犯了。'他自豪地抬起头来。'这样的不公道使我完全相信我的清白无罪。我的一生经常是烦恼不安的，而我的死却是无可指摘的。可是，到底有没有将来？'整个18世纪都包括在这句突然的问话里。他沉思着。'归根结底，'我问他，'你是怎样回答的？他们问了你些什么？你不会像告诉我那样天真地把事实都告诉他们吧？'他对着我凝视了一会儿，经过可怕的停顿以后，他突然狂热地像连珠炮般回答我：'他们一开头就问我：你晚上走出过旅馆吗？我回答：出过的。他们问：从哪儿走出去？我脸红了，我回答：从窗户。窗户是你打开的吗？我回答：是的。你开窗时非常小心，旅馆主人一点儿也听不见。我惊呆了。那些船夫供认看见过我走来走去，一会儿走到安德纳赫，一会儿又走到树林。他们说我这样来回了好几趟。说我埋了那些金银珠宝。最后小皮箱仍然没有找到！何况我又经常受到良心的责备，每当我要说话的时候，一个无情的声音就向我申斥：你曾经想犯这个罪！一切都反对我，连我自己也反对我！……

他们向我问起我的同伴,我竭尽全力为他辩护。他们就说:你、你的同伴、旅馆主人和他的老婆四个人中间,必有一个是犯罪的人,因为今天早起,旅馆的所有门和窗都是关紧的!听了这句话,'他继续说,'我说不出话来,一点气力也没有,灵魂也出窍了。我认为我的朋友比我自己更可靠,我不能控告他。我明白我们两人被认为是这件谋杀案的同谋共犯,我不过是其中比较笨拙的一个!我想用梦游病来解释犯罪,好开脱我的朋友,结果我说得七颠八倒。我完了。我从法官们的眼光中看出了对我的判决。他们流露出不相信的微笑。一切都清楚了,再也没存任何疑问了。明天我将要被枪毙。我再也不想我自己,'他补充一句,'我想的是我可怜的母亲!'他停下来,仰望着天空,却没有流下眼泪。他的干枯的眼睛不停地痉挛。'弗雷德里克!'啊!另外一个青年叫弗雷德里克,弗雷德里克!是的,他就叫这个名字!"赫尔曼先生胜利地嚷道。

邻座我的女伴用脚碰了碰我,向我指了指泰伊番先生。这位旧供应商不知不觉间把一只手遮住了两只眼睛,可是从手指的间隙望过去,我们相信看见了他的眼光里有阴郁的火焰。

"怎样?"她凑近我的耳朵说,"假使他的名字也叫弗雷德里克呢?"我扫了她一眼,仿佛对她说:"不许说话!"

赫尔曼又继续说下去:"助理医生叫喊道:'弗雷德里克!弗雷德里克卑鄙地抛弃了我。他害怕了。也许他还躲在旅馆里,因为那天早上我们的两匹马还在院子里。'他沉默了一会儿又补充说:'多么不可理解的秘密!一定是梦游病,梦游病!我一生只犯过一次,而且是在六岁的时候犯的。'他用脚顿了顿地又说:'难道我就这样死去,带着这世界上的全部友谊到天上去吗?如果我怀疑从五岁就开始的友谊,而且继续到中学、到学院的兄弟般的友谊,那我不是等于死亡两次吗?弗雷德里克在哪儿?'他哭了。'我们把感情看得比生命更重要。'他接着对我说,'回去吧,我宁愿回到我的牢房里去。我不想人家看见我哭泣。我要勇敢地走向死亡,可是我不会在不合适的时间装出英雄的样子。我承认我是惋惜我的年轻而美好的生命的。昨天晚上我一夜没有睡:我回想起我童年的情景,仿佛看见我自己在牧场里奔跑,也许就是这个回忆断送了我的一生。'他中断一下又说,'我本来是有将来的,可是现在我的将来就是:十二个士兵,一个少尉叫喊:举枪,瞄准,放!一阵鼓声,剩下来的就是不名誉!啊!应该有一个上帝存在,否则这一切就太愚蠢了。'这时候他抓住了我,紧紧地把我抱在怀里。'你是最后一个我能够推心置腹的人。你会放出去的,你!你能够再见到你的母亲!我不知道你穷或者富,或是有什么关系!对我说来你就是整个世界。战争不会一直打下去的。好吧,等和平到来以后,你要到博韦去。如果我的母亲得到我死亡的不幸消息还能够活下去的话,你要在那里找到她。把这句安慰的话告诉她:他是清白的!她一定会相信你的话!'他又说,'我要写信给她,可是你要将我最后的眼光带给她,告诉她你是我最后拥抱的一个人。啊!可怜的母亲,她会多么爱你啊!你是我最后的一个朋友。'说到这里,他沉默了一会儿,仿佛被回忆的重压压得透不过气来。'在这儿,从首长到士兵,没有人认识我,他们全都嫌恶我。没有你,我的无罪就会是只有天知道的一件秘密了。'我向他发誓,一定要把他的遗志作为神圣使命去完成。我的肺腑之言使他非常感动。过了不久,几个士兵来找他,把他带到军事法庭上去。他被判决有罪。我不知道伴随这个初步判决或者在这个初步判决以后还存有什么手续要办,我也不知道年轻的医生是否依法为他的生命作了辩护,我只知道第二天早上他等待着行刑,前一天晚上他整夜写信给他的母亲。'我们两人都将得到自由,'第二天早上我去看他时,他微笑着对我说,'我得知将军已经签发了你的特赦令。'我默默无言,只是凝视着他,要将他的轮廓好好地印在我的记忆中。这时候他换了一副嫌恶的表情对我说:'我是一个可耻的懦夫!整个晚上,我向着墙壁请求给我恩恕。'他指给我看他牢房里的墙壁,又接着说,'是的,是的,我曾因绝望而嚎叫,我愤激万分,我经受过最可怕的精神上的死亡。我那时候是单独一个人!现在,我在想人家要说什么……勇气是一件可以拿来穿的衣服。我应该堂堂正正地去死……因此……"

两种正义

"啊!别说下去了!"要求讲这故事的年轻姑娘突然打断纽伦堡人叫嚷起来,"我要保留不确定状态,而且相信他得救了。如果今天我知道他被枪毙了,我晚上就睡不着觉。您明天再把结局告诉我吧。"

我们都起身离席。我邻座的女客接受了赫尔曼先生的邀请,挽着他的臂膀,对他说:"他被枪毙了,对吗?"

"对的。我就是行刑的证人。"

"怎么,先生,"她说,"您居然肯……"

"这是他的愿望,夫人。护送一个犯人的行刑,行列里有一个活人,一个你所爱的人,一个无罪的人,这是非常可怕的!那个可怜的年轻人目不转睛地望着我,仿佛他只活在我的身上!据他说,他想把他最后的叹息带给他的母亲。"

"那么,您看见他的母亲没有?"

"《亚眠和约》[①]签订以后,我到法国去把这句美好的话带给他的

[①] 《亚眠和约》,是法国、英国、西班牙和荷兰于1802年共同签订的和约。

母亲：'他是无罪的。'我把这次旅行看作是宗教朝圣。但是可惜马尼昂夫人已经死于肺病。我把我带来的信烧毁的时候，心中感慨万分。您也许会嘲笑这种日耳曼人的过分热心，可是我在永恒的秘密中看到了极度凄凉的一幕剧，两个坟墓之间的死别声，将被永恒的秘密所埋葬，不为整个宇宙所熟悉，正如沙漠中的旅客，出其不意遇见狮子，所发出的喊声一样。"

"如果有人把客厅里的一个人拉到您的面前，对您说，这就是杀人犯！这岂不是另一幕剧吗？"我打断他的话头问他，"您怎么办？"

赫尔曼先生走过去拿了他的帽子，走了出去。

"你年纪太轻，做起事来又冒失又莽撞，"我的女邻座对我说，"你看泰伊番！你瞧！他坐在火炉旁边的安乐椅子上，梵妮小姐递给他一杯咖啡，他微微笑着。一个杀人犯，刚才讲的故事会使他痛苦非凡，他还能够表现出这么冷静吗？他的样子不像一个慈父吗？"

"像是像的，可是请你走过去问问他有没有在德国打过仗吧。"我大声说。

"干吗不问？"妇女们每当事业有成功希望，或者好奇心十分强烈的时候，总是不缺少这种勇气的，我的女邻座向供应商走去。

"您到过德国吧？"她问他。

泰伊番差点儿让手里的茶托跌下去。

"我？夫人？不，从来没有到过。"

"你说什么，泰伊番？"银行家打断他的话头反驳他，"在瓦加朗战役①中，你不是管粮食吗？"

"噢，是的！"泰伊番先生回答，"那一次是去过的。"

---

① 瓦加朗，奥地利小村，1890年拿破仑大败奥军于此。

"你弄错了,他是好人。"我的女邻座走回我身边对我说。

"好吧,"我嚷道,"在晚会结束之前,我要将杀人犯从他躲着的泥沼地里驱逐出来。"每天,在我们眼前总有涉及道德的现象发生,这现象意义十分深远,可是又太简单,不为人们所注意。譬如在客厅里,两个人遇见了,其中一个人有权鄙视或者憎恨另一个,原因是多种多样的,或者由于他知道那个人有一件秘密的肮脏事,或者由于他有秘密身份,或者由于他有仇要报,于是这两个人就能够猜出或预感到他们之间有一道深渊间隔,或者应该有一道深渊间隔。他们偷偷地观察对方,密切地注意对方的举动:他们的眼光、手势,难以形容地渗透着他们的思想,他们之间有一块磁石在吸引着。我不知道谁的吸引力更强一些,是报仇方面呢,还是犯罪方面?是仇恨方面呢,还是侮辱方面?这情形仿佛神甫当着恶神的面不能够奉献圣体一样,他们俩都坐立不安,互相警惕:一个彬彬有礼,另一个阴沉不语,我也分不清是哪一方面。一个脸红了或者脸色泛白,另一个就颤抖起来。往往复仇者同被害人一样懦怯。很少人有勇气制造一件坏事,即使是必要的坏事。而很多人却因为讨厌声张或者害怕悲剧的结局而沉默下来,或者宽恕了对方。这种灵魂和感觉的吸收作用在供应商和我之间建立了一种神秘的斗争。自从在赫尔曼先生讲故事中间我问了他一句话以来,他就逃避我的眼光。也许他连在座所有客人的眼光都要逃避,他同缺乏人生经验的梵妮谈话,梵妮就是银行家的女儿。他这样做的目的如同所有的罪犯一样,都感觉到有必要同天真烂漫的人接近,以求得安慰。可是我虽然离他很远,我却倾听着他,我的锐利的眼光吸引着他的眼光。当他认为可以自由自在地窥视我的时候,我们的视线相遇了,他的眼睛马上低垂下来。泰伊番受够了这个罪,他急急忙忙地用赌博来逃避。我押在他的对手上,可是却希望自己输钱。这个愿望实现了:我代替了那个输钱离桌的赌客,和杀人犯面对面地坐下来了……

"先生,"等他分牌给我的时候我对他说,"您肯把赢得的分数减到同我的分数一样吗?"

他相当匆忙地把他的筹码从左边搬到右边。我的女邻座走到我身边,我含有深意地向她望了一眼。

"您是不是,"我向供应商发问,"弗雷德里克·泰伊番先生?博韦我很熟悉的一家泰伊番是不是资本家?"

"是的,先生。"他回答。

他扔下手里的牌,脸色发白,两手抱着脑袋,请他的一位赌友找他赌下去,站起身来。

"这儿太热了,"他叫起来,"我怕……"

他没有讲完这句话。他的脸突然流露出可怕的痛苦,他猛然走了出去。屋主人陪伴着泰伊番,对他的处境似乎十分关切。我同我的女邻座互相望了一眼,我发觉她的脸上也有一丝哀愁。

"你的行为能说是很慈悲的吗?"我赌输了钱,离开赌桌,她把我带到一个窗口前面质问我。"你难道想获得识透一切人心的权力?你为什么不肯让人间的正义和天上的正义发挥作用?如果我们能逃避一个正义,我们肯定无法躲避另一个!一个高等法院院长的特权这么值得羡慕吗?你简直在行使一个刽子手的职能。"

"你刺激和分享了我的好奇心以后又来教训我!"

"你使我想了很多。"她回答我。

"依你,就应该让罪人过太平日子,使被害人不得安宁,而且把金子崇敬如神!"我笑着又补上一句,"现在不谈这些,我请你瞧瞧刚走进客厅的那个年轻女郎。"

"瞧见了,怎么样?"

"三天以前我在那不勒斯大使的舞会上见到她,我热烈地爱上了她。我求求你,告诉我她的姓名。再也没有别的人能够……"

"她就是维多利亚·泰伊番小姐!"

我感到一阵晕眩。

"她的后母,"我的女邻座继续说,我几乎听不见她的声音,"不久以前才把她从修道院里接回来,她在修道院受教育的时间已经很长。她的父亲在很长一段时间里拒绝认领她。这是她头一次到这儿来。她又漂亮又有钱。"

说这些话的时候她带着冷嘲热讽的微笑。就在这一刹那,我们听见了猛烈而抑制住的喊声。这些喊声仿佛来自隔壁房间,一直传到花园里才微弱下来。

"这不是泰伊番先生的声音吗?"我叫道。

我们聚精会神地倾听,可怕的呻吟声传进我们的耳朵。银行家的妻子急匆匆地向我们奔过来,把窗户关上。"不要闹出事来,"她对我们说,"如果泰伊番小姐听见她的父亲的喊声,她的神经痛又会发作了!"

银行家走进客厅,找到维多利亚,低声在她耳边说了几句话。年轻的姑娘马上叫了一声,冲向门口,不见了。这件事造成极大的轰动。所有的赌局都停下来了。每个人都在询问他的邻人。鼎沸的人声越来越响,各处都聚集了一堆一堆的人。

"泰伊番先生会……"我问。

"死吗?"嘲弄我的女友大声说,"我想,你大概很高兴给他戴孝吧!"

"可是他到底发生了什么事?"

"可怜的人,"屋子的女主人回答,"他害了一种病,这种病的名字虽然布鲁松先生经常告诉我,我还是记不得。刚才他又犯了一次病。"

"这种病是怎么样的呢?"一个预审推事突然问道。

"哦,这种病非常痛苦,先生,"女主人回答,"医生也想不出治疗方法。发作起来是非常猛烈的。有一天,可怜的泰伊番在我的田庄逗留期间突然犯了病,我不得不躲到我的女邻居家,以免听见他的喊声。他发出可怕的叫喊,他想自杀,他的女儿不得不把他绑在床上,而且给他穿上神经病人的紧身衣。这个可怜的汉子硬说脑袋里有小动物在咬啮他的脑髓:每根神经里面都有一阵阵的刺痛,像锯子锯一样,又像神经被人猛力拉扯。他的脑袋疼痛得那么厉害,曾经用艾来灸他,想使他分散注意,结果他毫无感觉。可是他的医生布鲁松先生却极力主张用艾灸,他认为这是神经系统的毛病,是神经发炎,必须把水蛭放在颈里吸血,而且把鸦片烟放在脑袋里。经过这样治疗,犯病的次数的确越来越少,每年约在秋末才犯病。每次他犯病治好以后,泰伊番总是不停地唠叨说他宁可受车裂之刑,也不愿再受这样的痛苦。"

"那么,看起来他是痛苦万分了。"一个股票经纪商说,他是我们客厅的才子。"噢!"她继续说,"去年他差点儿死掉。他为了一件紧急的事单独一人到他的田地里去,也许是缺乏救助,他直挺挺地躺了二十二小时,仿佛死了般。后来用热水浴才把他救醒过来。"

"这是不是破伤风的一种?"股票经纪商问。

"我不知道,"她回答,"他害这个病已经有三十年了,是在部队里得病的。据他说,有一次他在船上跌倒,一块木屑碎片嵌进了脑袋。可是布鲁松希望能将他治好。据说英国人已经找到用氰氢酸毫无危险地治疗这种病的方法。"

这时候,一声尖叫从屋子里传出来,这声尖叫比刚才的叫声更响,把我们都吓呆了。"你们听,这就是我经常听到的叫声,"银行家的妻子又说,"这些叫声使我从椅子上跳起来,使我的神经忍受不了。可是说也奇怪,这个可怜的泰伊番,虽然受够了闻所未闻的痛苦,但是从来没有死亡的危险。大自然可真古怪,给了他这个可怕的刑罚,还给他一些间歇时间,在间歇时间中他像常人一样吃喝。一位德国医师对他说这是一种头风,这个诊断同布鲁松的意见不谋而合。"

我离开了周绕着女主人的那群人,一个仆人走进来找泰伊番小姐,我就跟着她走出去……"噢!我的天啊!我的天啊!"她边哭边诉说,"我的父亲犯了什么天条要受这么大的痛苦?他是这么好的一个人!"我同她一起走下楼梯,帮助她上了马车,我看见她父亲在马车里弯着腰,身子折成两叠。泰伊番小姐用手帕掩住她父亲的嘴,想抑制住那些呻吟声,不幸得很,她的父亲瞥见了我,他脸上的肌肉顿时痉挛得更加厉害,一声惊叫划破了天空,他用可怕的眼光向我扫了一眼,马车便开走了。

这顿晚宴,这个晚会,对我的一生和我的情感,产生了残酷的影响。我爱泰伊番小姐,也许恰恰是由于荣誉和良心禁止我同一个杀人犯联姻,哪怕这个杀人犯是一个好父亲和好丈夫。一种令人难以相信的宿命使我只要知道我能在哪家人家见到维多利亚,我就设法叫人介绍到那家人家去。往往白天我对自己以荣誉担保以后不再见她,到了晚上我又在她身边。我的欢乐是无限的。我的合法的爱情充满了虚幻的后悔,是带有犯罪的色彩的。我偶然遇见泰伊番同他的女儿在一起,我是不屑于理睬泰伊番的,可是我仍然向他行礼!而且,不幸的是,维多利亚不仅长得漂亮,而且有学问,有天赋,有风韵,却没有一点儿道学气,也没有丝毫的自负。她谈起话来很谨慎;她的性格里有点多愁善感的风韵,能使人人倾倒。她爱我,或者最低限度她使我相信她爱我。她有一种微笑是只留给我一个人的,见了我,她的嗓音也变得温柔了。啊!她爱我!可是她也爱她的父亲,她总对我赞扬她的父亲善良、温和而且有非常好的品性。这些赞美之词仿佛匕首一刀一刀刺进我的胸膛。有一天,我想向维多利亚求婚,几乎当上造成泰伊番家族财富的那桩罪恶的共犯。于是我逃走了,我到处旅行,我到过德国,到过安德纳赫。可是我又回来了。我发觉维多利亚脸色苍白,她瘦了!如果再见到维多利亚时她身体健康,心情愉快,那我就得救了!可是现在我的爱情以异常猛烈的程度重新炽热起来。

由于我害怕我的耿直会变成一种偏执狂,我决定组织一个良心法庭,以期对这个高级伦理学和哲学的问题取得一个解决办法。自从我回来以后,问题变得更加复杂了。因此就在前天,我召集了我的朋友中我认为最正直、最有良心和荣誉感的人。我邀请了两个英国人:一个是大使馆的秘书,一个是清教徒,邀请了一个在政治上非常成熟的前部长,几个还处在洁白无邪状态中的年轻人,一个教士,是个老头子,然后邀请了我过去的监护人,一个天真的人,他在监护我的期间,如此忠心耿耿地维护我的利益,以至到今天法院还传为美谈。此外还有一个律师,一个公证人,一个法官,总之,所有的社会舆论,所有道德的实践者,都到齐了。我们开始先饱餐一顿,然后高谈阔论,喧哗叫嚣。最后,上餐末甜食时,我率直地把我的故事讲出来,只隐藏了我的恋人的姓名,然后请求大家给我一些好忠告。

"我的朋友们,请对我提出忠告,"我在结束时对他们说,"请你们详细讨论这个问题,把它当作法律草案来讨论。我要给你们拿来投票箱和投票用的球,你们可以在严格遵守秘密投票规则的情况下,投票赞成或者反对我的婚姻!"

立刻笼罩着一阵深沉的静寂。公证人提出要退席。

"因为,"他说,"我有一个契约要订。"多喝了酒使得我的前监护人一声不响,在他目前的情况下,要把他放在别人的监护之下,才能使他平安回家，不致闯祸。

"我懂了！"我叫起来，"不发表意见就是有力地对我说我应该怎样做。"

席上引起了一阵骚动。

一个曾经为富瓦将军①的孩子们和富瓦将军的坟墓收募捐款的地主大声念了一句格言："与德行相同，罪行亦有程度上之差别！"

"多嘴！"前部长用手肘碰了碰我低声对我说。

"困难在哪里呢？"一位公爵问，这位公爵的财产是取缔南特敕令②时，将反抗的新教徒的财产充公而构成的。

律师站起来说："从法律上来说，当前我们要解决的案件，并不存在丝毫困难。公爵阁下说得有理！"那位法律的喉舌叫嚷："难道没有时效③吗？如果都要盘根问底地追问我们财产的来源，我们每个人还能有立足之地吗！这是一个良心问题。如果你们坚决要将这事件带上法庭，那么就上悔罪法庭去吧。"

法律的化身说到这里停止了，坐下去，喝了一杯香槟酒。那个负责解释圣经的人——那位教士，站了起来。

"上帝造成我们本性脆弱，"他坚决地说，"如果你爱上了罪犯的女继承人，你就娶了她，但要满足于妻子带来的财产，把父亲的财声施舍给穷人。"

"可是，"一个在社交场合可以经常遇到的无理取闹的人毫无怜悯地说，"那个父亲可能是由于发家致富以后才能缔结美满姻缘的。

---

① 富瓦（1775—1825），法国将军，1819年至1824年当选众议员，以反对保皇党而得人心。死后全国募捐给他的子女。
② 1598年法王亨利四世颁布南特敕令，给予加尔文教徒以一定的权利。1685年敕令被路易十四取缔，继续迫害新教徒。
③ 时效，资产阶级法律名词，指经过一定时间而取得权利。例如用和平手段连续占有一处不动产，经过三十年，便因时效取得所有权。

他的任何微小的幸福不都是罪恶的果实吗?"

"讨论本身就是一种判决!有些事情是不能讨论的!"我的前监护人嚷起来,他相信用这样一句酒醉鬼的机智话,便可以使参加会议的人得到启发。

"对!"大使馆的秘书说。

"对!"教士叫喊。

这两个人的意见其实是不一致的。

一个理权党①员站了起来,他曾经由于在155个选民中只缺少150张票而没有当选。

"先生们,这种智力方面的偶然现象是严重脱离我们社会的正常状态的,"他说,"因此,要采取的决定也应该是我们良心的临时决定,一种突然的意念,一个预审的判决,一种我们内心理解力的霎时间的明悟,就如同闪电一样,这样才构成我们的选择。让我们投票吧!"

"让我们投票吧!"我的客人们齐声说。我发给每个人两个球,一个是白色的,一个是红色的。白色是贞洁的象征,表示反对婚姻;红色的球表示赞成婚姻。我为了避嫌,自己并不投票。我的朋友总数共有十七人,九票就构成绝对多数。每个人都走过去把他的球散进一个细颈柳条篮子里,这篮子里有编好号码的弹子,每当赌客们去摸彩的时候,弹子便不断翻腾,现在我们的心也由于好奇而不断翻腾,因为这种纯粹道德心的投票到底是新奇的东西。检票结果,我发现有九个白球!这个结果并不使我惊讶,因为我数了数,在审判我的法官中我安放了九个和我同岁的年轻人,这九个良心裁判者全都有同样的思想。

---

① 理权党是法国王政复辟时期的君主立宪派。这些右派中的自由派,由于政治思想十分教条,被人称为理权党员,"理权"即"教理掌权"。

"噢！噢！"我对自己说，"赞成我的婚姻的有暗的一致同意，反对的有明的一致同意！应该怎么办？"

"你的岳父住在哪里？"我的一个中学同学冒冒失失地问，他比别的人伪装得少一点。

"我再也没有岳父了，"我高声喊道，"以前我的良心非常清楚，根本不需要你们的判决。今天它衰弱下来了，这就是我胆怯的理由：两个月前，我收到了下面这个诱人的讣告。"

我从我的皮包里取出下面的讣告，给他们看：

> 阁下被邀参加让·弗雷德里克·泰伊番先生之葬礼及宗教仪式。泰伊番先生生前主持泰伊番股份公司，曾任部队粮肉供应商，荣获荣誉团骑士勋章及金刺马距勋章，曾任巴黎国民自卫军第二军团第一掷弹兵中队队长，于五月一日在儒贝尔街公馆逝世。葬礼将于……等等。
>
> 　　　　　　　　　　　讣告人……等等

"现在，怎么办？"我接着说，"我要向你们提出范围很广的问题。泰伊番小姐的地产里当然是有一摊血的了，她父亲的全部遗产就是一块'血地'①，我都知道。可是普罗斯佩·马尼昂没有留下继承人。我也不能找到在安德纳赫被谋害的那个别针制造商的家族。那么把这笔财产还给谁呢？而且是否应该归还全部财产？我有权利宣布一桩打听出来的秘密吗？我能在一个清白的年轻姑娘的嫁妆里增加一颗割下来的头颅吗？我能使她做噩梦，戳穿她的一个美丽的幻想，对她说：你所有的钱都沾有血污，以此来再一次杀死她的父亲吗？我向一位老教

---

① 血地，原文是希伯来文 haceldama，指耶路撒冷附近的一块地，相传这块地是犹大用出卖耶稣得来的钱购买的。

士借了一本《良心疑难问题辞典》,也没有找到解决办法。为普罗斯佩·马尼昂的灵魂,或者瓦亨费尔、泰伊番的灵魂捐助一笔慈善基金吗?我们现在已经生活在19世纪了。创办一所救济院或者建立一种道德奖金吗?道德奖金总是落到坏蛋的手里,而我们的大多数医院今天似乎都变成罪恶庇护所了!何况这一类投资多少总能满足虚荣心,能说是赎罪的办法吗,我应该这样做吗?再说,我在恋爱,我在狂热地恋爱,我的爱情就是我的生命!如果我毫无理由地对一个过惯奢华时髦的生活,经常有艺术享受,而且喜欢懒洋洋地在意大利歌剧院听罗西尼[①]的音乐的年轻女郎,建议她拿出一百五十万法郎给一些昏庸的老头子或者虚无缥缈的癫病患者,她能不对我愤然离去而且嘲笑我吗?她的心腹女仆能不把我当作是一个恶作剧的人吗?如果在爱情达到沸点的时候,我向她赞美住在卢瓦尔河边我的小房子里过着俭朴生活的乐趣,而且要求她为了我们的爱情而牺牲巴黎生活,这首先是说谎,虽然是合乎道义的说谎;其次,也许我这样做是一个悲惨的试验,结果会失掉这位年轻女郎的心,她是热爱舞会和珠宝的,暂时也热爱着我。可是她一定会被一个风流潇洒的军官夺走,这军官会有十分卷曲的小胡子,会弹钢琴,会赞美拜伦勋爵,而且精通骑术。怎么办?先生们,开恩吧,给我一个忠告吧……"

那个老实人,就是我提起过的那个很像珍妮·丁斯[②]的父亲的清教徒,直到目前为止没有开过口,这时他耸了耸肩膀对我说:"蠢材,你干吗要问他是不是博韦地方的人!"

1831年5月,巴黎

[①] 罗西尼(1792—1868),意大利作曲家,作品有歌剧《塞维勒的理发师》《奥瑟罗》等。
[②] 珍妮·丁斯的父亲是大卫·丁斯,是英国小说家瓦尔特·司各特的小说《爱丁堡的监狱》里的人物。

玄妙的杰作

献给一位爵士
吉莱特

1612年底,12月的一个寒冷的早晨,一个衣服穿得十分单薄的青年人,在巴黎大奥居斯坦街一所房子的门前走来走去。他像一个情郎,尽管他的第一个情妇多么容易接近,他也不敢去会见她,犹疑不决地在街上走了相当长时间以后,他终于跨过门槛,走进屋子询问法朗索瓦·波尔比斯艺术大师①是否在家。一个正在打扫一间低矮大厅的老妇人对他作了肯定的回答,青年人慢慢地上楼,在每级楼梯上都停顿一下,仿佛一个新任命的侍臣,对国王的接见怀着不安的心情似的。当他到达回旋楼梯的顶端的时候,他在楼梯口上停留了一会儿,不知道要不要拿起那个装饰着画室门口的怪模怪样的敲门槌。毫无疑问,在画室里面工作的,是亨利四世②的宫廷画家,后来由于玛丽·德·梅迪奇③喜欢鲁本斯④而失掉恩宠。青年人这时心弦震动,好像那些大艺术家在青春而且

---

① 法朗索瓦·波尔比斯(1570—1622),佛兰德画家,定居巴黎,成为亨利四世的宫廷画家。
② 亨利四世(1553—1610),法国国王。波尔比斯曾为亨利四世画像,得到亨利四世宠爱。
③ 玛丽·德·梅迪奇(1573—1642),法王亨利四世的皇后。鲁本斯曾绘画她的一生,共二十一幅画。
④ 鲁本斯(1577—1640),佛兰德名画家,曾为法后玛丽·德·梅迪奇、西班牙王菲利浦四世、英王查理一世等画像。

热爱艺术时期,由于见到一位天才或者一幅杰作而深受感动一样。在所有人类的感情中,有一朵原始的鲜花,诞生于一种高贵的热情,这种热情逐步减弱,一直到幸福只成为一种回忆,光荣只是一种谎言为止。在所有这些脆弱的感情中,再也没有比青年艺术家的热情更同恋爱相像的了,因为青年艺术家正在开始蒙受他的命运的甜蜜的苦刑,他的命运有光荣也有不幸,他的热情充满大胆和怯懦、模糊的信心和确实的失望。凡是口袋里没有钱,天才只是刚露头角的人,去见艺术大师时,心头不是猛烈地跳动,那么他的心里一定缺少一根弦,就像作品里缺少某种笔触或感情,诗歌里缺少表现力一样。如果有些吹牛的人,自我吹嘘,过早地相信自己有前途的话,他们只是在傻瓜的心目中才算是有才智的人。从这个观点看来,天才如果应该用这种初次的胆怯和难以形容的害羞心来衡量的话,这个青年陌生人似乎是真正有才能的人。有光荣前途的人会在他们的艺术生涯中逐步消灭这种胆怯和羞惭,就好像漂亮的女人习惯于娇媚以后,会逐步消灭害羞心一样。因为胜利的习惯会减少疑惧,而害羞也许是一种疑惧吧。

  那个可怜的新出道的青年人,心头被自己的弱点压抑着,这时又为自己的自负心感到惊讶,如果不是命运给他送来一个特殊的帮助,他也许不会走进给了我们《亨利四世》这幅名画的画师的画室。一个老头子走上了楼梯。从他的稀奇古怪的服装,华丽的花边胸饰,以及举止的安详自信来看,青年人猜测这个大人物如果不是画家的保护人,也一定是他的朋友。他向楼梯口后退一步,给老头子让出地方,然后好奇地端详着他,想在他身上找到艺术家的善良天性,或者爱好艺术者愿意为人服务的性格,可是他看见的是一张恶鬼似的脸,尤其是脸上具有说不出的、能吸引艺术家注意的特点。你可以想象一个光秃的、突出的前额,高高隆起,然后突然凹进去，压着一个扁平的小鼻子，鼻子末端向上翘起，像拉伯雷或者苏格拉底的鼻子一样。接着是一张带笑的嘴，两旁皱纹累累，一个短下巴，傲慢地向上翘起，长着一把修剪得尖尖的灰胡须，一双蓝眼珠由于年纪老迈失去了光泽，可是同旁边的贝壳般闪闪发亮的眼白构成鲜明的对比，在极度愤怒或情绪激昂时，这双眼睛也会发出富有魅力的眼光。由于年老劳累，更由于被同时损害灵魂和肉体的思想所侵蚀，他的容貌显得异常憔悴。眼睛上已经没有睫毛，在突出的眼睛上还依稀看得出几根眉毛的痕迹。请你把这个脑袋安放在一个纤细而虚弱的躯体上，再围上一条裁剪得像鱼匙似的白得耀眼的花边，在老头子的黑色紧身衣上再挂上一条沉重的金链条，你对这个人物便可以得到一个不完整的形象。楼梯的微弱光线，在这个人物身上添上一层稀奇古怪的色彩，简直可以说，这是伦勃朗[①]的一幅人像，脱离了画框，在这位大画家所最擅长的黑色背景上一声不响地走着。老头子以犀利的目光向青年人扫了一眼，在画室的门上敲了三下，对前来开门的四十岁左右带着病容的男人说："你好，大师。"

来开门的波尔比斯恭恭敬敬地向老头子鞠了一躬，以为青年是老头子带来的，也让他走了进来，以后便不甚理会那个青年人，恰好那个初出道的青年也被画室的景象迷住了，就像许多天生的画家第一次看见画室，在里面见到艺术的若干处理方法，就被迷住了一样。屋顶开的一个天窗，照亮了波尔比斯大师的画室。光线集中在画架上只勾勒了几笔白色的画布上，没能照射到这个宽阔的房间的每个阴暗的角落。可是有些散乱的反光，也到处映照。有些照亮了一副德国骑兵的胸甲上的银片，这胸甲在一个茶褐色的阴暗角落里

[①] 伦勃朗（1606—1669），荷兰名画家，作品甚多，作画喜欢黑色背景。

挂在墙上,有些在一个古雅的食具架的雕花和上蜡的台角上骤然投射了几道平行的光线,食具架上摆设着稀奇古怪的餐具:有些在绣着金线、有大皱褶的帽帷幕的点点纬线上,散布了无数明亮的光点,这些旧帷幕像模特儿似的被扔在那里。几个石膏人像,一些古代女神半身像的断片,被几世纪热情的亲吻磨得光光的,散放在板架上或者壁台上。无数草图,三色蜡笔①、红铅笔或钢笔的习作,布满了墙壁,一直到天花板。屋子里挤满画箱,画油瓶子和汽油瓶子,还有一些翻倒的凳子,只留下一条狭窄的路,可以一直走到屋顶玻璃窗透露下来的光圈下面。光线全都投射到波尔比斯的苍白的脸上,和那个怪老头的象牙般的脑壳上。青年人的注意力,不久便完全被一幅画吸引住。这幅画在这个动乱和革命的时代,已经变得很有名,那些生在乱世而固执地要保存艺术的人,总要来拜访这幅画。这幅美妙的图画描绘的是埃及女人玛丽正在准备付摆渡钱②。这幅杰作是献给玛丽·德·梅迪奇的,在她穷困的日子,她把画卖了。

"我喜欢你画的圣女,"老头子对波尔比斯说,"我要在王后所付的价钱之外,再给你十个金埃居,可是我这不是和她竞争吗?见鬼去吧!"

"您认为她画得好吗?"

"咳!咳!"老头子说,"好?……也好也不好。你这位好女人画得不坏,可是她没有生命。你们这些人呀,你们把一个人的形象画得很准确,按照解剖学的法则把每件东西放在应放的位置上,就

---

① 三色蜡笔的习作,是用黑、褐、白三种颜色的蜡笔在有色纸上画的习作。在17世纪初还是很稀罕的。
② 埃及女人玛丽(约345—421),天主教的圣女之一。传说,她早年当娼妓,过了十几年的罪恶生活,后来要到耶路撒冷朝圣,没有摆渡钱,委身给朝圣的人,得钱摆渡。在耶路撒冷大寺门前得天启,悔改,在埃及沙漠中过严酷的修道生活。

以为通通都做到了。你们在调色板上预先调好肉色,把颜色涂在轮廓上,注意着一边比另一边画得阴暗些,同时由于你们不时张望一个站在桌子上的裸体女人,你们就认为你们临摹了自然,你们就想象自己是窃取到上帝的秘密的画家了!……呸!光是熟透修辞学和不犯语法错误,是不能够成为一个伟大的诗人的!瞧你画的圣女,波尔比斯!第一眼看去,她是大可赞赏的,可悬看上第二眼,人们就会注意到她是贴在画布上的,人们不能环绕她的身体走一圈。她是只有一面的侧面像,是切掉一半的形象,是既不会转身,也不会改变位置的肖像。在这条臂膀和画中的田野之间,我感觉不到有空气存在。缺少空间和深度,虽然透视完全正确,也严格遵守空气逐步减弱的法则,尽管经过值得赞扬的努力,我仍然无法相信在这个美丽的躯体里面,有生命的温暖气息在流通。我觉得如果我把手放在这个又圆又结实的胸脯上面,我会发现它像大理石般冰冷!不,我的朋友,血液并没有在这象牙般洁白的皮肤下面流过,生命并没有把它的红色血浆胀满血管和小纤维,这些血管和小纤维正在两腮和胸膛的琥珀色透明皮肤下面成网状交织着。这个地方是跳动的,可是那个地方就不动了,在每一个细部上,都有生与死在搏斗。这儿是一个女人,那里就是一个雕像,再过去一点就是一具尸首了。你的创作是不完全的。你只能够把你的灵魂的一部分,吹进你这个宝贝作品里面。普罗米修斯的火把,在你手里不止熄灭一次,你这幅画有很多地方没有被天上的火焰接触过。"

"可是为什么呢,我的敬爱的大师?"波尔比斯恭恭敬敬地问那个老头子,而在旁边的那个青年人,却好不容易才忍耐住,没有揍那个老头子一顿。

"啊!是这样的,"那个矮老头说,"你在两种流派之间犹疑不定,在图像和色彩之间,在德国老画师的细致冷漠,简洁刚硬,同意大利画家们的耀眼的热情，幸福的狂潮之间犹疑不定。你想同时模仿汉斯·霍尔宾[①]和提香，阿尔布雷希特·杜雷尔[②]和保尔·韦罗内兹[③]。当然，这是一个很大的野心！可是结果如何呢？你既没有刚硬的严谨的魅力，又没有明暗的诱人的魔力。在这处地方，如同熔解的青铜胀破了太薄弱的模子，提善的丰满的金黄色，胀破了阿尔布雷希特·杜雷尔的消瘦的轮廓，是你把这颜色倾注到这轮廓里面去的。在别的地方，构图把住了关，抑制住威尼斯画派的色彩的猛烈泛滥。你的形体、素描既不完整，绘画也不完整，到处都有这种不幸的犹疑不决的痕迹。如果你觉得你的天才没有足够的力量把这两种敌对的手法熔化在一起的话，那就须要坦率地选择其中一种，以便获得统一，而统一可以伪装成生命的必要条件之一。你的画只有中间是真实的；周围轮廓是虚假的，没有团团围住，后面是没有东西的。这里是有真实性的，"老头子指着圣女的胸膛说，"其次，在这里，也有，"他指着画中肩膀末端处继续说。

"可是，在这儿，"他回过来指着上胸部的中间说，"完全是虚假的。别再分析了吧，这样会使你失望的。"

老头子坐在一张凳子上，两手抱着脑袋，沉默下来。

"大师，"波尔比斯对他说，"我可是对模特儿的上胸部仔细研究过的，不幸的是，有些在大自然中是真实的效果，到了画布上就成为不真实的了……"

"艺术的使命不是临摹大自然，而是表达它！你不是一个恶劣的临摹者，而是一个诗人！"老头子以一个专横的手势阻止波尔比斯说下去，自己却高声一连串地说，"否则一个雕塑家只给一个女

[①] 霍尔宾（1497—1543），文艺复兴时期德国画家。
[②] 杜雷尔（1471—1528），文艺复兴时期德国画家。
[③] 韦罗内兹（1528—1588），文艺复兴时期威尼斯画派的意大利画家。

人造型，就算完成了他的全部工作了！好吧，你试一试给你的情人的手造型，然后把它放在你面前，你看见的将是一具可惜的尸首，同活人毫无相似之处，你就不得不去找真正的雕塑家，他的凿子不是准确地临摹这只手，而是把运动和生命给你表达出来。我们必须抓住事物和生命的精神，灵魂和特征。效果！效果！效果只是生命的附属品，而不是生命本身。既然我拿手作例子，就说手吧，手不仅是身体的一部分，它表现和延续一种思想，必须把这种思想抓住而且表现出来。画家也好，诗人也好，雕塑家也好，都不应该把效果同原因分开，它们是不可避免地两者结合在一起的！真正的斗争就在这儿！许多画家凭着本能胜利了，而并不认识这个艺术课题。你们画一个女人，可是你们没有看见她！并不是这样做就能强行夺取大自然的秘密。你们的手不知不觉地将你们在老师处临摹得来的模特儿复制出来。你们没有深入到形象的深奥处，你们没有用十二分的热爱和坚忍去追求形象的神秘莫测的变幻。美，是严峻的、难以接近的东西，不是那样容易就能得到的，要耐心地等待它，窥探它！强迫它，把它紧紧地拖住，强迫它屈服。形象这个东西，比传说里的普罗泰①更难捉摸，更多变化，只有经过长期的战斗以后，才能强迫它显出它的真面目！你们这些人！你们满足于它的第一次出现，或者最多满足于它的第二次、第三次出现。真正胜利的斗士是不会这样做的！那些百战不败的画家们不被这些假象所欺骗，他们继续坚持下去，直到大自然被迫不得不赤裸裸地显露出它的真正精神为止。拉斐尔就是这样做的，"老头子说到这里随手把后脑壳上的黑天鹅绒小帽脱下来，以表示他对这位艺术之王的尊敬，"他的伟大的优越性来自他的似乎想打破形象的本心。形象在他的画像

---

① 普罗泰是希腊神话中的海神，从他的父亲尼普顿那里取得预言的本领，能预言未来。但他经常拒绝预言，为了逃避那些提问的人。他的身体有七十二变化。

中，如同在我们的画像一样，是表达思想和感情的手段，是一首长诗。所有形象都是一个世界或者一幅肖像，肖像的模特儿浴着光辉在庄严的幻影中显现出来，一个内在的声音指明是它，一个天上的手指把它剥得赤裸，这个手指在整个一生的过去中，曾经指出表现力的来源。你们给你们画的女人穿上肉色的美丽袍子，披上头发般的罗纱，可是产生冷静或热情，惹起特殊效果的血液在哪里呢？你的圣女是一个褐色头发的女人，可是我的可怜的波尔比斯，这儿却是一个金发女人！你们的画像是一些添上颜色的苍白的幽灵，你们拿来展现在我们眼前，而你们把这些称为绘画和艺术。由于你们绘画了某些更像女人而不像房子的东西，你们就认为达到了目的，非常自豪地认为你们不必像早期的画家一样，要在你们的画像旁边写上'美丽的马车'或者'漂亮的男子'[①]字样，你们就想象自己是了不起的艺术家了！哈哈！你们还差得远啦，我的忠实的伙伴们，要达到成功，你们还要用坏许许多多铅笔，涂抹许许多多画布。毫无疑问，一个女人是这样抬起她的脑袋的，是这样挺起她的裙子的，她的怠倦无神的眼睛和温柔顺从的神情非常配合，她的颤动的睫毛的阴影是这样投射到她的脸颊上的！是这样，也不是这样。缺少点什么呢？缺少一点无所谓的东西，可是这点无所谓的东西就是一切。你们画出了生命的外表，可是没有把洋溢出来的丰满的生命力表达出来，没有表达出那种难以名状的也许就是灵魂的东西，这灵魂就在表面像云雾般漂浮，总而言之就是提善和拉斐尔出其不意所抓住的生命之花。从你们所到达的顶点出发，也许可以绘成一些极优美的图画。可是你们太快就厌倦了。俗人会欣赏的，可是真正识货的人只会报之以微笑。啊，马比斯[②]，我的老师啊，"这个古怪的

[①] "美丽的马车"和"漂亮的男子"，原文都是拉丁文。
[②] 马比斯（1470—1532），佛兰德画家，巴尔扎克错误地将他描写成弗朗奥费的师父。

人物继续说,"你是一个盗贼,你把生命随身带走了! ——除了这一点以外,"他又说,"这幅画比鲁本斯这个废物的所有图画都好,鲁本斯的画里只有像山似的佛兰德的肉体,上面洒满了朱红色,还有栗色的卷发和他的鲜明的颜色的强烈对比。而你呢,最低限度你有颜色、感情和构图,这艺术三要素都有了。"

"可是这个圣女是美得不能再美的呀,老大爷!"那个青年人从深思冥想中醒过来,高声叫道,"圣女和船夫这两个形象,都有一种细微的表情的变化,这是意大利画家们所不能做到的,我不知道他们当中是否有一个人能创造出船夫的犹疑不决的表情来。"

"这个小家伙是您带来的吗?"波尔比斯问老头子。

"哎!大师,请原谅我的冒失吧,"新出道的年轻人涨红了脸说,"我是一个陌生人,本能地喜欢涂几笔,刚到达这个城市不久,因为这个城市是一切科学的发源地。"

"画一画看!"波尔比斯对他说,一边递一支红铅笔和一张纸给他。

陌生人很利索地用线条把那个圣女玛丽临摹出来。

"啊!啊!"那个老头子高声说,"您的姓名?"

青年人在画下面签上"尼古拉·普森[①]"。

"对一个初学者来说,这已经不坏了!"那个胡说八道了半天的怪人说,"我认为可以同你谈谈绘画。我不责备你赞赏波尔比斯的圣女。这对每个人来说,都是一幅杰作,只有那些对于艺术的真谛有极深造诣的人们,才能发现它的毛病。既然你是可教的,而且是能了解的,那么,让我给你看看只要很少一点东西就能完成这幅作品。你必须全神贯注,睁大眼睛看,因为像这样给你受教育的机

[①] 尼古拉·普森(1594—1665),法国古典画派最著名的大师之一。十八岁时由于热爱绘画,第一次埋名隐姓到巴黎来,因贫病交迫,几个月后又回到家乡去。

会，也许以后永远不会再有。波尔比斯，你的调色板呢？"

波尔比斯去找调色板和画笔。小老头子用一种神经质的急促动作卷起衣袖，把大拇指穿过波尔比斯递给他的调色板，板上布满颜色和色调，他似乎是从波尔比斯手里抢过来而不是拿过来一大把各种尺寸的画笔，他的削得尖尖的胡子突然动了一动，这是由于要实现心爱的梦想，心痒难熬，所以抖威风似的使了使劲，引起胡子颤动。他一边用画笔调色，一边嘟哝着说："这些色调，应该同配色的人一起，扔到窗外去，它们不调和，不真实，简直叫人忍无可忍，怎么能够拿来绘画呢？"接着他以热烈的敏捷行动，将画笔的尖端蘸在各种不同的颜色堆里，有时他飞快地蘸遍一整套色彩，比复活节大教堂里的风琴手弹奏"啊，儿子们"[①]时，弹遍他的全部琴键还要快得多。

波尔比斯和普森分别站在画布两边，动也不动，十分热烈地凝视着。

"你瞧，青年人，"老头子头也不回地说，"你瞧怎样涂上三四笔，再加上一层薄薄的淡蓝色，就可以使空气在可怜的圣女的脑袋周围流通，她在原来稠密的气氛中是要窒息和僵化的！瞧这衣服现在怎样飘动起来，人们怎样感到微风把衣服掀起来！以前这衣服的样子像用浆浆过、用别针别起来的一块布。你注意到么，我刚才加在胸膛上的那种缎子般的光泽，怎样使少女丰润而柔软的皮肤很好地表达出来；红褐色和焦赭石色混合起来怎样使这一大块阴影的冷灰色重新温暖，原来血液在这里不是奔流着，而是凝固了的。年轻人呀年轻人，我给你表演的东西，没有一个艺术大师能教你。只有马比斯一个人掌握了把生命赋予形象的秘密。马比斯只有一个学

---

① "啊，儿子们"，原文是拉丁文，是复活节天主教堂里圣歌的歌词。

生，那就是我。我没有学生，我老了！你相当聪明，从我让你看到的，你可以猜出其余的一切。"

一边说，古怪的老头子一边涂遍了整幅图画。这里两笔，那里一笔，总是加得恰到好处，简直可以说是一幅新的图画。而且是沐浴在光辉中的一幅图画。他用那么猛烈的热情工作着，以致汗珠布满了他的光秃的前额。他的动作焦躁，突然而短促，进行得很快，以致年轻的普森看来，仿佛有一个魔鬼附在这个古怪的人物身上，用他的手动作，而且是违反他的意志，想入非非地抓住他的手在动作。他的眼睛放射出异样的光芒，他的抽搐似的动作仿佛在抗拒魔鬼。这一切都触动一个青年人的想象力，给他想象的东西增加了逼真感。老头子边动作边说："啪！啪！啪！这就是涂色的方法，年轻人！来吧，我的小小几笔，来把这冰冷的色调变成焦茶色吧！进行吧！砰！砰！砰！"他一边说一边把他指摘为缺少生命的部分都涂上温暖的颜色，用几层薄薄的色彩就将风格的不同消除了，重新建立起一个热情的埃及女人所需要的统一的色调。

"你瞧，小家伙，最要紧的是最后一笔。波尔比斯画了一百笔，我呢，我只画了一笔。没有人会为了底下的颜色感谢我们的。你要好好地记着！"

最后，这个魔鬼停下来了，回过头来看着钦佩得说不出话来的波尔比斯和普森，对他们说："这还比不上我的《美丽的荡妇》，不过在这样一幅作品下面是可以签上自己的名字的。是的，我要在上面签名。"他补充说，一边站起来拿了一面镜子，看反映在镜子里面的画。"现在，去吃午饭吧，"他说，"你们俩都到我家里来。我有熏火腿和好酒。哎呀！虽然世道不好，我们还是能够谈论绘画！我们都有这种才能。这个小家伙，"他拍拍尼古拉·普森的肩膀加上一句，"也是有才能的。"

这时候他发现那个诺曼底人①衣着寒酸，他从腰带上拔出一只皮的钱袋，在里边摸索，拿出两枚金币来，递给普森："我买了你的画。"他说。

"拿着吧，"波尔比斯对普森说，他看见普森战栗起来而且羞惭得满脸通红，因为这个初入门的弟子有穷人的傲骨，"收下吧，在他的腰包里，有两个国王的酬金呢！"

三个人走下了楼梯，边谈论艺术边走着，一直走到一间靠近圣米舍尔桥的漂亮的木房子前面，这所房子的装饰，敲门槌，十字窗的窗框，阿拉伯式的房饰；使普森目眩心迷。这位未来的画家突然发现自己在一间低矮的客厅中，面对着熊熊炉火，靠近一张摆满美酒佳肴的桌子，而且由于意想不到的幸运，这同两位和蔼可亲的大艺术家在一起。

"年轻人，"波尔比斯对他说，看见他张口结舌地凝视着一幅画，"对这幅画不要看得太久，看久了您会绝望的。"

这幅画就是马比斯的《亚当》，马比斯被他的债权人关在监狱里，许久不得释放，为了出狱，马比斯画了这幅画。画里的人物的确呈现非常强烈的真实感，以致尼古拉·普森从这时候才开始理解那个老头子所说的一番杂乱无章的话的真正意义。老头子带着满意的神气望了望那幅画，可是并不兴奋激动，似乎想说："我画得更好！"

"这幅画里有生命，"他说，"我的可怜的老师，在这幅画上是打破自己的纪录的。可是在画的背景上还缺少一点真实。那个人物非常生动，他站起来，向我们走过来了。可是空气、天空、风，我们所呼吸、看见和感觉的东西，在那里却是没有的。何况这里只有

---

① 普森是诺曼底省人。

一个人！而刚从上帝手里制造出来的唯一的人，是应当有点神圣的东西的，在画里却缺少这点东西。马比斯不喝醉酒的时候，自己也满怀怨恨地这样说的。"

普森以一种不安的好奇心轮流地望着老头子和波尔比斯。他走到波尔比斯身边，似乎想向他询问主人的姓名。可是画家带着神秘的神情将一只手指放在嘴唇上，这举动引起了青年人的兴趣，他就保持沉默，只希望或迟或早总会漏出一两句话来，使他可以猜到主人的姓名，主人的财富和天才，已经由波尔比斯对他所表现的恭敬，以及堆积在这间大厅里的珍奇物品给充分证明了。

普森看见在阴暗的橡木壁板上有一幅华美的女人画像，不由得叫喊起来："好一幅吉奥吉安纳①的杰作！"

"不是的，"老头子回答道，"您看见的是我早期粗制滥造的作品！"

"我的天！我难道到了绘画之神的家里吗？"普森天真地说。

老头子微微一笑，正像一位久已习惯于听到这类赞颂的人物。

"弗朗奥费大师！"波尔比斯说，"您能不能够给我喝一点您的莱茵河名酒呢？"

"我可以拿出来两桶，"老头子回答，"一桶庆祝我今天早上看见了你画的漂亮的堕落女人，另一桶是友谊的礼物。"

"啊！如果我不是经常生病，"波尔比斯继续说，"如果您愿意让我看看您的《美丽的荡妇》，我也许能够画出一些高大的、宽广的、深沉的画来，里面的人物要同真人一样大小。"

"拿出我的作品来？"老头子十分激动，大声说，"不，不，我还得使它更完美一点。昨天，傍晚时分，"他说，"我以为已经完工

---

① 吉奥吉安纳（1477—1510），威尼斯画家，是威尼斯画派的革新者。

了。我觉得她的眼睛润湿了,她的肌肉颤动了。她的辫子也动起来了。她呼吸了!虽然我找到一种方法,可以在平面的画布上,表现出自然的凹凸和浑圆,可是今天早上,对着阳光,我看出来我的错误。啊!为了达到这光辉的结果,我曾经深入地研究过那些运用色彩的大师,我曾经将光线之王提善的画,一层一层地掀起加以分析。我也像这位绘画之王一样,开始画我的人物时,用明朗的色调,用柔软而丰富的颜色,因为阴影只不过是一种附属品而已,记住这一点吧,小家伙。然后我回到我的作品上,我用半浓半淡和被我弄得越来越透明的透明色,使阴暗的部分变得十分强烈,最有力的部分甚至成了黑色,因为普通画家的阴影同他们的明朗色调是不同性质的,你说它是木头,是青铜,是什么都可以,只不是在暗影中的肌肉。人们感觉如果他们的人物改变了位置,有暗影的地方仍然摆脱不了暗影,也不会变得明亮。我避免了这个缺点,许多著名画家也免不了犯这个毛病,在我的画上,白色是通过最强烈的暗影的不透明显现出来的!有些无知之徒,由于自己画了十分清晰的线条,便自以为画得很准确,我却并没有枯燥无味地画出我的人物的外沿,把解剖学上最微妙的细部弄得非常突出,因为人的身体的边界并非都是线条。在这方面,雕塑家比我们这些人更接近真理。大自然包含一连串的圆形,这些圆形一个包着另一个。严格地说,素描是不存在的。不要笑,年轻人!不管你们觉得这句话多么古怪,总有一天你们会领悟到说这句话的理由。线条是一种手段,通过这种手段人们可以知道光线对物体所产生的效果。可是在大自然里根本没有线条,在大自然里一切都是充实的。人们要塑造模型才能描画,换句话说,就是要把事物从它们所在的环境中脱离出来,光线的分布只给人体显出外观来!因此,我并没有使轮廓停顿,我在轮廓的周围散布了一层金黄而暖和的半浓淡的云雾,使人无法准确地把手指放在轮廓和背景交界的地方。就近看,这幅作品仿佛十分朦胧,似乎欠缺明确,可是走远一点看,一切都固定,清晰而且浮现出来,身体在转动,形体全部突出,可以感觉得出空气在周围流通。可是我还不满意,我有许多怀疑。也许不应该只画一条线,也许画一个形体要从中间开始,首先从最突起最明亮的地方着手,然后渐次移到最幽暗的部分。太阳,宇宙的神圣画家,不是这样做的吗?啊!大自然,大自然!在你的流逝中,有谁抓住过你啊!你们瞧,过多的知识,同无知一样,达到的结果是否定。我怀疑我的作品!"老头子停顿了一会儿,接着继续说:"青年人,这作品我已经画了十年了,可是同大自然做斗争,小小的十年算什么呀?我们不知道皮格马利翁①老爷花了多少时间,才制造出那个唯一的会走路的雕像!"

老头子陷入深思冥想中,两眼凝视,手里机械地玩弄着他的刀。

"他在同他的'精灵'谈话呢。"波尔比斯低声说。

听了这句话,尼古拉·普森感觉自己被艺术家的不可解释的好奇心的魔力控制住了。这位泛着白眼的老头子,专心一意而又麻木不仁,对普森说来已经不是一个人,而是一个生活在不可知世界里的奇怪的精灵。他在人的心里唤醒无数纷乱的思想。这种人心受到迷惑的精神现象,不能加以解释,犹如一首歌在流亡者心中引起怀念故国的激动情绪,也无法用言语形容一样。老头子对一些艺术上的杰作所故意表示出来的轻视,他的财富,他的态度举止,波尔比斯对他所表示的敬意,他的那幅长期保密的作品,也是耐心的作品,从那幅《圣母头像》——年轻的普森一进门就坦率地赞美了

---

① 皮格马利翁,希腊神话中的塞浦路斯国王,热恋自己雕塑出来的少女像。爱神阿佛洛狄忒见他感情真挚,就给雕像以生命,使两人结为夫妇。

这幅画,而这幅画放在马比斯的《亚当像》旁边,也有过之而无不及——来判断,也一定是天才的作品,这一切都证明老头子是艺术上的帝王之一,这都是他的帝王的举止。在这老头子身上,一切都超出了人性的界限。尼古拉·普森的丰富的想象力在看见这个超人时,他所能够看得清楚和感觉得到的,是艺术家天性的一个完整的形象,许多权力都委托给这个疯狂的天性,这个天性往往滥用这些权力,把冷酷的理智,平民和若干业余爱好者引导去越过千千万万乱石堆砌的道路,在那里,他们什么都没有找到。而这个在狂想中调皮捣蛋的白翅膀姑娘,却在那里发现史诗、城堡、艺术品。这真是嘲弄而又善良的天性,富饶而又贫瘠的天性!因此,在狂热的普森眼中,这个老头子由一种突然的变形,变成了艺术本身,变成了带有自己的秘密、热情和梦想的艺术本身。

"是呀,我亲爱的波尔比斯,"弗朗奥费又开口说,"直到目前为止,我还未遇见过一个毫无瑕疵的女人,一个轮廓十全十美的躯体,她的肉色……可是她活在哪里呢?"他中断了自己的话头,自己问自己,"我们经常找寻,始终找不到,只能偶然遇见她的美的片断的古代维纳斯,她活在哪里呢?啊!只要能看一会儿,看一次,这个天神般的、完美无缺的、总之是理想的美人,我愿意拿出我的全部财产。天仙般的美女,我要到冥界去找你!我要像奥尔菲斯[①]一样,下降到艺术的地府去把生命带回来。"

"我们可以走了,"波尔比斯对普森说,"他再也听不见我们,看不见我们了!"

"我们到他的画室里去吧。"惊叹不已的青年建议。

[①] 奥尔菲斯,希腊神话中的歌手,善弹竖琴。他的妻子死后,他追到阴间,冥后被他的音乐感动,答应他带妻子回阳间,但嘱路上不得回头张望。将近地面时,他无意中转身回顾,妻子因此不得还阳。

"啊！那个老狐狸早已防备人家进去了。他的宝库已严加防守，使我们无法走进去。用不着你的建议和你的怪念头，我早想袭击这个秘密了。"

"那么是有一个秘密啦？"

"是的，"波尔比斯回答，"老弗朗奥费是马比斯所肯收受的唯一的弟子。后来弗朗奥费变成了马比斯的朋友、恩人、父亲，他牺牲了他的大部分财产去满足马比斯的放荡生活，作为交换，马比斯传授给他使人物浮凸的秘密，就是给画中人以特殊生命的能力，这是大自然的精华，我们永远掌握不了，可是他深深懂得这种方法，以致有一天，马比斯把他的印花缎子衣服卖掉换钱喝了酒，这件衣服是他应该穿了去欢迎查理五世①进城的，他穿了一件画成印花缎子的纸衣服陪伴他的老师去欢迎。马比斯所穿衣服的特殊亮光使皇帝感到惊异，皇帝想向这个酒鬼的保护人表示祝贺，结果发现了这个欺骗行为。弗朗奥费是非常热衷于绘画艺术的一个人，他比别的画家看得更高，看得更远。他曾经深深地思索过有关颜色，有关线条的绝对真实性的问题，可是研究的结果，他怀疑起他研究的对象来了。在他感到绝望的时刻，他主张素描是不存在的，他认为用线条只能画出几何形象。这是不真实的，因为黑色不是彩色，而用线条和黑色，可以画成人像，这证明绘画艺术同大自然一样，是由无数要素构成的。素描可以画出骨架，色彩赋予生命，可是没有骨架的生命，比没有生命的骨架更不完全。最后，还有一点比这一切更真实的东西，那就是对于一个画家说来，实践和观察就是一切。如果推理和诗歌同画笔争执起来，我们就同这位老好人一样，达到怀疑。这位老好人既是疯子，也是一个画家，而且是一位至高无上的

---

① 查理五世（1500—1558），西班牙国王兼日耳曼皇帝，曾征服马比斯的祖国佛兰德等地。

画家,他不幸出生在有钱人家,这就使他可以胡思乱想,你千万不要模仿他!你要用功!画家只有手中拿着画笔的时候,才能思索。"

"我们会走进他的画室的。"普森大声说,他没有再听波尔比斯说话,对自己的话也丝毫不再怀疑。

波尔比斯对这个年轻陌生人的热情,只能报之以微笑,在邀请他下次来玩之后,就同他分别了。

尼古拉·普森慢慢地一步一步走回竖琴街,走过了他寄居的朴素的公寓也没有发觉。他带着不安的心情,敏捷地走上那条破旧的楼梯,到达一间很高的房间,这间房间的屋顶是土木结构的,这是古老巴黎的一种简朴而轻巧的屋顶。在房间里唯一的一个幽暗的窗户附近,他看见了一个年轻姑娘,这时年轻姑娘听见门声,受着爱情的冲动,正在猛然站起身来,她听见迅猛地开房门插锁的声音,就知道那是画家回来了。

"你怎么啦?"她问他。

"我,我,"他欢喜得气喘吁吁的,喊道,"我现在感到自己是画家了!昨天我还是怀疑我自己的,可是今天早上我相信我自己了!我可以成为一个大人物!哎!吉莱特,我们要有钱啦,要幸福啦!画笔之中有黄金呀。"

可是他突然沉默下来了。当他比较一下他的宏伟的希望和他的微薄的资源时,他的严肃而生气勃勃的脸上消失了快乐的表情。墙壁上盖满用铅笔画在普通纸上的草图。干净的画布,他连四张也没有。当时颜料价钱很贵,那个破落贵族的调色板上差不多是光溜溜的。生活在这贫困之中,他拥有而且意识到难以置信的丰富的感情,和无可满足的洋溢的天才。是被他的一个贵族朋友或者被他自己的天才带到巴黎来的,他突然在这里遇见一个情人,一个灵魂高贵而慷慨的姑娘,她像这一类姑娘一样,来到伟大人物的身边受苦，接受贫困，而且尽办去理解那些伟大人物的任性行为。她在贫困和爱情中十分坚强，正如别的姑娘在骄奢淫逸和显示她们的冷漠无情中十分勇敢一样。吉莱特嘴唇上的微笑，使这破房子里金光闪闪，可以同阳光争辉。太阳不是天天都照耀着的，而她却永远在那里。在那里想着自己的爱情，和他同甘共苦，安慰那个首先饱尝爱情然后掌握艺术的天才。

"听我说，吉莱特，来呀。"

顺从而又快活的姑娘，跳到画家的膝上。她浑身上下无一不是娇媚、雅致，美丽得像春天一样，具备女性的所有优点，而且由于灵魂高尚，让灵魂的火焰把这些优点照耀得十分明显。

"啊，上帝！"画家叫喊，"我恐怕永远不敢对你说……"

"一件秘密吗？"她说，"我想知道。"

普森沉思着。

"说呀。"

"吉莱特！可怜的爱人呀！"

"哦，你想要我做什么吧？"

"不错。"

"如果你要我像那天那样在你面前当模特儿的话，"她用撒娇的口吻接着说，"我再也不会答应了，因为，在这种时候，你的眼睛对我毫无表情。你虽然注视着我，你想的却不是我。"

"你要我找另外一个女人来当我的模特儿吗？"

"也许愿意，"她说，"如果她长得很丑的话。"

"那么，"普森用严肃的口吻继续说，"如果为了我将来的荣誉，如果为了使我成为一个大画家，你要去为别人当模特儿呢？"

"你想考验我，"她说，"你知道我不会去的。"

普森把脑袋垂到胸前，仿佛一个人经受不住过分强烈的快乐或者痛苦一样。

"听我说,"她拉着普森的破旧上衣的衣袖说,"我跟你说过,尼克,我将我的生命献给你,可是我从来没有答应过你,在我活着的时候,放弃我的爱情。"

"放弃爱情?"普森大声说。

"如果我像这样子露出身体给别人看,你就不再爱我了。而且我自己也觉得不配你爱。听从你任性,不是一件简单而自然的事吗?虽然如此,我还是觉得很高兴,甚至为执行你的宝贵。意愿而感到自豪。可是为别的人,那可不行!"

"原谅我,我的吉莱特,"画家跪在她面前说,"我宁愿要爱情而不要荣誉。对我来说,你比财产和荣誉宝贵得多。去吧,扔掉我的画笔,烧掉这些草图吧。我错了,我的天职就是爱你。我不是一个画家,我是恋人。让艺术和它的一切秘密见鬼去吧!"

她感到幸福,高兴,她崇拜他。她现在当了主宰。她本能地觉得艺术已因为她而被遗忘了,艺术像一把香似的被扔到她的脚下了。

"不过他到底是一个老头子,"普森又说,"他在你身上能看到的只是女性。你是十全十美的!"

"要爱得极深才能做的。"她叫喊道,她完全准备牺牲她的爱的羞耻心,来报答她的恋人为她所做的一切牺牲。"可是,"她又说,"这不是叫我堕落吗?啊!为了你而堕落。是的,这是最崇高的!可是你会把我忘记的。啊!你这是多么坏的念头呀!"

"我有这个坏念头,我也爱你,"他带点悔恨地说,"我难道是一个卑鄙的人吗?"

"我们去征求阿尔朴恩老爹的意见吧,"她说。

"啊,不!这只能是我们两人间的秘密。"

"好吧,我去!可是你不要在旁边,"她说,"留在门口,拿着你的匕首，我一叫喊，你就进来杀死那个画家。"

除了他的艺术以外，再也看不见什么的普森，把吉莱特紧紧抱在怀里。

"他再也不爱我了！"吉莱特单独一个人的时候心里想。

她已经后悔她的决定。可是过了不久，她被一种比她的后悔更残酷的恐怖所苦恼，她要尽力驱逐一种在她的心里渐渐抬头的可怕的思想：她认为自己已经不那么爱那个画家了，因为她怀疑他不像以前那么可敬了。

卡特丽纳·莱斯科

普森和波尔比斯会面以后三个月，波尔比斯去拜访弗朗奥费。老头子这时候深深地陷入自发的失魂落魄状态中，其原因，按照医学数学家的说法，是由于消化不良，由于风热或由于下腹鼓胀，按照唯心论者的说法，是由于我们内心的本性有缺陷。其实老头子无非是为了完成他的神秘的图画累坏了。他懒洋洋地坐在一张包着黑皮、雕花的庞大的橡木座椅上，丝毫没有改变他的忧郁的样子，他向波尔比斯扫了一眼，那眼光是一个陷入愁闷的人的眼光。

"怎么，大师，"波尔比斯对他说，"您到布吕热[①]去找寻的绀青色难道不好吗？您不能溶解我们新的白颜料吗？是由于您的油不好呢，还是画笔不听使唤？"

"唉！"老头子大声说，"有一阵子我相信我的作品已经完成了，可是毫无疑问，我在某些细部上弄错了，我只有弄清楚我的疑问，我的心才能安定下来。我决定要到土耳其、希腊、亚洲去旅行；以

---

① 布吕热，比利时城市。

期找到一个模特儿,把我的画同自然物的各方面比较一下。也许楼上我那幅画,"他露出一个满意的微笑接下去说,"画的就是自然物本身。有时我真害怕吹一口气会使画中人活过来,她就消失了。"

说完后他突然站了起来,仿佛准备动身似的。

"好呀!"波尔比斯说,"我来得正是时候,可以使您免掉旅行的费用和疲劳。"

"什么?"弗朗奥费惊讶地问。"年轻的普森被一个女人爱上了,这个女人的无可比拟的美是毫无瑕疵的。可是,亲爱的老师,如果他答应把爱人借给您,最低限度您应该让我们看看您的画。"

老头子站立不动,完全惊呆了。

"怎么!"他终于痛苦地叫喊起来,"让你们看我的创造物,我的配偶?撕开我虔诚地掩盖住我的幸福的帷幕?这可是最可怕的卖淫呀!十年以来我同这个女人一起生活,她是属于我的,只属于我一个人的,她爱我。我用画笔每涂上一笔,她不是都对着我微笑吗?她有一个灵魂,这个灵魂是我赋予她的。除了我的眼睛,如果别人的眼睛停留在她身上,她会脸红的。让你们看她!哪有这么坏的丈夫或恋人,会引导他的妻子走上不名誉的道路?当你为宫廷绘一幅画的时候,你不会把你的整个灵魂放进去,你卖给幸臣们的只不过是些涂了颜色的假人罢了。我的画并不是一幅画,而是一种感情,一种热爱!她在我的画室里诞生,她应该在我的画室里保持童贞,只有穿起衣服才能走出去。诗歌和女性,只对于她们的恋人才赤裸裸地献身!我们能够看见拉斐尔的模特儿,阿里奥斯托的安耶莉克[1],但丁的贝阿特丽丝[2]吗?不!我们只能看见她们的外形。那

---

[1] 阿里奥斯托(1474—1533),意大利文艺复兴时期诗人,所写长诗《愤怒的罗兰》以一个魅力而任性的女子安耶莉克做主角。

[2] 但丁(1265—1321),意大利诗人,他在诗集《新生》和代表作《神曲》中歌颂佛罗伦萨的美丽的少女贝阿特丽丝。

么，我锁在楼上的那件作品，是我们艺术的一个例外。这不是一幅画，这是一个女人！这是一个我同她一起哭、笑、谈话和思想的女人。你要我突然间离开十年的幸福，就像扔掉一件大衣一样吗？你要我突然间就停止做父亲、恋人和上帝吗？这个女人不是一个被造物，而是创造本身。叫你的年轻人来吧，我把我的财富给他，我给他高雷琪①的画，米盖朗琪罗的画，提善的画，我在尘土里亲吻他的脚印，可是让他成为我的情敌，那是我最大的羞耻！哈哈！我更是一个恋人，而不是一个画家。是的，在我只剩最后一口气的时候，我还有气力去烧掉我的《美丽的荡妇》。可是让一个人，一个年轻人，一个画家的眼光去玷污她，那不行，不行！我第二天就杀掉那个敢于用眼光去玷污她的人。你是我朋友，如果你不跪下向她敬礼，我马上就杀死你！你现在还想我把我的偶像去承受混蛋们的无情的注视和愚蠢的批评吗？啊！恋爱是一个谜，它只活在人们的内心深处，如果一个人即使对他的朋友说：'这就是我爱的女人'，一切也就完了！"老头子仿佛又变得年轻起来：他的眼睛放射出生命的光芒，他的苍白的脸颊上泛起鲜红的颜色，他的手震颤着。波尔比斯震惊于这些话用这么激烈的热情说出来，对于这种新鲜而又深刻的感情，不知怎样回答才好。弗朗奥费到底是一个有理性的人，还是一个疯子呢？他是被艺术家的异想天开所迷惑住呢，还是他表达的思想来自对一件伟大作品长期孕育所产生的难以形容的狂热信仰呢？我们能希望同这种古怪的热情和解吗？

被这种种念头困扰着的波尔比斯，对老头子说："可是这不是一个女人换一个女人吗？普森不是也把他的情妇展现在您的眼前码？"

---

① 高雷琪（约1489—1534），意大利画家。

"什么情妇？"弗朗奥费回答，"她早晚要背叛他的。我的情妇对我却永远忠实！"

"那么，"波尔比斯又说，"不必再谈了。可是来不及等您找到，即使在亚洲找到，一个像我讲的那么美丽、那么完满的女人，您也许就死了，不能完成您的画了。"

"哼！它早就完成了。"弗朗奥费说，"无论谁看见这幅画，都会觉得看见一个女人躺在天鹅绒的床上，在帐子底下。在她旁边有一只金鼎，散放着芳香。你禁不住想用手去摸一摸维系着帷幕的绳子的穗子，你仿佛看见了卡特丽纳·莱斯科的胸脯由于呼吸而颤动，卡特丽纳·莱斯科就是被称为《美丽的荡妇》的一个漂亮的妓女。不过，我还是想肯定一下……"

"还是去您的亚洲吧。"波尔比斯看见弗朗奥费的眼光中有迟疑不决的表情，就这样回答他。波尔比斯向大厅的门走了几步。

这时候，吉莱特和尼古拉·普森已经走到弗朗奥费的住宅旁边。年轻姑娘正要走进去的时候，她放开画家的臂膀，后退一步，仿佛被突然的预感抓住了。

"我到这儿来干什么呀？"她用深沉的声音问她的恋人，而且固执地凝视着他。

"吉莱特，我完全让你做主，而且一切都依从你。你就是我的良心和我的荣誉。回家去吧，也许我觉得更幸福，比你……"

"你这样对我说话我还能自己做主吗？噢！不，我只不过是一个小女孩罢了，走吧。"她似乎作了猛烈的努力，然后接着说，"如果我们的爱情不存在了，如果我的心里长期后悔，而你出了名，你的出名不就是我听从你的意愿的报酬吗？我们进去吧，永远作为记忆残留在你的调色板上，这也是活着。"

开了屋子的门，一对恋人就同波尔比斯打了照面，吉莱特的美貌使波尔比斯十分惊异,他一手抓住热泪盈眶、浑身战栗的吉莱特,把她带到老头子面前。

"您瞧,"他说,"她不是比得上世界上所有的杰作吗?"

弗朗奥费打了一个寒噤。吉莱特就在他的面前,一个天真而朴素的乔治亚年轻姑娘,现在的样子纯洁而胆怯,像是被强盗俘房而带到奴隶贩子跟前的姑娘。一阵羞惭的红晕染红了她的脸颊,她低下眼睛,垂下双手,浑身有气无力,用眼泪来抗议对她的贞洁的侵犯。这时候,普森十分后悔把他的这件宝贝从他的顶楼里拿出来,他咒骂他自己。他又变成恋人,而不是艺术家了,当他看见老头子青春焕发的眼光,用一种画家的习惯,从精神上剥光年轻姑娘的衣服,猜出她的最秘密的形体的时候,千万种疑虑又在绞扭他的心。于是他又回到真正爱情的凶猛的嫉妒心理了。

"吉莱特,我们走吧!"他大声说。

听见这个喊声,这种口气,他的快乐的情人抬起眼睛望他,看见了他,飞奔过去投入他的怀抱。

"啊!你到底是爱我的。"她泪如雨下地回答。她有能力在痛苦中不作声,她却没有能力隐藏她的幸福。

"噢,把她借给我一会儿吧,"老画家说,"你们可以将她同我的卡特丽纳比较一下。是的,我答应了。"

在弗朗奥费的喊声里,还带着爱情。他仿佛要讨他的画中妻子的欢喜,又仿佛在预先庆幸他的处女比一位真正的少女更美。

"不要让他反悔,"波尔比斯拍着普森的肩膀大声说,"爱情的果实很快就消失,艺术的果实是不朽的。"

"对他来说,"吉莱特仔细注视着普森和波尔比斯说,"我是不是仅仅是一个女人呢?"她傲慢地抬起头来,可是她目光灼灼地扫了弗朗奥费一眼以后,她看见她的恋人又在专心一意地欣赏那幅他以前误认为是吉奥吉安纳的作品的画像。

"噢!"她说,"我们上楼吧!他从来也没像这样子凝视过我。"

"老头子,"普森被吉莱特的声音从沉思中惊醒,开口说,"你看见这把刀子吗?只要这位年轻姑娘诉一声苦,我马上把它插进你的胸膛,我要放火焚烧你的房子,叫谁都跑不出去。你明白吗?"

尼古拉·普森是阴沉的,他的说话是很吓人的。这种态度,尤其是青年画家的手势,使吉莱特感到安慰,她几乎原谅他为了绘画和他的光荣前途而牺牲她了。波尔比斯和普森留在画室门口,互相默默地望着。如果在开头,《埃及女人玛丽》的作者还能够喊几句:"她脱衣服了,他叫她站在阳光底下!他将她作比较了!"过了不久,他看见普森脸上极为悲惨的神情,他就沉默下来了。虽然老画家们在艺术面前再也没有这种小小的羞耻心,但是他们极为欣赏这种羞耻心,因为它是天真的和美丽的。青年画家的手按着匕首的柄,耳朵差不多贴在门上。两个人在阴暗处站着,好像两个谋叛者在等待时机扑杀一个暴君一样。

"进来吧,进来吧,"老头子欢喜得满面发光,对他们说,"我的作品十分完美,现在我能够自豪地拿给人看了。从来没有画家、画笔、色彩、画布和光线,能够同漂亮的荡妇卡特丽纳·莱斯科相匹敌。"

波尔比斯和普森受一种强烈的好奇心刺激着,跑过一间布满尘土的宽阔画室,画室里面乱七八糟,墙上到处挂着图画。他们起先停留在一幅有真人大小的半裸女人像前面,显然不胜赞美之至。

"噢!别管这东西,"弗朗奥费说,"这是我以前描绘一种姿势,胡乱涂抹的图画,这幅画一文不值。这些都是我的错误。"他指着他们周围挂在墙上的那些惊人夺目的图画补充一句。

听了这些话,波尔比斯和普森十分惊讶他对这样的作品表示轻蔑,就去找寻他所说的画像,可是没法找到。

"瞧!这就是!"老头子对他们说,老头子的头发凌乱,一种异常的兴奋使他的脸像火烧一样,两眼闪烁有光,像一个陶醉于爱情的年轻人那样气喘吁吁。

"哈哈!"他大声说,"你们想不到这么完美吧!你们面对着一个女人,而你们去找寻图画。这幅画十分深奥,里面的空气那么真实,以致同我们周围的空气分辨不出。艺术在哪里呢?不见了,消失了!这就是一个少女的形体。难道我没有抓住色彩,抓住线条的要点,而线条仿佛是躯体的终点吗?难道不是物体在空气中给我们提供同样的现象,像鱼在水中一样吗?你们欣赏一下,轮廓不是从背景上突出来吗?你们不是像可以用手抚摸这个背脊吗?这就是在七个年头中,我为什么要研究光和物体配合的种种效果。还有这些头发,不是浸满阳光么……她呼吸了,我相信!这胸脯,看见没有?啊!有谁不愿意跪下来赞美它?肌肉在颤动,她快要站起来了,等着吧。"

"你看出来什么东西吗?"普森问波尔比斯。

"什么也看不见。你呢?"

"我也看不见。"

两个画家将那个如醉如痴的老头子扔在一边,自顾自张望光线直射到他指给他们看的那块画布上,看看光线会不会使所有颜色发生变化。他们从右面,从左边,从正面,弯下身子和站起来,轮流从各种位置去观察那幅画。

"是的,是的,这的确是一幅画,而不是真人,"弗朗奥费对他们说,他误解了他们这样仔细观察的目的,"瞧,这是框子,这是画架,这是我的颜色,我的画笔。"

他拿起一支画笔,很天真地递给他们。

"这个老兵捉弄我们,"普森回到那幅所谓的图画前面说,"我只看见这里面乱七八糟地堆砌着一些色彩,包含在无数光怪陆离的线条里面,构成一面厚厚的颜色的墙。"

"我们弄错了吧?你瞧……"波尔比斯又说。

走近点,他们看见画布的一角有一只赤裸的脚,从这堆乱七八糟的颜色、色调、不明确的明暗变化,和一种没有形体的浓雾中显露出来,这是一只纤丽的脚,一只活生生的脚!他们在这个片断前面钦佩得目瞪口呆,这个片断是从不可置信的、缓慢而逐步进行的毁灭中脱逃出来的。这只脚显露在那里,仿佛用帕罗斯[①]大理石雕塑的维纳斯的胸像,在被烧毁的城市的废墟上遗留下来一样。

"这下面有一个女人,"波尔比斯大声说,指给普森看那厚厚的一层色彩,这是那个老画家自认为使那幅杰作日臻完美而逐渐加上去的。

那个画家自动地转过来向着弗朗奥费,开始模糊地理解到老画家生活在其中的痴迷状态。

"他是真心诚意的。"波尔比斯说。

"是的,我的朋友,"老头子苏醒过来回答,"得有信心,在艺术上有信心,而且要同他的作品一起生活得相当长久,才能创造出这样的杰作来。这里有些阴影真花了我不少的工夫。瞧,在脸颊上,眼睛底下,有一层薄薄的明暗交错,如果你们从自然实物中去观察,你们会觉得是无法表达的。请看,你们以为这种效果不是费了我说不出的苦心才创作出来的吗?亲爱的波尔比斯,请你仔细观看我的作品,你会更明白我对你说的怎样处理模特儿和轮廓的方法。请看乳部的光线,看看我怎样用一连串的笔触,和着色很厚的

---

① 帕罗斯,希腊海岛,产精白大理石。

高光处理手法，达到抓住真正的光线，把这光线同鲜明色调的光闪闪的白色结合起来，又怎样用相反的手法，把突出部分和色彩的疙瘩磨掉，然后抚摸我的人物的浸在半浓淡中的轮廓，我就能够做到消除素描和一切人为手法的痕迹，使乳部像天生似的浑圆。走近点，你们看得清楚些。从远处看，它就消失了。看见了吗？就在这里，我相信，是很明显的。"

他用画笔的笔尖指给两个画家看一团明亮的颜色。

波尔比斯拍拍老头子的肩膀，转过身来对普森说："你知道吗？我们在他身上看出来他是一个十分伟大的画家？"

"在他身上诗人的成分比画家更多。"普森严肃地回答。

"这里，"波尔比斯摸着那幅画布说，"就是我们的艺术在地上的终结。"

"从这里，艺术就消失到天上去了。"普森说。

"在这块画布上包含多少快乐呀！"波尔比斯喊道。

专心一意的老头子没有听他们说话，只是向着他想象中的女人微笑。

"可是早晚他会发现画布上一无所有的，"普森大声说，"画布上一无所有。"弗朗奥费说，一边轮流注视两个画家和他的那幅所谓的图画。

"看你干了什么！"波尔比斯对普森说。

老头子用力抓住普森的臂膀对他说："你什么也看不见，贱民！粗人！流氓！蠢驴！你为什么要到楼上来？我的好波尔比斯，"他转过来向那画家说，"难道您也逗着我玩吗？回答我，我是您的朋友，说吧，我是不是糟蹋了我的图画了？"

波尔比斯犹疑不决，不敢回答，可是他看见老头子煞白的脸上所流露的焦虑如此残酷，他不得不指着画布说："您看吧！"

弗朗奥费注视他的图画一会儿,他踉跄了。

"一无所有!一无所有!费了十年的苦功一无所有!"他坐下来哭了。"我原来是一个傻瓜,一个疯子!我既没有天赋,也没有能力,我只是一个有钱人,我走着走着,为走路而走路!我一点东西也没有创造出来!"

他透过眼泪凝视着他的画布,突然间傲慢地站了起来,向两个画家扫了一眼,眼光里闪耀发光。

"凭着基督的血、躯体、脑袋发誓,你们是两个嫉妒的人,你们想使我相信我糟蹋了我的画,为的是想偷它!我嘛,我是看见她的!"他喊道,"她是无可比拟的美丽。"

这时候,普森听见了被遗忘在屋角里的吉莱特的哭泣声。

"你怎么了,我的天使?"骤然间又变成恋人的画家问。

"杀掉我吧!"她说,"如果我再爱你,我就是不要脸的了,因为我看不起你。我崇拜你,而你引起我憎恶。我爱你,而我相信我已经恨你了。"

在普森听吉莱特说话的当儿,弗朗奥费用一块绿绒布把他的卡特丽纳遮盖起来,像一个宝石商人相信自己和狡猾的强盗在一起,因而严肃、冷静地锁上他的抽屉一样。他向两个画家望了一眼,这一眼十分阴险,充满了轻蔑和猜疑,而且一言不发地把他们打发出画室的门口,动作像抽搐似的迅速。然后,他在住宅的大门口对他们说:"永别了,我的小朋友们。"

这一声诀别使两个画家浑身冰凉。第二天,心里忐忑不安的波尔比斯回去看望弗朗奥费,发现他当晚烧掉他的所有作品以后,已经死了。

1830 年 2 月,巴黎

钱袋

献给索夫卡

　　黑夜还没有到，白昼已经过去的那段时间，对于心地易于开朗的人，是最为愉快的时分。那时候，傍晚的微光在一切物件上投射柔和的色彩和奥妙的反光，使人陷入那种和光与暗的角逐朦朦胧胧相结合的梦幻里。这种时刻多半笼罩着一片寂静，对于凝神沉思的画家们尤为可贵，他们因无法继续工作，便放下画笔，倒退几步，品评自己的作品。作品的主题使他们陶醉，主题所产生的感情涌现在天才的心灵里。有谁如果在这种诗意的梦幻时分未曾坐在友人身边沉思冥想过，就很难领会这种时分无可形容的好处。运用明暗配合的画法，艺术上用来使人信以为真的一切物质的手段都消失了。如果画的是一幅人像，画里的人物仿佛说起话来，走起路来。黑暗真的成为黑暗，明亮真的变成明亮，肉体有了生气，眼睛活动起来，血液在脉管里奔流，布帛闪耀发光。加上想象力的帮助，使人只觉得作品的完美。这种时候是幻觉统治着一切的时候，也许幻觉正在和黑夜一起升起呢！对于思想来说，幻觉不就是我们的梦境所装点的一种黑夜吗？在这种时候幻觉展开她的双翼，把心灵带到幻象的世界里，带到充满情欲的世界里。在那里，画家忘记了现实世界，忘记了昨天、明天、将来、一切，以至他的不幸，善或是恶。

就是在这种富有魅力的时分,一个专心致力于艺术的富有天赋的年轻画家,爬上一架双面的梯子,品评自己的一幅将近完成的作品。这是一幅又高又大的画,画家是站在梯子上绘制的。在梯子上面,他真心诚意地欣赏和批评自己的作品,沉思着,深深地陷入那种使心灵迷惑、飞升,而且得到爱抚和慰藉的幽思默想里。他的幻想大概继续了很久。黑夜已经来临。也许是他下梯时不小心,也许是他自以为站在地板上而把脚踏了一个空,他自己已记不清楚了,总之发生了一件意外:他从梯子上跌了下来,脑袋撞在一件家具上,失去了知觉。他不知道自己在这种昏迷状态中过了多久,只听见一个温柔的声音把他从麻木的状态中唤醒过来。他张开了眼睛,一道强烈的光使他赶紧把眼睛又闭上。他迷迷糊糊地似乎听见两个妇人的低语声,他觉得他的头被捧在两只年轻而羞怯的手中。过了不久他完全恢复了知觉,从一盏老式的所谓"两面透风灯"的灯光中,他瞧见了一个从未见过的,极端惹人喜爱的年轻姑娘的头。这种头部通常认为只能在图画里有,可是如今突然显现在他的眼前,把艺术家理想中的美好的典型化为现实。这位不相识的姑娘的脸庞可以说是属于普鲁东①画派的那种纤细而娇柔的类型,同时带有吉洛德②所绘画的人物脸上的那种诗意:两颊的鲜丽,眉毛的匀称,线条的明晰,脸部轮廓上处处显现出来的处女的纯洁,使这位年轻姑娘成为最完美的典型。她的身体柔软窈窕,体态纤弱。服饰简朴洁净,使人猜不出她到底是富有还是穷困。画家在恢复知觉以后,曾经用惊奇的眼光表示自己的赞美,然后结结巴巴地用含糊的语句道了谢。他觉得前额上有一条毛巾紧压着,而且除了画室特有的气味之

---

① 普鲁东(1758—1823),法国画家。
② 吉洛德见第29页注①,其画以结构单纯、色彩鲜明见长。

外,还嗅着强烈的乙醚①气味,显然这是拿来使他苏醒的东西。最后他才看见一个样子像旧政体时代②的侯爵夫人似的年老妇人,手里拿着灯,正在告诉那年轻姑娘应该怎样做。

"先生,"画家还未十分苏醒的时候,曾经提出过许多疑问,年轻姑娘现在告诉他,"我妈和我听见您跌落在地板上的声音,我们好像听见您呻吟了一下,随后就什么声音也没有了。我们害怕发生什么意外,赶紧跑到楼上来。幸喜您的门上插着钥匙,我们就开门进来,看见您直挺挺地躺在地板上,一动也不动。我妈跑去找了一切必需的东西给您制成一块压顶布,使您苏醒过来。您跌伤了前额,在这里,您觉得疼吗?"

"我现在觉得了。"他说。

"呀!没有多大关系,"年老的妇人说,"您的头恰巧撞在这具人体模型上。"

"我觉得好得多了,"画家回答,"我只要雇一部车子回家就行了。看门人的女人会给我找到一部车子的。"

他想再次向两个不相识的女人道谢,可是他每说一句,那位年老的太太总用下面的话打断他:

"先生,明天记着弄些水蛭虫来吸血③,或者想法子放放血,喝几杯药酒,当心自己的身体,跌伤是很危险的。"

年轻姑娘暗地里望望画家,望望画室里的绘画。她的举止和眼色都非常得体,一点没有失礼的地方。她好奇的张望好像是漫不经心的闲眺,她的眼睛里充满那种妇女们常常流露出的对于他人一切不幸的关切。两个陌生妇女好像专心照顾跌伤的画家,似乎忘记了

---

① 原文如此。乙醚又译以太,用乙醚使人苏醒,是从前的老办法。
② 旧政体时代,指法国大革命以前的时代。
③ 那时候的医生很喜欢替病人吸血或放血,因而大家养成了习惯,动不动就吸血或放血。

画家的作品。等到画家告诉她们他已经完全复原之后,她们就告辞了。临走的时候,她们还很细心地检查他的伤处,这种关怀丝毫没有装腔作势或者过于亲热的地方,她们并没有向他轻率地提出一些不应问的问题,也没有鼓励他去和她们结识。她们的行为完全出乎自然而且非常优雅。可是她们高贵而质朴的举止当时并没有十分引起画家的注意,直到后来他回忆起事件发生的前后经过,他才为之感动非常。她们从画家的画室走到底下一层楼的时候,年老的女人低声喊道:"阿黛拉伊德,你忘记把门关上了。"

"那是为了救我的缘故。"画家插上去说,脸上露出感谢的微笑。

"妈,你刚才也下来过呀。"年轻的姑娘回了一句,脸红起来。

"我们陪您下楼去,好吗?"少女的母亲对画家说,"楼梯很暗哩。"

"谢谢您,太太,我觉得好多了。"

"当心扶着栏杆!"

两个女人留在楼梯口,把灯照着青年画家,听着他的脚步声走下去。

这件事给青年画家印象极强烈而且完全没有料想到,因为他将他的画室搬到这所房子的顶楼只不过几天光景。这所房子坐落在苏连纳街最阴暗同时也是最泥泞的部分,几乎就在马德兰教堂前面,离开他在香榭丽舍大街的寓所只有几步远。他的天才已享有盛名,使他成为法国著名的美术家之一,因此他现在已经不愁衣着,而且照他自己的说法,他正在享受他的最后的痛苦。他不再跑到靠近郊区的那些画室里工作,那些画室的租金很便宜,和他以前微薄的收入相当,他现在能够在这里租到一间画室,满足了他梦想已久的一个愿望:他一直想避免走远路,想省下点时间来多做点工作,这对于他是极重要的一件事。世界上谁也不像他——希波列德·邢奈那么渴望成名,可是他并不轻易将他生命里的秘密告诉别人。他是一个穷苦的母亲的宠爱的对象,他的母亲含辛茹苦将他抚养成人。他的母亲邢奈小姐本来是亚尔萨斯省一个农民的女儿,从来没有结过婚。她的多情的心曾经被一个以爱情为儿戏的有钱男子残酷地伤害过。当时她还是一个年轻貌美的少女,正处在生命最宝贵的阶段,然而绝望的消息过迟也是过早地来了,把她的爱情和全部美丽的梦想破坏掉。这种绝望的消息通常总是来得很迟,可是由于我们不到最后关头总不肯相信坏消息的真实性,便又觉得它来得过早。那一天是千思万想的一天,是产生虔诚的宗教思想和自我牺牲精神的一天。她拒绝了骗她的人的布施,气绝尘世,以自己的错误自傲。她放弃社会上的一切享乐,全心全意地抚育儿子,从儿子的身上得到人生的全部乐趣。她以劳动养活自己,将工作所得的每一文钱都花在儿子身上。最后,在贫困中经过长时期的受苦和牺牲以后,她终于有一天获得了报酬。她的儿子在上一届画展中获得了荣誉团十字勋章。报章一致认为他是个新发现的天才,全体真诚地赞扬他。美术界人士也承认他是一个大师,商人们争着用金子计价来购买他的作品。希波列德·邢奈只有二十五岁,他从母亲那里获得一个女性的心灵,他非常清楚自己在社会上的地位。他的母亲曾经在很长的时期中一点生活上的享受也没有,他想把一切生活上的享受提供给她,他是为了她而生存,希望仗着荣誉和财富的力量,能够有一天使她幸福,富有,受人尊重,而且周旋于伟大人物之间。因此邢奈只在可敬和著名的人物中结交朋友。他把交友的条件提得很高,他想倚靠自己的天才,将自己已经很高的地位更加抬高。工作迫使他不经常去交际,而不去交际正是产生一切伟大思想的泉源,因此自幼辛勤工作的习惯使他确信工作能使他获得一切,这正是一切青年人的最美丽的信仰。他的青春的心灵并不缺乏纯洁的品德,这些品德使年轻人成为特殊的人物,他们的心里充满着至高无上的幸福,充满着诗歌，充满着纯洁的希望，意气消沉的人可能认为这些希望很幼稚，可是只有质朴的希望才真正深刻。他具备着天赋的温和而有礼的态度，非常能够打动人心，而且也能够感动那些不了解他的态度的人。他长得俊美。他的发自内心的声音，能够引动他人内心高尚的感情，而且由于音调相当天真，表明他真正质朴而谦逊。他有一种精神上的吸引力，使看见他的人都喜欢接近他。幸而科学家们还未能够分析出这种精神吸引力的原因，否则他们可能认为在这里找到了加尔凡尼学说的现象，认为那是一种特殊液体的作用，而且把我们的感情列成公式，说是由多少氧气成分和多少电流成分所构成的①。这些细节可能帮助那些大胆泼辣的人和那些上流社会里的人们了解为什么希波列德·邢奈在支使看门人到马德兰路的那一头去雇车子的时候，他并没有向看门人的女人提出有关那两个好心眼的女人的任何问题。在这种场合，看门人的女人自然要向他详细询问跌伤的经过和住在五层楼的两个房客怎样救护他，虽然他只是简单地用"是"和"不是"来回答，可是他并没有能够阻止她发挥一般看门人的天性。她站在本身利益立场，根据看门人私底下所采纳的观点，向他大谈特谈那两个陌生女人。

"呀！"她说，"这大概是勒赛尼小姐和她的妈，她们住在这里已经四年了。我们到现在还不知道她们是做什么的。一清早就有一个年老而半聋的女佣人来服侍她们，到正午就走了，她讲话的次数并不比一垛墙来得多②。晚上时常来的有两三位老先生，他们都像

---

① 巴尔扎克指的是1789年意大利科学家加尔凡尼的青蛙事件。加尔凡尼是解剖学教授，把几只解剖过的青蛙用铜钩穿过腰部神经挂在铁架子上，在摇动中青蛙的神经每碰到铁架子时，死蛙的肌肉就不住地抽动。加尔凡尼认为构成这种现象的原因是青蛙体内有一种特殊液体的作用。然而过了不久意大利物理学家伏打证明这种所谓神经液体根本不存在，实际上这种现象是电流引起。为着证明他的理论，他发明了伏打电池。

② 墙是不会讲话的，这就是说她几乎从来不开口。

您先生一样挂着勋章,有一位先生有一部私人马车,而且有跟班跟着,据说他有六万里弗尔年金的入息,这些老先生们在她们家里坐到夜深才走。她们都是很安静的房客,就跟您先生一样,而且她们真节省,一个子儿也不乱花。凡是收到付账的信件,她们总立刻付清。真古怪,先生,她们母女两人竟是不同姓的。呀!有时她们到杜伊勒里宫花园去的时候,这位小姐可真光彩,每次出去总有许多后生男子跟着她回来,这位小姐总是让他们吃闭门羹,她做得对。屋主人不准许……"

雇来的车子到了,希波列德不再听下去,乘上车子回到家里。他将事件经过告诉母亲,他的母亲重新替他包扎伤口,而且不准他第二天回到画室工作。结果,希波列德在家里休息了三天,请过医生诊治,服过几剂药。在这几天的蛰居中,他的空闲下来的想象力帮助他回忆起自从他跌下来昏厥以后的种种经过。年轻姑娘的侧影,只要他闭上眼睛,便在黑暗中很鲜明地在他的视觉中显现。他似乎重新看见那位母亲年老而憔悴的面容,似乎还感觉着阿黛拉伊德的双手,他觉得她有一种手势当初虽然不十分引起他的注意,现在回忆起来便很清晰地看出这种手势的卓绝优美,随后,她的某一种姿势,或者被遥远的回忆所美化了的她的悦耳的声音,都突然间重新出现,宛如沉淀在水底的物件翻浮到水面上来。因此,在恢复工作的那一天,他很早就回到画室离去,他这么着忙的真正原因,是去访问两位邻居,毫无疑问,他已经获得了这项权利,至于那些他已经着手绘画的作品,他早就忘记了。当爱情撕破了裹着它的襁褓以后,他便尝着了那种不可形容的欢乐,这是曾经恋爱过的人们都能理解的。因此恋爱过的人们就懂得为什么画家在走上通到第五层楼的楼梯的时候,要慢慢地、一步一步地走着,而且也能够猜得到为什么画家在望见勒赛尼小姐所居住的房间的棕色房门的时候,心跳得那么厉害。这位和她的母亲不同姓的小姐在青年画家的心中引起无限的同情，他在想象中认为她的境遇一定和他的有点相同，而且认为她一定也有他自己那样的不幸身世。他在画室里一面工作，一面陶醉在爱情的幻想中，而且故意弄出各种响声，目的是强迫住在下面的她们想起他，就如他在想念她们一样。他在画室里逗留得很晚，就在那里吃了晚餐，到晚上7点钟左右，他走下楼来，去拉两位女邻居的门铃。

也许由于道德心的缘故，从来没有一位描绘风土人情的画家，敢于把某些巴黎生活的奇妙内景揭发出来，或者把那些住宅的内部秘密描绘出来，我们只是经常从这些住宅中看见跑出来一些穿戴漂亮时髦的人物，跑出来一些外表非常富有的光彩夺目的妇女，但同时在这些妇女身上也到处看得见财富的可疑迹象。因此如果我们在这里把一个家庭的景象描写得过分坦白，或者你认为描写得过分冗长，不要谴责这些描写，这些描写可以说是和故事的本身相结合的，因为这两位女邻居的住所的内部景象，对希波列德·邢奈的感情和希望有很大的影响。

这所房屋的业主是属于那些把巴黎房产主的地位视为一种特殊身份，而且对于房屋的修理和装饰抱着先天性的深切恐惧的人之一。如果把人类按照道德来排成行列，这些人的地位正好排在守财奴和高利贷者之间。由于精于计算，他们非常乐天，而且都是维持现状的忠实拥护者。如果你说起要把壁橱或者一扇门改装一下，或者安装一个必要的通风口，他们就会眼露凶光，大动肝火，像一匹受惊的马似的暴跳起来。如果他们的烟囱顶上的盖头被风吹倒，他们马上就会生病，为着修理费的支出，他们就不到体育剧院和圣马丁门歌剧院①去了。希波列德为着画室内部的装修问题，曾经不花

---

① 体育剧院，圣马丁门歌剧院，都是巴黎的著名剧院。房东要节省下看戏的钱来修理房屋。

钱袋 __ 207

一文钱看到业主莫利奈先生演出一幕滑稽的丑剧，因此当他看见壁板上一层浓黑的颜色，而且有一块块的油污，各种斑点和其他令人不愉快的附属物的时候，他一点也不觉得惊奇。以一个艺术家的眼光看来，这些贫苦的烙印倒也并不缺乏诗意。

勒赛尼小姐亲自出来开门。认出那是青年画家之后，她向他行了一个礼，随即受自尊心的驱使，很迅速地转过身来，用巴黎女人的巧妙手法把一道装着玻璃的板壁的门掩上。否则希波列德就可以通过这扇门约略看见经济火炉上面有些衣服晾在绳子上，有一张老旧的帆布床，有焦炭、木炭、熨斗、沙滤水瓶、刀叉碗碟，和其他一切小家庭的用具。这所化验室似的房间通常被称为"杂物间"，有些相当干净的细纱帷幕很周密地把它遮盖住，里面光线不很明亮，只有几个开向邻院的小气窗，光线就从这些窗口透进来。希波列德运用他的艺术家的眼光，只经过迅速的一瞥，就看清楚了这所隔成两小间的第一间屋的用途，里面的家具，和整个大间的大体情况。比较高贵的那一小间是用来作接待间和吃饭间之用的，壁上糊着一层陈旧的金黄色的花纸，纸的边沿都起了细毛，无疑的是莱维翁商店的出品，纸上的小洞和斑点都用一种面包糨糊很仔细地填补过。墙壁上很整齐地挂着一些版画，镀金框子的金色已经褪尽了，画的内容是伦勃朗画的全套《亚历山大战史》。在房间的中心，有一张巨大的桃花心木桌子，样式很古老，边沿已经磨损。一个取暖的小火炉装在壁炉的前面，让人几乎看不出那又短又直、毫无弯拐的炉管；壁炉的洞口放着一只木橱。和以上这些东西构成奇特的对照的，是一些还带着过去富贵痕迹的雕花桃花心木椅子，可是红羊皮坐垫上镀金钉子和金丝线的伤痕已经和禁卫军里年老军曹身上的伤痕一样多。这所房间是一所博物院，陈列着这种把一间房间作两样用途的家庭所特有的用具，有许多东西是叫不出名字的，其性质是豪华和贫困的混合。在其他许多珍奇的物品中，希波列德还看见一只装潢很美的望远镜，悬挂在装饰壁炉的发绿的小镜子上面。为着陪衬这件特殊的家具，在壁炉和板壁之间放着一只蹩脚的碗柜，漆着桃花心木的颜色，在所有的木器中，这是最难看的一件。红色而光滑的瓷砖，铺在椅子前面的小块地毯，还有家具，全都揩拭和扫擦得很干净，使这些陈旧的物品发出一种虚假的光泽，结果更显出这些东西的破损、陈旧，说明已经用过很长时间。房间里弥漫着一种说不出的气味，这是杂物间、吃饭间和楼梯三处地方所发出来的气味的混合，虽然窗户半开着，街上的风吹拂着花布窗帘。窗帘张挂得很仔细，想掩盖掉过去的房客为表示自己在这里住过，在窗口上镶嵌的各种类似壁画的东西。阿黛拉伊德迅速地把另外一间屋的房门拉开，带着些欣幸把画家领到这房间里来。希波列德以前在他的母亲那里看见过这种穷困的景象，童年的回忆使他在这里所获得的印象更加深刻，他比任何人都更了解这种生活的每一细节。他在这儿看到了他童年生活里的东西，因此他没有轻视这种掩饰着的贫困，也不因他刚刚为母亲夺得的富裕生活而骄傲。

"怎么样？先生！您的伤好了吧，没事了吧？"年老的母亲从放在壁炉角的一张旧沙发上站起来说，指着一张椅子请他坐下。

"没事了，太太。我来向您道谢，特别要谢谢这位小姐，是她听见我摔下来的。"

在说这句话的时候，希波列德朝年轻的姑娘望着。他说的是一句笨拙得很可爱的话，心里被真正的爱情侵扰的时候，就会说出这种话来。阿黛拉伊德在点燃那盏两面透风灯以代替蜡烛。蜡烛装在一个扁平的小铜烛台上，在烛台表面古里古怪地浇铸了一些突凸的长条花纹。她微微行了一个礼，把烛台拿到外面接待间，走回来把灯放在壁炉上，靠近她的母亲坐下来，坐的位置比画家稍微后一点，好随心所欲地端详他,脸上却装出注意那盏刚点燃的灯的样子。颜色灰暗的灯罩带着湿气,灯火受了湿气的影响,和没有剪齐的黑色灯芯展开搏斗,发出细微的爆裂声。希波列德瞧见壁炉上面有一面大镜子,便赶紧从镜子里偷看阿黛拉伊德。年轻姑娘所玩弄的小聪明,结果反而使他们俩都很窘。希波列德一面和勒赛尼太太——这是他随意替她采用的姓——谈话,一面不违反礼貌地偷偷察看这间客厅。一只取暖的火炉里面已经堆积了不少炉灰,让人没法看清壁炉架上的埃及人像,两根燃烧了一半的木柴正要接触,炉底的火砖像守财奴埋藏宝物似的埋藏在下面。一块陈旧的奥比松地方出产的名贵地毯铺在瓷砖上,到处是补丁,褪色得厉害,破旧得像残废军人的衣服,根本盖不满瓷砖,也挡不住从脚底下升上来的寒气。墙上糊着发红的花纸,充作有黄色花纹的丝质布帛。在窗户对面的那一面墙上,画家看见糊壁纸当中有一道缝和一些裂纹,显然那是床橱的门①,勒赛尼太太大概就睡在那里。一张长沙发摆在门缝前面作掩护,可是遮盖不住这秘密。壁炉对面有一只桃花心木的五斗橱,式样和装潢都说明是名贵和值钱的货色。五斗橱上面悬挂着一个高级军官的画像,在微弱的灯光下画家看不清画中人的官阶,然而就他所看见的说来,这是一幅画得非常糟的画像,他简直以为是在中国绘画的。窗户上挂着的红丝窗帘已经褪尽了颜色,就像这间派作两个用途的客厅里面的一切黄色和红色的刺绣制品一样。五斗橱的大理石台面上有一只名贵的孔雀石制成的茶盘,载着一打咖啡杯,杯上的图画非常精美,显然是赛佛尔地方出产的名贵瓷器。壁炉上面立着一只拿破仑朝代的古老座钟,钟面上是一个武士驾驭着一辆

---

① 床橱,法国老式建筑,在卧房中,床位前再隔出一小间,其中只放一张床、一张几和少数的箱子。白天,把"橱"门一关,就看不见床,夜间,开了"橱"门睡觉。冬季可以关了门睡,以取暖。但这种"橱"阻碍空气流通,不合卫生,近代建筑里已经把它取消了。

用四匹马拖着的战车,战车车轮的每一条横线上,有一个标明钟点的数字。烛台上的蜡烛已经被烟熏黄,壁炉架子的两角上各放着一只瓷花瓶,瓶里插着沾满灰尘和已经发霉的纸花。在房间的正中,希波列德看见摆着一张赌博用的桌子和一些崭新的纸牌。任何人看见这种把贫困掩饰起来的景象,都会有一种不快之感,宛如看见一个涂脂抹粉的老妇人一般。加之看到这张桌子和纸牌,一个有理智的人就会暗中设想:这两个女人或者是道德非常高尚的人,或者是靠骗人和赌博为生的人。可是看见了阿黛拉伊德,一个像邢奈那么纯洁的青年男子是只能从绝对清白那方面着想的,而且对于这张和其他物件并不调和的桌子,也会用种种高贵的理由来加以解释。

"阿黛拉伊德,"老妇人对年轻的姑娘说,"我觉得冷,给我们弄点火,把我的披肩拿来。"

阿黛拉伊德向连着客厅的房间走去,显然那房间就是她的卧室,回来的时候,她把一条开司米披肩递给她的母亲。这条披肩上面有印度图饰,如果是新的,价钱一定很贵,可惜已经很旧,没有一点光彩,补丁很多,和室内的家具很配。勒赛尼太太很艺术化地把披肩裹在身上,举动相当迅速,表明她的确感觉寒冷。年轻姑娘很轻巧地跑到杂物间去,带回一把小木柴,大胆地把木柴抛到火中,使火重新旺起来。

要把他们三个人之间的谈话完全表达出来是一桩相当困难的事。希波列德自己在童年时代经历过贫困的生活,因此特别敏感,看见周围都是掩藏不住的贫困的象征,他根本就不敢向他的邻居提到关于家庭状况的话。关于这方面的话,即使提出一个最简单的问题,也可能很不合适,只有交情很深才能这样做。可是画家对于这种尽力掩饰的贫困却非常关心,他的善良的心灵为之感觉痛苦,同时他也知道一切怜悯即使是最友善的怜悯,都会伤害他人的自尊心,因此他就处在一种很不自然的状态中：他心里想的事情，嘴里不敢说出来。两个女人一开头就谈到绘画，因为女人们都猜得出初次访问总是暗中发窘的，也许她们自己也感觉到这种困难，然而她们的性格和智慧都能提供各种办法帮她们克服困难。阿黛拉伊德和她的母亲向青年画家提出关于绘画的整个过程和他学习绘画的经过等等问题，以鼓励他谈话。她们的言谈里充满友好和亲切的意味，所以无论谈到什么细微的小事都能很自然地使希波列德讲出表现他的道德和品性的意见。老太太在年轻的时候一定很美，可是忧愁已经过早地使她面容憔悴。她现在只剩下满脸皱纹和一副骨头构成的轮廓，这样一张脸庞显示了一种高度的精细，眼睛里的表情带有先朝宫廷妇女所特有的无法形容的风韵。脸上皱纹的纤细，可以认为是德行很坏的标志，是工于心计和狡猾到极点的女人的标志，可是同时也可以认为是一个品德高尚的人的聪敏灵巧的象征。对于通常的人，的确不容易在这个妇人的脸上分辨出老实或狡猾，阴险或忠诚，以及断定其本质到底是善还是恶。只有具备天赋的观察力的人，才能估量得出脸上各种不易捉摸的变化的意义，例如一条皱纹为什么特别弯曲，酒窝为什么特别深，脸颊为什么浑圆或者突出等等。这种判断完全依靠直觉，只有直觉能够发现每个人所想隐藏起来的东西。这位老太太的面容也正像她所居住的房间一样：要从房间表面上的贫困猜出主人的道德或不道德，其困难程度正如从阿黛拉伊德的母亲脸上猜出她过去到底是个工于心计和唯利是图的交际花，还是个品德高尚的多情的妇人。像邢奈这种年纪的青年，自然首先是从好的方面着想。他凝视着阿黛拉伊德的高贵而带点傲慢的前额，欣赏她的充满着感情和智慧的眼睛，他觉得好像从她身上嗅着道德的芬芳而朴素的香味，在谈话中，他抓住谈到一般绘画的机会，站起来仔细看看那幅用彩笔画得非常恶劣的人像。那幅画的颜色已经泛白，大部分的粉彩已经剥落。

"太太,您保留着这幅画是不是因为画得很像?从艺术眼光看来,这幅画是画得非常恶劣的。"他一面说,一面朝阿黛拉伊德望着。

"这是在加尔各答画的,当时画得很匆促。"母亲用激动的声音回答。

她用懒洋洋的眼光望了望那幅拙劣的画像。这种懒洋洋的神情表明她正沉醉在幸福的回忆中。然而从她的脸上也可以看出一种永久的创伤的痕迹。至少,这是画家所获得的印象,他现在已经走过来坐在她的旁边。

"太太,"他说,"再过些日子子,这幅彩笔画的颜色就会全部褪落。到那时候这幅画便只存在在您的记忆中。只有您自己能够看出您亲爱的人的容貌,别的人根本就看不出来。您肯准许我把这幅人像复制在画布上吗?在画布上比在这张纸上能够保存得长久些。我本着邻居的情分,要求您准许我帮您这个忙。有时候一个画家是欢喜从大幅作品中走出来绘画一些比较省力的图画的,因此,把这个人像再画一次,也可以说是我的一种消遣。"

老太太听见这些话,竟激动得战栗起来,阿黛拉伊德向他投射了一道像从心里发射出来的深沉的眼光。希波列德想借些缘由把自己和两个女邻居联系起来,打进她们的生活圈子里去。他的建议一直触动到她们内心最亲切的感情,而且这是他所能够提出的唯一的建议:它既能满足他的艺术家的自尊心,又毫不损伤两个女子的自尊心。勒赛尼太太接受了,既不太快,也不勉强,而是像那些有伟大心灵的人那样,很清楚地了解这种建议对他们的友情所产生的影响,而且认为这种建议是一种尊敬的表示。

"我觉得,"画家说,"画中人所穿的是一套海军军官的制服,是吗?"

"对了,"她说,"这是海军舰长的制服。我的丈夫德·卢威尔先生在亚洲海岸和英国战舰作战的时候受了伤,这就是他的遗像。他指挥的巡洋舰只有五十六门大炮,而英舰"复仇号"却有九十六门。双方实力悬殊,可是他依然勇敢地抵抗,一直打到黑夜,他终于能够退出火线。我回到法国的时候,拿破仑还没有掌握政权,当地的政府拒绝付给我抚恤金。最近我又请求过一次,部长很冷酷地对我说:如果德·卢威尔男爵曾经追随王上逃亡,他就不至于死亡了。还说。如果他也逃亡过,他现在早做到海军少将了。总之,这位部长先生不知引用了什么法律,结果是告诉我不能享有年金。我是受朋友们的怂恿才去请求的,请求的目的完全是为了我可怜的阿黛拉伊德。我从来就讨厌利用剥夺了一个女人全部精力的悲痛事件的名义去向人伸手。我不喜欢把无可补偿的流血用金钱来加以估价……"

"妈,每次说起这些事情总使得您难过。"

听见阿黛拉伊德这样说,勒赛尼·德·卢威尔男爵夫人点了点头,沉默起来。

"先生,"年轻姑娘对希波列德说,"我过去以为画家的工作是不大有声音的呢!"

听了这句话,邢奈想起他早上故意弄出来的响声,不由得脸红起来,幸而门口有一部车子停下来的声音,阿黛拉伊德突然站了起来,没有继续说下去,才使得他不必撒谎。阿黛拉伊德走到自己的卧房里去,很快地拿着两只镀金的烛台走出来,烛台上插着剪了口的蜡烛,阿黛拉伊德迅速地把蜡烛点着,随即不等门铃响,走过去把头一间房间的房门打开,把灯放在那里。一阵在头部什么地方吻了一下的声音一直传到希波列德的心里去。谁能够这么亲昵地对待阿黛拉伊德呢?希波列德很焦急地要看看到底是谁。然而他的愿望并没有马上得到满足,来客和年轻的姑娘低声地谈着话,他觉得他们谈了好长一段时间。最后,阿黛拉伊德终于出现了,后面跟着两个男子。这两个男子的衣服、面貌和外表简直就是一部历史。头一个男子年纪大约有六十岁，穿着一件大概是路易十八在位时期首创的衣服，那位裁制这些衣服的裁缝应该永垂不朽，因为他解决了裁制上最困难的问题。这位艺术家一定是非常熟悉变化的艺术，这是当时时代的特征，那时的政局是千变万化和动荡不定的。能够认识自己的时代岂不是罕有的才能吗？因此裁制这些具有时代特征的衣服的艺术家自然应该永垂不朽。这件衣服既不像民服，也不像军服，同时也可以认为是军服，也可以认为是民服，在今日年轻人的眼中看来，这真是一件荒唐的事。衣服后面两道燕尾的绳边上绣着百合花。金色的钮子上也饰着百合花。肩膀上空着两个肩章的位置，在等待着毫无用处的肩章。这两个位置是军人的标志，空在那里使人想起一封没有批语的申请书。这个老头穿的是一件蓝色的呢绒衣服，纽洞上装饰着几条彩带。他的镶着绞金线的三角形帽子大概经常被拿在手里，因为他的扑粉假发的雪白的两翼丝毫没有被帽子压过的痕迹。他看起来好像还未超过五十岁，身体非常健壮。脸上一方面流露出那些流亡贵族的忠诚直率的性格，一方面也具有放浪不羁和风流潇洒的骑士风度。他的手势，他的行动，他的态度都表明他既不想改变他的忠于王室的立场，也不想改变他的宗教信仰和他的其他一切爱好。

追随着这位装成"路易十四的精兵"（这是拿破仑党人给这些残留下来的贵族所起的绰号）样子的人，是一个非常奇特的人物。他本来是图画中的配角，为着要很好地描写他，必须把他当作主角来处理。请试想一个干瘪、瘦削的人，穿的和第一个人的衣服相同，可是他只是头一个人的反映，或者可以说只是他的影子。第一个人的衣服很新，可是他的衣服又旧又残。他的头发好像没有头一个人的那么雪白，百合花上的金线也没有那么闪耀发光，肩膀上的空白肩章地位似乎更空虚，更卷曲，人也不像第一个那么聪明，而且似乎更衰老。总之，他就像李瓦洛尔所说的："尚瑟内兹吗？① 这是我的月光。"他是第一个人的翻版，而且是平凡的和模糊的翻版，因为他们两人之间的差异，正如在石印中第一次印出来的校样和末一次印出来的校样之间的差别。这个不说话的老头子在画家的心目中是一个谜，而且始终是一个谜。那个骑士（他是个骑士）一句话也不说，也没有人对他说话。他到底是个朋友，是个穷亲戚，还是个形影不离地跟着这位老骑士的一个随从，就像一个贴身侍女跟着一位老太太一样呢？他的地位是不是介乎一条狗、一只鹦鹉和一个朋友之间呢？他曾经救过他的主人的财产或者生命吗？他是另一个托比队长的特林吗？② 他在德·卢威尔男爵夫人那里就像在其他各处一样，总是惹起他人的好奇心而并不满足这些好奇心。在波旁王朝复辟的时期，谁还记得大革命以前，这位骑士对他的朋友的太太的特殊感情呢？何况这位太太逝世已经二十年了。

两个老古董中看起来比较新的那一个很潇洒地向德·卢威尔男爵夫人走过去，吻她的手，坐在她的近旁。另一个只行了一个敬礼，就坐在他的形象旁边，两人相距大约有两张椅子远。阿黛拉伊德走过来把臂肘靠在第一个老头子所坐的椅子的靠背上，不自觉地模仿盖兰的著名作品里狄东的妹妹的姿势③。虽然老头子对她采取的是父亲般的亲昵态度，然而目前阿黛拉伊德对他的举动的随便似乎

---

① 李瓦洛尔（1753—1801），尚瑟内兹（1760—1794），当时巴黎著名记者，保王党成员，《使徒行传》的编辑。
② 托比（Tobie 或英文 Toby）和特林（英、法文均作 Trim）是英国小说家斯特纳（1713—1768）所著《特里斯特朗·山蒂的生平和见解》中的人物。特林盲目地效忠于托比。
③ 盖兰（1774—1833），法国画家，代表作《狄东和埃奈》。狄东本是神话中人物，是蒂尔王的女儿，埃奈是特洛亚的王子，曾经抵抗希腊的侵略。公元前1世纪，罗马大诗人维吉尔写了一首长诗《埃奈曲》，把狄东和埃奈当作同时代人，埃奈向狄东描绘特洛亚的末日。盖兰的画表现埃奈讲述时的情境。狄东的妹妹的姿势是：手肘搁在卧椅的靠背上，左手平放，右手举起来托着下颌。

很不满意。

"怎么？你恼了我吗？"他说。

于是他斜着眼睛向邢奈望了一眼，眼光里充满着狡猾和微妙的表情。这是有教养的人的外交眼光，表示小心、不安和好奇，似乎在质问：这个陌生人也是我们的人吗？

"您瞧，这是我们的邻居，"老太太指着希波列德对他说，"他是一个闻名的画家，您即使对于艺术毫不关心，恐怕也听见过他的名字吧。"

老贵族懂得老太太故意不把画家的名字说出来的用意，走过来和画家打了一个招呼。"真的，"他说，"在上次沙龙里我听见过不知多少人称赞他的杰作。先生，天才是应该享有荣誉的，"他向画家的红色勋带望着，"我们要花多少年的服役和流血的代价才能换得来的勋章，您年纪轻轻就得到了，不过一切光荣都是兄弟，没有什么不同。"他一面说，一面摸着自己的圣路易十字勋章。

希波列德结结巴巴地说了几句客气话，便又沉默下来，一心一意地欣赏年轻姑娘的那个使他着迷的美丽的头部，而且愈看愈着迷。过了不久，他便完全沉溺在默想中，忘记了一切，忘记了周围极度贫困的景象。对于他，阿黛拉伊德的容貌好像大放光明地特别显现出来。他一面沉思，一面还能听得见人家问他的问题，而且用简短的答话来回答。这是我们头脑的一种特殊技能，有时我们是能够一心两用的。谁没有尝试过一方面沉溺在欢乐或者悲哀的默想中，倾听着自己内心的声音，而另一方面同时在和人家谈话或者听人家朗诵？这种可爱的双重作用有时还能够帮助我们耐心地度过一些讨厌的时间！邢奈的心里，现在正充满着无限美好的希望，使他产生无数幸福的思想，他陶醉在这些思想中，不再注意周围的一切事情。他是一个充满信心的孩子，他觉得分析自己的欢乐是可耻的事。过了不久，他突然发现老太太母女俩和那个老贵族赌起纸牌来了。老贵族的跟班继续像影子般站在他的朋友的背后，有时全神贯注在赌博中的老贵族一语不发地用脸色征求他的同意，他也用脸色回答他，表示同意他的打法。

"每次打纸牌，我总是输的。"老贵族说。

"您不懂得怎样换牌。"德·卢威尔男爵夫人回答。

"这三个月来我简直一次也没有赢过。"他又说。

"伯爵先生，您有'爱司'吗？"

"有的。还要记一分。"他说。

"您愿意让我教您吗？"阿黛拉伊德说。

"不，不，留在我面前。天晓得！假如您不在我面前那损失就更大了。"

最后牌局终于完结了。老贵族把钱袋拿出来，取了两个金路易①放在桌子上，带点开玩笑的样子。

"四十个法郎，真正像金子一样呢，"他说，"天哪！11点钟了。"

"11点钟了。"演着哑巴角色的人重复地跟着说，眼睛望着画家。

这句话传到画家的耳朵里似乎比其他说话更加清晰，他想：是告辞的时候。于是他从默想中回到现实世界来，找机会说了几句客套话，向男爵夫人，她的女儿，和两个陌生人致了敬礼，辞别出来，完全被初恋的幸福所俘获，根本不设法去分析一下当天晚上所发生的各种小事情。

第二天，青年画家觉得有一种想再看看阿黛拉伊德的异常强烈的欲望。如果他凭着感情做事，他可能在早上6点钟一到画室以后就下去找他的两个女邻居。可是他还有相当的理智，他一直等到下

---

① 金路易，法国古币，上雕路易十四像，故有此名。

午。到他觉得可以到德·卢威尔夫人家里去的时候,他立刻下楼,扯了扯门铃,心猛烈地跳动着。勒赛尼小姐出来开门,他像一个少女般涨红了脸,很羞怯地向她要德·卢威尔男爵的画像。

"请进来呀。"阿黛拉伊德对他说,她显然听见了他从画室里走下来的声音。

画家跟着她走进来,满面羞涩,举止失措,一句话也说不出来,幸福使他变得无比地笨拙。整整一个早上他只想着接近她,他只是一次又一次地站起来,对着自己说:"我要下去了!"可是始终没有下去。经过这种会损耗心灵的焦急等待之后,现在他看见了,阿黛拉伊德,听见了她的袍子的窸窣声,这对于他就是非常幸福地生活着。人心有一种特别的性能,有时它会对于一些微不足道的东西给予最高的评价。如果一个旅行家曾经冒着生命的危险来找寻一些草木,等到他达到目的的时候,即使他所采摘的只是一根草和一片不知名的树叶,他也会感觉多么快乐呀!在恋爱中一切细微的东西也正是如此。老太太不在客厅里。年轻的姑娘单独和画家两人走进客厅以后,搬了一张椅子准备取那幅画,可是她发现自己非得用脚踏在五斗橱上才能把画取下来,她转过身来,满脸通红地对希波列德说:"我不够高,您肯帮助我吗?"

从她脸上的表情和说话的声音来看,她这请求的真正动机是处女的娇羞。青年人知道得很清楚,就向她投射了一个会意的眼色,这种眼色正是爱情的最温柔的言语。阿黛拉伊德看见他猜出自己的心思,不由得用一个处女独有的自尊的动作,把眼睛低垂下来。画家不知道应该说些什么,而且有点害怕起来,只好取下那幅画,拿到窗户附近的阳光里,很严肃地看了一阵,对勒赛尼小姐只说了一句:"我过不了多久就拿回来还您。"就走回去了。在这段短促的时间里,他们两个都受到非常强烈的震动,在他们心里所产生的影响,仿佛是把一块石头抛到湖心所产生的波动一样。多少最温柔的思想一个接连一个地产生,既难以形容,又迅速地增加,似乎毫无目的地摇撼着心灵,宛如湖水的波纹从石块落下来的地方做圆圈状散开去,久久激动着水面。希波列德拿着画像,走向自己的画室。他的画架子上早就张开了一块画布,调色板上载满了颜色,画笔早就洗涤干净,工作的地方和光线都挑拣好。因此,他立刻就开始工作,而且随着艺术家那种一时冲动的热忱,一直工作到晚饭时分。当天晚上他就回到德·卢威尔男爵夫人家里去,而且在那里从9点钟一直逗留到11点钟。除了谈话的话题不同之外,这天晚上和前一天晚上的情景几乎完全相同。两个老头子在相同的时间到来,开始相同的牌局,赌博的人说了相同的几句话,阿黛拉伊德的朋友所输的钱和前一天晚上所输的数目几乎相同,只有希波列德胆子大了一点,敢和年轻的姑娘谈起话来。

八天就这样过去了,在这段时间中,画家和阿黛拉伊德两人的感情缓慢地、愉快地逐渐转变到心心相印的地步。因此,阿黛拉伊德迎接青年画家的眼光一天比一天变得更加亲昵,更加信任,更加快活,更加坦白。她的声音,她的态度似乎更加润滑,更加亲热。邢奈想学玩纸牌。他既不懂,又是初学,自然一再打错,结果像那个老头子一样,几乎每玩必输。一对恋人相互间并没有说出自己的爱情,可是他们心里都明白。他们彼此是属于对方的。他们笑着,倾谈着,交换着思想,谈着他们自己,仿佛两个天真的孩子,相识只不过一天,却像三年的老朋友那样谈着。希波列德很喜欢提出种种要挟,来试验他的羞怯的女朋友爱他的程度。这种假意的赌气和撒娇,是任何在恋爱中的少男少女,即使是比较笨拙的,都会经常使用的,就像母亲所宠爱的孩子经常向母亲要挟一样,然而胆怯和热恋着的阿黛拉伊德却很认真,对他的要挟作了不少的让步。例如阿黛拉伊德很快就改变了她和老伯爵之间的亲昵随便的态度。因为每逢老头子很随便地吻她的双手或者脖子的时候，画家总是愁眉不展，而且声音粗暴，言语简短，阿黛拉伊德很明白他的意思。在她这方面，过了不多久也开始要挟她的恋人把日常生活的一举一动都告诉她：如果哪一天晚上他没有来，她就感觉痛苦和焦虑不安。等他再来的时候她就用很巧妙的方法责备他，使得画家从此就很少和朋友来往，很少到外边去。有时画家从德·卢威尔夫人家里出来，已经是晚上11点钟，他仍然去访问朋友，仍然到巴黎社交界著名的客厅里去，阿黛拉伊德知道以后，就很坦白地显露出女子妒忌的天性。她说这种生活方式是有害健康的。而且很坚决地说："一个男子如果同时和几个女子来往而且向她们大献殷勤，他就不能被人所热爱。"她说的时候带着恋人的声调、手势和眼色，使得她的说话具有无限威力。画家一方面受这个可爱的年轻姑娘的要挟，一方面受爱情的驱使，竟足不出户地生活在这狭小的寓所中。在这里面，他能够获得一切快乐。他们的爱情是从来未有的纯洁和热烈的爱情。有许多人要依靠相互间的要挟和让步来证明他们的爱情，他们两人爱情的增长却建筑在双方面的信赖和小心体贴上。他们两人之间经常交换着柔情蜜意，使得他们自己也分不出到底谁的情意重些，谁的情意轻些。一种不自觉的相同的性格使他们两颗心的结合更趋紧密。那种纯洁的爱情进展得这么快，以致从画家跌下来而认识阿黛拉伊德的时候起，只不过两个月光景，他们的生命已经结合为一个。一清早，阿黛拉伊德听见画家的脚步声时就对自己说："他已经来了！"希波列德在晚饭时分回到母亲那里去时，总要来探望他的两个邻居。一到夜晚，他又在习惯的时间飞奔到她们家里去，非常准时。因此，即使一个在恋爱中非常专制而且要求很高的女子，在青年画家的行为中，也丝毫找不出可以吹毛求疵的地方。

因此，阿黛拉伊德正在享受着无边的、纯正的幸福，因为在阿黛拉伊德那种年龄，自然是有理想的恋人的，现在她的理想的恋人已经很完美地出现了。老贵族最近已经来得比较少，吃醋的希波列德代替了他在赌桌上的位置，经常地输钱。只是有时在幸福当中，他想起了德·卢威尔夫人家境的贫困，一种不愉快的思想就会袭击他。已经不止一次，他在回家的时候自己想："怎么？每天晚上二十个法郎吗？"于是他不敢再想下去，害怕承认自己的卑鄙的怀疑。他花了两个月时间来画那幅人像，等到画完了，喷好上光油，装上框子以后，他把它当作自己最得意的作品似的欣赏了一阵。德·卢威尔男爵夫人一直没有提过这幅画，是不在乎吗？还是自尊心的关系？画家并不理会这种沉默的原因。他很快活地和阿黛拉伊德在私底下商量，要等德·卢威尔夫人不在家的时候把画像挂起来。于是有一天，阿黛拉伊德的母亲依照平时的习惯到公园里散步的时候，阿黛拉伊德借口说要在画室光线充足的地方看一看那幅画，第一次单独一人走上希波列德的画室。她在画像的前面，一言不发地呆住了，一切女性的感情都融化在对这幅画的欣赏中。这些感情，总括一点，不就是对于所爱的人的崇拜吗？她的默默无言，引起了画家的不安。他弯下身来望她，她只把手伸给他，一句话也说不出来，两行眼泪从她的眼睛里滚滚而下。希波列德握住她的手，用嘴在上面到处都吻遍了。半晌工夫，他们两人默默无言地相互注视着，想供认自己的爱情，可是又不敢。画家始终把阿黛拉伊德的手握在自己的两只手中，两人的手同样地发热，同样地颤动，使他们明白了对方的心正和自己的一样剧烈地跳动。年轻姑娘激动得太厉害了，她慢慢地离开希波列德，一片天真地望着他："您将使我的母亲非常幸福！"

"什么？仅仅您的母亲吗？"他问。

"哦！我吗，我太幸福了。"

画家低下了头，一言不发，这句话的音调在他心里所引起的感情，猛烈得使他害怕起来。于是他们两人都觉出这种情势继续下去的危险性，便一起走下楼来，把画像挂在原来的地方。这天晚上，希波列德第一次在男爵夫人家里吃晚饭。男爵夫人满面流泪，在无限感动中竟想抱吻他。到了夜里，那个老贵族，德·卢威尔男爵的旧日伙伴，特地来告诉她们，他已经晋级为海军中将。因为他从陆地穿过德国和俄罗斯，也被算作他的海战战绩之一。看见了那画像，他热烈地紧握画家的手，嘴里喊道：

"凭良心说，虽然我的这副老骨头的样子并不值得保存下来，可是我真情愿出五百金币的代价来得到像我的老朋友卢威尔这样一幅逼真的画像。"

听见他这样说，男爵夫人微笑地望着她的年轻朋友，脸上闪耀着感谢的光辉。希波列德以为老贵族肯出这么高的代价来请他画像，目的一定是想付给他两幅画的代价，包括他已经完成的那幅在内。这个念头伤害了他的艺术家的自尊心，同时恐怕也带着点吃醋的成分，他回了一句："先生，如果我肯替人画像，我就不会画这幅了。"

海军中将咬着嘴唇不作声，开始玩起纸牌来。画家坐在阿黛拉伊德旁边，阿黛拉伊德建议和他玩"六个王的纸牌戏"①，他接受了。一面打着牌，他一面很惊奇地发觉德·卢威尔夫人非常热心地玩着牌。他从来未见过这位年老的男爵夫人透露出这么热切地希望赢钱的表情，也从来未见过她在摸着老贵族的金币时，露出那种满怀欢喜的神态。整个晚上，希波列德的幸福被一些恶劣

---

① 他们所玩的一直都是所谓"Piquet"的纸牌戏，用三十二张纸牌来玩，每人可以换两次牌，以算分数来计输赢，通常是两人一局。

的疑心侵扰着,使他产生了不信任的思想。德·卢威尔夫人是靠赌为生的吗?她现在赌钱是为了还债吗?还是为了什么迫切的需要!难道她没有付房租吗?这个老头子相当狡猾,他不肯让人家毫无代价地取得他的金钱。他这么有钱,为什么要到这个贫苦的家庭里来?什么利益引诱他来的呢?为什么他过去和阿黛拉伊德这么亲昵,突然间又疏远起来?也许他是有权利这样亲昵的呢?这一连串不由自主的思想刺激着他,使他用新的眼光很留神地观察老头子和男爵夫人。他觉得老头子和男爵夫人时常用眼睛从斜刺里望着他和阿黛拉伊德,脸上露出会意和心照不宣的神情,使他觉得异常不快。"人家在骗我吗?"这就是希波列德心里最后一个可怕的、非常耻辱的念头,而且他相当相信这个念头的正确性,结果使他痛苦非凡。他想一直逗留到两个老头子离开以后,以便找一个机会来证实或者消除他的怀疑。他把钱袋拿出来,把输掉的钱交给阿黛拉伊德。由于刚才的思想锋利地割着他的心,他把钱袋放在桌子上,又沉浸在自己的思索中。他在沉默的状态中过了不久,然后觉得自己有失礼貌,便站起身来,回答了德·卢威尔夫人一句平庸的问话,向她走近点,一边说一边很留神地端详她的年老的容貌,想从她的脸上看出点什么来。最后,他带着一颗忐忑不安的心走了出来。下了几级楼梯,他又回去想取回他遗忘在那里的钱袋。

"我把钱袋忘掉在您这里了。"他对年轻姑娘说。

"没有呀!"她满面通红地回答。

"我记得是把它放在这儿的。"他指着那张赌桌说。

阿黛拉伊德和男爵夫人都没有看见桌子上有钱袋,真是可耻,他不知所措地望着她们,神气笨拙,使她们笑了起来。于是他面色苍白,摸着自己的背心说。

"我弄错了,我一定已经拿回来了。"

钱袋里面一边有十五个金路易,另一边有些零碎钞票。盗窃的行为这么明显,简直可以说是当场破获的,而她们又这么无耻地否认,使希波列德对于她们的道德,已无可置疑地认识清楚。他停留在楼梯上,很艰难地走下来,他的双腿哆嗦着,他觉得晕眩,他淌着汗,他打着战,他简直不能走动,他在和那个推翻了他的一切希望的残酷的打击斗争着。从这时起,他从记忆中找到一连串表面上似乎无关紧要的事实,现在都能够作为他的可怕的怀疑的根据,这些事实一方面为他证明最近发生这件事的真实性,同时使他张开了眼睛,看清楚这两个女人的人格和生活。难道她们一直要等到画像送给她们以后才来偷这钱袋吗?这样结合起来看,她们的盗窃行为就更加卑鄙。更不幸的是画家突然间想起来,两三个晚上以前,阿黛拉伊德装出年轻姑娘好奇的样子,表面上似乎在研究他的钱袋上破旧的丝线网的特别织法,实际上大概就在偷看里面有多少钱。当时她的似乎毫无用意的、开玩笑的举动,无疑的一定是在窥探什么时候钱袋里面的钱多,可以值得偷窃。

"那个年老的海军中将没有娶阿黛拉伊德,也许的确有很正当的理由,于是男爵夫人就想使我……"想到这里,他停了下来,并没有想下去,因为另一个更合理的思想打倒了他的头一个思想:"如果男爵夫人,"他想,"希望我娶她的女儿,她们就不会偷我的东西了。"于是他又尝试着从偶然的假定中找出一些理由为他的根深蒂固的爱情辩护,因为他根本不想抛弃幻想。

"我的钱袋大概掉在地上,"他想,"也许掉在我的靠背椅里。我大概没有失落什么,我当时是那么分心啊!"

他很急促地在自己的身上搜索,可是并没有找到那只可恨的钱袋。他的残酷无情的记忆力将事件发生的经过一一重新演出。

他很清楚地看见他的钱袋张开着放在赌桌上,他已经不能再对这失窃有任何怀疑,不过他原谅阿黛拉伊德,他自己对自己说,对于贫苦的人,是不能够这么轻易加以判断的。在这件表面上非常堕落的行为下面,一定隐藏着一些秘密。他不愿意这个傲慢而高贵的面孔竟变成一副假面具。只是以前爱情使他在这所破旧的公寓中看出的美化一切的诗意,现在已经完全消失了:他觉得这间公寓又污秽,又残旧,简直是一种缺乏高尚品质,无所事事和不道德的内心生活的代表。我们的内新感情不是可以从环绕着我们的事物中看出来的吗?

第二天早上,他一夜没睡就起来了。他内心的痛苦,也可以说是他精神上的重病,又加重了许多。因为丧失前途和未来幸福所引起的痛苦,比较丧失已经感觉到的幸福——即使这幸福很完善——所引起的痛苦更加来得尖锐。希望不是比回忆更好吗?如果我们突然投入深思熟虑中,这种深思熟虑好像漫无边际的大海,我们可以在海中游泳一个时期,可是最后我们的爱情必然在这大海中沉溺和死亡。而且这是非常可怕的死亡。感情不是我们生命中最有光辉的一部分吗?这种部分的死亡,使脆弱或坚强的人,都遭受到由于希望的幻灭和爱情的受骗而引起的极度的惨痛。青年画家的情况正是如此。他大清早就出了门,跑到杜伊勒里宫花园的树荫下面徘徊,专心一意地思索,忘记了周围的一切。事有凑巧,他在那里遇见了一个很亲密的朋友,中学和美术学校的同学,他们两人曾经住在一起,感情比亲兄弟还要好。

"喂!希波列德,你有什么心事?"法朗索瓦·苏舍对他说。苏舍是一个获得"大奖金"的青年雕刻家,最近就要赴罗马深造。

"我十二万分的不幸。"希波列德很沉重地回答。

"只有恋爱能够使你忧愁。因为除此之外,金钱、荣誉、地位,你都不缺乏。"

不知不觉间,画家就将自己的心事和恋爱的经过说了出来。当他提到苏连纳街,而且说是住在五层楼上的一个女孩子时,苏舍很快活地叫起来:

"慢着!这个小姑娘就是我每天跑到圣母升天广场去看她的那一个,我正在追求她咧。可是,亲爱的,我们大家都认识她呀!据说她的母亲是一个男爵夫人!你相信有住在五层楼上的男爵夫人吗?呸!呀,你真是一个天真无邪的人。我们每天就在这条小路上看见她的母亲。这位老太太的面孔和态度就足够说明一切。怎么!从她拿着手袋走路的态度你还猜不出她是哪一种女人吗?"

两个朋友散步了好久,有几个认得苏舍或邢奈的青年也跑过来和他们在一起。年轻的雕刻家并没有把画家的遭遇当作了不起的一件事,他把事实经过告诉了其余青年。

"喏,他也看见过那个小姑娘的!"他指着一个青年说。

于是大家就用那种无心的,嘻嘻哈哈的态度肆意批评,肆意讪笑和讥讽,使希波列德痛苦非常。他看见自己内心的秘密被人看得这么无足轻重,看见自己的爱情被人蹂躏和践踏,看见一个质朴的陌生少女被人这么肆意批评,不管这些批评正确与否,他的纯洁的心地使他感觉浑身不适。他装出反驳的样子,很认真地质问每一个人所说的究竟有什么根据,于是大家又重新哗笑起来。

"亲爱的朋友,你看见过男爵夫人的披肩没有?"苏舍说。

"这位小姑娘早上在圣母升天广场走路的时候,你在后面跟过她没有?"一个年轻的美术学校学生若瑟夫·勃里多说。

"哦!她的母亲除了具备其他德行以外,还有一件灰色的袍子,我是把这件袍子当作典型的。"漫画家毕克肖说。

"听着,希波列德,"雕刻家接着说,"下午4点钟左右到这里来,分析分析这两位母女走路的姿势。如果经过分析以后,你还有所怀疑,那么,我们就对你没有办法了:以后你尽可以讨你的看门女人的女儿做老婆。"

画家带着一肚子的反感,离开了他的朋友们。他觉得阿黛拉伊德和她的母亲从各方面看来都不会是他们所诽谤的那种人,他的内心深处颇为后悔不该怀疑这个又美貌又天真的少女的纯洁品德。他回到画室里去,经过阿黛拉伊德的寓所前面的时候,内心异常悲痛。他实在热烈地爱着德·卢威尔小姐,即使她偷了他的钱袋,他依然爱着她。他的爱情仿佛从前代·格里厄骑士①对他的情妇的爱情,直到他的情妇和其他堕落女人一起坐着警局的车子被送到监狱里去的时候,他依然崇拜她而且相信她的纯洁。"为什么我的爱情不能够感化她,把她改变成为一个最纯洁的女人?为什么让她停留在恶劣的环境中而不向她伸出友谊的手?"这个念头使他心情开朗起来。爱情是会利用一切的。担当起改变一个女子的使命,对于青年男子是最富有魅力的一件事。因为这种行为充满着传奇的意味,非常适合那些被爱情激动着的心灵。难道这不是一种最伟大、最崇高,和最美丽的自我牺牲吗?一般人的爱情在这种情景下可能终止和消灭,而自己的爱情还能够这样继续发展:这岂不证明自己爱情的伟大?希波列德坐在自己的画室里,面对着自己的作品沉思着,眼泪在眼眶里滚动,使他眼前的画中人一片模糊。他手中始终拿着画笔,有时向画布走前几步,似乎要把颜色修淡一点,可是画笔始终没有碰到画布上。黑夜到了,他依然在那里待着。黑暗把他从梦幻中唤醒,他走出画室,踏下楼梯。在楼梯上遇见了年老的海军中将,他很忧愁地向他望了一眼,打了个招呼,便转身逃走了。他本

---

① 代·格里厄骑士是法国普莱服修道院长(1697—1763)所著小说《曼侬·莱斯科》中的男主角,他盲目地疯狂地爱着曼侬。

来想到他的两个女邻居家里去，然而海军中将的样子使他冷了这条心，把他的决定打消了。他第一百次这样想：什么利益能够使得这个拥有巨大财产和八万里弗尔年金入息的老头子跑到这间五层楼上的寓所里，每天晚上输掉四十个法郎左右呢？这个关系，他相信他已经猜着了。

第二天和以后的几天中，希波列德埋头工作，想借创作的兴奋和构思的艰苦来压倒他的爱情。他只成功了一半。工作使他得到安慰，然而并不能制止他回忆起那些在阿黛拉伊德身边所过的愉快的日子。一天晚上，他离开画室的时候，瞧见阿黛拉伊德家里的门半开着。有一个人站在那里，在窗口旁边。门和楼梯所构成的角度使画家下楼时不能不望见阿黛拉伊德，他冷冷地向她行了一个礼，向她投射了一道冷漠无情的眼光，然而他从本身的痛苦来猜想她的痛苦，就觉得自己的态度和眼光必然使她的恋爱的心更受创伤，他不由得在心里打了一个寒噤。他们两颗纯洁的心度过这么欢乐而甜蜜的日子，难道就用八天时间的轻蔑，和最深刻、最完全的鄙视来结束吗？……这是可怕的结局！也许钱袋已经找到了，也许每天晚上阿黛拉伊德在等着他？这个简单而合乎情理的念头使希波列德更加后悔。他自己问自己，难道年轻姑娘对他的种种爱的表示，和过去那些使他着迷的喁喁情话，都不算一回，都不值得他去调查一下或者要求解释清楚吗？他觉得自己在整整一个星期内一直抵抗着内心的这种愿望，是非常可耻的一件事。思想斗争的结果，他简直认为自己是一个罪人，于是他在当天晚上就跑到德·卢威尔夫人家里去。一看见面色苍白而消瘦的阿黛拉伊德，他的一切怀疑，一切卑鄙的思想都烟消云散了。

"天呀！您到底怎样了？"他在向男爵夫人行过礼之后，向阿黛拉伊德说。阿黛拉伊德并没有回答他，只向他望了一望，眼光里充满着忧愁，悲哀和懊丧，使他浑身不安。

"您大概一定很用功地工作吧，"老太太说，"您的样子有点变了。是我们害了您吧？您替我们画了这幅画像，耽误了您的时间，使您不得不赶紧补画您的重要作品吧。"

希波列德很庆幸能够找到这样一个良好的借口来掩饰他的不礼貌的举动。

"对了，"他说，"我很忙，可是我也很痛苦……"

听见了这句话，阿黛拉伊德抬起头，望着她的恋人，她的带着关切的眼光里已经丝毫没有谴责他的表情。

"您以为我们对于您的幸福或者不幸丝毫不关心吗？"老太太说。

"我错了，"他回答，"可是有些痛苦是不能够告诉任何人的，连比我们之间的交情更老的交情也不便奉告……"

"开诚布公与否和友情的深浅不应该用时间的长短来衡量。我见过有些老朋友在极大的不幸中也不肯流一滴眼泪。"男爵夫人摇着头说。

"不过您到底怎么样了？"画家问阿黛拉伊德。

"哦，没有什么，"男爵夫人回答，"有几天晚上阿黛拉伊德在开夜车赶着完成一件女红，我告诉她早一天晚一天没有什么关系，可是她不听我的话。"

希波列德没有听下去。看见这两个这么高贵和这么宁静的面貌，他为自己的多心怀疑而脸红起来，他把钱袋遗失的原因归罪于某些他所不知的偶然事件。对于他，这天晚上是非常愉快的一个晚上，也许她也有同样的感觉。有些秘密是年轻的心所了解得非常透彻的！阿黛拉伊德猜出了希波列德的思想。他虽然没有把自己的错误说出来，可是他已经承认错误，他回到恋人身边时比以前更爱她，对她更加亲热，希望用这种行动来换得她的暗中谅解。阿黛拉伊德享受着最完美和最甜蜜的快乐，以致她觉得即使付出前几天残酷地戳伤她的心的惨痛代价，也还是值得的。正当他们完全和好而且真正相互谅解的时候，德·卢威尔男爵夫人的一句话又扰乱了他们的安宁。

"我们来玩纸牌好吗？"她说，"因为我的老朋友盖嘉路爱①还想翻本哩。"

这句话勾引起青年画家的一切恐惧，他满面通红地望着阿黛拉伊德的母亲，然而他从这张脸上只看见忠厚老实的表情，丝毫找不出虚伪的痕迹。并没有什么隐藏着的思想损坏面貌的魅力，脸上显出的聪敏伶俐并不包含任何不忠不信的成分，即使狡猾的表情也显得善良，更没有任何悔恨的表示扰乱脸上的宁静安详。于是他就在赌桌上坐了下来。阿黛拉伊德借口说他不会打纸牌，要和他双份，以便分担他的命运。在赌博中希波列德瞧见她们母女两人作着暗号，而且他又赢钱，更使他满腹不安，然而到牌局将近终了的时候，最后一副牌竟使他们两人反而输钱给男爵夫人。画家把手从桌子上缩回来，想从背心口袋里摸钱来付账，突然间他看见桌子上放着一只钱袋，阿黛拉伊德什么时候偷偷地把它放在那里，他竟没有看见。可怜的阿黛拉伊德却拿着他的旧钱袋，装出在里面找钱来付给她母亲的样子。希波列德浑身的血液都猛烈地向他心里涌上来，使他几乎丧失知觉。他的旧钱袋已经被这只新钱袋调换过了，新钱袋绣着金珠，里面装着他的十五个金路易。钱袋的环子、流苏，都是第一流的物品，证明阿黛拉伊德趣味的风雅。毫无疑问，她一定把自己的全部私蓄，都花在这件可爱的制品上。这是对于画家那幅画像的最巧妙的，充满着情

---

① 指常输钱的老贵族。

意的报酬。陶醉在幸福中的希波列德回过头来望着阿黛拉伊德和男爵夫人,他看见她们正为着她们的巧计能够成功而快活得发抖。他觉得自己渺小、卑鄙、愚蠢,他想重重地处罚自己,撕碎自己的心。眼泪涌上他的眼睛,一种不可抵抗的力量使他站起来,用臂膀抓住阿黛拉伊德,把她紧紧地搂在怀里,用强力吻了她一下,然后,带着诚心诚意的样子:"我请求您让我娶她做妻子!"他嚷起来,眼睛朝男爵夫人望着。

阿黛拉伊德半怒半喜地朝画家望了一眼,男爵夫人有点吃惊,正想找句话来回答他,突然间门铃响了起来。年老的海军中将,他的影子,和邢奈的母亲一起在门口出现。希波列德虽然将自己烦恼的原因瞒住母亲,可是他的母亲仍然猜着了八九分。她跑到他的朋友处打听,他们告诉她关于阿黛拉伊德的一切。她听见这些诽谤的话惊吓起来,从楼下看门人的女人处打听出海军中将的名字是德·盖嘉路爱伯爵,她找到了伯爵,告诉他外界一切的传闻。伯爵愤怒得跳起来。"我要跑去,"他喊道,"把这班流氓的耳朵割下来!"在盛怒中海军中将把自己在赌博中故意输钱的秘密告诉邢奈夫人。由于男爵夫人拒绝人家的任何布施,他只能用这种巧妙的方法来援助她。

邢奈夫人和德·卢威尔夫人打过招呼以后,德·卢威尔夫人望着德·盖嘉路爱伯爵和那位已故德·盖嘉路爱伯爵夫人的老朋友迪·阿儿嘉骑士,以及希波列德、阿黛拉伊德,于是她满怀欢喜地说:看起来我们今天晚上是一家人①大团圆呀!"

1832年5月,巴黎

---

① 德·卢威尔夫人称"一家人",间接回答了画家,她同意把女儿嫁给他。

无神论者做弥撒

献给奥居斯特·博尔热
——他的朋友德·巴尔扎克

皮安训大夫是一个以他的出色的生理学理论对科学做出贡献的医生,年纪轻轻,就跻身于巴黎大学医学院的名教授的行列,而这个医学院是欧洲医学界人士敬仰的中心。在行医以前,皮安训大夫曾经在很长的一段时间内实习外科。他早期的实习,受法国最伟大的外科医生,声名显赫的德斯普兰指导。德斯普兰在科学界的出现,就像流星一样转瞬即逝。连他的敌人也承认,他把一种不能传授的方法带进坟墓里了。像所有的天才一样,他也没有继承人,他的一切与生俱来,又随身带走。外科医生的光荣,好像演员的光荣一样,只在他们活着的时候存在,人一死,他们的天才就再也不受到重视了。因此演员、外科医生、伟大的歌手,还有以他们的演奏使音乐的威力增加十倍的天才乐师,都是些一时的英雄。德斯普兰自己就可以证明这些短暂的天才的命运相同。他的名字,昨天还那么震耳,今天几乎被忘却了,只能在他自己的专业内流传,而不能越出界外。是否要有一些非常特殊的环境,才能使一个科学家的名字越出科学界而进入人类史册呢?德斯普兰有那么广泛的知识,使他能够成为一个世纪的"声音"或者"代表人物"吗?德斯普兰具有神奇的眼光:他能凭先天的或后天培养的直觉,一眼看透病人和他的毛病。他凭这种直觉，能够对一个人的病情诊断一目了然。能够考虑到环境气氛和病人的气质、情绪等条件，决定动手术的准确时间，具体到几点钟和几分钟。难道他紧跟大自然的步子，研究过生命和基本养分的不断结合，这种养分包含在空气中，或者由大地提供给人类，人类吸收、消化以后会流露出一种特殊的表情吗？还是他运用演绎法和类推法，像天才的居维埃[①]那样呢？不管怎样，这个人深知"人体"的秘密，他能根据现在看透它的过去和未来。他有没有把整个科学汇总于一身像希波克拉特、加利安[②]、亚里士多德[③]那样呢？他有没有领导一个新学派走向新世界呢？没有。我们不得不承认这个人体化学变化的永恒观察者掌握古代魔术，换句话说，就是具有融解学的知识，懂得生命的起源，未有生命以前的生命，和生命的将来。但是，可惜的是他的一切都是个人的：他活着的时候利己心使他与世隔绝，到了今天，利己心又消灭了他的荣誉：他的坟上没有树立一个能够传声的雕像，可以将"天才"利用他来找寻的秘密复述给将来一代听。不过德斯普兰的天才也许同他的信仰有连带关系，因而也是可以死亡的。他认为地球的大气层是一种有生殖力的液汁，地球好像是蛋壳里面的鸡蛋，既然他不能够断定到底是先有鸡呢还是先有蛋，他就既不承认鸡，也不承认蛋。他既不相信人性以前的兽性，也不相信人性以后的灵性。德斯普兰并不怀疑，他肯定。他的纯粹而坦率的无神论同许多学者的无神论相同，这些学者是世界上最好的人，然而也是顽固的无神论者，顽固的程度与有宗教信仰的人不相信世间有无神论者相同。像德斯普兰这样的人，不可能有别的信仰，因为他从年轻时起便习惯于解剖人，从

[①] 居维埃，见第66页注[②]。根据居维埃的方法，可以根据破碎的骨头，断定它是哪一世纪哪种动物的遗骸。
[②] 加利安（131—约201），古希腊名医，在解剖学上曾有重要发明。
[③] 亚里士多德（公元前384—前322），古希腊哲学家，形式逻辑的创立者。

人有生命以前，到有生命期间，以至生命消失以后，他都解剖过，他搜遍了人体的一切组织，却找不到在宗教理论上占唯一重要地位的灵魂。他认为人体有一个大脑中枢、一个神经中枢、一个血气中枢，前两者互相交替补充得那么密切，以致到他临死前几天，他确信听的官能对听觉并非绝对必要，视的官能对视觉也不是绝对必要的，太阳神经丛可以代替它们，代替了还不容易使人发觉。德斯普兰既然在人身上找到两个灵魂，便用这个事实证实了他的无神论，虽然他对于上帝是没有丝毫成见的。据说这个人临死前并没有忏悔和认罪，像许多伟大的天才一样可怜地死去，请上帝宽恕他们吧。

这么伟大的一位人物的一生，却有许多渺小的地方。"渺小"是他的仇人的用语，这些仇人尽量想降低他的荣誉，比较确切的说法应该是显然的矛盾。忌妒的人或者愚蠢的人由于从来不知道才智高明者的行为的动机，总是马上抓住一些表面矛盾来提出指控，暂时将才智高明的人列为被告。等到后来如果被他们攻击的事业反而获得成功，他们就来证明以前的准备工作和结果之间的相互关系，使得先前的诽谤总有一部分留存下来。因此，在我们的时代，拿破仑想将他的雄鹰的翅膀伸展到英国去的时候，他便被他的同时代人攻击。事实上，要等到1822年才能解释1804年和布洛尼厄的平底船①。

在德斯普兰身上，荣誉和科学知识既然无懈可击，他的仇人只好攻击他的古怪脾气和他的性格；他也的确有英国人称为"怪癖"②的那种品质。有时他的衣着非常考究，穿得有点像悲剧诗人克雷比

---

① 拿破仑于1805在布洛尼厄滨海省集中大军，造平底船，准备在英国登陆。之所以说"要等到1822年才能解释1804年……"，大概是指拿破仑死于1821年，死后拿破仑的回忆录发表，对于他的政治活动作过很多新的解释，因此对1804年他的所作所为要作新的评价。

② "怪癖"，原文是英语eccentricity。

庸①那样，有时却故意不修边幅，有时人们看见他坐车子，有时人们看见他步行。有时粗鲁，有时和善；外表看来既狠心又吝啬，而他却能够把他的财产献给他的流亡在国外的老师，这些老师们也领他的情，有好些日子都受着他的捐助。没有人比他更能引起各种互相矛盾的批评了。虽然他为了获得一枚一般医生所不应希冀的圣米歇尔勋章②，可能在宫廷里让一本祈祷书从他的衣袋里掉下来，可是请你相信他的心里是嘲笑这一切的。他从上到下观察过人类，在人生最庄严的行为和最卑鄙的行为中发现过他们的真面目，因此他对人类有极大的轻蔑。在一个伟人身上，所有品质往往是有连带关系的。如果这些巨人中有一个人的才能比见识高，那么他的见识起码也比仅仅被人称为"有见识的人"的见识广泛得多。一切天才都有一个道德观，这个道德观能够适用于一种专业，可是凡是看见花儿的人，都应该看见太阳。这位大夫听见被自己救活的外交官问："皇帝健康如何？"居然回答："朝臣已恢复了健康，他也会随着恢复！"他不仅是一位外科或内科医生，而且是绝顶聪明的人。因此耐心而热诚地观察人类的人，对德斯普兰的过度自负会加以原谅，而且会跟德斯普兰自己相同，相信他能当一个伟大的部长，正如他是一个伟大的外科医生一样。

德斯普兰的几个同时代人认为德斯普兰的一生中有几件令人迷惑不解的事情，我们选择了其中最有兴趣的一件叙述于下，因为这件事的谜底就在故事的结尾，而且可以为他洗刷清楚某些愚蠢的诽谤。

德斯普兰在医院的所有学生中，最疼爱的是荷拉斯·皮安训。在进入市立医院当实习医生以前，荷拉斯·皮安训是一个医科大

---

① 克雷比庸（1674—1762），法国悲剧诗人。
② 圣米歇尔勋章，又名黑绸带，创立于1469年，1816年路易十八予以恢复，专门奖给科学家。

学生，寄居在拉丁区一所名为伏盖公寓的破旧宿舍里。这个可怜的青年在那里经受贫困的煎熬，仿佛落在一个炽热的熔炉里，而许多伟大的天才人物都从这类熔炉里毫无损伤和纯洁无瑕地走出来，好像金刚钻不论怎样磕碰也不致碎裂一样。他们奔放的热情像一团烈火，他们从烈火中锻炼出永恒的正直。他们不断地工作，用工作来抑制住自己的不能满足的欲望，从工作中养成了斗争的习惯，这些斗争是天才人物必然要遇到的。荷拉斯是一个正直的青年，在荣誉问题上从不转弯抹角，总是单刀直入，一针见血。既肯为朋友当掉自己的大衣，又肯为朋友牺牲自己的时间，甚至彻夜不眠。总之，荷拉斯是这样一种朋友：他们从不计较给人家的和从人家那里接受的是否相等，因为他们肯定自己所受的一定比所给的多。荷拉斯的大多数朋友都从内心对他崇敬，因为他有一种毫不夸张的美德，其中有些朋友甚至害怕他的谴责。荷拉斯显示他的优点的时候，丝毫不带学究气。他既不是一个清教徒，也不是一个宣教士，他给你忠告的时候也很自然地骂街，遇有机会的时候，他也会愉快地大吃一顿。他是个好伙伴，像大兵那样不会假作正经，行动又痛快又坦率，但又不像水手，因为这年头的水手都是狡狯的外交家，他像一个事无不可对人言的诚实青年，走起路来总是昂着头，心情舒畅。总之，用一句话概括，荷拉斯是许多奥来斯特的比拉德，债主们就是古代复仇三女神在今天的最真实的形象[①]。他带着高兴的心情来忍受贫困，这种心情也许就是造成他勇气百倍的主要原因之一，何况他又像一切身无长物的人一样，欠的债很少。他像骆驼那样少食，像牡鹿那样轻灵，他

[①] 奥莱斯特是希腊神话中阿伽门农的儿子，同比拉德结为生死之交，他们的友谊传为千古美谈。三个复仇女神专司惩罚人类的罪行。奥来斯特为父报仇，杀死亲母，被复仇女神追逐，受到比拉德的救助和保护。这里是说荷拉斯·皮安训帮助许多朋友不受债主的追逼。

的思想和行为却都非常坚定。他的缺点正如他的优点一样，使荷拉斯·皮安训大夫在他的朋友们的心目中倍觉可亲。自从德斯普兰确实掌握了皮安训的优点和缺点那天起，皮安训的幸福生活便开始了。正如人家说的，一个诊所的主任医师把一个青年人带在身边，这个青年人便开始飞黄腾达了。德斯普兰每次到富贵人家出诊的时候，总要带着皮安训做他的助手，而且几乎每次都有一些礼金落到这位助手的钱袋里。巴黎生活的秘密也在那里不知不觉地展现在这位外省青年的眼前。德斯普兰门诊的时候，也把皮安训留在诊所里，而且派他工作。有时，他派他陪同一个有钱的病人到矿泉去疗养。总之，他在为他准备好雇主。这样做的结果，过了相当日子，这位外科的暴君，便有了一个忠心耿耿的塞伊德[1]。这两个人，一个在地位上和学问上都已登峰造极，享有巨大的财富和无限的光荣，另一个则是刚起步的无名小卒[2]，既没有钱也没有名，这两个人竟成了密友。伟大的德斯普兰什么事都告诉他的弟子；他的弟子也知道什么妇女曾经在老师旁边的椅子上坐过，或者在诊所里那张尽人皆知的、德斯普兰在上面睡觉的长躺椅上坐过。皮安训熟知这个狮子兼雄牛的体质的秘密，这个体质终于使这位伟大人物的上半身无限扩大，最后由于心脏扩张而死。他研究他的忙碌一生中的奇闻逸事，研究他的悭吝的计划，他的具有政治头脑的科学家的希望。他的心即使不是冷酷的，也是久经考验的，心里埋藏着唯一的一种感情，皮安训能预见到等待着这种感情的是幻灭。

有一天，皮安训告诉德斯普兰：圣雅克区有一个穷苦的挑水

---

[1] 塞伊德，穆罕默德的奴隶，盲目地忠于他的主人，他的名字象征狂热的忠诚。
[2] 无名小卒，原文是奥米加，是希腊文字母表的最后一个字母，这里作专有名词用，指皮安训在医学界的事业刚刚开始。

夫由于疲劳和贫困得了很厉害的病。这个可怜的挑水夫是奥韦尼省人①，在1821年漫长的冬天里只吃得上土豆。德斯普兰马上扔下所有的病人，驾着马车，由皮安训跟随着，冒着把马累死的危险，飞驰到病人那里，亲自把他运送到著名的杜博瓦②在圣丹尼郊区创立的疗养院里去。他每天去医治病人，等到病人恢复健康以后，他又给了病人一笔钱使他够买一匹马和一只水桶。这个奥韦尼省挑水夫有一点特别的地方。每逢他有一个朋友病了，他马上就把朋友带到德斯普兰那里去，对他的恩人说："我决不让他到别的大夫那里去。"德斯普兰虽然脾气很坏，在这种时候却总是和挑水夫握握手，对他说："把他们全都带来给我吧。"于是他便使这个康塔尔的子孙③住进了市立医院，而且对他尽心医治。皮安训已经有好几次注意到他的老师对奥韦尼省人，尤其是对于挑水夫，有一种偏爱。可是由于德斯普兰对于他在市立医院的医疗工作颇为自豪，因此学生也就不觉得这中间有什么特别可怪的了。

　　有一天，皮安训约在上午9点钟穿过圣絮尔皮斯广场④的时候，瞥见他的老师正在走进教堂。德斯普兰向来是没有他的二轮马车连一步都不肯走的，这时候却在步行，偷偷摸摸地从小狮街那道门走进去，仿佛走进暗栈私寮似的。实习医生是深知他的老师的信仰的，而且他自己也是一个百分之一百二十的卡巴尼斯主义者⑤，自然觉得非常奇怪。皮安训也潜进了圣絮尔皮斯教堂，一看吃惊得非同小可，原来伟大的德斯普兰，这位对天使们毫无感情的无神论者，因为天

---

① 奥韦尼省，过去法国的省份，首府是克勒蒙菲朗，包括现在的多姆山省，康塔尔省和上卢瓦尔省的一部分。
② 杜博瓦（1756—1837），法国著名的外科医生。
③ 康塔尔，奥韦尼省的一部分，以有康塔尔山脉而得名。这就是说，这个病人也是奥韦尼人。
④ 圣絮尔皮斯广场上有圣絮尔皮斯教堂，因而得名。
⑤ 卡巴尼斯主义者，信仰卡巴斯学说的人。卡巴尼斯（1757—1808），法国医生，唯物主义哲学家，是个激烈的无神论者。

使们既不受制于解剖刀,又不会患痔瘘或者胃炎,总之,这位无畏的嘲弄鬼神的人,竟恭恭敬敬地跪在……跪在什么地方?跪在圣母小教堂前面,在那里参加弥撒,付弥撒费,接济贫困,态度非常严肃,仿佛在动手术似的。

"他肯定不是来弄清楚关于圣母生孩子的问题的吧,"皮安训这样想,他的惊讶达到了想象不到的程度,"如果我在圣体节看见他在游行的人丛中持着遮盖圣体的天帏的一根流苏,那只不过是开玩笑的吧,可是在这时候,独自一个人,没有人看见,那就耐人寻思了!"

皮安训不愿意显得像是在侦察市立医院外科主任医生的行动,便走开了。凑巧这一天德斯普兰请他吃晚饭,不是在家里吃,而是在饭馆里。吃到梨子和奶酪的时候,皮安训用巧妙的办法,把话题转到弥撒上面,将弥撒比拟为虚伪的礼节,一种滑稽剧。

"这种滑稽剧,"德斯普兰说,"使基督徒流过的血比拿破仑的所有战役和布鲁塞的所有水蛭①所付出的血还要多!弥撒是教皇创立的,最早出现于6世纪,它的根据是 Hoc est corpus②。为了建立圣体节,不知流尽了多少血!罗马教廷想借这个节日的建立,证明它在圣餐是耶稣的血和肉这个有争议的问题上得到了胜利,这个有争议的问题曾经使教会纷乱了三个世纪!德·图卢兹伯爵和阿耳比人的战争③,就是这事件的尾声。沃杜瓦教派④和阿耳比教派的信徒都拒绝承认这个新事物。"

---

① 布鲁塞(1772—1838),著名的法国医生,他的治疗以放血,节食为主,常使用水蛭放血。
② Hoc est corpus,拉丁文,意思是:"这是我的躯体。"相传是耶稣的话。照天主教的说法,圣餐里面的面包和酒,包含着耶稣的圣体、圣血和圣神。这种说法使教会分裂成两派:一派相信,另一派不相信。1264年教皇乌尔班四世建立圣体节,加深了教会内两派之争。
③ 指普罗旺斯的宗教战争,阿耳比人开创了一个新教派,11世纪时在法国南部流传甚广,被天主教会下令讨伐,血战数年,才镇压下去。
④ 沃杜瓦教派也流传于法国南部,与阿耳比教派同受迫害。

接着德斯普兰兴高采烈地大肆发挥无神论者的想象力，说了一长串伏尔泰式的笑话①，或者更正确点说，是可恶地引用了一大套《语录》②上的话。

"咦！"皮安训心里想，"今天早上那个虔诚的信徒哪里去了呢？"

他没有问出口，他怀疑自己有没有在圣絮尔皮斯教堂看见他的上司。德斯普兰用不着对皮安训说谎：他们彼此相知太深了，他们在类似的严肃问题上交换过彼此的思想，讨论过《事物本性》③的各种学说，深入地探讨过这些问题，或者用不信鬼神的利刃和解剖刀将它们剖析过。三个月过去了。皮安训没有追究这件事，虽然这件事已经深深地印在他的记忆里。同一年，有一天，市立医院的一个大夫当着皮安训的面抓住德斯普兰的胳膊，似乎要审问他。

"我亲爱的老师，您到圣絮尔皮斯教堂去干什么？"他问他。

"到那里去看一位膝盖上生骨疽的教士，是安古兰末公爵夫人介绍给我的病人。"德斯普兰回答。

提问的大夫满意了，皮安训却不然。

"咳！他到教堂去看膝盖生病的病人！他去听他的弥撒！"实习医生心里想。

皮安训决定侦察德斯普兰，他记住他看见老师走进圣絮尔皮斯教堂的日子和时刻，打定主意在来年同一日子、同一时刻再来看看，看是否能再遇见他的老师。如果再遇见了，他的周期性的宗教信仰是值得做一次科学调查的，因为在这样一个人物身上，他的思想和行为之间不应该有这样直接的矛盾。

---

① 伏尔泰以攻击教会闻名于世。
② 《语录》(1803) 是法国作家皮戈·勒勃伦 (1753—1835) 所写的书，书中集中了无数揭穿天主教教士的假面具的语录，王政复古时期曾被没收和焚毁。
③ 《事物本性》，著名拉丁诗人吕克拉新（约公元前98—前55）的一首诗的题目。

第二年，皮安训已经不再是德斯普兰的实习医生，在同一日期和时刻，皮安训看见外科医生的二轮马车停在图尔农街和小狮街的街角，他的朋友从车上下来，诚惶诚恐地沿着墙走进圣絮尔皮斯教堂，又在圣母小教堂参加了弥撒。这的确是德斯普兰！的确是那位外科主任医生，秘密的①无神论者，偶然的信徒。事情复杂化了。这位著名科学家的固执的行为使一切都陷入混乱。等到德斯普兰走出以后，皮安训走到圣器监守人的身边，监守人正走过来收拾小堂里的圣器，皮安训问他那位先生是否常到这里来。

"我在这里二十年了，"圣器监守人说，"二十年以来德斯普兰先生每年四次到这儿来参加这个弥撒，这台弥撒是他创办的。"②

"他创办的弥撒！"皮安训一边走开，一边想，"这和圣母怀孕同样神秘，光这件事就可以使一个医生对一切都怀疑了。"

皮安训虽然是德斯普兰的朋友，后来过了好久却还没有机会同他谈谈他生活中的这件怪事。即使他们在诊病的时候或者在交际场中遇见了，也很难找到两个人可以脚搁在火炉的薪架上、头靠在沙发的靠背上，清静地、推心置腹地谈心的机会。最后，过了七年，经过1830年的革命以后③，当人民冲进大主教官邸④的时候，当民主的思潮促使人民摧毁那些在房屋的海洋上像闪电似的直指天空的金色十字架的时候，当反宗教和叛乱正在盘踞在各处街道上的时候，皮安训又一次出其不意地发现德斯普兰走进圣絮尔皮斯教堂。皮安训马上跟着他进去，跪在他旁边，德斯普兰见到他没有丝毫表

---

① 秘密的，原文是意大利文。
② 创办一台弥撒，指付一笔款子给教士，使教士在指定的日期、为特定的目的做弥撒。
③ 1830年的革命。1830年7月，巴黎人民筑起街垒，在三天之内推翻了波旁王朝的专制统治，但胜利果实被资产阶级篡夺，银行家们拥立路易·菲利浦为国王。
④ 1832年在悼念反动的德·贝里公爵被暗杀的弥撒礼仪上，复辟党人为1830年七月革命中受伤的王室卫士募捐。巴黎人民知道以后，立即冲向教堂，将教堂砸烂。接着又冲向大主教官邸，将官邸抢劫一空。

示,也没有表现出惊讶。两个人一起参加了他创办的那台弥撒。

"亲爱的老师,"他们走出教堂以后皮安训对德斯普兰说,"您能告诉我您这样过分虔诚的理由吗?我已经三次发现您来参加弥撒了,的确是您!您要告诉我这个秘密,解释给我听为什么在您的信仰和行为之间有这样明显的矛盾。您不相信上帝,而您参加弥撒!我的亲爱的老师,您一定要回答我!"

"我跟许多信徒,许多外表上非常虔诚的人相似,其实他们心里同你和我一样,都是无神论者。"

接着他便对几个政治上的大人物大肆讽刺,其中最著名的一个可以让我们在本世纪内写一本新版的莫里哀的《伪君子》。①

"我要问您的不是这些,"皮安训说,"我想知道的是:为什么您要到这儿来?为什么您要创办这台弥撒?"

"说老实话,我的亲爱的朋友,"德斯普兰说,"我已经到了坟墓的边沿,我当然可以对你谈谈我的早期的生活。"

这时候,皮安训和那位伟人正走到四风街上,这条街是巴黎最糟的街道之一。德斯普兰指给他看一座形状像方尖塔的房屋的第七层楼,这座房屋的角门通向一条甬道,甬道的尽头有一道曲曲折折的楼梯,被邻墙上小窗透进的光线照亮,这种小窗很恰当地被称为"气窗"。这是一座暗绿色的房屋,底层住着一个家具商人,这个商人似乎使他的每一层楼都寄居着一种不同类型的贫困。德斯普兰举起臂膀,做了一个有力的手势,对皮安训说:"我在那上面住过两年!"

"我知道,德·阿泰兹也在这里住过,我年轻时几乎天天来这里,当时我们把这阁楼称为熔炼伟人的短颈大口瓶!那后来呢?"

---

① 这个最著名的人物大概是指苏尔元帅(1769—1851),他曾经几次当内阁总理,平时热衷于参加宗教游行行列,因过分热衷,使人产生怀疑。

"我刚才听弥撒,跟我当时住在阁楼里发生的事情有关。您对我说,德·阿泰兹也住过那间阁楼,就是窗口摆着一盆花,上面荡着一根绳子,晾满了衣物那一间。亲爱的皮安训,早年我生活非常艰难,巴黎的困苦生活就数我忍受得多。我样样苦都熬过:饥饿,口渴,缺钱,没有衣服、鞋子和内衣,赤贫困顿,一一尝遍。我曾在这熔炼伟人的短颈大口瓶里,呵着冻僵的手指。我真想同您一起再去看看这个阁楼。整个冬天,我在用功时看见自己脑袋冒烟,只见一片热气,就像结冰的日子里马身上冒出来的热气一样。我才知道怎么才能支撑住,忍受这种生活。我孑然一身,孤苦无援,身无分文去买书和支付学医的费用。我没有朋友:我的性格暴躁易怒,疑心重重,不安好动,帮了我的倒忙。没有人愿意看到,在我的一触即怒中,有着一个想从社会底层挣扎到上面来的人的苦恼和劳累。在您面前我用不着遮遮盖盖,我可以告诉您,我本性善良,非常敏感,这始终会成为意志坚强,在贫困的沼泽里长期跋涉,然后攀登上高峰的人具有的特性。除了一笔人们给我的、不够用的膳宿费以外,我从我的家庭和故乡什么也得不到。总之,在那个时期,我每天早上吃一只小面包,是小狮街的面包店老板贱卖给我的,因为面包是隔日或前天的,我掰碎了浸在牛奶中:这样,我的早饭只花两个苏。我每隔一天在一家膳宿公寓吃晚饭,每顿晚饭花十六个苏。这样,我每天只花九个苏。您跟我一样清楚,我对自己的衣服和鞋子多么爱惜!我不知道后来您和我,我们被同行暗算时,心里感到的难过,是否抵得上当初看到一只脱了线的鞋咧嘴怪笑,或听到礼服袖笼绷开的响声那样的难受。我只喝清水,我对咖啡馆敬而远之。对我来说,佐皮咖啡馆好像一块乐土,只有拉丁语国家吕库吕斯那样的人才有权出入。我有时心想:'我也能在里面喝一杯牛奶咖啡,玩一局多米诺骨牌吗?'总之,我把贫困使我产生的狂热转化为用功。我千方百计获得有用的知识，使自身拥有巨大的价值，一旦我摆脱了默默无闻，便能配得上那时所达到的地位。我点掉的油多过吃掉的面包：在那些苦读的夜晚，我用于照明的费用超过了我的伙食费。这场战斗是漫长、持久、得不到安慰的。我没有唤起周围人的任何同情。要有朋友，不就是结交年轻人，身上有几个钱好跟他们去品尝几杯，到大学生们想去的地方嘛！我身无分文！在巴黎，没有人想象得出一无所有意味着什么。当有人看出我的贫穷时，我的喉咙便感到一种神经性的痉挛，这种痉挛常使病人以为，有一样圆东西从食道升到喉咙。后来我遇到一些生来有钱的人，他们从来没有短缺过什么。这些有钱的傻瓜问我：'那时您为什么要欠债呢？您为什么借利息那么高的债呢？'他们使我想起那位王后，她听说老百姓饿得要命时，这样说：'为什么他们不去买点奶油圆球蛋糕呢？'我很想看到一个富人，抱怨我给他动手术收费昂贵，他在巴黎孤零零，一文莫名，没有朋友，告贷无门，不得不靠自己的五只手指干活谋生。怎么办呢？他将怎样解除他的饥饿呢？皮安训，如果有时你看见我刻薄无情，那是因为我将早年我经受的痛苦，加到我在上流社会所经历的几千次的无情和自私上面；或者是因为我想起了仇恨、贪欲、嫉妒、诽谤在成功和我之间所树立起的障碍。在巴黎，有人看见你踏镫上马开始发迹的时候，马上有些人来扯住你的衣襟，另一些人松开马肚带的扣子，使你跌下来摔破脑袋。这一个除去你的马蹄铁，那一个偷去你的马鞭子。最不阴险的还算是那个跑过来对准你用手枪打你一枪的人。你相当有天赋，我的亲爱的孩子，你不久就可以知道那些庸俗的人对有天赋的人所发动的可怕的、无休止的战争：如果你在一天晚上输掉二十五个路易，第二天人家便咬定你是一个赌徒，你的最好的朋友会说你昨天晚上输掉了二万五千法郎；如果你头痛两下，人家便认为你有神经病；如果你态度生硬一点，人家便说你难以交往；如果你集中优势兵力来对付这些侏儒，你的最好的朋友便要叫嚷，说你想鲸吞一切，说你有意横行霸道，压制别人。总之，你的优点都会变成缺点，你的缺点变成罪恶，而你的德行都成了犯罪。如果你救了一个人，人家会说你的本意是想杀死他；如果你的病没有死，人家肯定会说你为了保证他的现在，损害了他的将来。他现在没有死，他将来也会死的。只要你稍一踉跄，你便会跌倒在地上爬不起来！随便你发明什么，只要你主张你的权利，人家就会说你是个喜欢刁难的人，是个狡猾的人，不肯让青年人有飞黄腾达的机会。因此，我的朋友，如果我不相信上帝，我更不相信人类。你难道看不出在我身上有一个与被每一个人恶语中伤的德斯普兰完全不同的德斯普兰吗？可是这些不堪回首的往事，不去想它也罢。却说我住在那所房子里，正在用功读书，准备我的第一次考试，我身边没有一个子儿。你知道，我已经到了要说：'我当兵去！'的那种穷途末路了！我只有一个希望。我正等待着一箱子从我故乡运来的衬衣，这是那些老姑母们送给我的，她们因为不认识巴黎，以为她们的侄子每月花三十个法郎就可以整天吃山珍海味，所以只想着你的衬衫。箱子运到时，我正在医学院里，搬运费要四十个法郎，看门人是一个德国鞋匠，住在小阁楼里，代我付了运费，把箱子留在他那里。我一个人在福塞圣日耳曼草场街和医学院街走来走去，想不出一个计策来取回箱子，使我可以先不付那四十个法郎，等我卖了那些衬衣再付。我在这种事情上的愚蠢使我明白了除了当外科医生，我不能干别的职业。我的朋友，有些高尚的心灵，他们的能力只适合在较高级的范围中发挥，他们缺少阴谋诡计的机智，这种机智能产生种种手段和计划；他们的才气靠运气：他们本身不去找寻，他们靠偶然碰上。总之，到了晚上，我回家了，这时候，我的邻居，一个名叫布尔雅的挑水夫,是圣夫卢尔①地方人,也回来了。我们中间的交情也不过是同住在一层楼的不同房间,每天彼此听见睡觉、咳嗽、穿衣的声音而终于彼此习惯下来的两个互相认识的房客而已。我的邻居告诉我说,我欠了房东三个月租金,房东赶我搬家,我第二天就要搬走。他自己也因他从事的职业被赶搬家。那天晚上是我生平最痛苦的一夜。'到哪里去找一个搬运工人来搬走我那些不值钱的行李和书籍呢?拿什么来付给那个搬运工人和看门人呢?搬到哪里去呢?'这些不能解决的问题,我含着眼泪将它们说了一遍又一遍,像疯子总是重复他习惯的那两句话一样。我睡了。困苦的人自有他们的充满甜蜜的梦的美妙的睡眠。第二天早上,我正在吃着我那碗牛奶浸面包的时候,布尔雅走进来用语音和语法都不准确的法语对我说:'大学生先生,我是一个穷苦的人,是圣夫卢尔医院的一个孤儿,无父无母,穷得娶不起亲。您的亲戚也不多,钱也不多吧。您听我说,楼下有一辆手推车,是我按每个钟头两个苏的价钱租来的,我们俩所有的东西都能装得下,假使您愿意,我们可以合起来到别处租房子住,既然这儿已经将我们赶了出来。这儿到底不是地上乐园呀!''我知道,我的好布尔雅,'我对他说,'可是我在发愁,在楼下我有一个箱子,装着的衬衫内衣值一百个埃居②,我可以拿来付清欠租和还钱给看门人,可是我连一百个苏也没有。''好吧,我这里面还有点钱,'布尔雅愉快地回答我,指给我看一个沾满油污的破旧皮包,'留着您的衬衣吧。'于是布尔雅替我付清了三个月欠租,付了自己的租金,而且还了钱给看门人。然后他把我的家具和衬衫装到他的手推车上,推着车穿街走巷,看见有出租牌子就停下来。我呢,我走上楼去看看出租的房间对我们是否合适。到

---

① 圣夫卢尔是奥韦尼省的一个城市。
② 埃居,法国古币单位,每个值三法郎。

了中午我们还在拉丁区徘徊，一无所获。租金是最大的障碍。布尔雅向我提议在一家酒铺里吃午饭，我们把手推车停放在酒铺门口。快到黄昏时分，我终于发现在商业胡同、罗昂大院一家房子的顶层，屋顶下面有两个被楼梯隔开的房间。我们每人每年只要付六十个法郎的房租。于是我同我那位微贱的朋友便安顿下来了。我们一起吃饭。布尔雅每天约可赚到五十个苏，已经有差不多一百埃居的存款，不久便可实现他的野心，买一只水桶和一匹马了。他用一种狡猾的方法和亲切的态度把我的秘密都挖了出来，他的亲切的态度一直到现在回忆起来都使我的心震动。等到他知道我的全部情况以后，他就暂时放弃他憧憬了一生的野心：布尔雅当挑水夫已经二十二年了，他为了我的前途牺牲了他的一百埃居。"

说到这里德斯普兰紧紧抓住皮安训的胳膊。

"他给了我必要的钱，让我准备考试！我的朋友，这个人懂得我有一个使命，知道我的才智的需要比他的需要更重要。他照顾我，管我叫他的'孩子'，借给我必要的钱让我买书，有时还蹑手蹑脚地走过来看我用功，最后，他还像慈母般采取措施，把我以前不得不吃的数量不足、质量低劣的食物，换上卫生可口、数量充足的食物。布尔雅是一个四十岁左右的人，相貌很像中世纪时的市民，前额突出，脑袋可以给一个画家用来作为李居尔格[①]的模特儿。这个可怜的人觉得自己心中充满爱情无处发泄。他从来没有被人爱过，只有不久以前死去的一只卷毛狗爱过他。他经常对我谈起这只狗，总是问我是否相信天主教堂会同意为它的灵魂的安息举办弥撒。据他说，他的狗是一个真正的基督徒，十二年来，一直跟随他到教堂去，从来不吠一声，总是闭着嘴聆听风琴的乐声，蹲在

---

① 李居尔格，根据历代传说，是斯巴达的立法者，约活在公元前9世纪。

他的身边，那样子使他相信它正在同他一起祈祷。这个人把他的全部的爱倾注到我身上：他把我当作一个孤独的、受苦的人，他变成了我的无微不至的慈母，面面俱到的恩人，总之，他是无私地做好事的典型。每当我在街上遇见他，他总向我会意地望上一眼，眼光里充满难以想象的崇高的感情。那时候他就装出不在挑水的样子走着，他看见我身体健康，衣服齐整，似乎显得很高兴。他的所作所为，是普通人的献身精神和村姑的爱情应用到高一级的范围。布尔雅替我办事，晚上在约好的钟点把我叫醒，为我揩拭灯罩，擦我们的地板，他既是好仆人，又是好父亲，而且像个英国姑娘那么干净。他负责我们的家务。像菲洛珀芒①一样，他锯我们自己的劈柴，他做一切事情都简单自然，同时保持他的尊严，因为他似乎明白只要目的高贵，便连带使一切都高贵起来。当我离开这个老实人进入市立医院当实习医生的时候，他以为再也不能同我一起生活了，感到异乎寻常的悲痛，可是他还自我安慰，希望积些钱来为我准备论文，而且叫我答应在休息的日子去看他。布尔雅为我感到骄傲，他爱我是为了我也为他自己。如果你翻开我的论文，你一定会看到这是献给他的。在我当实习医生的最后一年，我攒了足够的钱，可以买一匹马和一只水桶，以偿还我欠这位可敬的奥韦尼人的一切。他知道我花了许多钱，非常生气，然而看见他的希望实现了，又非常高兴。他一边笑一边责备我，他凝视着他的水桶和他的马，一边抹去眼泪一边对我说：'这不好！啊！多漂亮的水桶！你做错了，这马真和一个奥韦尼人一样结实。'我从来没有见过比这更动人的场面。布尔雅一定要给我买一个医用器械包，就是你在我的诊所里看见的镶银的那一个，这对我是生平最宝贵的东西。虽然他对我早期的成

---

① 菲洛珀芒（公元前253—前189），古希腊的军事统帅，以正直和勤劳享有盛名。

功感到万分兴奋,但是他从来不漏出一句话,一个手势可以表示:'这个人多亏了我!'而事实上没有他,贫困早已要了我的命。这个可怜的人为我牺牲了他自己。为了使我有咖啡喝来开夜车,他只吃大蒜抹面包。他病了,你想象得出,我在他的床头守夜,第一次我把他救过来了。可是两年以后病又复发,尽管有热情的照顾,有医学上的种种巨大努力,他终于一病不起。从来国王也没有像他那样受到医疗照料。是的,皮安训,为了从死神手里夺回这条生命,我尝试过从来没有试过的方法。我想让他活下去,使他能够看到他亲手造成的成果,看到他的愿望全部实现,同时满足充斥我的心中的唯一感恩之情,从而熄灭至今还燃烧着我的火焰!"

"布尔雅,"德斯普兰显然非常激动,停顿了一会儿又说,"我的第二个父亲,死在我的怀里,用遗嘱把他的全部财产遗留给我。遗嘱是他找一个街头代书人写的,订立的日期是我们搬进罗昂大院的那一年。这个人的宗教信仰天真而单纯。他爱圣母仿佛爱他自己的妻子。他是虔诚的天主教徒,但是对我的无宗教信仰从来不发一言。他病危的时候,他求我用尽一切方法使他得到教会的帮助。我叫教堂每天为他奉献一台弥撒。他经常在夜里向我表达他对来世的恐惧,他害怕他今世的生活还过得不够圣洁。可怜的人!他从早到晚劳动。假如真有天堂的话,除了他还有什么人能进天堂呢?他像一个圣者一样接受了临终圣事,他的死配得上他的一生。送殡的人,除了我没有别人。我将我唯一的恩人埋葬以后,我考虑用什么方法可以报他的恩,我发觉他既没有家庭,也没有朋友、妻子、儿女。但是他信上帝!他有一个宗教信仰,我有权利和他争辩吗?他曾经小心翼翼地和我谈起过用弥撒来使死者的亡灵安息,但是他不想把这个负担加到我的身上,因为他认为这就是等于叫我报他的恩。因此等到我有财力可以创办一台弥撒的时候,我就给了圣絮尔皮斯教堂足够的钱，使他们每年举行四次弥撒。我唯一可以献给布尔雅的，就是满足他的虔诚的愿望。因此每季度的开始，举行这台弥撒的日子，我就以他的名义去参加弥撒，而且背诵他所希望背诵的经文。我以一个无神论者的诚意祷告：'我的上帝啊，如果你有一个地方去安置那些生前十全十美的人，请你想到善良的布尔雅吧。如果你要叫他受苦，请把他的痛苦给我，使他得以更快地进入人们所谓的天堂吧。'我的朋友，这就是像我这样有非宗教信仰的人所能做的一切。上帝应该是一个善良的恶鬼，他不会因此而恨我的。我向你发誓，如果有人能使布尔雅的信仰进入我的脑子，我愿意将我的全部财产送给他。"

皮安训在德斯普兰最后一次生病的时候看护过德斯普兰，现在他不敢肯定这位著名的外科医生死时还是个无神论者。信神的人们也许喜欢想象那位微贱的奥韦尼人会来给他打开天国的门，正如从前他曾为他打开地上神殿的门一样，这神殿的门楣上写着："祖国感谢所有的伟人"！①

1836年1月，巴黎

---

① 神殿指巴黎的先贤祠，建筑于1754—1780年，自1791年起，专门收受对国家有贡献的著名人物的骨灰，文学家雨果、左拉等人的骨灰，都在这里。大门上有"祖国感谢所有的伟人"的题词。

纽沁根银行

献给聚尔马·卡罗夫人

> 夫人,您的高度的和正直的聪明才智是您的朋友们的一宝,您对我说来既是最有鉴别力的读者,也是最宽容的一个姐妹,难道我还不应该把这部作品贡献给您吗?请惠予接受作为我们友谊的见证吧,对这个友谊我是引为骄傲的。
>
> ——德·巴尔扎克

你们知道在巴黎最时髦的酒家里,间隔雅座的板壁是多么单薄的吧。就拿瓦里酒家来说,最大的一间厅堂是用板壁一分为二的,板壁可以随意装上或拆掉。可是故事并不发生在那里,而是一个我不便指明的好地方。我们是两个人,另一个是谁呢?我要学亨利·莫尼埃笔下的普律多姆[①]说一句:"我不愿意牵累她,"不说也罢。我们在一间小厅堂里,享用从色香味说来都是非常精美的晚餐;我们发觉隔壁厅堂的板壁很薄,便低声地谈着话。吃到上烤肉的时候,隔壁同我们这间相连的房间里还没有客人,我们只听见炉

---

① 亨利·莫尼埃(1805—1877),法国讽刺作家和漫画家,所写《约瑟夫·普律多姆》一书,创造了一个废话连篇的典型人物普律多姆。

火哔哔剥剥的爆炸声。8点钟敲响了,我们听见了很响的脚步声、谈话声,侍者带来了蜡烛。这说明隔壁厅堂里有客人了。从说话的声音里,我听出了这是些什么人。

他们是四只最大胆的海鸟,从浪尖上的泡沫里飞出来的,这些波浪就是我们这一代的不断更新的浪潮;他们是可爱的小伙子,他们的生活是可疑的,因为他们既无年金,也无地产,而他们生活得很好。近代工业早已变成最残酷的一场战争,他们就是这场战争中的伶俐机智的雇佣兵队长;他们把忧虑留给他们的债主,把欢乐留给他们自己,他们唯一关心的只是自己的衣着。不过他们也有勇气像让·巴尔①那样在火药桶上抽雪茄,也许这是为了要演好他们扮演的角色吧;他们嘲弄人比小报更厉害,甚至嘲弄他们自己;他们目光锐利,不轻信人,遇事寻根问底,十分贪婪却又挥霍成性,嫉妒别人却又沾沾自喜;他们是深思熟虑却又异军突起的政客,喜欢分析一切,猜测一切,他们在这个他们想出头露面的社会里,还没有能飞黄腾达。

他们四个人中只有一个有所成就,可是也不过只爬到梯子的脚下而已。有钱算不了什么,一个暴发户只有经过六个月的拍马屁,才能懂得他所缺少的是什么。这个暴发户名叫安托希·斐诺,是一个沉默寡言、冷若冰霜、一本正经、笨头拙脑的人物,他有勇气跪倒在一个对他有用的人面前,当他不再需要一个人的时候,他也聪明得会将面孔一变,神气活现。他正像芭蕾舞剧《居斯塔夫》里的一个滑稽角色一样,从后面看过去是个侯爵,从前面看过去是个平民。这位工业巨子养着一个寸步不离的随从,这个随从是个报社编辑,名叫爱弥尔·勒龙台。他是一个十分聪明的人,可是没有主

---

① 让·巴尔(1650—1702),法国著名的爱国海盗,在法国对抗荷兰和英国等海战中立了战功,被任命为海军军官。

见，前后不一致；才华闪耀，极有能力，却又懒惰成性，明知被人剥削，却心甘情愿让人剥削，有时虚伪，有时善良，全凭他一时的高兴；他是一个惹人喜爱却不受人尊敬的人。他机灵得像喜剧里的俏皮侍女，对于请求他摇动笔杆，或者要借用他的热情的人，都不加拒绝，这个爱弥尔是一个最迷人的轻浮子弟；关于这些轻浮子弟，我们的聪明人中最怪诞的一个曾经说过："我喜欢他们穿软缎鞋，更胜过他们穿皮靴子。"

这帮人中的第三个名叫库蒂尔，靠投机维持生活。他对各种投机生意都去尝试一下，把这一桩赚来的钱去贴补另一桩的亏损。因此他只在水面上浮沉，靠赌博的兴奋和迅猛而大胆的划水支持住。他游到这里，游到那里，在巴黎的一望无际的利润海洋上找寻一个不大可靠的小岛安身立命。显然，他还没有得其所哉。

至于最后一个，那是他们四个人当中最狡猾的一个，他的名字就足够说明一切了：他叫皮克西沃！可惜再也不是1825年的皮克西沃，而是1836年的皮克西沃。我们知道，这位滑稽的愤世嫉俗者具有绝妙的口才和讽刺才能，他由于用尽了聪明才智结果一无所获而气得发疯，由于在上次革命中没有捞到一点好处而愤愤不平；他像富南比勒戏院里上演的皮埃罗一样[①]，向每人都踢上一脚；他对他的时代和各种丑闻了如指掌，而且能用他的滑稽创作才能渲染一番；他像马戏团的小丑一样跳到每个人的肩膀上，而且要像刽子手一样在那里留下烙印。

我们的邻人在大嚼一番满足食欲以后，也达到了我们已经达到的阶段：餐末甜食。由于我们声息全无，他们以为没有旁人。在雪茄烟的腾腾烟雾中，借着香槟酒的帮助，他们一边细细品味餐末甜

[①] 巴黎富南比勒戏院，创办于1816年，毁于1862年，以演哑剧为主，皮埃罗是剧中的一个傻瓜。

食,一边开杯畅谈起来。这场谈话具有一种冰冷的性质,使最柔和的感情变得僵硬,使最高贵的灵感消失,使朗朗的笑声变成尖叫,而且由于充满了刻薄的讽刺,使笑谈变成了冷嘲;这场谈话暴露出只想到自己的人灵魂的空虚,他们除了满足利己主义的需要外没有别的目的而利己主义正是我们生活在其中的和平年代所产生的。唯一可以和这场谈话相比的,就是狄德罗不敢公布的攻击人类的小册子《拉摩的侄儿》[①],这本书是赤裸裸地揭露人类的伤疤的。这场谈话是直率的,毫无保留的,所说的话甚至没有放过这位思想家还在议论的问题;在这场谈话里,只有废墟,没有建设,他们否定一切,他们只崇敬怀疑论者所接受的信条——金钱万能,金钱全知,金钱万便。他们的恶毒语言起初对着相识的人放了一阵乱枪,然后就把枪口对准了知心朋友当皮克西沃开始发言时,我做了一个手势,表明我想留下来听一听。我们于是听到了一场可怕的即兴谈话,这场即兴谈话使表演者在若干感觉麻木不仁的人中也获得了声誉;虽然这场谈话经常东拉西扯,断断续续,但它已经被我的记忆力全部记录下来。他们所说的从内容到形式都够不上是文学作品,可是它却是丑恶事物的一本杂录,可以用来描绘我们的时代。对于我们的时代我们只应叙述类似的故事,除此以外,我也把责任放在主要发言人身上。皮克西沃描绘登场人物时,经常变换嗓音,配合着各种姿态和手势,从他的三个听众不由自主所发出的喝彩声和赞扬声来判断,皮克西沃准是表演得无懈可击的。

"那么拉斯蒂涅拒绝你了?"勃龙台问斐诺。

"一口拒绝。"

"你没有用报纸来威胁他吗?"皮克西沃问。

---

① 狄德罗(1713—1784),法国哲学家,《百科全书》的创始人。《拉摩的侄儿》通过作者和一个颇有才能但寡廉鲜耻的音乐家的对话,对当代社会做了深刻的揭露和批判。

"他哈哈大笑起来,"斐诺回答。

"拉斯蒂涅是死鬼德·玛赛的直接继承人,无论政治上或者社会上,他都可能青云直上。"勃龙台说。

"可是他是怎样发财的呢?"库蒂尔问,"1819年他同赫赫有名的皮安训住在拉丁区的一家破旧公寓里;他家里人吃炸金龟子,喝自己酿的酒,为的是每月寄个他一百法郎;他父亲的产业不值一千埃居;他还有两个姐姐和一个弟弟要抚养;可是,现在……"

"现在,他有四万法郎的年收入,"斐诺接下去说,"他的两个姐姐都有一大笔陪嫁,而且同贵族子弟联了姻;他还让他的母亲享有他的地产的收益权……"

"在1827年,"勃龙台说,"我还看见他身无分文。"

"嗯! 1827年!"皮克西沃说。

"好吧,"斐诺继续说,"今天,我们都眼看着他要当上部长、贵族院议员和任何其他他想充当的人物了!三年前他同但斐纳体体面面地分了手,现在他非找到大户人家不会结婚,他可能娶一个贵族的女儿!这个小伙子盯上一个有钱的妇女① 真是聪明。"

"朋友们,替他说些好话吧,"勃龙台说,"他从贫困的魔爪里逃出来,又落到一个能干的人的手掌里。"

"你真熟悉纽沁根,"皮克西沃说,"起初,但斐纳同拉斯蒂涅认为他是一个善良的人;女人对他来说似乎只是他屋子里的一个玩具,一个装饰品。这使我认为他从头到脚是一个直爽的人:纽沁根直截了当地说他的妻子是他的财产的代表,是一件不可缺少的物品,可是在政治家和大银行家的高度紧张的生活中是次要的东西。他曾经对我说,拿破仑在他早期同约瑟芬的关系中,像个小市民那

---

① 在巴尔扎克的小说《高老头》中,拉斯蒂涅拼命追求高老头的次女但斐纳,终于继德·玛赛之后成为但斐纳的情夫。但斐纳是银行家纽沁根男爵的妻子。

么愚蠢；后来他既有勇气拿她当作垫脚石，又想同她结成伴侣，那就未免太可笑了。"

"一切高超的男子都应该对女人有东方式的看法。"勃龙台说。

"纽沁根男爵把东方式和西方式融合起来成为一种可爱的巴黎式学说。他讨厌德·玛赛，因为这个人不听使唤；可是他十分喜欢拉斯蒂涅，因为他能尽量榨取拉斯蒂涅而不让他发觉，他把家庭的一切负担全都放在拉斯蒂涅身上。但斐纳随兴之所至爱怎么玩，拉斯蒂涅就得陪她怎么玩，他带她到树林里散步，陪她上戏院。这位今天的伟大的小政客曾经在很长时间内把生命消耗在阅读和书写情书上。开始的时候，欧仁·拉斯蒂涅为了鸡毛蒜皮一点事情就得挨骂；但斐纳高兴的时候，他就精神抖擞；但斐纳愁闷的时候，他就垂头丧气；她头疼，他得忍受她发脾气；她想找个人说说体己话，他得耐心倾听；他把自己的全部时间，每一分钟，连同宝贵的青春，都拿来填补这个巴黎女人的空虚和无聊。但斐纳同他一起举行高级会议来商量哪种项链最合适，而她大发雷霆或者恣意谩骂的时候，他就得逆来顺受；为了保持平衡，她对男爵也十分娇媚。男爵却在一旁暗笑，等到他看见拉斯蒂涅在沉重负担的重压下有点吃不消的时候，他就装出怀疑拉斯蒂涅同但斐纳之间有点不干不净的关系，这样共同的恐惧又使一对情侣和好如初。"

"我想象得出一个有钱的女人养活拉斯蒂涅，而且使他活得很好；可是他的财产是从哪里来的呢？"库蒂尔问，"一笔财产，一笔像他今天所拥有的那么巨大的财产，总得有个来源吧，可是没有人说过他做过一笔好生意啊！"

"他继承了。"斐诺说。

"继承谁？"勃龙台问。

"继承他遇见的傻瓜们。"库蒂尔接下去说。

"他并没有把全部都抢过来,弟兄们,"皮克西沃说:"你们不必惊慌得手足无措,我们的时代对欺诈最友好。让我来告诉你们他的财产的来源吧。首先,向天才致敬!我们这位朋友并不像斐诺所说的,是个小伙子,他是一个懂得赌博的上等人,他熟悉纸牌,旁观者也尊敬他。在特定的时刻,拉斯蒂涅要有多少聪明就有多少聪明,如同一个军人的勇气,只有在接受一笔三个月为期,要三个人签字和有担保的借款时,才表现出来一样。他看上去专横、固执,前言不搭后语,思想不连贯,计划不固定,没有一定的主见,可是遇到严重的事件,要策划什么巧妙的勾当的话,他决不像坐在这里的勃龙台那样三心二意,代表别人发表意见。拉斯蒂涅集中精神,组织力量,看准要害,突然进攻,全力以赴。像缪拉①那样勇敢,他冲破方阵,冲倒股东、发起人和整座商店。等到冲开缺口以后,他就回到他的懒洋洋的无忧无虑的生活,他又变成南方人,变成爱好逸乐、废话连篇、无所事事的拉斯蒂涅了。他可以睡到日上三竿,因为他在冲锋陷阵的时候没有睡觉。"

"你谈得很好,可是还是谈谈他的财产吧!"斐诺说。

"皮克西沃只会给我们画一幅漫画像,"勃龙台说,"至于拉斯蒂涅的财产,那就是但斐纳·德·纽沁根,出色的女人,胆子大,眼光远。"

"她借过钱给你吗?"皮克西沃问。

大家哈哈大笑起来。

"你们看错了她,"库蒂尔对勃龙台说,"她的聪明是会说几句多少是尖酸刻薄的话,是在死心塌地爱上了拉斯蒂涅,而且盲目地服从他,她是一个道道地地的意大利式妇女。"

---

① 缪拉(1767—1815),拿破仑的勇将。

"对于金钱可是例外,"安托希·斐诺愤懑地说。

"算了,算了,"皮克西沃用安抚的口吻说,"听了我们上面说过的一番话,你们还敢谴责可怜的拉斯蒂涅白花纽沁根银行的钱吗?还敢谴责他白住人家为他租下的房间,恰好像从前拉·托皮尔白住我们的朋友台·吕卜克斯的房间吗?你们堕落到圣丹尼街的庸俗之见了。首先,抽象地说来,正如鲁瓦耶·科拉尔①所说的,这个问题可以用来证明《纯粹理性批判》②;至于非纯粹理性……"

"他愈扯愈远了!"斐诺对勃龙台说。

"可是,"勃龙台大声说,"他讲得有道理。这个问题是一个很古老的问题,可以用来解答夏泰尼雷同雅尔纳的著名的决斗之谜③。传说雅尔纳同他的丈母娘很要好,他的丈母娘拿最豪华的东西供应这个过分受宠的女婿。当事实是这么明显的时候,就不应该说出来。亨利二世④对飞短流长的话听之任之,夏泰尼雷为了表达对亨利二世的忠心,挺身而出,于是就有了这场决斗;这场决斗丰富了法国的语言,增加了一句成语,叫作'雅尔纳的一击'。"

"噢!原来这句成语的来源这么远,那么一定是有贵族渊源的了?"斐诺说。

"你作为报纸杂志过去的老板,不知道这一点是可以原谅的。"勃龙台说。

"世上有一些女人,"皮克西沃严肃地继续说,"也有一些男人,他们能够把生命分成两半,只把一半拿出来(请注意我是用人道主

---

① 鲁瓦耶·科拉尔(1763—1845),法国哲学家及政治家,路易十八统治时代君主立宪派领袖之一。
② 《纯粹理性批判》是德国唯心主义哲学家康德的著作。
③ 雅尔纳于1547年同夏泰尼雷用剑决斗,雅尔纳出其不意用剑背伤夏泰尼雷的腿腕致死,由此而产生成语"雅尔纳的一击",指决定性的、出其不意的攻击。
④ 亨利二世,1547年至1559年间的法国国王。

义的语言来对你们说出我的意见的)。对于这些男人来说,一切物质利益是不在感情范围之内的;他们把生命、时间和荣誉贡献给一个女人,而认为在男子中间浪费那张印着'伪造者处死刑'的纸币是不适当的。作为交换,他们也不想从女人手里接受任何东西。他们认为如果灵魂的结合跟着也有利益的结合的话,那是可耻的。这个主张被大家宣扬……很少人拿来实践。"

"这是瞎扯!"勃龙台,"黎希留元帅是个风流人物,经过壁炉的铜牌事件之后,他给了德·拉·波普莉尼埃尔夫人一千路易的年金。阿涅斯·索雷尔[①]十分天真地把她的财产都带给查理七世,国王都接受了。雅克·科尔[②]用钱维持了法国的王冠,国王让他这样做了,而且像个女人那样以怨报德。"

"先生们,"皮克西沃说,"爱情如果不带着不可分离的友谊,在我看来就是一时的放荡行为。如果有所保留还算什么全部委身呢?在这两种绝对相反而同样都是极不道德的主张之间,绝对没有妥协的可能。依我看来,那些害怕彻底结合的人们一定是相信这种结合持续不了多久,那时候一切美梦都消失了!不相信会永恒持续下去的爱情是丑恶的(这句话百分之百是费纳龙[③]的话)。因此,那些社会知名人士,观察家,有身份的上流人物,穿戴十分时髦的人物,总之,那些为女人的财产而结婚却毫不脸红的人,可以公开宣称利益和感情的彻底分开是完全必要的。其余的人是些傻瓜,他们恋爱,而且相信世界上只有他们同他们的恋人存在!在他们看来,百万金钱只是粪土,而他们的意中人的手套和所佩戴的茶花,却值几百万!如果你在他们的身上找不到万恶的金钱,你却可以在雅

---

① 阿涅斯·索雷尔(1422—1450),法王查理七世的宠姬。
② 雅克·科尔(1395—1456),法国富商,家财亿万,曾以全部家财支持法王查理七世与英国打仗,后来被查理七世流放,家产被充公。
③ 费纳龙(1651—1715),法国散文作家。

致的杉木盒子里找到收藏起来的残花剩瓣！他们卿卿我我，如胶似漆。对他们说来，'我'根本不存在。'你'才是有血有肉的上帝。有什么办法呢？你能够阻止这种秘密的心病吗？有些傻瓜只谈恋爱，不计较金钱，有些聪明人既计较金钱，也谈恋爱。"

"照我看来，皮克西沃是卓越超群的，"勃龙台大声说，"斐诺认为怎样？"

"在任何别的地方，"斐诺在领带下面把脖子挺得挺直，同时回答，"同正人君子们在一起，我是会这样说的；可是在这儿，我想……"

"你的想法同有幸和你厮混在一起的无赖们一样！"皮克西沃说。

"一点不错，就是这样。"斐诺说。

"你呢？"皮克西沃问库蒂尔。

"混账话！"库蒂尔嚷道，"一个女人如果不愿意把自己的身子当垫脚石，让她所挑选的男人踏过去达到他的目标，这个女人便是只顾自己的女人。"

"你呢，勃龙台？"

"我嘛，我实践。"

"好吧，"皮克西沃用最带讽刺的语气说，"拉斯蒂涅不同意你们的意见。他认为取而不与是丑恶的，甚至有点卑鄙；可是取而百倍归还，像上帝一样，则是狭义的行为。拉斯蒂涅是这样想的。他对于同但斐纳·德·纽沁根在钱财上不分彼此感到十分丢脸，我可以把他的悔恨告诉你们，我亲眼看见他眼睛里充满泪水，对他的处境伤心万分。是的，他真的哭了……不过是在晚饭以后！据你们看来……"

"我说，你是在跟我们开玩笑！"斐诺说。

"一点也不。我们是在谈拉斯蒂涅,他的悲痛按照你们看来是他道德败坏的一种说明,因为这样一来他就不那么热爱但斐纳了。可是,有什么办法呢?那个可怜的人总是觉得心里有根刺。他是个道德败坏的贵族嘛,而我们却是道德高尚的艺术家嘛。因此,拉斯蒂涅一个穷鬼,却想使有钱的但斐纳十分富有!你们相信吗?……他做到了。拉斯蒂涅必要时会像雅尔纳那样去决斗,这会儿却同意亨利二世的意见,因为亨利二世有一句名言——世上没有绝对的道德,只有时势的需要。这同他的发财史有关。"

"你应该直截了当地叙述故事,不应该引诱我们去说我们自己的坏话。"勃龙台彬彬有礼、和和气气地说。

"哎呀!我的老朋友,"皮克西沃拍了拍他的后脑勺对他说,"你可以用香槟酒来夺回所损失的时间嘛。"

"喂!我以股东这个神圣的名义,"库蒂尔说,"要求你把故事讲下去!"

"我已经要开讲了,"皮克西沃回答,"可是,你提出这个名义却把我带到故事的结局了。"

"故事里难道有股东吗?"斐诺问。

"他们像你的亲戚朋友一样十分富有。"皮克西沃回答。

"我觉得,"斐诺一本正经地说,"你应该尊敬一个好朋友,有时你要向他借一张五百法郎的支票……"

"茶房!"皮克西沃叫喊。

"你叫茶房干什么?"勃龙台问他。

"叫茶房拿五百法郎来还给斐诺,免得我的舌头受着束缚而且可以把我的拮据撕掉。"

"讲你的故事吧。"斐诺装出哈哈大笑的样子继续说。

"你们是证明人,"皮克西沃说,"可以证明我不服从这个不逊之徒，他以为五百法郎就可以使我缄口不言！如果你不善于揣度别人的心意，你就永远当不上部长。好吧，我的好斐诺，"他用抚慰的口吻说，"我继续讲我的故事，不进行影射攻击，我们之间就两清了。"

"他来给我们证明，"库蒂尔微笑着说，"是纽沁根使拉斯蒂涅发了财。"

"你自己不知道，你所说的同事实相差不远，"皮克西沃说，"从金融方面说来，你们还不怎么认识纽沁根。"

"关于他的起家，"勃龙台说，"你知道一星半点吗？"

"我只在他的家里认识他，"皮克西沃说，"可是我和他以前可能在村镇的大街上遇见过。"

"纽沁根银行的兴旺发达是我们时代最惊人的事件之一，"勃龙台接着说，"在1804年，纽沁根还不大为人所知，那时候的银行家们如果在证券市场上收到一张纽沁根承兑的十万埃居的票据就会捏着一把汗。这位伟大的银行家在那时候感到自己地位低下。他怎样使自己出名的呢？他停止支付！好！他的大名原来只在斯特拉斯堡和普瓦索尼埃尔区为人所知，现在却在各个证券市场上盛传着。他用毫无价值的证券偿还债主，然后恢复支付，马上他的票据在整个法国都流行起来。由于一种闻所未闻的情况，这些毫无价值的证券又有了价值，在市场上很吃香，而且支付了红利。于是纽沁根的票据到处被人搜购。1815年到来了，这家伙集中他的全部资金，在滑铁卢战役之前购买了政府公债，在危机发生的时候停止支付，用沃尔香矿山的股票来清理，这些股票是他自己发行的，又被他用低于票面价值百分之二十的价钱收买进来！就是这样，先生们！他为了自己脱身，收受了葛朗台的十五万瓶香槟酒做抵押品，因为他预见到这位现在成为奥勃里翁伯爵的年高德劭的父亲必然破产，而且还从迪贝尔格手里收受了同样数目的波尔多葡萄酒。他所收受的三十万瓶酒,亲爱的,是按每瓶三十个苏收下来的,在1817年至1819年间,他以每瓶六个法郎的价格供应给居住在王宫的外国联军。纽沁根银行的票据和纽沁根立刻闻名全欧。这位赫赫有名的男爵总是逢凶化吉,化险为夷,别的人处在他的地位早已堕入深渊,身败名裂。他的两次清理却给他的债权人带来巨大的好处,他倒是想扼死他们,办不到哇!于是他被人称为世界上最诚实的人。到第三次停止支付的时候,纽沁根银行的票据必然在亚洲、墨西哥、澳大利亚,甚至于在未开化的野蛮人那里流行。纽沁根是犹太人的儿子,由于野心而改变宗教信仰。只有乌弗拉尔[①]看透了这个阿尔萨斯银行家,他说:'如果纽沁根让黄金脱手,你可以肯定他抓到了金刚钻!'"

"他的老搭档杜·蒂埃同他真是一对儿,"斐诺说,"请想一想杜·蒂埃是怎样一个人,从出身而论,他穷得不能再穷,在1814年,他还身无分文,现在却变成你们看到的样子;他做的事,我们当中(除了你,库蒂尔)没有人能够做到,他非但没有敌人,有的只是朋友。而且他将过去的历史隐瞒得那么好,如果你不把他的老底彻底翻一翻,你就不可能知道他在1814年还是圣奥诺雷街一家脂粉店的伙计。"

"得了,得了!"皮克西沃,"不要拿杜·蒂埃这样一个小小的诈骗犯同纽沁根相比,杜·蒂埃是一条狼狗,靠嗅觉过活,能够闻得出死尸的气味,会头一个赶过来夺取最好的骨头。再说你们看看这两个人:一个像猫一样外貌机敏,又瘦又长;另一个是方方的、胖胖的,沉重得像一只布袋,稳重得像个外交家。纽沁根的手

[①] 乌弗拉尔(1770—1846),法国著名金融家。

又肥又厚,眼光像山猫的眼光一样沉着;他的深沉不在前面,而在后面;他是深不可测的,谁也猜不出他要干什么。至于杜·蒂埃的狡猾,正像拿破仑批评过的某个人一样,像纺得太细的棉纱,一扯就断。"

"依我看,纽沁根胜过杜·蒂埃的地方,在于他有正确的判断,知道一个银行家不应爬得比男爵的地位还要高,而杜·蒂埃却想当意大利的公爵。"勃龙台说。

"勃龙台!……老朋友,听我说一句,"库蒂尔说,"首先,纽沁根敢于宣称外表上的老实只是装装门面罢了;其次,要真正认识他,必须熟悉他的生意。在他眼中,银行只是他的业务的很少一部分,他还给政府供应酒、羊毛、靛青,一句话,所有能够赚钱的东西。他具有多方面的天才。这位金融界的巨人能够将议员卖给政府,将希腊人卖给土耳其人。对他来说——就像古赞[1]说的——商业界是各种行当的总和,是各种专业的统一体。从这一点看来,银行就变成彻头彻尾的政治,这种政治要求有一个非常强有力的头脑,而且它能将一个久经锻炼的人抬高到道德法规之上,这些道德法规太限制他了。"

"你说得对,我的朋友。"勃龙台说,"可是只有我们能够理解这是一场金钱世界的战争。银行家就是一个征服者,他牺牲了大量的人命去达到无人能够识破的目的;他的士兵就是无数个人的利益。他要制定战略,布置陷阱,投入兵力,夺取城市。他们中大多数人同政治那么接近,以致最后不得不过问政治,结果断送了全部财产。内克[2]银行就是这样毁了的,著名的萨米埃尔·贝尔

---

[1] 古赞(1792—1847),法国折中主义哲学家。
[2] 内克(1732—1804),法国著名银行家兼政治家,他的女儿就是文学家斯达尔夫人。

纳①也几乎全部被毁于政治。每一个世纪总有一个家财万贯的银行家既没有遗留下财产，也没有遗留下继承人。曾经出力帮助打倒劳②的帕里斯兄弟③，劳本人——那些发明股份公司的人在他面前只是侏儒，还有布雷④和博戎⑤，都消失了而没有遗留下一个代表他们的家族。真是像时间之神一样，银行是把自己的子孙吞掉的。要能够继续存在下去，银行家必须成为贵族，像借钱给查理五世的菲热⑥一样，被封为巴邦奥桑亲王，到现在还存在……在《家谱年鉴》里。银行出于自我保存的本能，总去寻找贵族头衔，也许是不自觉的。雅克·科尔创立了一个大贵族家族，就是努瓦穆蒂埃家族，在路易十三时代消灭了。这个毁败了自己的家业来建立一个正统王国的人，有多么大的精力啊！他死的时候是爱琴海的一个小岛的亲王，他在岛上建造了一座宏伟的大教堂。"

"啊！如果您给我们上历史课，我们就脱离这个时代了，我们这个时代王室已经被剥夺了封赠贵族的权利，册封男爵和伯爵是关起门来搞的，多么可怜啊！"斐诺说。

"你是怀念买官捐爵的那种办法吧，"皮克西沃说，"你做得对。我还是言归正传吧。你们认识博德诺尔吗？你不认识？你不认识？你也不认识？好。你们看一切消逝得多么快啊！这个可怜的小伙子十年前还是一个鼎鼎有名的花花公子，现在却无声无息，以致你们都不认识他，如同斐诺刚才不知道'雅尔纳的一击'的出处一样（我这样说是为了举一个例子，而不是取消你，

---

① 萨米埃尔·贝尔纳（1651—1739），路易十四时代家财亿万的银行家。
② 劳（1671—1729），苏格兰银行家，曾任法国财政总监；他所创办的银行由于发行纸币过多，被迫宣告破产。
③ 帕里斯兄弟四人，都是法国银行家或贵族。
④ 布雷（1710—1777），法国银行家，因奢侈浪费失败。
⑤ 博戎，法国银行家。
⑥ 斐热，德国银行家，世代相传。

斐诺!)。事实上,他是出身于圣日耳曼贵族区的。好吧,我就拿博德诺尔作为第一个出场的傻瓜吧。首先,他的全名是戈德弗鲁瓦·德·博德诺尔。斐诺也好,勃龙台也好,库蒂尔也好,我也好。都不能低估这个贵族姓名的优越性。在舞会散场时,三十个戴着风兜的妇女在等待她们的马车,两旁围着她们的丈夫或崇拜者,博德诺尔听到人家报出他的名字去召唤他的底下人时,自尊心是不会受到损伤的。其次,他享有上帝赐给人类的全部四肢五官,体格健全,眼睛里没有白斑,头上没有假发,腿上没有假腿肚,不是罗圈腿,也不是八字脚,膝盖伸屈自如,背脊骨挺直,身材瘦长,双手标致白皙,头发乌黑;脸色既不像一个杂货店的伙计那么赤红,也不像一个卡拉布尔人[①]那样黄黑。还有,最重要的是:博德诺尔不是一个过分漂亮的男子,不像我们的某些朋友,除了整天炫耀他们的漂亮的脸蛋外,就没有别的;可是不必多说了,我们已经说过,这是可耻的!他是使手枪的能手,精于马术,曾经为一件微不足道的小事去决斗,可是没有打死他的对手。我这样详细叙述,是因为要理解在19世纪的巴黎,构成完整的、纯洁的、毫无杂质的幸福,即一个二十六岁青年的幸福,共有哪些成分,必须深入了解生活中的无限微小的事情。博德诺尔的鞋匠掌握了他的脚样,替他制造非常合适的靴子;他的裁缝很高兴为他裁制衣服。博德诺尔说话没有喉音,没有各种各样的乡音,他讲的是正确和纯粹的法国话;他也像斐诺一样,领带打得很好。他的表哥是戴格莱蒙侯爵,也是他的监护人(他从小就没有父母,这是又一个幸福!),他能够出入于银行家的门,而且经常那样做,圣日耳曼区也不能为此而谴责他,因为幸运的是,一个青年

---

① 卡拉布尔,意大利西南部的一个小国。

有权把寻欢作乐视为唯一的法律，尽可以跑到有赏心乐事的地方，避开愁苦凄凉的角落。最后，他是打过防疫针的（你懂我的意思吧，勃龙台）。唉！不幸的是，幸福从表面上看来，似乎是什么绝对的东西，这个表面现象引得许多傻瓜追问：什么是幸福？一位非常聪明的妇女回答：'幸福就在你认为它应在的地方。'"

"她宣布了一个悲惨的真理。"勃龙台说。

"也是合乎道德的真理。"斐诺加上一句。

"非常合乎道德的！幸福，像善一样，也像恶一样，是相对的。"勃龙台说，"因此拉·封丹①希望经过相当时间，罪人们会习惯于他们的处境，最后能安居在地狱里，像鱼在水中一样。"

"所有庸俗的人都熟悉拉·封丹的每一句话！"皮克西沃说。

"巴黎一个二十六岁人的幸福，不同于一个居住在布卢瓦地方二十六岁的人的幸福，"勃龙台像是没有听见皮克西沃的插话一样继续说，"那些从这点出发，毫无休止地攻击别人的意见反复无常的人，不是坏蛋就是无知的人。近代医学由于伟大的巴黎分析学派的影响，自1799年至1837年已从臆断状态变为实证的科学，从而获得它最美好的光荣称号，这个科学证明了，经过一段时间，人是全部更新的……"

"内容更新了，外表还是一样，你还以为他始终是同一个人，"皮克西沃接下去说，"因此，在这件我们称之为幸福的七拼八凑的衣服上，就有了几个菱形的块块。而我们的博德诺尔的衣服上，是既无洞洞，也无污点的。一个二十六岁的青年，在恋爱上可能走运，换句话说就是可能被人爱上，既不是为了他的青春，也不是为了他的聪明，更不是为了他的风度，而是不由自主地爱上了他，甚

---

① 拉·封丹（1621—1695），法国著名寓言诗作家。

至也不是为了回报他的爱情,用鲁瓦耶·科拉尔的话来说就是——是抽象的爱。上述这个青年也可能身上没有一个子儿,爱上他的人替他绣的钱袋里可能空空如也,他可能欠下屋主的房租,欠下前面提到的那个鞋匠的靴子钱,欠下裁缝的手工钱,使得裁缝像法兰西一样不喜欢他了。总而言之,他可能一贫如洗!那个青年如果不同意我们的卓越的'钱财不分彼此论',贫困就会毁坏他的幸福。我知道世上再没有比精神上的幸福而物质上不幸福更折磨人的了。这不是等于像我一样一条腿被门缝里吹进来的冷风吹得僵硬,而另一条腿被炉火烤炙着吗?我希望你能理解我,勃龙台,你不是也有同感吗?说句真心话,还是不谈感情为好,感情会毁坏聪明才智。让我们继续说下去吧!戈德弗鲁瓦·德·博德诺尔受到和他打交道的生意人的尊敬,因为他们相当经常地收到他付的钱。我们刚才不是提到过一位非常聪明的妇女,而没有说出她的名字吗?因为由于她缺少感情,她还活着……"

"他是谁?"

"德斯帕尔侯爵夫人!她曾经说过一个青年应该住在二层阁楼里,家里不应有一点家庭的气味,既没有厨娘,也没有厨房,由一个老男仆伺候,也不应该有一点儿安安定定的痕迹。照她说,一切别的做法都属于低级趣味。博德诺尔非常忠实于这个纲领,他住在马拉凯码头的一个二层阁楼里,不过他也不得不同已婚男子有一点相像的地方,那就是他在房间里摆上一张床,这床也太窄,他难得在上面睡觉。一个英国妇女如果偶然走进他的房间,也不会发现有失体统的地方。斐诺,你可以叫人给你解释解释统治着英国的这个所谓有失体统的伟大戒律!可是,既然我同你之间有一千法郎债务的关系,我就来给你谈谈吧。我到过英国。(低声对勃龙台说:"我给他增广的见闻可不止两千法郎。")在英国,斐诺,你晚上在舞会或什么别的场合跟一个女人厮混得挺熟,第二天你在马路上遇见她,你表示你跟她认识:有失体统!在宴会上你发觉穿着燕尾服的左邻是一个讨人喜欢的男子,聪明,一点也不傲慢,态度很潇洒,丝毫没有英国人的派头,按照法国传统的同可亲可爱的人在一起的规矩,你同你的左邻说话了,有失体统!你在舞会上走到一个漂亮的女人跟前想邀请她跳舞:有失体统!你面红耳热,你争辩不休,你哈哈大笑,你在谈话中坦白地说出你的心里话,你发挥你的聪明才智,你抒发你的感情,你在赌桌上一本正经地玩牌,你在谈话时一本正经地谈话,你在吃饭时一本正经地吃饭:有失体统!有失体统!有失体统!我们时代最聪明最深刻的思想家之一斯当达尔,曾经巧妙地刻画所谓有失体统的特质,他说,大不列颠的一位勋爵单独一个人面对火炉坐着,竟不敢跷起二郎腿,怕的是有失体统。一位英国贵妇人,哪怕她是属于过激教派的(就是那些宁愿让全家人饿死也不愿他们有失体统的严格的新教徒),在她自己的卧房里闹翻天也不算有失体统,如果她在这同一房间里接待一位男朋友,那她就自认为名誉扫地了。感谢有失体统这个清规戒律,伦敦的居民总有一天会变成一动也不能动的人。"

"只要想到法国有些傻瓜也想引进英国人在他们的国家里用你们熟悉的泰然自若的态度保持下来的这种愚蠢的庄严行为,就足够使人长起鸡皮疙瘩,"勃龙台说,"有谁到过英国而想起法国的令人心醉的可爱的习俗,就不能不对法国的习俗倾倒。瓦尔特·司各特由于害怕有失体统而不敢如实地描写妇女,最后他还后悔在《爱丁堡的囚徒》一书里创造了埃菲的美丽形象。"

"你想在英国而不致有失体统吗?"皮克西沃对斐诺说。

"怎么样?"斐诺问。

"到杜伊勒里宫去看一看被雕塑家称为泰米斯托克莱①的石像吧,这个石像有点像个救火队员,你模仿石像的样子走路,就永远不会有失体统了。正是由于严格执行有失体统的戒条,博德诺尔的幸福才得到完成。事情是这样的;他有一个小马夫,我们可不能想象那些对社会上的事情毫无所知的人那样把这个小马夫称作小厮。这个小马夫是一个爱尔兰少年,名字随你叫帕迪、乔比、托比都可以,身高不过一公尺,宽五分四厘,鼬鼠脸,神经被杜松子酒铸成钢铁,灵活得很像松鼠,驾驶四轮马车有熟练的技巧,从来不会在伦敦或者巴黎出差错;眼睛像蜥蜴,像我的眼睛那么敏锐,马术精良得像弗朗孔尼②老头,头发金黄,像鲁本斯所画的圣母;两颊红润,深藏不露像个亲王,世故老练像个退休的诉讼师,年龄只有十岁,总之,是一朵真正的邪恶之花。他既赌博又骂娘,喜欢蜜饯和潘趣酒,辱骂人就像报屁股的文章,又大胆又偷鸡摸狗像巴黎街道上的顽童。他原来是一位著名英国爵士的活招牌和摇钱树,他在赛马场上已经替这位爵士赢过七十万法郎。这位爵士很喜爱这孩子:他的小马夫是稀世奇珍,伦敦没有人有这么小的马夫。高踞在一匹赛跑的马上,乔比德神气就像一头鹰。然而,这位爵士辞退了托比,并不是因为他贪嘴,也不是为了偷窃,不是为了杀人,不是为了说过犯上作乱的话,不是为了没规没矩,不是为了对爵士夫人鲁莽无礼,不是为了戳破了爵士夫人贴身女仆的口袋,不是为了被爵士的赛马对手收买,不是为了在星期天寻欢作乐,总之,不是为了任何一桩不端的行为。托比可能有过这一切行为,甚至可能不等爵士向他问话就先向爵士开口,爵士会宽恕这一切违反家规的行为。爵士对托比的很多行为都能容忍,他对这孩子十分喜爱。他的小马

---

① 泰米斯托克莱(约公元前525—前460),雅典的将军和政治家。
② 弗朗孔尼,意大利名骑师,世代为人驯马,移居法国。

夫驾着一辆由两匹马前后拉着的双轮马车,骑在后面的马上,双腿仅仅够得上车辕,活像意大利画家绘画在上帝周围的小天使中的一个,一个英国记者写了一篇关于这个小天使的动人心弦的文章,他认为小马夫太漂亮了,不像一只小老虎①,他愿意打赌帕迪是一只驯服的雌虎。这篇文章有把事情搞糟而且变成第一等的有失体统的危险。第一等的有失体统会把人送上绞刑架。爵士的小心谨慎的行为得到夫人的万分赞同。托比在大不列颠动物园里既然无法落籍,就没有地方可去了。这时候,博德诺尔正在伦敦法国大使馆里十分得意,他获悉了托比、乔比、帕迪的遭遇。他找到了小马夫,那孩子正在一罐蜜饯旁边哭得泪人儿似的,因为爵士为了补偿他的不幸而给他的那笔钱他已丢了,博德诺尔收容了小马夫。他回国以后,就把英国最可爱的小马夫引进到我们国家里来了,他以有小马夫而出名,就像库蒂尔以他的背心漂亮而出名一样。因此,他很容易就参加了我们今天称为动物保护俱乐部的集团。他既放弃了外交家生涯,就不会引起任何野心家的不安,他又没有一个危险的心灵,因而受到大家的欢迎。对我们来说,如果我们见到的全是笑脸,我们的自尊心便受到损伤,我们宁愿看见嫉妒者皱眉蹙额绷着脸,博德诺尔却不喜欢有人恨他,真是各人有各人的口味!现在我们谈到牢靠的东西,谈到物质生活了。他居住的套间,我曾经在那里吃过不止一顿午饭,以有一所神秘的化妆室而出名。这间化妆室布置雅致,设备周全,有壁炉,有浴缸;出口通向一道小扶梯,自动开闭的两扇门开闭起来声息全无,门锁容易打开,铰链加足了油,窗户上装着毛玻璃,窗帘密不透光。如果卧室显出和应该显出十分优美的凌乱,使要求最严格的水彩画家也能感到满意的话,那间化妆室

---

① 在法文及英文中,小马夫与老虎是同一个词。

却是一所圣殿；如果卧室里每一件东西都带着一个时髦青年的波西米亚式生活气息的话，那间化妆室却是洁白，干净，井井有条，温暖如春，门窗缝里透不进一丝风儿，地毯厚厚的，可以赤着脚或者穿着衬衣或者在惊慌失措的时候踏上去。这里就是一个真正懂得生活的花花公子的标志！因为就在这里，在暴露人的性格的琐事里面，片刻之间就能显示出他到底是个傻瓜还是个老手。前面说过得那位侯爵夫人，不，是德·罗什菲德侯爵夫人，曾经火冒三丈地从这间化妆室里走出来，而且从来没有再回去过，她在那里没有发现什么有失体统的事物，博德诺尔在那里有一个小衣柜，里面摆满了……"

"女人的上衣？"斐诺说。

"算了吧，你这肥胖的暴发户！（我永远也不能教他成材！）不对，里面摆满了糕点，水果，精致的小瓶马拉加酒和吕内尔酒，路易十四式的常备的小食，总之一切能引起精细胃口的食欲的东西，能引起十六代贵族世系的胃口的东西。一个精灵的老仆，擅长兽医，负责照料马匹和看护博德诺尔，因为他跟随过已故的博德诺尔老爷，所以他对博德诺尔少爷也有根深蒂固的感情，这种心病在仆人中已被储蓄银行治好了①。一切物质幸福都建筑在数字上面。你们熟悉巴黎生活是熟悉到深入骨髓的程度的，你们一定能够猜到他有大约一万七千法郎的年金收入，因为他要付十七法郎的税而且可以胡乱花掉一千埃居。听着，我亲爱的朋友们，他到达成年的那一天，戴格莱蒙侯爵同他清算监护账目——要是我们，就不会同我们的侄子这样清算监护账目——给了他一万八千法郎已登记的公债券，这是父亲的大笔遗产经过共和政府的七折八折和帝政时代的拖

---

① 仆人们可以把钱存进储蓄银行，不再仰求主人的恩赐了。

拖欠欠所剩下来的余款。这位忠实的监护人还为他的被监护人在纽沁根银行存进了约三万法郎的储蓄金,然后带着大贵族的优雅风度和帝国军人的满不在乎的态度对他说,他省下这笔钱是准备给他乱花的,'如果你听我的话,戈德弗鲁瓦,'他又加上一句,'不要像别的许多青年一样愚蠢地乱花掉,要乱花,也要花得有价值;到驻都灵大使馆去当一名随员,然后从那里到那不勒斯去,再从那不勒斯回到伦敦,你拿着这笔钱既玩够了,也学到了东西。以后如果你想干一番事业,你在时间和金钱两方面都没有浪费掉。'这位已故的戴格莱蒙的确是名不虚传,我们当中没有人能同他相比。"

"一个年轻人在二十一岁开头时就有一万八千法郎的入息,一定会落到破产的地步。"库蒂尔说。

"除非他一毛不拔,或者他是一个非常杰出的青年。"勃龙台说。

"戈德弗鲁瓦在意大利的四个首都①住了一些时候,"皮克西沃继续说,"他到过德国和英国,走马看花地到了一下圣彼得堡,访问了荷兰,于是他同上面提到的三万法郎分了手,因为他生活得像有三万法郎年金收入一样。他到处都能吃到家禽的嫩肉、肉冻和法兰西酒,听见所有的人都说法国话,总之他等于没有离开过巴黎。他真想使自己的心肠黑一点,脸皮厚一点,丢掉幻想,学会听见无论什么都不红脸,尽可能说些不着边际的话,摸透权势人物的秘密利益……呸!他费很大的劲去学习四种语言,换句话说他对每一个观念,要准备四种单词去应付。他从国外回来时是几位讨厌的有钱寡妇的鳏夫,这就是说他在国外享过艳福;他是羞怯怯的,没有被培养成为大器;是个好孩子,十分信任人,被谁邀请到家里,就不可能对他家说一句坏话;太忠厚了,不能成为外交家,总而言之,

---

① 当时意大利并未统一,我们今天所熟知的地名,比如威尼斯、那不勒斯、罗马和米兰等,虽名义不同,但实际上是独立国家。前文提到驻都灵的大使馆亦与此有关。

他就是我们称为老实孩子的那一类人。"

"一句话，他是一个拿着一万八千法郎，准备投资到他第一次见到的股票的小孩。"库蒂尔说。

"库蒂尔这鬼东西总是惯于提前分红，他竟把我的故事结局提前说出来了！我刚才说到哪里了？说到博德诺尔回国。他在马拉凯码头安顿下来以后，除了日常必需的开支以外，再有一千法郎也不够他在意大利剧院和歌剧院定一个包厢。每逢他赌博或者打赌输了二十五或者三十个路易，他当然照付；如果他赢了，他就把钱花光，如果我们愚蠢得去跟人打赌的话，当然也会这样。博德诺尔收入一万八千法郎还觉得手头拮据万分，就感到有必要创立一笔我们今天称为流通资金的款子。他坚持不能够自己毁了自己，就去同他的监护人商量。'我的孩子，'戴格莱蒙对他说，'公债已经长到票面的价值，把你的公债卖掉吧；我已经卖掉了我的和我妻子的公债。纽沁根拿去我的全部资金，给了我六厘利息；学我一样做吧，你可以多一厘利息，一厘利息就够你舒舒服服地过日子了。'过了三天，博德诺尔的确能够舒舒服服地过日子了。他的收入同他的超额支出恰好平衡，他的物质幸福完满无缺了。如果我们一眼就能问及巴黎所有的年轻人，如同最后审判那天同时问到世世代代在世界各地受难的人一样，无论是国民自卫军也好，野蛮人也好，问问他们，一个二十六岁的年轻人的幸福是否建筑在下列的项目上：出门能骑马，能乘双人马车或单人马车，带着一个拳头那么大的小马夫，生气勃勃，脸色红润，像托比、乔比、帕迪那样；黄昏时分，能花上十二个法郎雇一辆十分合用的四轮双人出租马车；早上8时、中午、下午4时、傍晚都能够遵照穿衣服的礼节，穿着合适的衣服；能够在所有的大使馆里都受到殷勤的接待，而且昙花一现地同一些国际友人结成泛泛之交；漂亮得并不肉麻，名声很好，衣冠楚楚，态度大方；住在一间精致迷人的小阁楼里，格局就像我对你们说过的马拉凯码头上的那间一样；能邀请你的朋友去著名的牡蛎饭店吃一顿饭，而不必事先同自己的钱袋商量一下；在做任何合理的行动的时候，也不会被'钱呢？'这样一个问题阻挡住；能够随意更换装饰着他的三匹纯种马的耳朵的玫瑰花球，经常在他的帽子上有新的绸带。所有年轻人，包括我们这些上流人在内，都会回答说这个幸福并不完满；我们会说这就像玛德兰娜缺少一个圣坛一样①；必须要能爱而且被人爱，或者爱人而不被人爱，或者被人爱而不爱人，或者乱七八糟地爱。这就使我们谈到精神上的幸福了。在1823年1月，博德诺尔在他选择的巴黎交际场所里立定了脚跟，安安稳稳地寻欢作乐，他感到需要有一顶女人的小阳伞来替他遮遮太阳，需要有一位上流妇女来倾听他吐露心曲，他不愿意像一般小青年那样，向普雷沃太太花四个苏买一朵玫瑰花来空嚼玫瑰花的梗子，而且在歌剧院的走廊里叽里咕噜，像笼子里的母鸡一样。总之，他决定把他的心意、思想、感情全部献给一个女人，一个女人！女人！啊！……他起先有一个怪想法，想有一桩不幸的爱情，他花了一些日子，跟在他的漂亮的表妹戴格莱蒙小姐身边，却没有发现一位外交家早已同她跳过《浮士德》中的华尔兹舞。1825年已过去，这一年里只是尝试、寻找、献殷勤而毫无所获。他梦寐以求的恋爱对象没有出现。一见钟情是十分稀少的。在那个时代，习惯势力的障碍正如街上的街垒一样多！说老实话，弟兄们，所谓有失体统的观念已经侵蚀我们了！关于博德诺尔倾心的人儿，我不准备对你们做详细的描写，免得人家责备我同肖像画家、拍卖官员和时装商人竞争。年龄，十九岁；身高，一公尺五十公分；头发，

---

① 玛德兰娜是《圣经》上一个改邪归正的妓女，经常跪在圣坛前面痛苦忏悔。

金黄；眉毛，同前；蓝眼珠，中等额，钩鼻，小嘴，下巴短而向上翘，鹅蛋脸；特征，无。这就是他的那位意中人的护照。请你们不要比警察、宪兵、法国所有市镇的市长以及其他权力机构要求更严吧。而且，我老实告诉你们，她像米洛的维纳斯石像那么美。纽沁根太太的舞会相当有名气，她第一次邀请博德诺尔参加她的舞会时，他在一组四人舞里发现了他的意中人，这个一米五十的身材使他着了谜。金黄色的头发像奔腾的瀑布倾泻在一个娇小的脑袋上，这脑袋天真而清新，像水仙的脑袋一样，水仙正在把鼻子按在泉水的水晶窗户上来看春天的花儿哪（这是我们的新文风，句子像我们刚才吃的通心粉一样长）。我们说眉毛同前，也不怕得罪了警察局长，这眉毛可能使可爱的帕尔尼[①]写上六行诗，这位快活的诗人可能很愉快地把这眉毛比作爱神的弓，再加上一句说箭是在下边，可是这支箭是没有力气的，不尖锐的，因为这支箭到今天还带着绵羊似的温柔，这种温柔在壁炉的装饰画里被表现在拉瓦利埃小姐的脸上，当拉瓦利埃小姐不能够在公证人的面前表达她的爱情，只能够向上帝表达她的爱情的时候，就有这种表情[②]。你们知道金黄头发，碧蓝眼珠加上软绵绵的、肉感的和合乎礼仪的跳舞所产生的效果吗？一个年轻姑娘在这种时候不会大胆地扣你的心弦，好像一个褐色头发的姑娘像个西班牙乞丐一样用眼光对着你说：'给我钱袋，否则就要你的命！给我五个法郎，否则我就瞧不起你。'这种傲慢无礼的美人（有时带点危险！）可能讨许多男人的欢心，可是照我看来，金发女郎往往比热情的褐发女郎更容易结婚，只要金发女郎表现出十分温柔和诚恳，不放弃她的批评人，开玩笑，做放肆的谈

[①] 帕尔尼（1713—1814），法国诗人。
[②] 拉瓦利埃（1644—1710），法国女公爵，1661 年成为法王路易十四的情妇，后失宠，于 1674 年进修道院。

话,假装嫉妒,以及一切使女人变得可爱的动作的权利就得了。品质是很值钱的。伊索尔皮肤白皙,像个阿尔萨斯人(她生在斯特拉斯堡,会说一口德国话,稍微带些非常悦耳的法国口音),跳舞跳得十分美妙。她的脚特别小,应该填在'特征'一栏里,可惜警局的雇员没有登记下来。她能用脚跳出一种特殊的舞步,年老的舞蹈教师们称之为'夫利夫拉'步伐,可以比得上马尔斯小姐①的动听的朗诵,因为文艺同艺术的女神是姊妹,舞蹈家同诗人同样立足在地上。伊索尔的两只脚会谈话,说起话来清楚、明确、轻快、迅速,能把心事曲曲传出。'她有一点夫利夫拉!'这就是马塞尔的最高的奖赏;马塞尔是唯一称得上伟大的舞蹈教师。人们称他为马塞尔大师,就像称呼腓德烈大帝那样,而且是在腓德烈大帝统治的时代呢。"

"他写过芭蕾舞剧吗?"斐诺问。

"写过一点,像《四元素》《文雅的欧洲》之类。"

"这是什么时代啊,"斐诺说,"王公大人竟为舞女们的穿戴操心!"

"有失体统!"皮克西沃继续说,"伊索尔并不踮起脚尖跳舞,她站稳在地上,摇摆而不是动,不多不少恰好像一个年轻姑娘应该做的那样肉感地摇摆。马塞尔经常带点深奥的哲理说,不同身份有不同的舞蹈:一个已婚的女人的跳舞应该不同于一个年轻姑娘,一个官吏不同于一个银行家,一个军人不同于一个侍臣;他甚至还说一个陆军兵士的跳舞应该不同于骑兵;从这点出发,他进而分析整个社会。所有这些细致的区别,都是我们所不能理解的。"

"啊!"勃龙台说,"你发现了最大的不幸了。如果人们都了解

---

① 马尔斯小姐(1779—1847),法国著名喜剧演员。

马塞尔,法国革命就不致发生了。"

皮克西沃继续说:"博德诺尔走遍了欧洲,不是没有机会来仔细研究外国的舞蹈。如果他不深入细致地掌握被人称为毫无价值的舞蹈艺术,也许他就不会爱上这位年轻姑娘了;可是拥挤在圣拉扎尔街纽沁根的漂亮客厅里的三百个客人中,只有他懂得从传神达意的舞蹈里看出人所未知的爱情。人人都注意伊索尔·达尔德里热的舞姿,可是在我们这世纪里,人人都叫喊:'算了吧!别过分认真!'因此,一个人只是说:'这个年轻姑娘跳舞跳得真好'(这是一个公证人事务所的书记);另一个说:'这个年轻姑娘的跳舞真迷人'(这是一个包着头巾的贵妇人);第三个,一个三十岁的女人说:'这个娇小玲珑的姑娘跳舞跳得不坏!'至于伟大的马塞尔,我们可以模仿他的名言说:'四人舞的第二轮包含这多少东西啊!'"

"你说得快一点吧!"勃龙台说,"你太矫揉造作了。"

皮克西沃斜着眼睛看了勃龙台一眼,继续说:"伊索尔穿着一件朴素的白绉纱连衣裙,镶着绿色绸带,头发里插着一朵茶花,腰带上一朵茶花,裙上一朵茶花,还有一朵茶花……"

"好了,好了!简直是桑丘[①]的三百只羊了!"

"亲爱的朋友,一切文学都是这样的嘛!《克拉丽沙》[②]是一部杰作,共有十四卷之多,可是最笨的杂剧作家也可以把它缩成一幕。只要你觉得我讲得有趣,你为什么要抱怨?这种装扮产生十分动人的效果。难道你不喜欢茶花吗?你想要天竺牡丹吗?不要。好吧,给你一颗栗子,拿着!"皮克西沃说,他一定是扔了一颗栗子给勃龙台,因为我们听见了盘子里的响声。

[①] 桑丘,西班牙作家塞万提斯的小说《堂·吉诃德》中的人物。
[②] 《克拉丽沙》,英国作家理查森(1689—1761)的小说。

"算了，我错了，继续说下去吧！"勃龙台说。

"我接下去说，"皮克西沃说，"拉斯蒂涅是博德诺尔的知心朋友之一，他用手指着佩戴白茶花而且花叶齐全的小姑娘对博德诺尔说：'她是不是漂亮得值得娶她？'博德诺尔凑在他的耳边回答：'我正在这样想呢。我心里想：与其在幸福的时刻担惊受怕，好不容易在一个心不在焉的女子耳边说句体己话，在意大利剧院里张望有没有头戴红花或白花的姑娘，在布洛涅森林里看看马车的门上有没有一只戴着手套的纤手，就像在米兰和罗马的科尔索大街上我们惯常做的那样；与其躲在门背后偷吃一口酒浸百果糕，像跟班偷喝一瓶酒一样；与其绞尽脑汁像邮差那样写信和收信，这些信里没有两行甜甜蜜蜜的情话，只是今天长达五卷对开本，明天又缩短成两页，这真叫人厌倦；与其偷偷摸摸，东追西逐，不如让自己投身于让·雅克·卢梭所羡慕的值得敬爱的恋爱中去，爱上一个像伊索尔那样的姑娘，如果情投意合，心心相印的话，就把她娶为妻子，总之，一句话，当一个幸福的维特[①]！''真是一个可笑的家伙，跟别的家伙一模一样，'拉斯蒂涅一本正经地说，'我处在你的地位，也许我要走禁欲主义的道路，那真是其乐无穷，既新奇，又独特，而且惠而不费。你的蒙娜·丽莎是温柔可爱的，可是我要警告你，她像芭蕾舞的音乐一样愚蠢可笑。'拉斯蒂涅说最末一句话时的神态，使博德诺尔认为他的朋友有利害关系要向他泼冷水，他以过去当外交官的体验，认为他的朋友就是他的情敌。真是一个人选错了职业，就会影响他的一生。博德诺尔对伊索尔·达尔德里热小姐那么着迷，以致拉斯蒂涅走过去找到一位在打牌室里闲聊的身材高大的姑娘，附在耳边对她说：

[①] 维特，指歌德的小说《少年维特之烦恼》里的主人公维特。

'玛尔维娜，你的妹妹刚钓到一条有一万八千法郎收入的大鱼，他出身望族，在社会上有相当的地位，而且人品端正；你瞄着他们一点，如果他们双方都愿意的话，你得设法叫伊索尔跟你说心里话，使得伊索尔不经过你的教导不回答他片言只字……'将近深夜两点钟的时候，伊索尔站在一个妇女旁边，这妇人有四十岁年纪，模样像阿尔卑斯山的牧羊女，打扮得像歌剧《堂璜》里的齐莲娜那么风流，仆人进来对这妇人说：'男爵夫人的车子已经准备好了。'于是博德诺尔便看见他的德国民歌里的美人儿，拉着她的怪诞的母亲走进候车室，玛尔维娜跟着她们。博德诺尔假装（真幼稚）去看一看他的乔比到底蹲在哪一所蜜饯里，就幸运地看见伊索尔同玛尔维娜把她们的快活的母亲裹在皮袍子里，而且为在巴黎夜行作了一些小小的装饰打扮。两姐妹像训练有素的猫儿，觑着一只老鼠而装出没有看见的样子，用眼角上下打量博德诺尔。他相当满意地望着一个高大的穿制服戴手套的阿尔萨斯仆人，拿着三双皮里子的鞋给三位女主人更换，这仆人的声调、服装、态度都使他满意。世上从未有两姐妹生得像伊索尔和玛尔维娜那样的不同。姐姐身材高大，褐色头发，伊索尔矮小而头发金黄；妹妹轮廓纤细优美，姐姐健壮粗大；伊索尔以柔弱无力见胜，甚至一个中学生看见了也想加以保护，玛尔维娜则是《你是否在巴塞罗那看见过？》一诗中的女主角。伊索尔在她姐姐旁边，就像一幅肖像油画旁边的一张小画片。'她很有钱！'博德诺尔一回到舞会里就对拉斯蒂涅说。'谁呀？''这位年轻姑娘。''噢！伊索尔·达尔德里热吗？是啊。她的母亲是寡妇，纽沁根曾经在她的丈夫的银行里当过职员。你想再见她吗？向德·雷斯托夫人恭维几句，她后天举行一次舞会，达尔德里热男爵夫人和她的两个女儿准定出席，你也会被邀请的。'连续三天，在他的脑子的暗室里,博德诺尔看见他的伊索尔和白茶花,以及她的脑袋的种种姿势,好像我们注视一件十分明亮的物件时间太久了,闭上眼睛还能看见它,只是缩小了些,仍然色彩鲜明,在黑暗中闪耀发亮。"

"皮克西沃,你尽讲空空洞洞的事,你应该给我们叙述一些场景才是!"库蒂尔说。

"场景来了!"皮克西沃一定是装出侍者上菜的姿势,"先生们,这儿就是你们要的场景!注意,斐诺!应该扯你的嘴巴就像一个马车夫拉他的瘦马一样!泰奥多拉·马格里特·威廉明娜·阿道菲斯太太(曼海姆①的阿道菲斯银行的老板娘),是达尔德里热男爵的寡妇,她不是一个肥胖、结实、白皙、爱好思索的德国女人,不是脸色像啤酒泡沫那么金黄,具有日耳曼的传统的女人,就像小说里面所写的那样。她的脸颊依然鲜嫩,颧骨上两块红颜色就像纽伦堡的玩具娃娃一样,两边鬓角上的涡形卷发十分引人注目,眼光是挑逗人的,没有一根白头发,瘦削身材,可惜她想有瘦削身材的野心被她使用的紧身褡的袍子表现得十分明显。她的前额和两边额角上有几条无法控制的皱纹,她恨不得学妮农一样,把它们从头上赶到脚跟,可是那些皱纹仍然弯弯曲曲地死赖在最明显的地方。在她的脸上,鼻身的颜色消退了,鼻尖却红起来,同颧骨的颜色一样,很不雅观。由于她是唯一的继承人,被父母宠坏了,被丈夫宠坏了,被斯特拉斯堡宠坏了,还经常被她的两个孝顺女儿宠坏了,因而男爵夫人还佩戴玫瑰花,穿着短裙,紧身褡的尖端上打一个结,使她的消瘦身材显现出来。一个巴黎人看见男爵夫人从马路上走过,就会微笑起来批评她,而没有理会可以减刑的事由,就像当代陪审团在审判一个弑兄案

---

① 曼海姆,德国的一个城市。

件时一样！嘲笑者总是浅薄的，因而也是残忍的，他从来没有想到被嘲笑者有哪些可笑的地方应该归咎于社会，因为大自然只产生野兽，而我们的傻瓜却是社会造成的。"

"我佩服皮克西沃，"勃龙台说，"就在于他很全面；当他不嘲笑别人的时候，他就嘲笑他自己。"

"勃龙台，我不回敬你，"皮克西沃用巧妙的口气回答，"如果这位矮小的男爵夫人轻浮、无忧无虑、自私自利、不会算计，这些缺点的责任应归罪于曼海姆的阿道菲斯银行，应归罪于达尔德里热男爵对她的盲目的爱。这位男爵夫人像羔羊一样温顺，心地善良，易动感情，但可惜她的感情不能持久，因此必须经常更新。男爵死的时候，这位牧羊女几乎要殉夫而死，因为她的痛苦十分剧烈而且真诚；可是……第二天午饭的时候，餐桌上摆上了她喜欢吃的豌豆，这些鲜美的豌豆安定了她的神经。她被她的两个女儿和家里人如此盲目地爱着，因此全家都庆幸有这一盘豌豆使他们能够避免让男爵夫人看到丧礼的悲伤景象。伊索尔和玛尔维娜不让她们敬爱的母亲看到她们的泪水，她们忙着叫她选择丧服，在《安魂曲》唱起来的时候，她们正在让她定制丧服。正当棺材放到那个巨大的、黑白相间而且打过蜡的灵柩台上的时候——这个灵柩台已经替三千个有身份的死人尽过职了，这是一个有哲学头脑的殡仪职员告诉我的，我曾经请他喝过两杯白葡萄酒，请教过他；正当漠不关心的低级僧侣放大喉咙唱着'愤怒的日子'① 的时候，正当同样漠不关心的高级僧侣念着经的时候，你们知道那些在教堂或坐或站浑身穿着黑服的朋友们在说些什么吗？（这就是你们需要的场景了。）慢着，你们看见他们了吗？'你想达尔德

---

① "愤怒的日子"是丧礼弥撒所唱得第一句歌词，指"最后审判日"。

里热老头会留下多少钱？'德罗什问泰伊番，就是那个在他自己死前不久给我们举行了那次空前热闹的宴会的泰伊番……"

"那时候德罗什是不是在当律师？"

"在1822年他正在谈判要顶一个事务所，"库蒂尔说，"对一个收入从来不超过一千八百法郎的穷职员的儿子来说，这是十分大胆的举动。他的母亲主持一间卖印花公文纸的小店。可是从1818年到1822年，他着实埋头苦干过。他初进但维尔的事务所时，是四等办事员，到了1819年就升为二等办事员。"

"德罗什吗？"

"是的，"皮克西沃说，"德罗什像我们这些人一样，曾经穷得身无分文。他老是穿着太窄的衣服，伸出过短的袖子，他忍无可忍，才拼着命钻研法律，花了钱买了一个不包括雇主的空头事务所。他成了一个不名一文的律师，没用雇主光顾，除了我们以外没有别的朋友，还要付买价和保证金的利息。"

"他给我的印象就像一头从巴黎博物馆里逃出来的老虎，"库蒂尔说，"又瘦，头发又红，眼珠的颜色像西班牙的鼻烟，面目可憎，冷酷无情，对寡妇粗暴，对孤儿无情，十分勤奋，对他的办事员们则是一个阎王，不许他们浪费一秒钟，他自己有学识，刁钻狡猾，两面三刀，甜言蜜语，从来不动感情，能像一个司法界人员那样怀恨在心。"

"他也有好的一面，"斐诺嚷起来，"他对朋友非常忠实，他所做的第一件事就是把玛莉埃特的兄弟高特夏找来当他的首席书记。"

"在巴黎，"勃龙台说，"律师只有两种微小的差别：一种律师是老实人，遵守法律，尽力办案，决不兜揽生意，不忽视任何事情，老老实实向他的主顾提出忠告，在有争执的问题上使他们和解，总之，他是一个但维尔。另一种是欲壑难填的律师，对于他，只要有公费入袋什么事情都赶干；他会唆使行星相斗，而把大山卖掉；他会使流氓战胜一个老实人，如果老实人一时失着的话。当这种律师行使流氓手段行使得太过分的时候，法院就强迫他让出他的案件。德罗什，我们的朋友德罗什，很明白这种穷鬼们相当穷苦地干着的勾当：他把那些害怕打败官司的人的案子都包揽下来，他发现一点狡辩的借口就冲向前去紧紧抓住不放，一心一意想脱离穷困。他做得对，他很忠实地执行他的职务。他在政界人物里找到了靠山，因为他帮助他们把棘手的案件翻过身来，跟帮助我们亲爱的台·吕卜克斯一样，后者当时处于十分困难的境地。德罗什为了摆脱窘境，不得不这样做，因为他刚开始的时候，法院对他印象很不好，他总是花很大的气力去纠正他的当事人的错误！……好吧，皮克西沃，言归正传吧……德罗什怎么会在教堂里的？"

"'达尔德里热留下了七八十万法郎！'泰伊番回答德罗什。'噢！只有一个人知道他们的财产有多少。'死者的一个朋友韦布律斯特说。'谁？''纽沁根这个狡猾的胖子；他会送殡一直送到公墓里，达尔德里热是他以前的老板，为了报恩，他把这个老好人的全部资金都拿去投资了。''他的寡妇会马上发现有很大的不同了！''你这话是什么意思？''瞧，杜·蒂埃来了，他来得太迟，弥撒已经过了一半了。''他一定会娶死者的长女。''这可能吗？'德罗什说，'他同罗甘太太勾搭得可紧呢。''他！勾搭？……你根本不懂得他。''你们知道纽沁根同杜·蒂埃的身份吗？'德罗什问。'这个身份就是，'泰伊番说，'纽沁根使这样一个人，他吞没了他以前老板的资金，又还给他。''嘿！嘿！'韦布律斯特说，'教堂里真潮湿，嘿！嘿！''怎么又还给他……''是这样，纽沁根知道杜·蒂埃有一大笔财产，他想叫他娶玛尔维娜；可是杜·蒂埃不相信纽沁根。对于能够看穿其中奥妙的人，这场斗争可真有趣。''怎么，'韦布律斯特说，'已经到结婚的年龄了吗？我们老得真快啊！''玛尔维娜·达尔德里热已经不止二十岁了，亲爱的。达尔德里热老头在1800年结的婚！他举行婚礼的时候，后来生下玛尔维娜的时候，他都曾在斯特拉斯堡相当阔气地请过客。那时是在1801年签订《亚眠和约》的时候，而我们现在时在1823年，韦布律斯特老爹。在那时候，一切都受奥西恩的诗歌①的影响，所以他把女儿取名为玛尔维娜。六年以后，帝政时代，吹起了一阵骑士风，就是所谓《向叙利亚出发……》，其实是胡扯淡，他把第二个女儿取名伊索尔，她今年十七岁。两个女儿都等待着出阁。''这些妇女过了十年保管不名一文，'韦布律斯特低声秘密地对德罗什说。'达尔德里热有一个老仆人，'泰伊番说，'就是那个在教堂深处张开喉咙唱歌的老家伙；他眼看着这两位小姐长大，他会尽自己的能力张罗，保证她们能够活下去的'唱歌班唱：'愤怒的日子！'合唱队的孩子们唱：'这个日子！'泰伊番说：'再见吧，韦布律斯特；听见唱起《愤怒的日子》，我太想念我死去的儿子了。''我也走了，这儿太潮湿，'韦布律斯特说。（歌声：在燃烧的木炭中。）教堂门外的穷人堆：'给几个苏吧，好心的先生们！'瑞士看门人说：'布施！布施！为了教堂的开支。'唱歌班唱：'阿门！'一个朋友问：'他怎么死的？'一个少有的喜欢说笑话的人说'他的脚上断了一条血管。'一个过路人问：'谁死了？'一个亲戚回答：'孟德斯鸠院长。'教堂的圣器保管人对穷人们说：'你们都给我滚，给你们的钱都交给教堂了，不要再讨了！'"

"模仿得惟妙惟肖！"库蒂尔说。

---

① 奥西恩是3世纪时苏格兰的诗人。

（说真的，我们好像听到了教堂里的一切动作。皮克西沃什么都模仿，甚至用脚在地板上拖动，以模仿抬死尸的人抬着死尸走动着。）

"有许多诗人、小说家、作家，对巴黎的习俗说过许多好话，"皮克西沃接下去说，"可是刚才我所说的才是丧礼的真相。为可怜的死鬼吊丧的一百个人中，有九十九个在教堂里堂而皇之谈论生意经和寻欢作乐的事情。要在难以想象的环境中，才能观察到一点点真正的悲痛之情。世界上真的有无私的痛苦吗？"

"嘿！嘿！"勃龙台说，"再也没有比死更不受人尊重的了，也许因为这里可尊重的成分不多？"

"这太普遍了！"皮克西沃说，"弥撒完了后，纽沁根和杜·蒂埃伴送死者到坟地。老仆人步行。车夫赶着马车跟在神父的马车的后头。'喂，我的好朋友，'纽沁根用他的阿尔萨斯口音的法语对杜·蒂埃说，这时他们在林荫道上拐弯，'现在是你娶玛尔维娜的好时机，她们一家都泡在泪水里，你要当她们的保护人；你会有一个家，一个窝；你会有一座布置得现现成成的住宅，而且玛尔维娜真正是一个无价之宝。'"

"你用的阿尔萨斯口音使我仿佛真正听到罗贝尔·马凯尔·德·纽沁根这老家伙说话！"斐诺说。

"'一个可爱的姑娘。'费迪南·杜·蒂埃用毫无热情的热烈口气回答。"皮克西沃说。

"一句话就表达出整个杜·蒂埃了！"库蒂尔嚷着说。

"'不了解她的人，也许以为她很丑，可是，我承认，她有一颗很好的灵魂，'杜·蒂埃说，'心地好，那是最要紧的；亲爱的，她一定又忠心又聪明。在我们这种肮脏的行当中，没有人知道谁死谁活；能够相信他的妻子的心，那就是最大的幸福。你知道，我的但斐纳给我带来一百多万嫁妆,我宁可拿她来交换玛尔维娜,即使玛尔维娜没有那么多的嫁妆。'那么她究竟有多少啊?''确切数目我不知道,'纽沁根男爵说,'不过她总有一点。''她有一个酷爱玫瑰花的母亲!'杜·蒂埃说。这句话就结束了纽沁根的试探。吃过晚饭,男爵告诉威廉明娜·阿道菲斯,说她还有大约四十万法郎存在他那里。曼海姆的阿道菲斯的女儿听见她只剩下二万四千法郎的年收入,就在脑子里盘算,越算越糊涂。'怎么!'她对玛尔维娜说,'怎么!我以前一直有六千法郎存放在裁缝那里给我们做衣服,这些钱你父亲是从哪里搞来的啊?二万四千法郎的收入就等于没有一个子儿,我们穷了。啊!如果我的父亲没有死,看见我落到这种地步,他也没命啦!可怜的威廉明娜啊!'她号啕大哭起来。玛尔维娜不知怎样安慰她妈才好,只能对她说,她还年轻标致,玫瑰花同她很相配,她可以到歌剧院去,到滑稽剧院去,就坐在纽沁根太太的包厢里。她用宴会、舞会、音乐、漂亮的服装、在社交界大出风头等等甜蜜的梦想去哄她,才把她妈哄得开始在天蓝色丝绸帐子的床上入睡;她的卧房十分漂亮,同那间在两夜之前达尔德里热男爵咽了最后一口气的房间相连。在这里我们要用三言两语把男爵的历史叙一叙。在他生前,这位可敬的阿尔萨斯人在斯特拉斯堡开银行,拥有约莫三百万财产。1800年,他三十六岁,正当他在革命时期发足了财的时候,一半由于虚荣,一半出自爱情,他娶了曼海姆的阿道菲斯家的女继承人做妻子。这个威廉明娜是全家的偶像,过了十年,她就继承了全家的财产。那时候达尔德里热的家产就翻了一番,于是他被皇帝兼国王陛下[①]晋封为男爵,他也就成为这位伟大人物的狂热崇拜者。在1814年和1815年之间,由于他过分相

[①] 指拿破仑。

信这位奥斯特利茨的英雄，结果弄得他自己的银行破产。这位诚实的阿尔萨斯人既不停止付款，也不用毫无信用的股票偿付他的债权人，他是打开银行大门付款，结果只能退出银行界。他以前的首席伙计纽沁根对他的批评真不错：'老实，可惜太愚蠢！'债务全部偿清以后，他手头还有五十万法郎和对帝国的债权，而帝国已经不存在了。'这就是相信拿破仑的结果，'当他看见清理的结果时，就这样对自己说。当你在一个城市做惯了头面人物以后，忽然家道中落，你将何以自处呢？这位阿尔萨斯的银行家就跟所有破产的外省人一样，搬到巴黎来住；他勇敢地在巴黎佩戴绣着帝国之鹰的三色皮带，而且整天混在波拿巴党人的圈子里。他把他的资金交给纽沁根男爵，纽沁根给他八厘利息，对于他的帝国债权则打六折接受，这样就使得达尔德里热紧握纽沁根的手说：'我早已知道我一定会在你身上找到一颗阿尔萨斯人的良心！'纽沁根转过身来，却转卖给我们的朋友台·吕卜克斯，金额全数照付，不打折扣。即使达尔德里热被七折八折扣骗去一点钱，他的工业利润还有四万四千法郎。他是习惯于在生意场上活动的人，一旦离开这种生活，就使他的烦恼厌倦有增无减。他有一颗高贵的心灵，他就决心为了妻子的幸福牺牲自己。他的妻子的财产早已一干二净，她像一个对钱财账目一无所知的姑娘一样，轻轻易易就把财产让人家拿走。因此男爵夫人又像她以前那样寻欢作乐，斯特拉斯堡社交界所遗留下来的空白，很快就被巴黎的各种娱乐填满了。纽沁根银行这时已经在银行界高踞首席，像它现在一样。那位精明的男爵就以很好地对待那位老实的男爵作为自己的荣誉。这个美德在纽沁根的客厅里表现得很突出。每年冬天，达尔德里热的资金总花掉一点；但是他压根儿不敢对阿道菲斯的掌卜明珠做最轻微的谴责；他的爱情是世界上最巧妙也最不聪明的爱情。老实人，可惜太愚蠢！他临死时自己问自己:'没有我她们怎么办呢?'然后,在他回光返照的时刻,他同他的老仆维尔特单独在一起,他就把他的妻子和两个女儿嘱托给这个老好人,似乎整个住宅里只有这个阿尔萨斯的忠仆是个有头脑的人。三年以后,1826年,伊索尔二十岁,玛尔维娜还没有嫁人。玛尔维娜踏进了社交界,终于发觉了人与人的关系多么虚假,一切都要经过多么仔细的考察研究和确定。像大多数所谓有教养的女子一样,玛尔维娜不懂得生活,不懂得金钱的重要、金钱的来之不易,也不懂得物价。因此,这六年来,每一个教训对于她都是一个创伤。已故的达尔德里热遗留在纽沁根银行的四十万法郎,已经过到男爵夫人的户头上,因为她丈夫的遗产倒欠她十二万法郎;而且在手头紧的时候,她总是把这些钱拿来使用,好像这是一个无穷无尽的宝藏似的。当我们的雄鸽子向他的雌鸽子进攻的时候,纽沁根熟知他以前的老板娘的性格,一定把她的目前经济情况向玛尔维娜开诚布公地谈过了:现在存在他银行里的,只有三十万法郎,二万四千法郎的年金因此就减到一万八千了。维尔特把这个家维持现状已经挨了三年!在这次密谈之后,玛尔维娜把马匹更换了,马车卖了,辞掉车夫,这些都瞒住了她的母亲。屋子里的家具都是十年前的旧物,不能换新的了,可是其余一切也都逐渐失去了光彩。对于那些喜欢和谐的人,还不算太坏。因为男爵夫人,以前是一直保养得很好的花儿,现在她开始像11月中旬树丛中唯一一朵冷得发抖的玫瑰花了。我就亲眼看见这个富有的家庭一点儿一点儿慢慢地没落下去的景象!老实说,这真可怕!这是我最后一件伤心事。后来我对自己说:'这么认真地去管别人家的事,真是傻极了!'我当职员的时候,我到过哪家人家吃饭,我就替他们家操心,我听见大家说他们坏话我就为他们辩护,我从来不说他们坏话,我……啊!我那时真是一个小孩子。听到她的女儿告诉她目前的经济情况时,那位以前的掌上明珠就大声叫喊起来:'我的可怜的孩子们啊!如今谁来替我做衣服呢?我再也不能够戴上新帽子,接待客人或者出去当客人了!'——你们认为凭什么可以看出一个男人落入了情网?"皮克西沃突然停下来发问,"问题就是要知道博德诺尔是不是真的爱上了这个矮小的金发女郎。"

"要看他是不是整天心不在焉,不顾自己的事。"库蒂尔回答。

"要看他是不是一天换三件衬衫。"斐诺说。

"一个前提要先解决,"勃龙台说,"一个卓越的人能落入情网吗?"

"朋友们,"皮克西沃带着伤感的神气继续说,"我们要像对待毒蛇那样谨防那种人,这种人爱上一个女人,却又弹一弹手指,或者扔掉雪茄烟,说一句:'呸!世界上还有别的女人!'可是政府却可以雇佣他在外交部里做事。勃龙台,我请你注意博德诺尔早已脱离外交界了。"

"那么,他陷入情网了,恋爱对于傻瓜们是变成伟大的唯一机会。"勃龙台回答。

"勃龙台,勃龙台,为什么我们这么穷呀?"皮克西沃喊道。

"为什么斐诺这么有钱?"勃龙台说,"让我来告诉你吧,老兄,我们彼此很了解。看哪,斐诺替我斟满了酒,好像我替他把木柴送上楼一样。可是,吃完了饭,应该好好地压压酒……对吗?"

"对的,陷入情网的博德诺尔同高大的玛尔维娜、轻佻的男爵夫人和娇小玲珑的跳舞姑娘搞得非常熟了。他变成一个小心谨慎、不敢放肆的仆人。这个破落的家庭并没有吓退他。不!他逐渐看惯了这些百孔千疮的景象。客厅里那块有白色图案的绿色凸花绸布在他眼中看来,既不过时,也不陈旧,没有污点,也不需要更换。窗帘,茶几,壁炉架上的小摆设,老式的烛台,绒毛已经磨光了的东方地毯、钢琴、漆花的小餐具，已经像西班牙式镂空的有流苏的餐巾，男爵夫人蓝色卧房前面的那间波斯式客厅，同它所有的装饰品，在他眼中看来，这一切都是神圣不可侵犯的。只有愚笨的妇女，依仗着光鲜照人的美貌，遮盖住心地、灵魂和头脑，才能使人像这样地把一切缺点都忘记得一干二净，因为聪明的妇女从不滥用她的优越条件，要能抓住一个男人，必须渺小和愚蠢。博德诺尔对我说过，他十分喜欢那个严肃的老仆维尔特！这个老家伙对他未来的主人恭敬得像个天主教徒对待耶稣圣体一样。老实的维尔特是德国的一个圣徒，是那种把精明隐藏在善良之中的喝啤酒的人，就像中世纪的大主教把匕首藏在衣袖里一样。维尔特看出博德诺尔是伊索尔的未来丈夫，就运用阿尔萨斯人的善良态度，在博德诺尔周围布下迂回曲折的迷魂阵，这是所有粘胶材料中最有黏性的一种胶水。达尔德里热太太真是彻头彻尾的有失体统，因为她认为恋爱是最自然的事情。每当伊索尔同玛尔维娜一同外出，到杜伊勒里公园或香榭丽舍大街去的时候，她们会在那里见到熟识的青年人，她们的母亲就对她们说：'亲爱的女儿，开开心心地玩个痛快吧！'她们的朋友是唯一能说她们坏话的人，他们都为她们辩护；因为在达尔德里热的客厅里，每个人都能够绝对地无拘无束，使这里成了巴黎的独一无二的地方。即使花上几百万，也难得到这样的晚会，在这样的晚会里可以自由地谈论一切，礼服可以随便穿或不穿，还可以自由随便到叫她们给你开饭。两姊妹可以爱写信给谁就写给谁，也可以若无其事地在她们的母亲身边收读回信，男爵夫人从来没有想到过要查问一下信件的内容。这位可敬的母亲，由于她的自私，使两个女儿受惠无穷，而且得到世界上最亲切的爱情，因为自私的人怕被人麻烦，就不去麻烦别人，他们从来不用刺耳的忠言，苦口良药般的责备去妨碍周围的人生活；他们也不会由于过分友爱，想知道一切和控制一切因而困扰你，使你受不了……"

"你说到我心里去了，"勃龙台说，"可是，亲爱的，你不是在叙述事实，你是在开玩笑……"

"勃龙台，如果你不是喝醉了的话，你太使我伤心了！我们四个人当中，他算是真正有文学修养的！由于他，我才把你们当作知音，我把我的故事发挥了一番，现在他倒批评起我来了！朋友们，智力贫乏的最大特征是堆砌事实。至高无上的喜剧《恨世者》①证明了艺术在于有本领在针尖上建筑一座宫殿。我的思想的奥妙之处在那根能够在十秒钟内把沙漠变成城市的仙杖里面（所花的时间只是干一杯酒的时间）！你们要我把故事讲得好像炮弹飞过一样，还是像一个司令官的报告那样？我们谈着，笑着，而这位新闻记者，头脑冷静的厌恶图书的人，当他喝醉酒的时候，想要我的舌头像一本书那么愚蠢地翻动（他假装哭起来）。有人想把法兰西的风趣谈吐的幽默部分去掉，法兰西的想象力就呜呼哀哉了！唉，'愤怒的日子！'让我们为'老实人'②的死去而哭泣吧，《纯粹理性批判》万岁，《象征论》还有其他各种学说已经被德国人印成厚厚的五大卷，那些德国人根本不知道巴黎从1750年已将它们提炼成几句精练的话，这就是我们民族智慧的宝石！勃龙台是抬了棺材去自杀，他在他的报纸上报道了许多伟人的临终遗言，其实他们死的时候却一句话也没有说过！"

"你继续说下去吧。"斐诺说。

"我是想向你们解释，一个不持有股票的人（向库蒂尔致敬！），他的幸福是在哪里。好吧，现在难道你们还看不出博德诺尔花了多大的代价，才获得一个青年人所梦想的最大幸福吗？他

---

① 《恨世者》是莫里哀的剧本。
② "老实人"是指伏尔泰的小说《老实人》。

研究伊索尔，为的就是想让她了解他！互相了解的东西必然是相似的。可是能够相似的东西只有虚无和无限：虚无就是愚蠢，天才就是无限。这一对情人互相写着世界上最愚蠢的信件，用一张张洒过香水的信纸写上各式各样时髦的语句：'我的天使！我的美妙的音乐！有了你，我就十全十美了！在我男子汉的胸膛里有一颗心！软弱的女人！可怜的我啊！'等等一切当代最无聊的情话。博德诺尔往往在一间客厅里坐不上十分钟，同女人们谈话漫不经心，她们于是认为他很聪明，他就是那种别人以为他聪明他才聪明的那种人。总之，你们可以判断他陷进去到了什么程度：乔比，他的马，他的马车，都变成他生活中次要的东西了。他觉得快活的时候，只是缩在男爵夫人对面的一只舒适的沙发椅里，在古铜色大理石的壁炉旁边，目不转睛地瞧着伊索尔，一边喝茶，一边同几个熟朋友聊天；这些朋友每晚11点到12点之间，总要来到纡贝尔街，在这儿他们可以毫无畏惧地打纸牌赌钱，我是经常在那里赢钱的。有一次伊索尔把她穿着黑缎鞋的美妙的小脚儿伸出来，博德诺尔对着那脚儿注视了许久，等到别人都走了，只剩下他一个人时，他就对伊索尔说：'把你的鞋儿送给我……'伊索尔抬起脚，搁在一张椅子上，脱下鞋子，给了他，同时向他望上一眼，一种……眼光，用不着说出来，你们也懂。博德诺尔终于在玛尔维娜身上发现一件重大的秘密。每当杜·蒂埃敲门的时候，玛尔维娜的脸上立刻泛起红晕，好像在说：'是费迪南！'这位可怜的姑娘的眼睛望着这头两脚老虎的时候，它们就突然闪耀发亮，好像一团炭火被一股风吹了一下；每当费迪南带她到窗户旁边或者小茶几旁边单独谈话的时候，她就不自觉地流露出无限喜悦的心情。一个女人陷入情网，竟然变得如此天真，让自己的心事流露出来，这是罕有的，也是很美的。我的上帝，在巴黎，其罕见的程度好比到印度去找会唱歌的花儿一样。

但是尽管这种友情从达尔德里热最初到纽沁根家做客时就开始，费迪南却始终不曾娶玛尔维娜。我们的狠心的朋友杜·蒂埃对于德罗什热烈地追求玛尔维娜，并不表现出嫉妒的样子；这位法律界人士估量玛尔维娜的嫁妆不会少于一万五千埃居，拿了这笔钱就可以付清他的开业顶费，所以他就装出一往情深的样子！杜·蒂埃的冷漠态度使玛尔维娜觉得受到了极大的侮辱，可是她深深地爱着杜·蒂埃，竟不忍叫他吃闭门羹。在这姑娘身上，全副心思，全部感情，全部情绪的流露，都在做着斗争，有时自尊心屈服于爱情，有时受伤害的爱情又让自尊心占了上风。我们的朋友费迪南却心安理得、不慌不忙地把她的柔情蜜意照收不误；他慢慢享受这周情蜜意，仿佛一只老虎津津有味地舔它嘴唇上沾染的鲜血；他想把爱情的凭证搞到手，每隔两天，总要到纡贝尔街来拜访一次。这家伙那时候大约有一百八十万法郎，钱的问题对他来说无足轻重；他不仅拒绝了玛尔维娜，而且拒绝了纽沁根和拉斯蒂涅两位男爵，这两个人叫他以每天七十五里的速度，乘着驿车毫无线索地在他们狡猾地布置下的迷宫里奔走，也打不通他的思想。博德诺尔忍不住要同他的未来内姊谈一谈，谈论一下她处在一个银行家和一个律师之间的尴尬地位。'你是想同我谈关于费迪南的问题，想知道我们之间的秘密吧，'她坦率地说，'亲爱的戈德弗鲁瓦，永远不要再提这件事吧，费迪南的出身、经历和家产在这件事上是无足轻重的，因此相信某种不可思议的事情吧。'可是过了几天，玛尔维娜把博德诺尔拉过一旁，对他说：'我认为德罗什不是个老实人（这完全是爱情的本能作用），他想娶我，却另外去追求一个杂货商人的女儿。我很想知道我是不是一个备用物，也想知道婚姻对他说来是不是一桩生意经。'尽管德罗什十分聪明，也猜不透杜·蒂埃的心思，他十分害怕杜·蒂埃同玛尔维娜结婚。因此，这家伙只好打退堂鼓了，他的情况十分不妙,他赚的钱除了开销外,还不够付他的债务的利息。妇女们对这些事是一无所知的,在她们看来,谈情说爱的人永远是百万富翁!"

"不过,既然德罗什也好,杜·蒂埃也好,都没有娶玛尔维娜,"斐诺说,"你就给我们谈谈费迪南的秘密吧!"

"他的秘密就在这里,"皮克西沃回答,"一条总的原则是:一个年轻姑娘一旦把她的鞋子给了一个人,哪怕她十年不肯嫁给他,她也不会再同那个……"

"胡说!"勃龙台打断他说,"恋爱的一个理由也是因为曾经恋爱过。秘密应该在这里,一条总的原则是:当你将来能够成为但泽公爵和法国元帅时,千万不要在当军曹时就结婚。因此,你们看看杜·蒂埃攀上了哪一门亲事吧!他娶了德·格朗维尔伯爵的一个女儿,他家是法国最古老的显宦家族之一。"

"德罗什的母亲有一位女友,"皮克西沃继续说,"她是一家草药店的老板娘,这个草药店老板赚了一大笔钱,已经退休。这些做药材生意的人有一种可笑的想法:要给女儿们受良好教育,就送她们到私立寄宿学校去住读!这位玛蒂法打算给女儿一门好亲事,给他的女儿不折不扣整整二十万法郎,上面没有一点草药的味道。"

"是佛洛里纳的玛蒂法吗?"勃龙台问。

"对的,是罗斯多的玛蒂法,总之,是我们的玛蒂法!这玛蒂法一族那时候在我们眼中已经消失,这时又搬回谢午街居住,这条街同隆巴街完全不同,是两个极端,他们倒是在隆巴街发的财。我曾经同玛蒂法家相处很好。我以前在部里当苦工的时候,每天有八小时同世界上最蠢的傻瓜挤在一起,我见过一些古怪的人,他们说服我,要我相信黑暗也是高低不平的,最平的平面也有棱角!是的,亲爱的朋友,这个市侩与另一个市侩之不同,正如拉斐尔与纳图瓦尔①不同一样。德罗什的寡母好久以来就计划替她的儿子做成这件亲事,虽然还有很大的一个障碍,这个障碍就是一个名叫科尚的人,是玛蒂法合伙人的儿子,财政部里的一个年轻的职员。在玛蒂法夫妇眼中,律师的职务,用他们自己的话来说,对妻子的幸福可以提供保证。德罗什也赞成母亲的计划,目的是找一个备用品。因此他一直同谢午街这个草药商人一家来往。为了使你们明白世界上还有另一种幸福,我必须向你们描绘一番这一对商人,雌雄二位的生活:他们有一个小花园,居住在漂亮的楼下,整天望着喷泉作为消遣,这道喷泉像麦秸那样又细又长,一刻不停地从一个圆形的小石灰石台面上喷射出来,这台面处在一个直径六尺的水池中央;他们一大清早就起来看花园里的花开了没有,他们无所事事,坐立不定,为穿衣而穿衣,在戏院里觉得厌烦,经常往来于巴黎和吕扎尔什之间,因为他们在那里有一所乡间别墅,我在那里吃过饭。勃龙台,有一天他们想同我开玩笑,我就给他们讲故事,从晚上9点一直讲到12点,讲的是一个可以随意放长或缩短的故事!我刚讲到我的第二十九个人物出场的时候(报上的长篇连载小说是偷我的!),玛蒂法老爹,他作为屋主人还一直坚持住,到现在也只好眨了五分钟眼睛,然后像别的人一样打起鼾来了。第二天,他们全都恭维我,说我讲的故事结尾好极了。这些杂货商人的朋友们是科尚夫妇,他们的儿子阿道尔夫·科尚,德罗什太太,一个还在做药材生意的年轻的包比诺(斐诺,他是你的熟人),他把隆巴街的新闻告诉他们。玛蒂法太太爱好艺术,她买了许多石版画、着色石版画和有颜色的图画,总之,一大堆最便宜的东西。玛蒂法先生的娱乐则是研究新兴企业,有时也作些投资,借此来找点刺激(佛洛里

---

① 纳图瓦尔(1700—1777),法国画家,其图画仅重视画面的漂亮而缺乏美。

纳已经改变了他对摄政时代的风尚的爱好）。只用一句话就可以使你们明白玛蒂法的深奥。这位老好人同他的几个侄女晚上道别时总是说：'你去睡吧，我的侄女们！'据他说，他不敢说'你们'，因为恐怕她们把'你们'误会为'您'，会伤害她们的感情。他们的女儿是一个毫无风度的年轻姑娘，样子有点像上等人家的贴身侍女，马马虎虎会弹奏一曲奏鸣曲，写得一手好英国字，懂得法语和拼写，总之，完全是一套完整的资产阶级教育。她急于结婚，想早点离开娘家，因为她在娘家烦闷得像一个海军军官在值夜班，何况这个班要值一整天之久。德罗什也好，科尚也好，一个律师或者一个卫兵也好，一个冒牌英国贵族也好，随便哪一种丈夫对她都合适。她当然是对人生一无所知，我可怜她，我曾经想向她揭开人生的大秘密。可是呸！玛蒂法一家人给我吃了闭门羹；资产阶级同我永远也不能互相了解。"

"她嫁给古罗将军了。"斐诺说。

"博德诺尔既然以前是外交界中人，他在四十八小时内就猜出了玛蒂法一家的存在和他们的卑鄙的阴谋，"皮克西沃接着说，"很偶然地，当博德诺尔向玛尔维娜做报告的时候，拉斯蒂涅刚好在男爵夫人家里围炉谈话。有几句话钻进了他的耳朵，他就知道了是怎么一回事，尤其是他看出了玛尔维娜的脸上露出恶狠狠和得意的样子。拉斯蒂涅就一直在男爵夫人家里逗留到深夜两点钟，但是还有人说他自私！博德诺尔告辞以后，男爵夫人也睡觉去了。'亲爱的姑娘，'当他们只剩下两个人的时候，拉斯蒂涅用慈父般亲切的口吻对玛尔维娜说，'请你记住，一个困得要命的青年拼命喝茶，使他的眼睛能支撑到清晨两点钟，以便他能够庄严地对你说：结婚吧。不要挑肥拣瘦了，不要考虑有没有爱情了，也不要想着有些人的卑鄙打算，他们一只脚踏在你这里，一只脚踏在玛蒂法家里，什么也不要去想它,结婚吧!对于一个姑娘来说,结婚就意味着让一个男人负起责任,使她处在或多或少总算是幸福的地位,而且物质生活总能够保证。我懂得世情:年轻姑娘们、妈妈们、祖母们全都是虚伪的,在婚姻问题上都会把感情抛在一边。除了美好的地位以外,谁也不想别的东西。如果女儿嫁得好,母亲就说她做了一桩好买卖。'于是拉斯蒂涅就向她说了一大套关于婚姻的理论,照他说,婚姻不过是合伙来忍受生活而已。'我不要知道你的秘密,'他在收场时说,'我已经知道了。男人同男人之间是无所不谈的,就跟你们女人家在离开饭桌以后也谈张家长李家短一样。好吧,我最后一句话就是:结婚吧。如果你不结婚,请不要忘记我今晚曾经在这里恳求过你结婚。'拉斯蒂涅用一种命令的口气说话,这种命令不是叫人注意,而是叫人反复思索。他的坚决令人吃惊。玛尔维娜的神经被触动了,就在拉斯蒂涅想打击的地方被触动了,以致第二天她还想着他所说的一番话,可是没法查出他这样劝告她的原因。"

"你要了这许多花招,我却看不出一点有关拉斯蒂涅发家致富的事实来,你一定是把我们当作玛蒂法一类人,再叫我们添上半打香槟酒了!"库蒂尔叫道。

"我们现在就要讲到了,"皮克西沃回答,"你们已经沿着许多小河小溪走了过来,它们就汇成叫许多人眼红的岁入四万法郎了!拉斯蒂涅手里捏着所有这些人的命根子。"

"包括德罗什、玛蒂法、博德诺尔、达尔德里热和戴格莱蒙吗?"

"还有别的上百户人家……"皮克西沃说。

"怎么?"斐诺叫道,"我知道不少事情,可是我却看不出你这闷葫芦里卖的是什么药。"

"勃龙台大体上已告诉我们纽沁根的头两次停业清理,现在

"我来详细说一说第三次吧,"皮克西沃说,"从1815年的和平开始,纽沁根已经懂得了我们今天才懂得的东西:金钱只是在数量失去均衡时,才是一种权力。他偷偷地嫉妒罗斯柴尔德①兄弟。他有五百万,他想有一千万!他懂得用一千万可以赚三千万,而用五百万只能赚一千五百万。因此他决定第三次停业清理!这位伟大人物想用毫无价值的股票来偿付他的债权人。在市场上,这样一种想法可不能像数学观念那么容易讲清楚。这样的清理等于拿一块小小的肉饼去给许多大孩子,同他们交换一个金路易,这些大孩子就跟过去的小孩子一样,宁愿要肉饼,不要金币,他们不知道一枚金币可以买到两百只肉饼。"

"你说的是什么话,皮克西沃?"库蒂尔大声说,"这样做再诚实不过了,现在哪个星期没有一家银行拿肉饼给老百姓,问他们讨一个金路易的?可是老百姓并不是非要付钱不可,难道他们没有权利追问一下吗?"

"你不如说他们当股东也是被迫的吧。"勃龙台说。

"不!"斐诺说,"要不才干怎么施展呢?"

"斐诺这句话说得好。"

"他从哪里听来这句话的?"

"总之,"皮克西沃又说,"纽沁根曾经两次幸运地给了人家一块肉饼,后来这块肉饼出乎意料地涨了价,涨得比他收进的代价更高。这个不幸的幸运使他产生了后悔。这一类的幸运最后会置人于死命的。这一次他不想再犯同样的错误,他足足等了十年,才找到机会来发行一些表面上看来值点钱的股票,而实际上……"

"可是,"库蒂尔说,"照你这样来说明银行业务,那么什么样

---

① 罗斯柴尔德(1743—1812),法国大银行家,犹太人。

的买卖都做不成了。不少老实的银行家，在一个老实的政府支持之下，曾经说服一些最狡猾的股票市场经纪人买进一些在一定期间会跌价的债券。比这更好的例子你们也看见过！难道没有这样的事吗？得到政府的支持，坦白承认发行一些股票来支付某种债款的利息，目的是维持这种债款的市价而且把它卖出去。这种做法同纽沁根的清理有点大同小异。"

"小规模地这样做，"勃龙台说，"事情仿佛有点特别；可是大规模地这样做，这就是所谓财政金融。有些非法的行动，如果个人对个人的，那就是犯罪；如果扩大到很大一群人，那就不算什么，好比一滴青酸滴进一桶水里就完全无毒一样。你杀死一个人，人家要将你送上断头台。可是只要你带着任何一种政府的信念去杀死五百人，人家却尊敬这种政治犯罪。你在我的抽屉里拿走五千法郎，你要坐班房。可是，你只要巧妙地把一些甜头放进一千个股票经纪人的嘴里，你就可以强迫他们买进随便哪一个破产共和国或君主国的债券，这些债券就像库蒂尔所说的，是用来支付已发行债券的利息的，那时候就没有一个人出来说一句不平的话。这就是目前我们生活在其中的黄金时代的真正原则。"

"舞台机关的装置这么庞大，"皮克西沃又说，"就需要许许多多的傀儡。首先，纽沁根银行故意有计划地把它的五百万资金投资到一个美洲企业里去，估计利息要经过很长时期以后才能到手。纽沁根银行故意把资金运用一空。因为一切清理都要有个理由。纽沁根银行拥有的死人存款和发行的证券约共有六百万之多。在死人存款中有达尔德里热男爵夫人的三十万法郎，博德诺尔的四十万法郎，戴格莱蒙德一百万，玛蒂法的三十万，查理·葛朗台的五十万，葛朗台就是奥勃里翁小姐的丈夫，等等。如果纽沁根自己创办一家股份工业公司，运用比较巧妙的手法，拿这些股票来偿付债权人，那么他就可能被人怀疑，可是他用的是更狡猾的方法：他叫别人来创办这企业！这个机关就可以起着按劳氏规律创办的密西西比公司①的作用。纽沁根的坏就坏在利用市场上最精明的人们实行他的计划，而不向他们透露一点风声。于是纽沁根在杜·蒂埃面前暗示他有一个惊人的稳操胜券的计划：要创办一个股份公司，资本相当巨大，可以一开头就给股东以很高的红利。这是头一次尝试，恰好在市面游资充斥的时候，这个企业的股票一定会上涨，因而使发行股份的银行家可以大获其利。请想一想这是在1826年发生的事情。杜·蒂埃被这样一个想象力丰富而又巧妙绝顶的计划打动了心，可是他很自然地想到，万一企业失败了，就会被人咒骂。因此他建议推出一个看得见的前台指挥，来管理这部商业机器。时至今日，你们都知道杜·蒂埃创办的克拉巴龙公司的秘密了，这是他一大发明创造！"

"是啊，"勃龙台说，"是财政金融栏的责任编辑，是教唆犯，是替罪羊；可是时至今日我们更聪明了，我们只要挂上一个招牌：'请至某某管理处联系'，某某街道，某某号，到那边一看，只看见几个职员头戴绿色的鸭舌帽，俏皮得像小听差。"

"纽沁根用他的全部信用支持查理·克拉巴龙公司，"皮克西沃说，"人人都可以无所畏惧地在任何股票市场上抛出一百万克拉巴龙公司的股票。杜·蒂埃因此建议把他的克拉巴龙公司推到前台来。这个建议被接受了。在1825年，股东还不懂得许多工业管理的玩意儿。他们从来不知道什么使流动资金。经理们不是不能发行红利股，他们也无须在银行里有存款，他们没有什么保证。他们甚至不屑向股东解释合股的资金到底是多少，并且对他们说人家大发

---

① 密西西比公司是银行家劳所创办的一家投机公司。

慈悲不向他们要超过一千、五百，甚至二百五十法郎的资金！人们也不公布说这个有保证资本的经验只能够维持七年，五年，甚至三年，因此后果不久就会出现。那时候还是幼稚的时代！人们甚至想不到利用巨幅广告来刺激人们的想象力，使每个人都来投资……"

"如果没有人肯投资的时候，就会出现这种情况了。"库蒂尔说。

"最后，这一类企业也没有竞争的问题，"皮克西沃继续说，"纸浆工场，印花工场，压锌工场，戏院，报纸，也不像猎狗那样向着快要断气的股东的尸首扑过去。就像库蒂尔所说的那样，这些分成股份的好生意，很天真地公布于众，被专家们（他们是科学的骄子……）运用势力支持，是在股票市场不知羞耻地暗中进行交易的。那些投机商们，从财政方面来说，正在表演《塞维勒的理发师》中关于'谣言'的那一段描绘。他们轻轻地，轻轻地，用闲聊做媒介，凑在耳边说，这笔生意好得很。他们只在家里，证券市场里，社交场所里，才剥削他们的牺牲者即股票持有人，用的方法是巧妙地制造一些谣言，谣言越传越大，直到后来变成了四个数字的挂牌价格的大合奏……"

"可是，既然咱们之间可以无话不谈，我愿意回到刚才我谈过的题目上去。"库蒂尔说。

"你的建议是事出有因，因为你对这个题目有利害关系！"斐诺说。

"斐诺总是规规矩矩，符合宪法，照搬老套子的。"勃龙台说。

"是的，我是珠宝商，"库蒂尔又说，"为了这个珠宝商塞里泽刚刚被判犯了违警罪。我坚持说新的方法比老的方法更公平，其欺骗性和害人的程度不知轻多少。有了广告就可以容许人们思索和调查研究。如果一个股东上了当，他只能怪自己，因为谁也没有剥夺他自由选择的权利。工业……"

"来了,说到工业上来了!"皮克西沃叫道。

"工业总是坐收其利的,"库蒂尔不顾别人的插话继续说,"凡是干预商业,不让贸易有自由的政府,是在干一件极端花钱的蠢事:结果不是落到限价政策就是垄断专卖。照我看来,最符合贸易自由原则的,莫过于股份公司了!对它进行干涉,等于想保证本金和利息,这是愚蠢的。做任何生意,利钱总是和所冒的风险成正比例的!对国家来说,只要金钱不断地在活动,用什么方法使它流通又有什么关系呢?如果经常有同样数量的富人交税的话,谁富,谁穷,又有什么关系呢?何况股份有限公司、股份两合公司以及各种支付红利的企业形式,在英国已经流行了二十年了,英国是世界上第一个商业国家,在这个国家里一切都会引起争执,上下两院每次开会总要拟出一千或一千二百条法律,但是从来没有一个国会议员起来反对这种方法……"

"……这种方法对医治装得满满的钱箱最有效,而且是用植物来治疗,"皮克西沃说,"用胡萝卜①!"

"听我说!"库蒂尔兴奋起来,"你有一万法郎,你在十个不同企业里买了十股股票,每股一千法郎。有九股受骗了……(这种情形是不会发生的,因为公众比我们想象的更聪明,不过我这样假定),只有一股赚了钱(非常偶然!完全同意!不是故意这样做的!好吧,尽量开玩笑吧),就这样,这位相当聪明的赌客把他的赌注分成了十份,结果遇上了一项最美的投资,就像买了沃尔香矿山的股票那些人一样。先生们,我们都是自己人,承认那些大喊大叫的人是些伪君子吧,他们既想不出好主意,又没有能力自吹自擂,更没有经营手腕。你们不必等多久,就会看到证明了。不久,

---

① 法语 tirer une carotte(胡萝卜)是敲诈勒索钱财的意思。

你们会看到贵族阶级、宫廷人士、部长排成密密的队伍来参加投机活动,伸出的爪子比我们的更长,想出的念头比我们的更阴险,可是他们却没有我们这样聪明高尚。在股东的贪婪不亚于创办人的贪婪的时代,要创办一个企业,需要多么聪明的头脑呀!创办克拉巴龙公司和想出新办法的人,是多么伟大的催眠大师呀!你们知道这件事的教训吗?这就是:我们的时代并不比我们好多少!我们生活在一个贪婪的时代,在这个时代里,谁也不问一件东西的价值有多少,只要能够把这件东西转到别人手上而自己赚钱就行了;所以就把这件东西转卖给别人,因为自认为可以赚钱的股东的贪婪,同向他招股的创办人的贪婪是相等的!"

"他说得多妙啊!库蒂尔说得多妙啊!"皮克西沃对勃龙台说,"他就要请求人家为他树碑立像,作为人类的造福者了。"

"应该引导他得出结论:蠢材的钱,天公地道是聪明人的财产。"勃龙台说。

"先生们,"库蒂尔说,"让我们在这儿笑个痛快吧,在别的地方我们得正襟危坐洗耳恭听那些可敬的蠢话,这些蠢话是临时制定的法律所认可了的。"

"他说得对。先生们,"勃龙台说,"这是个什么时代啊!在这个时代里,凡是智慧的火花一出现,人们就用适应当时情势的法律来把它扑灭!立法者们几乎全数都是出身于小县份,他们在自己的家乡通过报纸来研究社会,拼命把火关在机器里面,一旦机器爆炸了,便痛哭流涕和咬牙切齿!这是一个只制订税法和刑法的时代!对于当前的情状有一句话可以概括,你们想知道吗?就是——在法国宗教界已荡然无存了!"

"好极了,勃龙台!"皮克西沃说,"你触到了法国的痛疮了,税法比战争时期的苛捐杂税使我们失去了更多的征战胜利。我曾在一个部里当过七年苦工，同些小市民们混在一起，部里有一个职员，是个有才干的人，他下定决心要改革全部财政制度……当然，我们使他敲掉了饭碗。否则的话，法国会变得非常幸运，它可能以重新征服欧洲来自娱，我们是为了各国的和平才这样做的。我用一幅漫画就把拉布丹杀死了①！"

"当我说'宗教'的时候，我指的不是陈腐的说教，我是从广阔的政治意义上来使用这个词儿，"勃龙台又说。

"你解释解释看。"斐诺说。

"我来说吧，"勃龙台继续说，"最近人们纷纷谈论里昂事件②，谈论在大街上被大炮轰的共和国，可是谁也没有说出事情真相来。其实共和国利用起义，正如叛变者抓住一根步枪一样。事实真相，我说起来又古怪又深奥。里昂的商业是一桩没有灵魂不能自主的商业，除非有订货而且肯定能收到贷款，它不会织出一码绸布来。订货一停止，工人就挨饿，工人整天劳动，赚的钱不够活命，比一个苦工囚犯还不如。七月革命③以后，工人困苦到了极点，丝绸工人举起了义旗：'与其饿死，不如战死！'这样的宣言政府应该注意研究，那是由于里昂生活费用昂贵所造成的。里昂想建造一些剧院，想变成首都，因此就征收一些完全不合理的食品入市税。共和党人嗅出了为争取面包而起义的风声，他们就把丝绸工人们组织起来，工人就为两个目的而战斗。里昂也获得了'三天'④的独立自由，可是一切又复归平静，丝绸工人又回到他们的窝棚里去。到目前为止，丝绸工人一直是诚实的，人家给他多少捆丝，他就还给人

---

① 参阅《职员们》。——原注
② 里昂工人于1831年11月21日起义，于12月3日被扑灭。
③ 指1830年7月法国人民推翻波旁复辟王朝的革命。
④ 这里"三天"指1830年七月革命，巴黎人民经过27日、28日、29日三天战斗，推翻了查理十世的统治。

家多少绸布,现在他发觉商人们是在剥削他们,工人就把诚实推出门外,用油涂了手指,他仍然半斤八两地交回来,可是丝上涂了油,于是法国的丝绸商业就有了'沾油绸布'的污点,这可能使里昂毁了,也使法国的一个部门的商业毁了。制造商们和政府,不去消除坏事的根由,却像某些医生一样,用烈性药物把病硬压下去。照理应该派一个能人到里昂去,一个像泰雷院长^①那样的被人称为不道德的人物,可是他们偏采用了军事镇压!这次骚乱使那不勒斯绸布涨到每码四十个苏。这些那不勒斯绸布可以说都卖出去了,制造商们一定也发明了某种控制生产的办法。这种事先没有计划的生产办法应该在我们国家存在,因为法国最伟大的公民之一,里夏尔·勒努瓦^②,曾经在没有订货的情况下,包着六千工人做工,给他们饭吃,却遇到一批愚蠢的部长们,让他在1814年的纺织品价格大革命中倒下去,使他破了产。这是唯一应该为一个商人树碑立传的事例。可是今天为这个商人的后代募捐,却找不到捐款人,而人们却捐了一百万法郎给富瓦将军的子孙。里昂是有它的结论的:它认识了法兰西,这个国家毫无宗教情感。富歇^③认为里夏尔·勒努瓦的故事是一个比犯罪更为糟糕的错误。"

"关于做生意的方式,"库蒂尔开口说,仍然回到他的话未被打断以前的话题,"总要有一点卖狗皮膏药的味道,卖狗皮膏药这个词组听起来很不好听,其实是介于贬义与褒义之间的一个词组;因为,我要问,卖狗皮膏药是从哪儿开始的,又是在哪儿结束的,什么叫作卖狗皮膏药,请你们告诉我谁又是卖狗皮膏药的?好吧,凭良心说,这倒是最稀罕的一种社会要素!黑夜办货,白天出售,这

---

① 泰雷修道院长(1715—1778),1769年曾任法国财政总监。
② 勒努瓦(1768—1806),法国商人,与里夏尔共同创办法国棉纺织业。人称里夏尔·勒努瓦。
③ 富歇(1759—1820),法国资产阶级政客,政见反复无常。

种买卖方式简直是胡说。一个卖火柴的小贩也本能地有独占的欲望。独占一种商品,是圣丹尼街所谓最有道德的老板的梦想,也是所谓最胆大妄为的投机商的梦想。存货多了,就必须卖出。要卖出,必须股东买主,这就是中世纪商店招牌的来由,也是今天广告小册子的来由!我实在看不出招徕顾客同把你的货物硬塞给顾客之间,有一丝一毫的差别!商人吃进劣货,是可能发生的事,是应该发生的事,是经常发生的事,因为卖方总是在不断地欺骗买方的。好吧,请你们去问问巴黎最老实的人,就是那些最有名的商人吧……他们全都会得意扬扬地告诉你们,当他们吃进了一批劣货以后,他们怎样想出巧妙的办法把货物脱手。最著名的米纳尔商行就是靠这种买卖起家的。圣丹尼街只卖给你一件油污的丝绸连衫裙,它所能做的仅此而已。最有道德的商人也会用最老实的态度把这句最最缺德的话告诉你:'买卖不利,尽快脱身'。勃龙台已经把里昂事件的前因后果告诉了你们;我嘛,我也用一件小故事来说明我的理论。有一个纺羊毛的工人,抱负不凡,子女众多,极爱他的妻子,十分相信共和国。这家伙买进一批红羊毛,用来织成一大批鸭舌帽,你们可以看见巴黎街上的顽童每人头上都戴着一顶,你们马上就知道为什么。共和国被推翻了,经过圣梅丽事件[①]以后,这些帽子都卖不出去了。当一个工人家里有老婆和一大堆孩子,手上有一万顶红羊毛帽子,卖给任何一个帽商都不要,这时候他就眉头一皱计上心来,如同一个银行家盘算着要将投资在不可靠的企业的一千万股票脱手一样。你们猜这个工人怎么办?这位工人可以称得上是市井的劳、卖帽子的纽沁根!他到一个小酒店里雇了一个花花公子,就是那种在郊区舞会里叫警察头疼的轻浮子弟,请他扮

---

① 圣梅丽是巴黎的一条街道,1832年6月5日至6日,共和党人利用拉马克将军出殡的机会,组织群众示威游行,结果演变成为起义,后被镇压。

演一位住在默里斯旅馆的采购货物的美国船主,叫他到一家大帽子店里去,这家店的橱窗里还放着一顶红羊毛帽子,他对老板说他想买进一万顶这种帽子。帽子店老板认为有同美国做成一大笔生意的希望,就急急忙忙地奔到工人家里,用现钞把帽子全数买下来。你们当然明白:美国船主不见了,手头有的是一大堆帽子。如果因为这些缺点而攻击贸易自由,那无疑等于攻击司法,借口说司法对有些犯罪没有处罚,或者非难社会结构不好,因为社会产生了一些坏事!从圣丹尼街的帽子到银行和股票,请你们自己做出结论来吧!"

"库蒂尔,给你一顶皇冠!"勃龙台一边说一边把餐巾揉成一团放在他的头上,"我要更深入地讲一讲,先生们。如果目前的理论有缺点,错处在谁身上呢?在法律身上!在整个立法机关身上!在那些从县里来的伟大人物身上!这些伟大人物是从省里选派上来的,他们满脑子塞满了道德观念,这些观念在日常生活中是必需的,除非同正义发生冲突;但是如果这些观念阻止一个人发展到一个立法者应站立的高度,那么这些观念就是愚蠢的了。法律可以禁止情欲的某种发展(诸如赌博呀,彩票呀,街头女神呀,一切一切),可是法律永远不能消灭情欲本身。消灭情欲等于消灭社会,社会虽然不产生情欲,却至少助长情欲发展。因此,赌博的欲望是潜伏在每一个人的心底里的,无论是年轻姑娘,一个外省人,或者一个外交官,都一样,因为每个人都希望得到不劳而获的财产,如果你严格禁止赌博,赌博的欲望马上在别的领域里决堤而出。你愚蠢地取缔彩票,女厨娘照样揩主人的油,她们把揩油得来的钱存入储蓄银行,她们的赌注现在不是五十个苏了,而是二百五十法郎,因为工业股票、有限无限两合股票,都变成了彩票,变成没有赌桌的赌博,不过看不见赌具,而骗局是事先策划好的而已。赌场关了门，彩票不出售了，白痴们便大声疾呼：法兰西比以前有道德得多了，好像他们已经把赌棍全部消灭似的，其实人们继续在赌博！不过，现在利益不归国家，因为国家用一种麻烦的捐税代替了娱乐中支付的捐税；自杀的人也没有减少，因为赌棍向来不会自杀，自杀的只是他们的被害者而已！我也不谈流到外国的资金和法兰克福的彩票了，国民议会颁布法律，对贩卖法兰克福彩票者处以死刑，可是检察官和同业公会负责人就专门做这买卖！这就是我们的立法者的愚蠢的人道观念的真正含义。鼓励人们存钱在储蓄银行是十分愚蠢的政策。假定市场上有些风吹草动，政府就会造成为钱而排长蛇阵，就像在大革命时期为面包而排长蛇阵一样。有多少储蓄银行，就有多少动乱。只要三个顽童在街角举起一面旗子，那就成了一场革命。可是这种危险无论多么巨大，我觉得总比不上人民的道德败坏更可怕。储蓄银行就是把利息所产生的恶习注射到人们身体内的工具，这些人暗中筹划一些罪恶计划，既非教育，也非理智所能阻止。请看这就是讲博爱所得到的结果。一个伟大的政治家应该是一个抽象的犯罪分子，否则社会就管理不好。一个诚实正直的政治家就仿佛一架有感情的蒸汽机，一个掌舵时谈情说爱的舵手，他们会使船沉下去，一个贪污了一亿法郎而使法国繁荣强大的总理，不是比一个廉洁而使国家陷入困境的总理好吗？黎希留、马扎兰、波唐金[①]在他们各自执政的时期都拥有三亿财富，而那个有道德的罗贝尔·兰代[②]却不会从滥发纸币、没收贵族僧侣财产中大发其财，还有那些害苦了路易十六的有道德的白痴们，在这些人中你们赞成谁呢？难道还要犹豫吗？你继续说下去吧，皮克西沃。"

[①] 黎希留、马扎兰都曾任法国的首相，治理国家很有才干；波唐金是俄国的元帅，曾将土耳其人驱逐出俄国。

[②] 罗贝尔·兰代（1746—1825），法国大革命时执政府时代的财政部长。

"我不想向你们说穿这个企业的性质,"皮克西沃接下去说,"这个企业是天才的银行家纽沁根所创办的,尤其不便的是这个企业在今天还存在,它的股票在证券市场有挂牌市价。这个企业的筹办计划显得十分真实,投资对象可以存在很长时间,又是经王上谕旨特许设立的,以致经过二七、三〇和三二年的狂风暴雨的年头后,它创办时票面资金是一千法郎,跌到三百法郎,回升到七百法郎,最后又回到票面金额。1827年的经济危机使它跌价,七月革命使它一蹶不振,可是它自有它的实力(纽沁根是不会创办一桩赔本生意的)。总而言之,有好几家有声望的银行参加到里面,所以再讲得详细一点就不合乎礼仪了,票面资本是一千万,实际资本是七百万,三百万归创办人和负责发行股票的银行家。一切都计划好要在头六个月内使每股股票赚进二百法郎,用的是假分红的办法。因此一千万可以分到百分之二十的红利。杜·蒂埃的红利是五十万法郎。在银行界的词汇里,这份礼物被称为'给贪吃鬼的一份'!纽沁根靠了石印工人的一块石版和粉红色的纸张,就赚进了几百万;他把一部分小巧玲珑的股票珍藏在他的办公室里,准备必要时派出场。真正出资的股票用来创办企业,买下一座宏伟的大楼,开始营业。纽沁根还在什么含银铅矿里有股票,在煤矿和两条运河里有股票。都是奖赏给发起人的红利股,因为他一手使这四个企业开展经营,兴旺发达,而且声誉卓著,因为它们都从资本额中取出一部分钱来分红。纽沁根的股票如果上涨,他可以捞到票面额与牌价的差额金,可是男爵在他的计算中故意忽略这一点,他让差额金浮在水面上,在市场上,以引诱鱼儿来上钩!于是他集中了他的全部证券,好像拿破仑集中了他的全部军队,目的是再来一次清理,因为1826至1827年把欧洲证券市场搅得翻天覆地的危机已经迫在眉睫。如果他像拿破仑一样也有他的瓦格朗亲王的话,他也会像拿破仑在桑通山顶上说:'仔细研究一下这个市场吧,某日,某时,会有无数资金如潮涌来。'可是他把这个秘密跟谁去说呢?杜·蒂埃毫不怀疑他在纽沁根的骗局中不自觉地当了共犯。头两次清理告诉有能力的男爵:他必须拉拢一个人,以便必要时这个人可以充当活塞去挡住债权人。纽沁根没有侄子,也不敢接纳一个心腹,他必须有一个对他忠心耿耿的人,一个聪明的克拉巴龙,风度翩翩,天生的外交官,一个有能力当部长而且也配得上他的人。这样的人不是一天或者一年所能找到的。拉斯蒂涅那时候被男爵的甜言蜜语哄骗得团团转,使得他认为自己像和平亲王一样,既被国王宠爱,也被西班牙王后宠爱,他认为自己已经在纽沁根身上找到一个有价值的受骗人。好长一段时间,他嘲笑着纽沁根,可是他根本不知道纽沁根的能力有多大,最后他终于看清了纽沁根很有本领,具有拉斯蒂涅原先以为只有自己才有的本领,于是他严肃认真地尊敬起纽沁根来。自从拉斯蒂涅进入巴黎社会以后,他就看不起这整个社会。1820年他也像男爵一样,认为世界上只有表面上的老实人,他把世界视为一切污浊和狡诈行为的集合体。他也承认有例外,可是他谴责的是整体:他不相信任何美德,只相信有可能使人行善的环境。他的这种信念是一时间产生的,那天他把他的但斐纳的父亲送到拉雪兹神父公墓,就产生了这个信念;但斐纳的父亲是个可怜的老实人,受了这个社会的欺骗,上了最真挚的感情的当,死的时候被他的女儿们和女婿们抛弃了。拉斯蒂涅当时就下了决心,要玩弄世界,要装扮得正正经经,老老实实,彬彬有礼,来欺诈世人。这个年轻的贵族从头到脚披上了自私自利的盔甲。等到他发觉纽沁根同他一样,也披着同样的盔甲时,他就对纽沁根肃然起敬,就像中世纪时代,在比武场上一个浑身上下披着金甲的骑士,骑着骏马,遇见一个同样披着金甲、骑着骏马的对手时,不由得啧啧称赞一样。可是他在温柔乡里度过相当日子，已经变得有点软弱无能了。同一个像纽沁根男爵夫人那样的妇女有亲密的友情，那是会使一个人放弃他的自私自利观念的。但斐纳第一次滥施爱情的时候，就碰到了一件伯明翰出品的机器，就是已故的德·玛赛，上过一次当，因此当她遇上了一个又年轻又充满外省的宗教信念的男子时，就不要命地爱上他了。这个爱情也在拉斯蒂涅身上得到反应。当纽沁根像所有剥削者对待被剥削者一样，想把马鞍安置在他老婆的情夫身上的时候，正是他考虑着要开始他的第三次清理的时候。他就将自己的处境告诉拉斯蒂涅，向他提出，他们的关系这么亲密，他就有义务而且要像赎罪一样担任起一个共谋者的角色。男爵认为把全部计划都告诉给他老婆的情夫听是危险的。因此拉斯蒂涅相信灾祸临头了，男爵还使他相信只有他能援救这家银行。可是当一团线有那么多线头的时候一定会打结。拉斯蒂涅想起但斐纳的财产就发抖：他要求不要牵累男爵夫人，坚决要求男爵同她分开财产，一面暗暗发誓，一定要使她的财产翻上两番，以报答她的恩情。看见拉斯蒂涅没有提到他自己，纽沁根就提出要送给他二十五股每股一千法郎的含银铅矿股票，如果他们的计划完全成功的话。拉斯蒂涅为了不使他失望，便接受了。纽沁根训练拉斯蒂涅的那天晚上，就是拉斯蒂涅劝说玛尔维娜结婚的前一天。眼前出现成百家幸福的家庭，在巴黎来来去去，十分放心地守着他们的家私，像博德诺尔家、达尔德里热家、戴格莱蒙家等等，拉斯蒂涅禁不住打了一个寒噤，就像一个年轻将军在打仗以前第一次检阅他的部队一样。可怜的娇小玲珑的伊索尔，还在同博德诺尔谈情说爱，这不是同阿西丝和加拉泰在岩石下面谈情说爱，而波利斐摩①的大石块就要落在他们头上一样吗？"

---

① 希腊神话，水仙加泰拉被巨人波利斐摩爱上，而加泰拉却爱牧羊人阿西丝。当她同爱人一起在一座岩石下面谈情说爱的时候，被波利斐摩发现，将他的情敌压死。

"皮克西沃这猴子,"勃龙台说,"倒像有点天才呢。"

"噢!我不再矫揉造作了吗?"皮克西沃说,对于自己叙述的成功颇感满意,眼望着他的惊讶的听众。接着他又继续说下去:"两个月以来,博德诺尔尽量享受一个即将结婚的男人的小乐趣。他们像春天筑巢的鸟儿一样,来来去去,搜集一根根稻草,用嘴衔回去,把他们即将在那里生儿育女的窝巢筑得暖暖软软的。伊索尔的未婚夫在木板街用一千埃居租了一所房子。房子舒适方便,不太大也不太小。他每天早上去看工人们修筑,监视油漆工作。他把英国唯一宝贵的东西——舒适——引进到他未来的家里:装上暖气设备使屋子里始终保持平均温度;精选家具,不让家具太刺眼太时髦;颜色要鲜明悦目,窗户内外都有窗帘;要有新的银餐车和新的马车。他整顿了马厩、马具间和车库,托比,乔比,帕迪在车库里像疯子一样手舞足蹈,兴高采烈,像头逃走了的土拨鼠,他心里很高兴,因为知道这宅子要有女人了,而且还是一位贵夫人!一个准备成家的男子,充满热情,选择挂钟,口袋里装满了衣料样品到他的未婚妻家里,征求她关于卧房家具的意见;当他的爱情驱使他来来去去,奔走不停的时候,他就来来去去,奔走不停;这种热情会使一个老实人,尤其是那些供应商,心花怒放。一个二十七岁的年轻漂亮小伙子同一个二十岁的跳舞非常出色的美貌姑娘结婚,这是世界上最叫人高兴的事,博德诺尔因为不知给他的新娘子买什么样的结婚礼物才好,特地邀请拉斯蒂涅同纽沁根太太吃午饭,征求他们对这件大事的意见。他还有一个高明的想法,就是同时邀请了他的表哥戴格莱蒙夫妇,以及一位赛里兹太太。上流社会的妇女都乐于偶然一次在一个单身汉的家里消闲解闷,吃一顿午餐。"

"这就是她们的一次逃学。"勃龙台说。

"不消说她们到木板街新房里去参观了,"皮克西沃继续说,

"妇女们喜欢这种短促的远足,就像吃人的妖怪喜欢血淋淋的人肉一样,她们还未因享乐而枯萎的青春,可以重新恢复一下鲜艳。饭桌摆在小客厅里,为了表示埋葬单身汉的生活,小客厅装饰得像仪仗队里的马一样。午餐是特意预订的,那里有妇女们喜欢在早上吃的、啃的、呷的讲究的小吃,早上是妇女们胃口最好的时候,可是她们不肯承认,因为她们如果承认'我饿了!'就似乎有失体面。'为什么一个人来?'博德诺尔看见拉斯蒂涅一出现时就问。'纽沁根太太心里不痛快,我等会把一切都告诉你。'拉斯蒂涅回答,带着满脸烦恼的样子。'吵嘴了吗?'博德诺尔大声问。'没有。'拉斯蒂涅回答。到4点钟的时候,妇女们都飞到洛涅森林里去了,只有拉斯蒂涅留在客厅里,用忧郁的眼光从窗口上望着托比、乔比、帕迪,这个小马夫神气活现地站在套上马车的马面前,双臂像拿破仑似的交叉在胸前,他只能用她的尖嗓子指挥牲口,而那匹马害怕乔比、托比。'你怎么啦,亲爱的朋友?'博德诺尔对拉斯蒂涅说,'你一脸愁云,焦虑不安;你的快活样子是装出来的。不能十全十美的幸福使你苦恼了吧!的确,不能同自己所爱的女人在市政府或者教堂正式结婚是够可怜的。''亲爱的,你有勇气听我要说的话吗?你能理解我对你的交情达到这样的程度,以致宁肯有罪,也要把这样一件秘密告诉你吗?'拉斯蒂涅说话的口气像一根鞭子很痛地抽在人的身体上。'什么?'博德诺尔的脸色顿时煞白。'我看见你快活,我心里觉得很惨;看见你准备妥帖,欢天喜地,我又硬不起心肠把这件秘密瞒着你。''简单点说吧。''你要用你的荣誉发誓,对这秘密你要像坟墓似的不作一声。''不作一声。''如果你的亲属同这件秘密有利害关系,他决不会知道。''决不会。''是这么一回事,纽沁根昨晚动身到布鲁塞尔去了,如果不能够清理,就必须宣告破产。但斐纳今天早上已经向法院申请夫妻财产分开。你也许还能够救出你的财产。''怎么办呢'博德诺尔觉得血液都在血管里冻住了。'只消写一封信给纽沁根男爵,信里日期填前半个月,信内要求他把你的存款全数购买股票(拉斯蒂涅对他提出克拉巴龙公司的股票)。你还可以有半个月,一个月,也许三个月时间来将股票超过购入价格抛出,还可以赚回一笔钱。''可是戴格莱蒙刚才还同我们一起吃饭,戴格莱蒙在纽沁根银行有一百万存款呢!''听着,我不知道有没有足够的这类股票供他购买,何况他又不是我的朋友,我不能够出卖纽沁根的秘密,你不应该把这件事情告诉他。如果你泄露一个字,你得为这件事情的后果对我负责。'博德诺尔呆若木鸡,一动不动地过了足足十分钟。'你接受不接受,说呀!'拉斯蒂涅冷酷无情地对他说。博德诺尔拿起笔和墨水,照拉斯蒂涅的口述那样写了一封信,在上面签了字。'我可怜的表哥啊!'他喊叫起来。'各人自扫门前雪吧,'拉斯蒂涅说,'总算解决了一个!'他离开博德诺尔时又加上一句。拉斯蒂涅在巴黎行动的当儿,证券交易所里的景象又如何呢?我有一个外省朋友,一个傻瓜,在下午4点至5点时经过交易所,他问我既然公债的行情早已无可挽回地挂牌确定,这么一大群人在那里闲聊什么,他们为什么来来往往,有什么可谈的,为什么还在那里游荡。'我的朋友,'我对他说,'他们吃饱了正在那里消化呢;消化的时候,他们就谈论他们的邻人;没有这一着,巴黎就没有商业安全了。'在交易的地方,有某一个人,假定他名叫帕尔马,他的权威相当于西纳尔在皇家科学院一样,他说一句:'做投机生意吧!'于是投机生意就做起来了。"

"先生们,"勃龙台说,"这位犹太人是个怎样的人啊?他受过的不是大学教育,而是包罗万象的教育!在他身上,知识的广大并不排斥知识的深入;他知道的事,他知道得很彻底;他的天才在于他对生意有敏锐的直觉;他是统治巴黎交易市场的投机家们的掌玺官,不经帕尔马批准,投机商们绝不干一件买卖。他一脸严肃,倾听着,研究着,考虑着,他的谈话对手看见他这样凝神贯注,以为他上当了,可是他却说:'这个我不愿意干。'我觉得最不可思议的是,他同韦布律斯特合伙了十年,两人之间却从来没有任何异见。"

"这种事情只会在最强的人或者最弱的人中间发生;但是在这两个极端之间的,必然吵架,而且不久就会变成冤家而分手。"库蒂尔说。

"你们知道,"皮克西沃说,"纽沁根在交易所的廊柱之间干净利落地扔下一颗小炸弹,约在下午4点,这颗炸弹爆炸了。'你知道一桩重要消息吗?'杜·蒂埃把韦布律斯特拉到一个角落里对他说,'纽沁根到了布鲁塞尔,他的老婆向法院申请实行夫妻财产分立。''你是同他串通一气要来一次清理吧?'韦布律斯特微笑着问。'别开玩笑,韦布律斯特,'杜·蒂埃说,'你是熟识持有他的票据的人的,你听我说,我们有一笔生意好做。我们新公司的股票上涨了百分之二十,到第三季度末还可涨到百分之二十五,你是知道其中道理的,我们分配一大笔红利。''狡猾的家伙,'韦布律斯特说,'说吧,你说吧,你是一个爪子又长又尖的恶魔,一定很容易就捞到一大笔了。''你让我说吧,否则我们就没有时间下手了。我一听到这个消息,我就转了念头,我是肯定看见纽沁根太太满脸流泪的,她为她的财产担心。''可怜的小东西!'韦布律斯特嘲讽地说。看见杜·蒂埃一声不响,这个前阿尔萨斯的犹太人又问了一句:'怎么样?''这样,我有一千股每股一千法郎的股票,是纽沁根交给我叫我抛出的,你懂吗?''懂!''现在我们照九折或八折吃进一百万纽沁根银行的票据,我们在这一百万上就可以赚一大笔差额,因为我们既是债权人又是债务人,债务就可以相互抵消!可是我们得做得谨慎小心,否则有票据的人还以为我们是替纽沁根吃进的呢。'于是韦布律斯特明白了,他紧紧握了握杜·蒂埃的手,向他望了一眼,就像一个女人对邻居小姊妹开个小玩笑时的眼光一样。'喂,你们知道消息了吗?'马丹·法莱克斯问他们,'纽沁根银行停止支付了!''呸!'韦布律斯特回答,'不要到处传播这种消息,让持有他的票据的人们有机会处理他们的票据吧。''你们知道这场灾难的原因吗?'克拉巴龙插进来问。'你嘛,你简直是蒙在鼓里,'杜·蒂埃对他说,'根本没有什么灾难,只是十足付款,纽沁根会重新支付,他在我这里要多少钱有多少钱。我知道停止支付的原因:他把全部资金投到墨西哥去了,他们给他送回来金属和大炮,可他们把些西班牙大炮铸造得那么笨拙,以致你可以在里面找到金子、教堂的钟和银器,总之西班牙王朝在西印度群岛上的一切破铜烂铁。这样资金的回笼就慢了。亲爱的男爵就银根紧啦,就是这么回事。''这是事实,'韦布律斯特说,'我用八折收进他的票据。'消息像火烧稻草那样迅速地散播开来。流传着各种互相矛盾的传说。可是经过前两次的清理以后,大家对纽沁根银行都很有信心,持有纽沁根银行票据的人都不肯脱手。'得请帕尔马帮我们一下忙。'韦布律斯特说。帕尔马是凯勒最相信的权威人士,而凯勒手头的纽沁根银行票据最多。只要帕尔马发出一下警报就行了。韦布律斯特使帕尔马答应敲一下警钟。第二天,证券交易所里人心惶惶。凯勒一家听从帕尔马的劝告,以九折价格抛出了纽沁根银行的票据,他们树立了一个榜样,因为人人都知道他们是十分精明的。泰伊番立即以八折价格抛出了三十万法郎,马丹·法莱克斯以八五折卖出了二十万。吉戈内猜出了其中秘密!他火上浇油地增加恐慌气氛,以期自己买进纽沁根的票据,转手让给韦布律斯特来赚百分之二或三的差额。他在证券交易所的一个角落里瞥见了可怜的玛蒂法,他在纽沁根银行有三十万存款。这个药材商人,又苍白又憔悴，看见可怕的吉戈内，不由得哆嗦起来，吉戈内是他以前所住地区的贴现商，现在正向他走过来准备把他锯成两半。'消息坏透了，危机就在眼前啦。纽沁根清理了！不过这跟你没有关系，玛蒂法老大爷，你已经洗手不干了。''你错了，吉戈内，我也吃进了三十万法郎，我本来是想拿这笔钱来做西班牙公债的。''那么你这笔钱得救了：西班牙公债会把你这笔钱吞得一干二净的；我倒准备给你存在纽沁根银行里的钱打个对折承受下来。''我宁愿等待清理，'玛蒂法回答，'从来没有一个银行家用少于对折来偿付的。唉！只要照九折吃亏我就满意了，'退休的草药商说。'那么，八五折你愿意吗？'吉戈内问。'我看你倒很着急啦！'玛蒂法说。'那么再见吧，'吉戈内说。'八八折你要吗？''行。'吉戈内回答。当天晚上就被这临时合伙的三个人买进了二百万，由杜·蒂埃过到纽沁根银行的贷方账上；第二天，他们的差额金到手了。年老的、标志的、娇小玲珑的达尔德里热男爵夫人正在同她的两个女儿和博德诺尔一起吃午饭，这时候拉斯蒂涅来了，带着外交官的神气把话题引到当前的金融危机上来。纽沁根男爵对达尔德里热一家人十分关怀，他已经安排好，如果情况不妙的话，就用最好的股票来抵偿男爵夫人的存款，这些股票就是含银铅矿的股票；可是，为了男爵夫人的安全，必须由男爵夫人亲自申请这样运用她的存款。'可怜的纽沁根，'男爵夫人说，'他落到什么地步了？''他在比利时；他的夫人申请夫妻分立财产；可是他到一些银行家那里想办法去了。''我的上帝，这使我想起了我那可怜的丈夫！亲爱的拉斯蒂涅先生，你同他们家关系这么密切，你一定心里很难过啰！''只要所有不相干的人都没有什么损失，他的朋友们会在晚些时候得到补偿的，他是一个精明能干的人，他一定能够渡过难关的。''他尤其是一个老实人。'男爵夫人说。一个月以后，纽沁根银行的欠债开始清理，没有什么特别的手续，只由每个债权人写信要求将他们的存款转成他们指定的股票；其他银行方面，也将纽沁根的票据换成当时正在吃香的股票，如此而已。那时自作聪明的杜·蒂埃、韦布律斯特、克拉巴龙、吉戈内和别的一些人，从外国加百分之一的差额吃进纽沁根的票据，用来换成正在上涨的股票，他们这样做还可以赚一票，正在这时候，巴黎市场上谣言越传越紧，以致任何人都没有什么顾忌了。他们窃窃议论纽沁根，研究他，批评他，想法子诽谤他！他的骄奢淫逸，他的众多企业！一个人干了这么多事情，他就必然要失败，等等。谣言的大合唱到达顶点的时候，有几个人十分惊讶地收到日内瓦、巴塞尔、米兰、那不勒斯、热那亚、马赛、伦敦的来信，信中他们的往来客户带点惊讶地告诉他们，有人用增加百分之一的差额收买纽沁根的票据，而他们却告诉客户说纽沁根已经宣告破产。'这里面一定有什么名堂，'投机商们说。法院已经宣判纽沁根同他的妻子实行夫妻分立财产制。问题变得越来越复杂了：报纸上登载纽沁根男爵回国了，他是到比利时去同一位著名的工业巨子商议开采一个旧煤矿的，就是当时处境十分困难的博絮煤矿。男爵又重新在交易所出现，但是不屑于去对流传着的关于他的银行的种种诽谤性谣言进行辟谣，他只是允许通过报纸宣布他在巴黎近郊花了二百万买了一座富丽堂皇的房地产。过了六个星期，波尔多的报纸宣布有两条轮船进了港，满载着交付纽沁根银行的金属，价值七百万。帕尔马、韦布律斯特和杜·蒂埃才恍然大悟他们上了当了，可是也只有他们几个人心里明白。这三个小学生仔细研究了这出金融骗局的演出，承认它已筹备了十一个月之久，因而他们宣布纽沁根是欧洲最伟大的金融家。拉斯蒂涅对这套把戏一窍不通，可是他赚进了四十万法郎，那是纽沁根让他从巴黎绵羊身上剪下来的羊毛；他拿这些钱给他的两个姊姊当了陪嫁。戴格莱蒙从他的表弟博德诺尔那儿得到消息，马上去请求拉斯蒂涅将他的一百万转换成运河股票，如果成功的话，他给拉斯蒂涅十分之一的佣金；这条运河那时还等待着开凿，因为纽沁根将政府哄骗得团团转，使得批准特许开凿权的人有利益不要急急地完成这项工程。查理·葛朗台也恳求但斐纳的情夫把他的存款换成股票。总而言之，拉斯蒂涅在十天里扮演了劳的角色，受最美貌的公爵夫人央求他把股票给她们，到了今天，这小伙子可能有四万年金的收入，其来源是含银铅矿的股票。"

"如果大家都赚了钱，那么谁亏了本？"斐诺问。

"结论来了，"皮克西沃说，"戴格莱蒙侯爵和博德诺尔（我只举出他们两家作为许多事例中的两个例子），在把存款换成股票以后，由于得到假分红，吃了几个月的甜头，本金增加了百分之三，他们就把股票抱住不放，连声赞美纽沁根，在他被怀疑要停止支付的时候，还不绝口地为他辩护。博德诺尔娶了他的亲爱的伊索尔，拿到了价值十万法郎的矿山股票。结婚那天，纽沁根夫妇举办了一个其豪华富丽是我们所想象不出的舞会。但斐纳送给新娘子一串可爱的红宝石项链。伊索尔跳着舞，这时她已经是一个幸福的妻子，而不再是一个年轻的姑娘了。娇小玲珑的男爵夫人更像阿尔卑斯山上的牧羊女。在舞会中间，玛尔维娜，《你可曾在巴塞罗那见到过？》一诗中的女主角，听见杜·蒂埃冷冷地劝她嫁给德罗什。德罗什被纽沁根同拉斯蒂涅一唱一和，弄得心里热乎乎的，想问一问关于钱银方面的事；一听见嫁妆是矿山股票，他扭头便走，再去找玛蒂法家。在谢午街这位律师又发现吉戈内没有给玛蒂法现钱，而是把倒霉的运河股票塞给了他。你看德罗什所瞄准的两份嫁妆都碰到了纽沁根的吃统庄！灾祸不久就到来了。克拉巴龙公司的买卖范围太广，资金周转不灵，虽然生意兴隆，可是付不出利息和红利。这个灾难同 1827 年的事件配合起来。到了 1829 年，克拉巴龙已经臭名昭著，无法再充当两个巨人的名义代理人，它从宝座上滚了下来。股票从一千二百五十法郎跌到四百法郎。纽沁根是深知这个股票的真正价值的，他再来买进。娇小玲珑的达尔德里热男爵夫人把她的矿山股票卖了，因为这些股票发不出红利；根据同样理由，博德诺尔把他老婆的股票也卖掉了。同男爵夫人一样，博德诺尔也把他的矿山股票换成克拉巴龙公司的股票。他们欠的债迫使他们在市价最低的时候把这些股票卖掉。因此原来的七十万法郎现在变成了二十三万。他们清算了损失，剩下的钱小心谨慎地作了投资，照七十五法郎的价钱买了三厘公债。博德诺尔原来是个无忧无虑的小伙子，快快活活地过了半辈子，现在背上背了个傻老婆，因为不满六个月，他已经发现他所爱的女人原来是个笨蛋，不可能忍受艰苦的生活；此外，他还要负担一个没有面包而梦想着梳妆打扮的岳母。为了生活，两个家庭只能够合在一起拉扯度日。博德诺尔不得不去央求那些早已冷淡了的老关系，去谋求在财政部里担任一个一千埃居工资的职员。朋友们呢？到温泉地区去了。亲戚们呢？一脸惊讶，满嘴答应：'怎么！亲爱的，包在我身上！可怜的孩子！'一刻钟以后就忘记得干干净净，博德诺尔的职位还是靠纽沁根和王特奈斯得到的。这些如此可敬又可怜的人们如今住在塔波尔山街的四层楼上，在阁楼上面。阿道菲斯家族的第三代掌上明珠玛尔维娜，身无分文，为了不增加妹夫的负担，她教授私人钢琴课。她又黑、又高、又瘦、又干瘪，活像从巴黎古物陈列所逃出来的一个木乃伊，在巴黎街上奔跑。1830年博德诺尔失了业，他的老婆又给他生了第四个儿子。一共八个主人和两个仆人（维尔特和他的老婆）！钱呢？八千法郎年金。矿山现在分红的数字如此巨大，以致一千法郎的股票值得上一千法郎的公债。拉斯蒂涅和纽沁根太太收购了博德诺尔和男爵夫人的股票。纽沁根被七月革命晋封为法兰西贵族院议员,获得荣誉团大勋章。虽然1830年以后他没有清理过,据人家说他拥有一千六百至一千八百万财产。他对于七月的敕令①十分有把握,他抛出他的全部资金,大胆地再投资在三厘公债里,按四十五法郎的挂牌买进;他使官廷相信,他这样做是出于忠诚,而在这同时,他同杜·蒂埃合谋,吞没了菲利普·布里多这个大怪人的三百万法郎!最近他经由里沃利街到布洛涅森林去散步,男爵瞥见了达尔德里热男爵夫人在廊柱下面走着。这个小老太婆头戴一顶玫瑰色镶边的绿色帽子,穿着一件有花朵的连衫裙,披着一条披肩,她真是永远像——如今看上去更像一个阿尔卑斯山上的牧羊女,因为她弄不懂她目前贫困的原因,正如她以前弄不懂她财富的来源一样。她偎在可怜的玛尔维娜身上,玛尔维娜是英勇的自我牺牲的榜样,看上去像个年老的母亲,而男爵夫人则像个年轻的女儿;维尔特拿着伞跟在她们后面。'她们就是一些我没法子帮助她们发财的人,'男爵用德国口音的法语对库安塔先生说,这位先生是一位内阁部长,男爵正同他一起去散步,'现在党派的风潮已经过去了,你就再安插可怜的博德诺尔一个职位吧。'靠着纽沁根的帮助,博德诺尔又回到财政部工作,达尔德里热一家人对纽沁根赞扬备至,因为他凡是举行舞会,总少不了要邀请阿尔卑斯山的矮小牧羊女和她的两个女儿。世界上没有一个人能够说明纽沁根这个人曾经计划三次不用强暴的方法去掠夺公众,而且出乎意料地使公众赚了钱。谁也不能够对他说一句非难的话。有谁如果说高级金融界往往是一个杀人越货的危险地带,那就是最恶意的诽谤。证券的一涨一跌,通货价值的高低,这种潮涨潮落的现象是由一种相互的、大气的运动所产生的,同月亮的圆缺有关系,伟大的阿拉

---

① 1830年7月26日法国查理十世颁布了四条反动的敕令,成为七月革命的导火线。

戈①对这个重要的现象没有加以科学理论的说明，真是罪过重大。只是这一切的结论是一条银线上的真理，这条真理我从来没有在什么书上看过……"

"这条真理是？"

"债务人强过债权人。"

"啊！"勃龙台说，"至于我，刚才我们谈的一席话，我看就是孟德斯鸠概括《论法的精神》的一句警句的引申和注释。"

"哪一句？"斐诺问。

"法律有如蜘蛛网，大的苍蝇穿过去，小的苍蝇却被逮住了。"

"那么你开的药方是什么呢？"斐诺问勃龙台。

"我的药方是专制政府，只有这种政府能够制止违反法律精神的投机事业！专断可以帮助法律来拯救人民，因为特赦权并不照顾到另外的一面：国王可以特设一个欺诈的破产者，但被掠夺的受害人却得不到补偿。法律条文杀害了现代社会。"

"把这个道理告诉选民吧！"皮克西沃说。

"早已有人负起这个责任了。"

"谁呀？"

"时间。莱昂主教说得好：'如果自由是古老的，那么王政是永恒的。'一切头脑健全的国家总要回复到这种或那种形式的君主政府的。"

"咦，隔壁有人！"斐诺听见我们离去的声音时说。

"隔壁总是有耳的。"皮克西沃回答，他准是喝醉了。

1837 年 11 月，巴黎

---

① 阿拉戈（1786—1853），法国天文与物理学家。

译后记

巴尔扎克（1799—1850）生于法国图尔市，世人尊敬地都称呼他为奥诺雷·德·巴尔扎克，而这也仅仅是他自己坚持的结果。实际上他的名字仅仅是奥诺雷·巴尔扎克而已，这并不是什么小事情，巴尔扎克名字前面是否有一个标志"德"，关乎他身世家族的荣誉，这如同德国人敬重"冯"一样。尽管茨威格早就证明巴尔扎克的血统与贵族无关，但他不得不在《巴尔扎克传》中承认："头衔与高贵的姓氏一直用一种魔力操纵着他。"而这种情结也被巴尔扎克带到了他的文海当中。他被认为是法国最伟大的批判现实主义大师，与俄国的托尔斯泰并称为批判现实主义的顶峰，但是我们还是可以在他的冷嘲热讽中体味到嘲弄背后的不坚决。巴尔扎克到底身处哪个阶级？这个问题很容易回答但是也很难去解释。他自以为是贵族中的一员，可是他自己过着穷困的小市民的生活，如我们一样，没有工作便会饿死。可即使如此潦倒，骨子里他仍然喜欢贵族的荣耀，然后才是对法国民众的同情。陀思妥耶夫斯基曾经看破托尔斯泰："他不是真心走到民众当中去，他只是对贵族阶层的绝望。"不知道放在这里形容巴尔扎克是否过火。作为中国人的鲁迅对自己民族的不幸是"哀其不幸、怒其不争"的态度，而巴尔扎克恰恰不是，他可以同情下层民众的不幸，可以赞美他们身上的优良品质，可是他害怕他们起来抗争，这个最伟大的社会批判者、对当时社会最最不满的愤怒者恰恰不愿意社会变成另外一个样子。这正是这位伟大的批判者所无法面对的。郑克鲁先生有言："《人间喜剧》是对贵族社会必然崩溃的一曲挽歌，同情落在贵族一边。"确矣！巴尔扎克就是这样一个矛盾体，他深沉却有限。他透彻地摹写了新生阶层（资产阶级）的成长轨迹，他可以毫不吝啬地去揭露巴黎街区和外省的最最平凡的琐碎事情，慨叹贵族的末日与无奈，但是他创作的主角永远不是平民子弟。我们不禁要问巴尔扎克眼中人生正确的道路是什么？成为一个伟大的批判者需要望远镜、透视镜、手术刀和一把枪。而那把枪正是护着他勇敢心脏的最后屏障，同时也护住了他的贵族情节。

　　和所有伟大的作家们一样，他也不小心把自己也压在了笔尖底下。托尔斯泰逃不出《战争与和平》，卡夫卡摆脱不了疯狂的文字，而巴尔扎克也同样摆脱不了这种暴露。自传性质的《蓝柏尔·路易》中可以看出巴尔扎克是个早慧的孩子，在中学时他毫不起眼但是却有自己的想法。读完书后，他却迫不及待地从律师事务所书记员的椅子上跳了起来，把自己的一生放在一个计划的表格里面。那个表格叫作《人间喜剧》，这被茨威格认为是对命运过早的追问。这个拿破仑的伟大崇拜者，在他的肖像下写道："我将用笔完成他用剑未完成的事业。"他发出了誓言，可是路途漫漫。他吝啬的继母为了让他放弃那"下流"的作家行当返回律师事务所当一名稳稳当当地书记员，亲自为他在巴黎莱斯堤居尔街九号顶楼租下了一个勉强可以称作"房间"的狭窄、阴暗的由简陋围成的空间，可能整个巴黎没有比这更破的地方了。小说《驴皮记》中还能找到巴尔扎克刚刚创作时候窘境的影子，巴尔扎克创作伊始写了许多后来令他回忆起来都脸红的东西，比如《系领结之术》和其他一些艳情、神怪小说，这并不比父亲老巴尔扎克写的《偷窃及被杀之防范方法备忘录》和《有关被抛弃和被欺骗之少女的伤风败俗丑闻回忆录》高明多少，难怪其继母如此不看好他。

他创作的基调一开始就奠定了，他没法和屠格涅夫与托尔斯泰这类富贵老爷的创作相比，他的创作永远被债务包围，而且他一生都没能清偿所有的债务，他没有他们创作的那种从容不迫，文学首先是他的谋生手段，然后才是去构筑一个新的世界景象。他把自己卖给了出版商和书商，用巴尔扎克自己的话说就是"和魔鬼签订了协议"。他的日子拮据到何种地步呢？可能在他写完一叠薄薄的稿纸之时，债主已经来敲过几次门了。不了解他的苦难，怎能看透他作品中的厚重？"时间是人的财富"这句名言，首先是巴尔扎克说给自己的，他在那个只属于他的顶楼上，过着机械的生活：他每天晚上八点早早睡觉，半夜时分，他让人把他叫醒，创作一直延续到第二天的中午，吃完中饭到晚饭时间，他阅读报纸杂志，然后吃完晚饭工作到睡觉。每天他只吝啬地留个这个世界一两个小时而已，正因为如此，他的同胞雨果才在葬词中写道："他的一生短促却饱满，作品比岁月还多。"而那句"苦难对于天才是一块垫脚石，对能干的人是一笔财富，对弱者是一个万丈深渊"今天已经被我们引用到走形，其实这句话正是巴尔扎克站在万丈深渊中的宣言。1829年，巴尔扎克终于完成小说《朱安党人》的创作，标志着他的创作由艳情、神怪小说转入批判现实主义文学创作的正途，被认为是放下了法国批判现实主义文学的第一块基石。从此他一发而不可收，他赋予文字的统治力丝毫不亚于拿破仑的千军万马，他用自己的笔组建了一支两千四百多人的军队。他们来自社会各个阶层，来自巴黎和偏僻的外省，他们被派往巴黎富丽的殿堂、挪威的峡湾甚至北非尼罗河畔的沙漠。这支队伍里有贵族老爷和小姐、有英明的拿破仑，还有小商小贩和农民，其中最多的就是吝啬鬼和金钱人，虽然他们未必招人喜欢，却构成巴尔扎克征服世界的主力。恰如茨威格所说："他没有考虑去迎合读者的口味，他站在时代的前列创造绝对的价值，他就达到了他最伟大的地步。"

吝啬鬼和金钱人经常出场，成了巴尔扎克的心头肉，拉斯蒂涅更是贯穿了巴尔扎克几乎所有作品。卡夫卡喜欢自己放置一个错乱的世界，太阳、高山和道路匍匐在他的手指头下面，巴尔扎克同样采取了类似的方法。主人公到了哪里，环境就铺陈到哪里。你打开书时，战场就来到了你眼前。每个人都是自己的司令和军队，每个人都在想着那个称之为"美好"的目标厮杀，我们一开始都纯洁无瑕、害怕伤害别人、生怕干一点点的坏事，我们的良心还年轻。《高老头》中的拉斯蒂涅是个和无数刚毕业的大学生一样的有志青年，可是他随着高老头的死去而死去了。良心长大了，也会腐败。高老头的死让社会又多了一个恶人，或者说，正常的、心智成熟的人。拉斯蒂涅终于走上了邪路。当他在小说《纽沁根银行》中重新登场的时候，他已经成为搞银行假倒闭的高手，而在《不自知的喜剧演员》中再次出场时，他已经获得爵位，而且当上了部长。阅读巴尔扎克小说如果只看《欧也妮·葛朗台》与《高老头》就仿佛猛喝了一大口烈酒，却不去品味杯中余下的芳香。事实上不读他的短篇小说，根本读不懂巴尔扎克。他的大作《高老头》与《欧也妮·葛朗台》只是他统治力下面的一小片领土，是他尖刀的一个侧面。他写资产阶级的成长和发家，《高利贷者》里面的高布赛克只是一个有原始的、低级的贮藏品的高利贷者，而《欧也妮·葛朗台》中的葛朗台老头已经懂得了钱币的伟大作用。《纽沁根银行》中的纽沁根已经成为一个高级的金融寡头，这个世界上资产的主人们也在慢慢地衍生出新的品质。银行家纽沁根男爵是交易所中用暴发户手段兴起的新型资产阶级,他的策略是使所有的资本经常处于不断的"运动"中,他利用法律的庇护搞假倒闭,逼得几千家小存户陷于破产,自己却捞到百万黄金。他不像高布赛克和葛朗台老头那样装穷、吝啬,使自己的财富深藏不露,而是像我们今天仍然能见到的有钱人那样穷奢极欲、炫耀自己的财富,他身上表现出了享乐、黄金和混血混在一起的特点。

小说《苏城舞会》可以用一句话来概括——杂货商确实当上了贵族院议员,贵族有时却沦落到社会底层。道出了法国大革命以后贵族阶级的衰落和等级门阀观念的破产。当时比较明智的贵族都纷纷与资产者联姻,以维持和加强自己在经济和政治上的实力地位,谁若死抱住阀阅世家的旧观念,反而会成为人们的笑柄。《猫打球商店》描写了一宗门户不当的婚姻,意在说明不同的出身、不同的生活环境和教养对人们的气质有多么大的影响,因而青年男女如果只凭一时的感情冲动而结合,往往会酿成终生的不幸,而凭着理智在本阶层中选择配偶,结局则会好得多。《红色旅馆》中的法国青年普罗斯佩·马尼昂由于有过谋财害命的念头而悔恨不已,认为自己确实有罪,良心极为不安,无法宽解。杀人犯泰伊番也因此而精神受到刺激,始终有负罪感。《玄妙的杰作》结合了狄德罗关于绘画的精辟见解,得出自己的结论"艺术的任务不在于摹写自然,而在于再现自然。"同时巴尔扎克又十分重视形式表现的张力,认为应该把美和形式黏合到一起,必须经过"长期的搏斗",才能抓住形式。《沙漠里的爱情》也是一篇能令人回味的深沉之作,作者显然以人兽的爱情来衬托人与人间冰水一般冷漠的关系。文中主人公在讲到这段经历时讲到"我看哪里都比不上沙漠","那里没有人,只有上帝"。的确是这样,他在人类社会感受不到的东西,在沙漠里感受到了。《钱袋》中,作者一反常态地将友情、亲情、爱情的纯善作为重点来描述,不再讲述钱的故事,融入了自己对这个社会的思考和认识。《钱袋》既是作者创作理想与主张的表现,也是作者思想演变发展的阶段性体现。《无神论者做弥撒》作品表现了德斯普兰大夫,是一个彻底的无神论者,一个伟大的外科医生,由于他习惯出色地解剖没生出来的、活着、死去的人体,他并没有发现人的肌体里有灵魂。成了一个坚定的无神论者,他抨击弥撒是闹剧,然而德斯普兰不止一次去教堂做弥撒,诚惶诚恐地走进教堂,恭恭敬敬地跪在圣母面前。德斯普兰这个思想和行动的矛盾,两种不能相容的东西结合在一起成了一个谜,产生了吸引人和震撼人的力量。而事实上真正震撼、救赎他的那个人是我们眼中再普通不过的挑水夫,让我们唏嘘不已。

事实上,这也仅仅是巴尔扎克文字海洋的一个浅湾而已,那部超越他整个人生的《人间喜剧》在1841年被庄重地写入创作计划中时,竟然包括137部小说!而且这个宏伟的建筑包括了"风俗研究""哲理研究"和"分析研究"三大类,而作为创作主体的"风俗研究"更是包含了"私人生活场景""外省生活场景""巴黎生活场景""政治生活场景""军旅生活场景"和"乡村生活场景"六个门类,许多人纷纷慨叹,巴尔扎克的海洋比整个法兰西还要大,尽管只完成91部小说而已,可"法兰西的风俗史"对《人间喜剧》来说并不是溢美之词。正因为如此,雨果在巴尔扎克的葬词中写道:"在最伟大的人物中间,巴尔扎克是名列前茅者;在最优秀的人物当中,巴尔扎克是佼佼者之一。"更多的概括与评介恐怕只会剥离小说的真实面貌,还是由亲爱的读者去品味巴尔扎克的壮丽吧。

出 品 人：许　永
出版统筹：林园林
责任编辑：许宗华
特邀编辑：张　洋
装帧设计：海　云
印制总监：蒋　波
发行总监：田峰峥

投稿信箱：cmsdbj@163.com
发　　行：北京创美汇品图书有限公司
发行热线：010-59799930

创美工厂
官方微博

创美工厂
微信公众号